国家社科基金
GUOJIA SHEKE JIJIN HOUQI ZIZHU XIANGMU
后期资助项目

# 唐·德里罗小说中的
# 后现代伦理意识研究

Postmodern Ethical Consciousness in
Don DeLillo's Fiction

朱荣华 著

中国社会科学出版社

图书在版编目（CIP）数据

唐·德里罗小说中的后现代伦理意识研究/朱荣华著．—北京：中国
社会科学出版社，2018.5
ISBN 978 - 7 - 5203 - 2625 - 4

Ⅰ. ①唐… Ⅱ. ①朱… Ⅲ. ①小说研究—美国—现代 Ⅳ. ①I712.074

中国版本图书馆 CIP 数据核字（2018）第 117808 号

出 版 人　赵剑英
责任编辑　卢小生
责任校对　周晓东
责任印制　王　超

出　　　版　中国社会科学出版社
社　　　址　北京鼓楼西大街甲 158 号
邮　　　编　100720
网　　　址　http：//www. csspw. cn
发 行 部　010 - 84083685
门 市 部　010 - 84029450
经　　　销　新华书店及其他书店

印　　　刷　北京君升印刷有限公司
装　　　订　廊坊市广阳区广增装订厂
版　　　次　2018 年 5 月第 1 版
印　　　次　2018 年 5 月第 1 次印刷

开　　　本　710×1000　1/16
印　　　张　14.75
插　　　页　2
字　　　数　265 千字
定　　　价　68.00 元

# 国家社科基金后期资助项目

# 出 版 说 明

　　后期资助项目是国家社科基金设立的一类重要项目，旨在鼓励广大社科研究者潜心治学，支持基础研究多出优秀成果。它是经过严格评审，从接近完成的科研成果中遴选立项的。为扩大后期资助项目的影响，更好地推动学术发展，促进成果转化，全国哲学社会科学工作办公室按照"统一设计、统一标识、统一版式、形成系列"的总体要求，组织出版国家社科基金后期资助项目成果。

全国哲学社会科学工作办公室

# 目　　录

# 绪　言

　　在一次授受采访中，当美国著名小说家唐·德里罗（Don DeLillo，1936—　）被问及《毛二》（*Mao II*）中那个几乎与外界隔绝的小说家比尔·葛雷是否以他自己为原型时，他当场否认了这一点。他回答说："不，比尔·葛雷并非以我的生活或工作为模型。我并不是个隐士。"① 的确，尽管他很少出席签售仪式，在脱口秀栏目、新书推广活动或大学讲坛等场面也很少露面，但收集在《与德里罗对话》一书中各个时期的访谈间接地证明他不是一位像 J. D. 塞林格或托马斯·品钦那样的避世作家。② 在著名文学批评家哈罗德·布鲁姆心中，德里罗位列当今美国四大重要小说家之一（其他三位是菲利普·罗斯、科麦克·迈卡锡和托马斯·品钦）。他精力充沛、才华横溢，除了现有的 17 部小说［包括他在 1980 年与他人合作易名（用的名字为"Cleo Birdwell"）发表的《亚马逊族》（*Amazons*）］，他还涉足短篇小说、戏剧、影视剧本及散文等体裁。目前，他已赢得了世界声誉。首先，包括《白噪音》（*White Noise*）、《天秤星座》（*Libra*）和《地下世界》（*Underworld*）在内的三部小说跻身 2006 年《纽约时报》评选的"过去 25 年来美国最优秀小说"前 20 位。其中，《地下世界》得票数仅次于托尼·莫里森的《宠儿》，位列第二。除此殊荣之外，他还先后获得过美国全国图书奖、笔会/福克纳奖等奖项。当然，给他带来最大声誉的是《地下世界》。这部小说不仅帮助他获得威廉·迪·豪维尔斯奖章、"卡多·巴凯利"国际奖及其他荣誉，而且还让他在 1999 年成为第一个获得"耶路撒冷奖"的美国作家。除此之外，另外三项值得在此强调的荣誉包括他 2009 年获得的"共同财富杰出服务奖"中的文学奖项、2014 年的诺曼·梅勒终身成就奖和 2015 年由国家图书奖颁

---

① Maria Nadotti, "An Interview with Don DeiLillo", in Thomas DePietro, ed. , *Conversations with Don DeLillo*, Jackson：University Press of Mississippi, 2005, p. 111.

② 早在 1998 年，董鼎山撰写《遁世作家笔下的底层社会——介绍唐·狄里洛新作》一文向中国读者介绍德里罗时，把他视为同塞林格一样的"遁世作家"。

发的杰出贡献奖。这诸多的奖项在一定程度上说明，他同 V. S. 奈保尔、米兰·昆德拉、奥罕·帕慕克、威廉·福克纳、托尼·莫里森或索尔·贝娄等人一样，已成为国际文坛无法绕开的重要作家。当然，这些奖项只是证明其文学声誉的一方面。另一点足以说明他在美国文学研究中重要性的是来自世界各地学者对他的关注。自从 1975 年出现第一篇讨论他创作的文章及 1987 年汤姆·勒克莱尔（Tom LeClair）出版第一部研究他的专著以来，几乎每年都有关于他的评论文章及专著发表。据"德里罗研究协会"（The Don DeLillo Society）网站统计，截至 2016 年 8 月，有关他的研究专著达数十本，另有数百本书辟专章讨论他的作品。另外，像《现代小说研究》《南太平洋季刊》等几家著名学术期刊还相继推出研究他的专刊，而散见于各大期刊中的文章更是不胜枚举。

在中国，德里罗研究经历了逐渐起步到持续升温阶段，研究成果数量与质量也在不断地增多和提高，见证了一位重要作家在中国外国文学研究界落户扎根的过程。笔者 2016 年 8 月以"德里罗"为主题在"中国知网"（CNKI）进行检索，发现大致可以把 2010 年视为中国德里罗研究发展的分界线。在 2010 年以前，剔除明显与德里罗作品关系不大的篇章，找到期刊文章 42 篇，硕士学位论文 30 篇，还有一篇专辟章节讨论《白噪音》和一篇专辟章节讨论《天秤星座》的博士学位论文。① 在所有文章中，又以讨论《白噪音》的最多。德里罗研究在中国迎来研究高峰是在 2010 年以后。2011—2016 年 8 月期间，发表在期刊上的文章有 137 篇，硕士学位论文有 60 篇，以德里罗为研究专题的博士学位论文有 3 篇。最近，由范小玫（2014）撰写的专著《新历史主义视角下的唐·德里罗小说研究》和张瑞红（2015）撰写的专著《唐·德里罗小说中的媒介文化研究》也相继面世。另外，近年来出版的有关美国文学的专著或论文集也把目光投向了德里罗。就笔者所掌握的资料来看，涉及德里罗的主要有以下几本：吴冰与郭棲庆主编的《美国全国图书奖获奖小说评论集》、杨仁敬等著的《美国后现代派小说论》、郭继德主编的《美国文学研究》（第四辑）及陈世丹撰写的《美国后现代小说艺术论》。前三本关注的是

---

① 当然，这里不排除有些博士、硕士学位论文并没有上传至中国知网。因为笔者在中国国家图书馆数据库中检索到了姜小卫 2007 年从北京师范大学毕业的博士学位论文《后现代主体的退隐与重构：德里罗小说研究》，该论文也许是国内最早以德里罗为研究对象的博士学位论文。另外，据笔者了解，北京外国语大学侯毅凌教授的博士学位论文也选择了《白噪音》作为其中的一章，以分析其中所描写的消费文化现象。

《白噪音》，而《美国后现代小说艺术论》对《天秤星座》进行了专章分析。① 国内出版的美国文学史也有几部著作介绍了德里罗的创作，这其中包括杨仁敬撰写的《20世纪美国文学史》、王守仁主撰的《新编美国文学史》（第四卷）以及毛信德撰写的《美国小说发展史》。就覆盖内容来看，《新编美国文学史》和《美国小说发展史》② 介绍的内容要广泛些，因为《20世纪美国文学史》把重心放在了《白噪音》上，前两部则对德里罗的几部代表作做了概述。值得注意的是，德里罗作品的中文翻译正在迅速跟进。自1996年以来，译林出版社陆续引进了他的《天秤星座》《名字》《白噪音》《地下世界》《坠落的人》等著作，德里罗绝大多数小说都有了中文译本，这对于扩大德里罗在国人中的受众面、推进德里罗研究具有重要作用。

可以说，国内外德里罗研究正向多维度、多视角迈进。陈慧莲在《二十一世纪美国德里罗研究新走势》中提出，美国学界对德里罗的研究已经突破学科界限，"结合政治、经济、文化等非文学的因素对其作品进行阐释，挖掘文本和历史事件的关系，分析文学和科学之间的相互渗透，透视文本与文本之间的相互映射，由此产生了多元、复杂的学术思想"。③ 为了给笔者的研究创新点寻找学理上的支持，本书在阐述相关研究观点和理论框架之前，将聚焦国内外（国外研究以美国为主）自20世纪七八十年代以来对德里罗的研究，从批评家通常涉及的四个方面来概述德里罗研究的现状。这四个方面包括对德里罗创作风格的讨论、对他作为文化批评者身份的讨论以及对他小说中的语言使用情况和生态意识的讨论。

---

① 由于《美国后现代派小说论》收录的关于德里罗的论文整合了杨仁敬与范小玫2003年在《外国文学》发表的论文，因此以下介绍中只选取两位作者的期刊论文作为关注对象。
② 《美国小说发展史》用了不到两页的篇幅介绍德里罗。但在阅读过程中，我发现其存在一些纰漏之处。如在介绍《白噪音》时，文中说杰克"有过三次失败的婚姻"（第503页），而实际上应该是四次（其中第四次是与第一任妻子复婚）。另外，小说交代说杰克在毒气泄漏事件中不小心暴露在外，存留在他体内的毒物有让他死去的危险，但具体时间并不确定，因为真正结果有可能得等15—30年才能知道。但《美国小说发展史》中却肯定地说杰克"发现自己不久即将死去"（第503页）。在介绍《毛二》时，该书说这是一部"以20世纪后半期美国特工在世界各国活动为背景的长篇小说"（第504页）。这一点与小说情况并不吻合。最后，该书还提到德里罗已有"19部长篇小说"（第504页）。实际上，即使加上他易名与他人合作的小说《亚马逊族》，德里罗到2010年共计发表16部长篇小说。而如果把该书出版时间考虑在内（2004年），德里罗当时共创作的小说是14部。因为《坠落的人》发表于2007年，《欧米伽点》在2010年才出版，而《K氏摄氏度》出版于2016年。
③ 陈慧莲：《二十一世纪美国德里罗研究新走势》，《外国文学动态研究》2015年第5期。

## 第一节　德里罗小说国内外研究现状

弗雷德里克·詹姆逊早在 1984 年评论德里罗的小说《名字》（*The Names*）时就说过，德里罗在"美国后现代小说家中最有趣、最有才华"。① 对这一标签，响应者很多，反对者也不少。例如，1998 年出版的《后现代美国小说：诺顿选集》就把德里罗作为一位重要代表作家收入其中，而在弗兰克·伦特里基亚（Frank Lentricchia）看来，德里罗是"最后一位现代主义者"。② 这种针锋相对的观点非常明显地反映在 2008 年出版的《唐·德里罗剑桥指南》一书中，该书的第一部分"审美与文化影响"并置了两篇对德里罗创作风格持不同观点的文章。在开篇题名为《德里罗与现代主义》一文中，菲利普·内尔（Philip Nel）尽管语气委婉，但特别强调了现代主义对德里罗的影响。他认为，"因为德里罗在世俗生活中寻求史诗、采用现代主义先锋派创作手法、行文精练节制、小说指涉丰富，所以要理解德里罗的成就，现代主义与后现代主义至少同等重要"。③ 他不仅指出德里罗自第一部小说《美国志》（*Americana*）面世以来就一直受到乔伊斯的小说如《尤利西斯》和《芬尼根守灵夜》等的影响，而且把德里罗"百科全书式的雄心"与约翰·多斯·帕索斯的"美国三部曲"这一传统联系在一起。为了更有力地证明自己的观点，他论述了德里罗对缺乏深度和平面化的后现代文化的批评、现代主义式的语言以及他在小说中对艺术家的重视。他尤其详述了现代主义对德里罗语言使用的影响：首先，他把德里罗在《名字》一书中"纸上留下空白"的手法与在《地下世界》前言部分对"和"字的频繁使用追溯到海明威的影响。其次，他仔细研究了德里罗对"原初语言或人类堕落之前语言"的信仰，认为这与一些现代主义者对原始主义的支持异曲同工。另外，他把德里罗对"现代主义（和浪漫主义）者试图跨越词与世界的距离所做努力"的执迷与威廉·卡洛斯·威廉姆斯的那句名言——"思想仅寄寓于

---

① Tom LeClair, *In the Loop: Don DeLillo and the Systems Novel*, Urbana: University of Illinois Press, 1987, p. 15.

② Frank Lentricchia, "Introduction", in Frank Lentricchia, ed., *New Essays on White Noise*, Cambridge: Cambridge University Press, 1991, p. 14.

③ Philip Nel, "DeLillo and Modernism", in John N. Duvall, ed., *The Cambridge Companion to Don DeLillo*, Cambridge: Cambridge University Press, 2008, p. 13.

事物中"（No ideas/but in things）——联系在一起。最后，他还点明了现代主义"顿悟"手法对德里罗语言使用的影响。其实，关于德里罗的语言使用与现代主义之间的关系，内尔在 2002 年发表的一篇讨论《身体艺术家》的论文中就展开过详述。他认为，德里罗通过响应乔伊斯的《尤利西斯》、弗吉尼亚·伍尔芙的《浪花》以及威廉·卡洛斯·威廉姆斯的美学原则，使该小说趋向于"形式现代主义"。① 当然，指出德里罗与乔伊斯之间不解之缘的不止内尔一人。在众多强调现代主义对德里罗影响的批评者中，马克·奥斯廷（Mark Osteen）在诸如《回声的宅子：埋葬〈身体艺术家〉》及《德里罗笔下迪达勒斯式的艺术家》等论文中都表述了德里罗如何受惠于乔伊斯。

　　与内尔不同，彼得·奈特（Peter Knight）在《唐·德里罗剑桥指南》第二篇文章《德里罗、后现代主义、后现代性》中突出了德里罗的后现代风格。他把德里罗在 20 世纪 80 年代初开始受到关注归因于"德里罗代表了美国文学的后现代主义转向"。② 他并不认为德里罗小说中的艺术家是现代主义式的英雄形象。相反，他在文中写道：在德里罗小说中有种"普遍的认识，即在消费主义无处不在的时代，艺术家的作用是有问题的"。③ 他进而涉及现代主义之后文学创作面临的一个核心问题——原创性问题。早在《文学的枯竭》一文中，约翰·巴思就论述说，由于时代语境的变迁，包括史诗在内的几种曾经辉煌的文学形式已耗尽，现代主义之后的作家如博尔赫斯（Jorge Luis Borges）写作时总是有种自省意识。他说，博尔赫斯的原创性在于他已认识到"创作原创性的作品已经很难，或许已不必要"。④ 这些作家因而不再写作传统的那种"恰当、天真的小说"，而是写作"模仿其他文献作品的小说"。⑤ 这种对经典作品再创造的技法后来被冠以"元小说"的名称。在莫莉·海特（Molly Hite）看来，"元小说"技法与打破体裁常规、作者面具、老套的人物形象及高尚与通俗话语相混淆等手法共同构成了后现代小说写作的特点⑥，而在她用

① Philip Nel, "Don DeLillo's Return to Form: The Modernist Poetics of *The Body Artist*", *Contemporary Literature*, Vol. 43, No. 4, 2002, p. 736.

② Peter Knight, "DeLillo, Postmodernism, Postmodernity", in John N. Duvall, ed., *The Cambridge Companion to Don DeLillo*, Cambridge: Cambridge University Press, 2008, p. 27.

③ Ibid., p. 29.

④ John Barth, *The Friday Book: Essays and Other Nonfiction*, New York: Putnam's, 1984, p. 69.

⑤ Ibid., p. 72.

⑥ Molly Hite, "Postmodern Fiction", in Emory Elliott, ed., *The Columbia History of the American Novel*, New York: Columbia University Press, 1991, pp. 702 – 706.

来佐证的代表作家中就有德里罗。似乎是为了证实巴思与海特所言不假,彼得·奈特在德里罗的小说中找出了互文性、打破体裁常规等技法。并且,除论证德里罗小说中的人物塑造缺乏创新意义外,奈特还认为,德里罗已经认识到,"艺术已经无法再现生活本身,只是其他表征的表征"。①

相比较而言,彼得·奈特的论点比菲利普·内尔的观点在中国得到了更多的响应。在一些讨论德里罗风格的文章中,大多数研究者突出他的后现代主义特征。李淑言(2001)在《唐·德里罗的〈白噪音〉与美国后现代主义小说》中就列举了《白噪音》文体上的后现代主义特点,其中包括松散的情节、类型化趋势的人物以及体裁和文体上的杂烩。杨仁敬认为,《白噪音》"是一部有趣的黑色喜剧,它成了20世纪80年代以来美国后现代派的一部力作"。② 与上述两位研究者不同,陈世丹把关注的焦点转向了《天秤星座》中的后现代手法。他既看到了小说的多重叙事线索,又详细分析了小说运用的符号嬉戏、时空跳跃、视角变换、重复、拼贴及元小说等后现代主义小说叙述技巧。③ 姜小卫虽然也把《天秤星座》归入后现代主义小说之列,但他把重心放在小说对历史的认识上,认为德里罗"以精湛的艺术成就对后现代历史'认识型'的范式转变以及后现代主体性、自我和社会身份认同等问题进行了深刻的探索和思考"。④

另外,有些评论者在把德里罗定位为一名后现代作家的同时,特别关注其他文学潮流对他的影响。德里罗也因此被贴上了"后现代自然主义作家""后现代浪漫主义作家"及"后现代现实主义作家"等标签。保罗·奇韦洛(Paul Civello)在他的论著中,经过分析德里罗的小说《端线区》(*End Zone*)与《天秤星座》,认为德里罗对自然主义进行了后现代重构。他解释说,不同于左拉、弗兰克·诺里斯等19世纪自然主义作家,德里罗在小说中融入了新的物理与系统理论。因此,在他的小说中,以往那种以"因果科学范式"为特征的世界秩序被以"系统相互连接"

① Peter Knight, "DeLillo, Postmodernism, Postmodernity", in John N Duvall, ed., *The Cambridge Companion to Don DeLillo*, Cambridge: Cambridge University Press, 2008, p. 30.
② 杨仁敬:《20世纪美国文学史》,青岛出版社2000年版,第732页。
③ 陈世丹收录此文的《美国后现代小说艺术论》一书,后来经过一些调整与完善,历经几次再版。特别值得一提的是,该书经过修订,2010年由南开大学出版社以《美国后现代主义小说详解》的书名作为教材的形式同时推出了中英文版本(其中的英文版本删除了论述《天秤星座》的章节),从而扩大了美国后现代小说在中国的影响。
④ 姜小卫:《后现代历史想象的主体:〈天秤星座〉》,《华南师范大学学报》(社会科学版)2010年第3期,第82页。

为特征的新秩序所替代。在这种新秩序中，他笔下的人物失去了对世界的掌控，因为已经无法找到一个独立于他们之外的"客观"现实。① 奇韦洛的观点后来在中国找到了共鸣。方成把他的论点运用到解读《白噪音》中，认为"德里罗的小说传承了自然主义小说的主题关注，但又在不同的存在领域——知识、历史、文化、数据——中找到了新的塑型模式"。② 至于浪漫主义对德里罗创作的影响则被哈罗德·布鲁姆、保罗·莫尔特比（Paul Maltby）及卢·F. 卡顿（Lou F. Caton）等评论者挖掘出来。布鲁姆认为，与其称德里罗是一位后现代主义者，不如说更像一个"浪漫主义高峰时期的超验主义者"；③ 而莫尔特比在德里罗小说中发现了"浪漫主义式的形而上学"。④ 卡顿通过细读《白噪音》中的三幕场景，认为德里罗在该小说中始终"保持一种浪漫的不确定性"。⑤ 还有些评论者注意到德里罗近几年——尤其是自发表《身体艺术家》（The Body Artist）以来小说创作风格悄然地发生了变化。中国两位学者王守仁和童庆生在《回忆、理解、想象、知识——论美国后现代现实主义小说》一文中，就是以《国际大都市》（Cosmopolis）这本小说为其中一例来论述美国文学的后现代现实主义风格的。实际上，王守仁主撰的《新编美国文学史》就把德里罗的创作归入"新现实主义小说"之列，认为"德里罗的长篇小说包含着传统的叙述模式、文笔流畅，不乏幽默，具有较强的可读性"。⑥

根据以上论述，我们也许能推断出一个结论：批评家总是根据自己的认知范式来定位某位作家，而作家本人也许并不在意自己属于哪一派别。德里罗就是这样一位作家。对于自己作品被批评家贴上各种标签，德里罗曾发表过这样的观点："我不反对他们。但我觉得最好还是不要这样做。我是一位小说家，一个时期的小说家，一位美国小说家。"⑦ 事实上，在

---

① Paul Civello, *American Literary, Naturalism and Its Twentieth - Century Transformation: Frank, Norris, Ernest Hemingway, Don DeLillo*, Athens and London: University of Georgia Press, 1994, p. 4.

② 方成：《后现代小说中自然主义的传承与塑型：唐·德里罗的〈白噪音〉》,《当代外国文学》2003 年第 4 期。

③ Harold Bloom, ed., *Don DeLillo: Bloom's Modern Critical Views*, Broomall: Chelsea House, 2003, p. 2.

④ Paul Maltby, *The Visionary Moment: A Postmodern Critique*, Albany: State University of New York Press, 2002, p. 47.

⑤ Lou F. Caton, "Romanticism and the Postmodern Novel: Three Scenes from Don DeLillo's *White Noise*", *English Language Notes*, Vol. 35, No. 1, 1997, p. 40.

⑥ 王守仁主撰：《新编美国文学史》第四卷，上海外语教育出版社 2002 年版，第 256 页。

⑦ Maria Nadotti, "An Interview with Don DeiLillo", in Thomas DePietro, ed., *Conversations with Don DeLillo*, Jackson: University Press of Mississippi, 2005, p. 115.

德里罗罗列自己喜欢的作家或对他产生过影响的作家中，既有通常被认为属于现代主义的作家又有被当成后现代主义的作家。这其中有福克纳、乔伊斯、海明威、品钦、威廉·加迪斯及保罗·奥斯特。因此，本书倾向于接受菲利普·内尔的建议。尽管他强调了现代主义传统与德里罗创作的关系，但他在自己文章行将结尾时写道，"任何想确认德里罗诗学特征的努力——是现代主义者还是后现代主义者——都必须考虑到他小说中隐藏的其他特征"。① 毕竟，很少有哪位作家是为某一"主义"而创作，而且作家的风格总会随着自己对文学的不同理解而变化的。但评论家的讨论并非没有意义。相反，他们的观点将使读者对某位作家的叙事风格、遣词用句等文体特征更加敏感，增加阅读的乐趣。

值得我们注意的是，关于德里罗的小说，绝大多数评论者都认同了一点，那就是德里罗作品"不容置疑的当代性"②，或者说德里罗对大卫·哈维（David Harvey）所说的"后现代状况"的关注。哈维曾把1973年作为后现代主义的开端，认为当时政治经济格局正经历由"福特主义向某种可被称为'灵活'的财富积累制度"③ 转变。哈维所说的这个时间点对于考察和研究德里罗小说主题具有重要的参照价值。因为无论从德里罗所有小说发表时间看（第一部小说《美国志》发表于1971年），还是他作品所涉及的时代背景来考虑，他的作品都与哈维所说的社会状况有契合之处。据此，我们或许明白德里罗为何经常被评论者看成是后现代文化的"批评者"。用约翰·N. 杜瓦尔（John N. Duvall）的话来说，德里罗的作品是对当今美国社会的"政治经济持续地进行批判"。④ 关于后现代文化，特里·伊格尔顿曾做出如下描述："这是西方历史性地转向新的资本主义形式——转向瞬时即变、没有中心的技术世界、消费主义世界以及文化产业世界，在这个世界里，服务、金融和信息产业战胜传统的制造业，古典的等级政治让位于一系列'身份政治'。"⑤ 而这些特点在德里罗小说中似乎都能找到例证。勒克莱尔在他的著作中就说过，"德里罗小说……内

① Philip Nel, "DeLillo and Modernism", in John N. Duvall, ed., *The Cambridge Companion to Don DeLillo*, Cambridge: Cambridge University Press, 2008, pp. 24 – 25.

② Robert Chodat, *Worldly Acts and Sentient Things: The Persistence of Agency From Stein to DeLillo*, Ithaca and London: Cornell University Press, 2008, p. 213.

③ David Harvey, *The Condition of Postmodernity: An Enquiry into the Origins of Cultural Change*, Oxford and Cambridge: Blackwell, 1991, p. 124.

④ John N. Duvall, "Introduction: From Valparaiso to Jerusalem: DeLillo and the Moment of Canonization", *Modern Fiction Studies*, Vol. 45, No. 3, 1999, p. 566.

⑤ Terry Eagleton, *The Illusions of Postmodernism*, Oxford and Malden: Blackwell, 1996, p. vii.

容广泛，它们涉及了美国后工业时代文化的方方面面，这时的美国处于信息与交流时代"。① 鉴于讨论德里罗小说的后现代文化特征的文章数量过于庞大，本书将以克里斯托弗·道格拉斯（Christopher Douglas）对德里罗小说主题的归纳为基础，进行扼要介绍。克里斯托弗·道格拉斯认为，德里罗小说大体有四大主题：第一是德里罗"对通俗文化的着迷"；第二是"本原感的缺失"；第三是"在历史感消失的同时，对历史语境的渴望"；第四是"恐惧感及怀疑有人设局"。② 与之相比，本书的介绍将更为具体，下文将侧重德里罗小说对消费主义、媒介及技术的呈现以及他对恐怖主义的描写这两大方面。

在早期研究德里罗小说的著名评论者中，除勒克莱尔之外，另一个无法忽略的是伦特里基亚。尽管在上文中提到，伦特里基亚把德里罗归类于现代主义者行列，但他特别关注德里罗对"后现代境况"的表现。他曾这样说过，"阅读德里罗的著作就是一次异常深刻的文化体验——这些小说都不可能在20世纪60年代中期之前创作出来"。③ 他对德里罗研究的贡献主要与他主编的两本论文集有关。这两本文集都出版于1991年，其中一本为《〈白噪音〉新论》，专门对《白噪音》展开讨论；另一本为《介绍德里罗》，是对1990年《南太平洋季刊》推出的德里罗专刊进行收编、拓展的结果。第一本文集中收录了四篇讨论《白噪音》的专题论文。托马斯·J. 费拉罗（Thomas J. Ferraro）在开篇论文中讨论了小说中消费文化所具有的社群性凝聚力量，而保罗·A. 坎托（Paul A. Cantor）接下来以小说中的希特勒研究为例，细探了媒体与学术话语对某一可怕的历史事件具有的稀释淡化的作用。迈克尔·V. 摩西（Michael Valdez Moses）在第三篇文章中则把重心放在小说对充满死亡威胁技术的刻画上。伦特里基亚执笔了最后一篇文章，他认为，德里罗在小说中试图在后现代境况下塑造出一种"新的人类集体形式"。④《介绍德里罗》这本文集虽然突出了"天秤星座"的地位，但覆盖的面比较广。在众多文章中，首先值得推介的是丹尼尔·阿伦（Daniel Aaron）所写的《如何阅读德里罗》。从

① Tom LeClair, *In the Loop: Don DeLillo and the Systems Novel*, Urbana: University of Illinois Press, 1987, p. ix.

② Christopher Douglas, "Don DeLillo", in Hans Bertens, and Joseph Natoli, ed. , *Postmodernism: The Key Figures*, Malden and Oxford: Blackwell, 2002, pp. 104 - 105.

③ Frank Lentricchia, "The American Writer as Bad Citizen", in Frank Lentricchia, ed. , *Introducing Don DeLillo*, Durham: Duke University Press, 1991, p. 6.

④ Frank Lentricchia, "Tales of the Electronic Tribe", in Frank Lentricchia, ed. , *New Essays on White Noise*, Cambridge: Cambridge University Press, 1991, p. 92.

题目就能看出，他试图为德里罗的初读者提供一些便捷之道。他指出了一些德里罗小说经常关心的问题，如"灾难""阴谋""风景""美国"，以及风格上常见的"长篇大论"等。接着，他以《天秤星座》为例，指出了德里罗小说中的其他主题："技术与人类价值"的关系、"语言与私密"的关系及对"阴谋美学"的关注。该文集中，另有研究者讨论了德里罗对罗曼司这一体裁的运用，讨论了德里罗对"电影真实"的处理。这其中最富有洞察力的文章还是伦特里基亚为此书撰写的压轴之作——《作为后现代批评的〈天秤星座〉》。在该文中，他认为，《天秤星座》开辟了"美国文学与文化的一个新阶段"，因为小说中"典型自然人生活的社会环境"消失了，代之以一个"具有感召力的影像世界"。① 他以细读为基础，详细展现该小说如何为读者揭示印刷与视觉媒介对日常体验的影响。

　　但是，全面探讨德里罗在小说中对媒介运用的著作是道格拉斯·基西（Douglas Keesey）的著作《唐·德里罗》。这本发表于 1993 的著作涵盖了德里罗当时已发表的 10 部小说，每章以一部小说为主要探讨对象。该书的主旨是要讨论德里罗"对媒介表现现实的密切关注，这些媒介已把人与自然及自身隔离开来"。② 基西不仅强调了每部小说某一特定的"媒介结构"，而且尽量把它们置入相应的历史与文化语境中。例如，在第五章讨论《拉特纳之星》（*Ratner's Star*）时，他指出了该小说对数学媒介的运用，以及它对路易斯·卡洛尔、毕达哥拉斯、牛顿和爱因斯坦等人思想的借鉴。该书文笔清新，对德里罗研究者来说，是一本很好的入门教材。根据克里斯蒂娜·斯科特（Christina Scott）的分析，马克·奥斯廷那本颇具分量的研究著作——《美国式的魔力与恐惧：唐·德里罗与文化对话》虽然分析更加细致、学术性更强，但是，在"结构与目标"上都与基西的著作非常相近。③ 马克·奥斯廷的观点是"德里罗的著作与美国文化制度及其各种话语展开对话，演绎了美国式的魔力与恐惧之间的辩证关系。这层关系具有多种形式、意蕴与后果"。④ 在全书八章中，他一方面细数由影像侵袭、各种迷恋与"各种宏大叙事碎片化"带来的恐惧，另一方面表明德里罗笔下的人物没有放弃寻找"魔力形式"的努力。他尤其指

① Frank Lentricchia, "Libra as Postmodern Critique", in Frank Lentricchia, ed. , *Introducing Don De-Lillo*, Durham: Duke University Press, 1991, p. 198.

② Douglas Keesey, *Don DeLillo*, New York: Twayne, 1993, p. vii.

③ Christina S. Scott, *Don DeLillo: An Annotated Primary and Secondary Bibliography*, 1971 – 2002, Ph. D. dissertation, Northern Illinois University, 2004, p. 32.

④ Mark Osteen, *American Magic and Dread: Don DeLillo's Dialogue with Culture*, Philadelphia: University of Pennsylvania Press, 2000, p. 1.

出了《毛二》《地下世界》等作品中艺术家的作用，认为他们正在谱写区别于官方历史的生活篇章。

同道格拉斯·基西类似，马克·奥斯廷在行文中穿插了许多文学与文化批评理论。但在大量关于德里罗研究的著作或论文中，有一位理论家的名字似乎总是出现在读者面前，他就是法国人让·鲍德里亚。根据马克·奥斯廷的调查分析，约翰·弗劳（John Frow）是第一位把德里罗与鲍德里亚联系在一起的批评家。在《最后时刻之前那些最后的事情：关于〈白噪音〉的笔记》一文中，弗劳认为，《白噪音》执着于"建构典型性"。① 他在考察了自柏拉图至德勒兹（Gilles DeLeuze）等批评家对"仿真"理论的阐述后，把《白噪音》与鲍德里亚的理论衔接起来。这一点后来在约翰·杜瓦尔那里得到了深化。在突出小说中由超市、购物中心构成的消费空间与电视形成的概念空间对日常思维渗透的同时，杜瓦尔论述说，《白噪音》中"社会、政治与美学已平面化为让·鲍德里亚所说的仿真"。② 相比之下，伦纳德·威尔科克斯（Leonard Wilcox）的《鲍德里亚、德里罗的〈白噪音〉及英雄叙事的终结》显然把鲍德里亚的理论与德里罗的小说之间的参照性作为一个主题来阐述。更重要的是，他在突出他们之间的相似点时，也看到了他们之间的分歧。一方面，他认为，德里罗与鲍德里亚对于信息社会里"真实的丧失""主体性的剧变"以及"英雄般地寻找出路这样的概念已消亡"等方面的认识不谋而合；另一方面，他指出，区别于鲍德里亚，德里罗相信"小说叙事能够对它所描写的过程保持批判的距离与提供批评见解"。③ 当然，像迈克尔·斯托金格（Michael Stockinger）和兰迪·莱斯特（Landy Laist）等批评家还利用鲍德里亚的理论来阐释德里罗的其他小说。实际上，也许由于鲍德里亚的理论与德里罗的小说实在有太多契合之处，2008 年出版了一部把两者结合起来的专著。在《德里罗、让·鲍德里亚及消费难题》一书中，马克·舒斯特（Marc Schuster）使用了鲍德里亚理论中的许多关键词来阐述德里罗的

---

① John Frow, "The Last Things Before the Last: Notes on White Noise", in Frank Lentricchia, ed., *Introducing Don DeLillo*, Durham: Duke University Press, 1991, p. 419.

② John N. Duvall, "The（Super）Marketplace of Images: Television as Unmediated Mediation in DeLillo's *White Noise*", in Mark Osteen, ed., *White Noise: Text and Criticism*, New York: Penguin, 1998, p. 433.

③ Leonard Wilcox, "Baudrillard, DeLillo's *White Noise*, and the End of Heroic Narrative", *Contemporary Literature*, Vol. 32, No. 2, 1991, pp. 346–365.

大多数小说，颇有穷尽两者之间的关联的意图。①

在中国，德里罗作为后现代文化批评者的身份同样引起评论者的关注。范小玫称德里罗为"'复印'美国当代生活的后现代派作家"，认为他"采用过侦探小说、恐怖小说、科幻小说、体育小说、灾难小说、历史小说等小说形式来表现主题，探讨现代生活的空虚和异化，以及媒体、商业化、工业技术和虚构体系对人的负面影响，批判了美国的商业社会及其媒体对大众意识的操纵与控制"。② 这篇文章点面结合，对于国内读者全面理解德里罗的创作颇有帮助。实际上，《白噪音》中的消费文化是国内批评者非常青睐的话题。例如，刘凤山结合小说对当代美国宗教信仰的描写，认为德里罗把消费文化看成"一个十分矛盾的事物"。因为，消费文化一方面"为失去基督教信仰的当代美国人提供一种新的精神寄托"，另一方面"却也不能解决基督教本身也解决不了的生死问题"。③ 还有几篇论文把小说中人对死亡的恐惧与后现代社会中的媒体、消费主义及技术等结合起来讨论。这方面的文章有朱叶（2002）的《美国后现代社会的"死亡之书"——评唐·德里罗的小说〈白噪音〉》和马群英（2009）的《"谁会先死?"——〈白噪音〉中杰克夫妇死亡恐惧心理分析》等。这其中以朱叶的文章涉及面最广，讨论了小说的许多主题。后来，这篇文章被收进了《白噪音》中文译本的前言部分。

关于德里罗小说的后现代文化特征，另一经常引起关注的话题是德里罗小说对恐怖主义的呈现。评论者发现，自《球员们》（Players）发表以来，恐怖主义一直没离开过德里罗的视野。早在 1994 年电子期刊《后现代文化》发表的德里罗研究专刊中，四篇文章中就有两篇是探讨德里罗的恐怖主义叙事。巧合的是，《小说研究》2004 年推出的以"恐怖主义与后现代小说"为主题的专刊中，一半以上的文章都涉及德里罗的小说。下面，本书将以上述两本期刊为对象，考察批评家如何看待德里罗小说中的恐怖主义。

《后现代文化》中的头篇文章由格伦·斯科特·阿伦（Glen Scott Allen）执笔。在概述德里罗在《走狗》《球员们》《毛二》等小说中对恐怖

---

① 该书第八章的标题——"Slow, Spare and Painful: Body Time and Object Time in *The Body Artist*"——激发了笔者对德里罗的小说《国际大都市》（*Cosmopolis*）的思考。正如下文将显示，笔者在对《国际大都市》进行文本阐释时，也征用了"物时间"与"身体时间"这两个概念。

② 范小玫：《德里罗："复印"美国当代生活的后现代派作家》，《外国文学》2003 年第 4 期。

③ 刘凤山：《〈白噪音〉中的消费文化与宗教生死观》，载郭继德《美国文学研究》第四辑，山东大学出版社 2008 年版，第 245 页。

主义的关注后，他认为，在德里罗的作品中，恐怖主义是"后现代状况一个有机组成部分"。① 在德里罗小说中，恐怖主义可以由《毛二》中的人物体现出来，也可能缘于《白噪音》中的"空中毒雾事件"。并且，他把德里罗对恐怖主义的描写与品钦对他的影响联系在一起，仔细比较德里罗的《拉特纳之星》与品钦的《万有引力之虹》，分析德里罗如何借鉴与发挥品钦的风格。他因此发现德里罗把品钦小说中那种"迫在眉睫的天启变成一种内在的绝对分散与无穷的不稳定性"，而且"德里罗的人物经常自觉陷入周围的种种密谋中，这些密谋可能还构建他们的身份。但他们总是克服种种困难去适应这种生存状态，并有可能反过来改变这种状况"。与格伦·斯科特·阿伦相似，彼得·贝克（Peter Baker）在该杂志的另一篇题为《作为译者的恐怖分子：后现代语境中的〈毛二〉》的文章中也从品钦对德里罗的影响说起，但他主要从后殖民主义视角来看德里罗在《毛二》中对恐怖主义的描写。他根据赛义德在《文化与帝国主义》里提出的论点，认为德里罗在《毛二》中展现的思想与品钦在《葡萄园》中描写的美国在"冷战"时期的地理政治有相同之处，都看到了美国帝国主义思想"与美国文化之间那种深层次的微妙关系"。② 他认为，德里罗在小说中凭想象构思了恐怖分子阿布·拉希德体现了德里罗作为第一世界公民的局限性，难以克服东方主义想象之嫌。他进而论述说，恐怖主义的出现缘于社会的不公正现象，这一点又反过来质疑后现代文化的合法性。

也许由于恐怖主义在《毛二》中占据显著位置，这本小说的身影在《小说研究》2004 年那期专刊中的许多文章中都能见到。而且，彼得·贝克的后殖民视角在理查德·哈达克（Richard Hardack）的文章《二即为大众：〈毛二〉、可口可乐二世及德里罗小说中恐怖主义的政治性》中得到了响应。但哈达克切入的视角是美国文化对集体身份所持的那种既不稳定，又有双重标准的态度。他认为，德里罗在《毛二》中把西方人对集体身份的恐惧投射到东方，"东方的恐怖分子只是西方国家政治无意识的外现"。③ 似乎是为了印证哈达克认为德里罗内化了主流社会价值观的观点，乌拉特卡·韦尔西克（Vlatka Velcic）在他的文章中力证德里罗在创

① Glen Scott Allen, "Raids on the Conscious: Pynchon's Legacy of Paranoia and the Terrorism of Uncertainty in Don DeLillo's *Ratner's Star*", Postmodern Culture, Vol. 4, No. 2 (1994), http: // pmc. iath. virginia. edu/text – only/issue. 194/ allen. 194.

② Peter Baker, "The Terrorist as Interpreter: *Mao II* in Postmodern Context", Postmodern Culture, Vol. 4, No. 2 (1994), http: //pmc. iath. virginia. edu/text – only/issue. 194 /baker. 194.

③ Richard Hardack, "Two's a Crowd: *Mao II*, Coke II, and The Politics of Terrorism in Don Delillo", *Studies in the Novel*, Vol. 36, No. 3, 2004, p. 381.

作中强化了美国文化中对左翼思想持警惕心理的意识形态。他通过比较《天秤星座》中对李·哈维·奥斯瓦尔德与《毛二》对恐怖分子的刻画，认为"两部小说同时反映与建构了一种意识形态，即强化了恐怖与左翼的联系，因此将美国叙事意识中把左翼看成典型的政治'他者'这一思维表现出来"。① 因此，《天秤星座》中奥斯瓦尔德这位左翼分子就成为潜在的恐怖分子，而《毛二》中像拉希德这样的恐怖分子就成为左翼分子。相比之下，约瑟夫·S. 沃克（Joseph S. Walker）就不那么偏激了。同马克·奥斯廷（1999）、玛格丽特·斯坎伦（Margaret Scanlan）（2001）和莱恩·西蒙斯（Ryan Simmons）等批评家相似，约瑟夫·S. 沃克探讨的是《毛二》中作家与恐怖分子的关系。他的贡献在于把《毛二》置于当代美国文学发展语境下考虑，认为这部小说与保罗·奥斯特的《利维坦》及菲利普·罗斯的《行动的夏洛克》一样，是一部"喜剧神秘小说"。不同于该专刊中大多数评论者把目光放在德里罗的《毛二》上，斯蒂芬·J. 梅克瑟尔（Stephen J. Mexel）独辟蹊径，把重点放在《地下世界》中对"得克萨斯高速公路杀手录像带"的描写上。梅克瑟尔认为，《地下世界》中恐怖已具体化为一种能产生社群与历史意识的力量，通过使恐怖活动景观化，人们在观看录像带时体验到与他人聚集在一起的集体性，一起分享观看时体验到的乐趣与恐惧。

在中国，也出现了一篇讨论德里罗小说中的恐怖主义的文章。这篇由王予霞撰写的《恐怖主义诗学的文化内涵——从德里罗等人的小说谈起》梳理了上述《小说研究》中各论文的观点。约瑟夫·S. 沃克对作家与恐怖分子关系的讨论被融入了该文章中的第一部分，文章第二部分则综合了彼得·贝克、理查德·哈达克及乌拉特卡·韦尔西卡等的观点。文章的最后一部分，即第三部分，概述了斯蒂芬·梅克瑟尔的观点。这篇文章为中国读者欣赏德里罗或当代其他作家对恐怖主义的描写提供了一些参考。但是，同国外评论者相似，该文对小说《名字》中的恐怖主义关注不够。因为在《名字》中，语言成为恐怖分子实施暴力的一种形式。实际上，伴随早期学术界所经历的一次"语言学转向"，德里罗在创作中对语言的使用吸引了很多评论者的注意。毕竟，德里罗不止一次在访谈中提及自己对语言的重视。

最早对这一点展开论述的是葆拉·布赖恩特（Paula Bryant）。在《讨

---

① Vlatka Velcic, "Reshaping Ideologies: Leftists as Terrorists/Terrorists as Leftists in DeLillo's Novels", *Studies in the Novel*, Vol. 36, No. 3, 2004, p. 407.

论无法言说的事：德里罗的〈名字〉》一文中，他从小说对话、人物名字等方面关注了《名字》中语言的含混性如何被用来构建新的本体。他尤其注意到小说最后一章，"在语言微妙的混乱与再造中，存在一种让人兴奋不安的潜能，这种潜能为人类自由而存在"。① 因此，正如科尔内尔·邦卡（Cornel Bonca）在《唐·德里罗的〈白噪音〉：该种类的自然语言》中所说的那样，德里罗对语言超越功能的相信使他"并不与后现代主义者们所阐述的理论十分合拍"。② 尽管邦卡的重点是讨论《白噪音》中语言如何成为对付死亡的策略，她同样从《名字》的讨论开始，来证明在德里罗小说中语言并非是意义漂浮流动、所指模糊不清的能指。当然，把语言看成超脱现实的一种手段的作家并不止德里罗一人。阿诺德·温斯坦（Arnold Weinstein）在《没有人的家园：自霍桑到德里罗的美国小说中的言语、自我和地方》一书中，认为德里罗与由霍桑、麦尔维尔、海明威和福克纳等经典作家所培育起来的一条文学传统一脉相承，即把语言看成是思想自由驰骋的场域。他通过分析《名字》《白噪音》及《天秤星座》，认为德里罗具有"人类学家的眼睛，语言学家的耳朵"，认为德里罗小说的核心就是"他对语言独特的理解，总是那样迷人，有时充满远见"。③ 但真正全面分析德里罗小说语言的是大卫·科沃特（David Cowart）。他的著作《唐·德里罗：语言的实体》对深入研究德里罗具有重大的推动作用。这本书之所以能脱颖而出，就在于它一反以前对德里罗主要进行文化批评的研究思路，从语言层面为读者更加全面地呈现了德里罗小说的文学性。在该书中，科沃特"聚焦于德里罗自创作以来对语言的探索。对德里罗来说，语言是文化向标，是'最深层的存在'，让人既敬畏又神往"（numinosum）。④ 科沃特把德里罗自《美国志》到《身体艺术家》的所有小说分成三组，然后以德里罗在历次访谈中说过的话为各小组的标题，从而构成此书的三大部分。而所引用的话都意在体现德里罗对语言的重视——"对我来说，语言是所有事情的核心""万物以语言为首""言语之外的语言"。他认为，德里罗没有完全接受后结构主义理论

---

① Paula Bryant, "Discussing the Untellable: Don DeLillo's *The Names*", *Critique: Studies in Contemporary Fiction*, Vol. 29, No. 1, 1987, pp. 16 – 17.

② Cornel Bonca, "Don DeLillo's *White Noise*: The Natural Language of the Species", *College Literature*, Vol. 23, No. 2, 1996, p. 31.

③ Arnold Weinstein, *Nobody's Home: Speech, Self, and Place in American fiction from Hawthorne to DeLillo*, New York: Oxford University Press, 1993, pp. 289 – 290.

④ David Cowart, *Don DeLillo: The Physics of Language*, Athens and London: University of Georgia Press, 2002, p. 2.

家的语言观点，因为那种观点认为，语言是个远离现实的自在系统。相反，德里罗把语言视为抵制后现代仿真文化的手段，极力激活语言的活力及其内在的张力，从而帮助人类坚守自己的人性。在阅读《地下世界》时，科沃特认为，在小说中，语言的力量超过了"社会颓废时产生的无情力量，大于历史本身的力量"。①

德里罗的语言艺术在中国也引起了一些评论者的注意。杨仁敬（2003）是最早让中国读者留意到这一点的批评者之一。他不仅翻译了勒克莱尔对德里罗的采访与两篇德里罗的短篇故事《象牙杂技艺人》和《第三次世界大战中的人情味》，而且以两个故事为对象，在《用语言重构作为人类一员的"自我"——评唐·德里罗的短篇小说》一文中专门分析了德里罗作品中语言的建构功能。他认为，德里罗娴熟地利用语义场来使文本复杂、含混。而且，德里罗还采用了创造性地组合词语与句子、妙用的重复以及电影脚本的写法等技巧。但在字里行间，德里罗表现出对历史、对政治及对人类命运的极大关注。除杨仁敬之外，李公昭（2003）是另一位国内较早关注德里罗小说语言的评论者。在《名字与命名中的暴力倾向：德里罗的〈名字〉》一文中，虽然他也把《名字》作为讨论对象，但不同于保罗·布莱恩特的是，李公昭把重点放在了小说中"名字与命名"背后所隐藏的暴力。他注意到，小说中，人们对语言符号非理性的崇拜所造成的破坏性后果，注意到了美国统治阶级利用语言来推行他们的霸权主义等。他的观点后来在姜小卫的一篇论文中得到延伸。在《"语言的供奉"：通过语言之途认知自我》中，姜小卫同样看到了《名字》中语言所蕴含的恐怖暴力与政治霸权。但他同时也意识到，德里罗在小说最后寄希望于创造一种新的语言范式。

德里罗对语言的信仰在某种程度上说明他对人类最终走出混乱的世界并没有丧失信心。但他不把视野局限于人们的日常生活，因为他还注意到了后现代文化对自然环境造成的消极影响。最早注意到德里罗小说中潜藏着一种生态意识的批评者之一是伦特里基亚。在对《白噪音》中的文化主题进行介绍时，他提出该小说实际上也是"一本生态小说"。② 他的观点后来被达纳·菲利普斯（Dana Philips）、辛西娅·戴特林（Cynthia Deitering）及格伦·A. 洛夫（Glen A. Love）等所拓展。达纳·菲利普斯认

---

① David Cowart, *Don DeLillo: The Physics of Language*, Athens and London: University of Georgia Press, 2002, p. 184.
② Frank Lentricchia ed., *New Essays on White Noise*, Cambridge: Cambridge University Press, 1991, p. 7.

为,《白噪音》是一首后现代田园曲,因为"小说对自然世界、对已被大多数人忘记的及实际已经成为过去的美国农村风景表现出惊人的兴趣"。① 不过,之所以被称作后现代田园曲,指的是人们对田园虽然保持着冲动或渴望,但这种冲动或渴望只能停留在情感层面,难以在现实中实现。菲利普斯通过分析小说中"最常被人拍摄的粮仓"、基因食品、旧墓地等意象所体现出的生态意蕴,认为《白噪音》中自然与文化已难以区分,而超市已成为一个现代社会的田园空间,尽管它距离自然环境是那么远。至于辛西娅·戴特林与格伦·洛夫两人,前者认为,《白噪音》与《兔子休息了》等其他发表于20世纪80年代的小说一样,是一部"后自然小说",都有一种"毒气意识";② 而后者通过毒气事件、绚丽多彩的落日等情节和意象,认为《白噪音》表现出"一种新的环境愿景"。③

　　《白噪音》中的毒气事件所体现的生态含义也被理查德·克里奇(Richard Kerridge)所关注。他认为,"德里罗用这次生态危机质问了后现代主义,但并没有为读者指出一条走出后现代自我意识与讽刺的出路"。④ 珍妮·哈明(Jeanne Hamming)同样注意到了《白噪音》中的生态意识,但不同于他人的是,她把这种生态意识与小说主人公杰克对一种"本真的"男性气质的留恋联系在一起。她认为,"《白噪音》是一首对十足的男性气质已逝的挽歌。这种男性气质曾被想象地存在于自然中,但随着技术文化对先前男性傲慢肉身的侵袭,这种男性气质正在消失"。⑤ 在文中,珍妮·哈明细数了杰克对自己男性气质的不自信,又结合风行于20世纪80年代的以《第一滴血》为代表的"男性暴跳电影",认为杰克可能对"自然"的男性气质依然存有幻想。这一点可以从小说中杰克对成吉思汗等古代战士表现出的兴趣中窥见一斑。

---

① Dana Philips, "Don DeLillo's Postmodern Pastoral", in Michael P. Branch, Rochelle Johnson, Daniel Patterson, and Scott Slovic, eds., *Reading the Earth: New Directions in the Study of Literature and the Environment*, Moscow and Idaho: University of Idaho Press, 1998, p. 236.

② Cynthia Deitering, "The Postnatural Novel: Toxic Consciousness in Fiction of the 1980s", in Cheryll Glotfelty, Harold Fromm, eds., *The Ecocriticism Reader: Landmarks in Literary Ecology*, Athens and London: University of Georgia Press, 1996, pp. 196 –203.

③ Glen A. Love, "Ecocriticism and Science: Toward Consilience?", *New Literary History*, Vol. 30, No. 3, 1999, p. 570.

④ Richard Kerridge, "Small Rooms and the Ecosystem: Environment and DeLillo's *White Noise*", in Richard Kerridge, and Neil Sammells, eds., *Writing the Environment: Ecocriticism and Literature*, London & New York: Zed, 1998, p. 182.

⑤ Jeanne Hamming, "Wallowing in the 'Great Dark Lake of Male Rage': The Masculine Ecology of Deon DeLillo's *White Noise*", *Journal of Ecocriticism*, Vol. 1, No. 1, 2009, p. 27.

埃莉斯·马尔图齐（Elise Martucci）2007 年出版的《德里罗小说中的环境无意识》是对德里罗小说生态研究的一个重大突破。作为一本专著，它的视野不再局限于《白噪音》，而是对德里罗的小说做了整体性生态阅读。她认为，尽管德里罗不是传统意义上的环境保护主义者，但他始终在自己的小说中关注着物质世界。基于生态批评家威廉·克罗农（William Cronon）对自然的理解，马尔图奇强调了该词的双重含义，"原初状态的自然与被人类改造过的自然"。① 她著作中的关键词"环境无意识"源自另一位生态批评家劳伦斯·布伊尔（Lawrence Buell）。后者对该术语的解释是，尽管个人或集体的感知力无法对自然的认识实现完满的意识，人类具有更充分地意识到周围环境以及人与它之间相互依赖关系的潜能。她集中分析的对象是《美国志》《名字》《白噪音》与《地下世界》，她认为，这四部小说充分体现出德里罗认为自然系统与文化系统总是相互关联的意识。她在《美国志》中发现了一种田园愿望，在《名字》中发现了与大地分离后的恶果，在《白噪音》中发现了人在自然被污染后的生存意识，而在《地下世界》中发现了人们如何适应"冷战"之后的环境。

与西方批评家类似，中国评论者主要是通过细读《白噪音》来分析德里罗的生态意识。较早涉及这一话题的是朱新福，他以自己的博士论文为基础在 2005 年发表了《〈白噪音〉中的生态意识》一文。该文主要由两部分组成：一是通过分析技术、消费主义等因素对环境产生的负面影响，揭示小说中自然与环境的对立；二是借鉴中国生态理论家鲁枢元的观点，分析了《白噪音》中人们"精神生态"所面临的危机。相较而言，第二部分更值得注意，因为这是对西方批评界的一点突破。随着生态批评在中国的推进以及对德里罗关注的日益加深，德里罗其他小说中的生态意识也逐渐成为亮点。朱梅（2010）在《〈地下世界〉与后冷战时代美国的生态非正义性》一文中分析说，《地下世界》不但呈现了消费主义与技术对环境的消极影响，而且描写了强国对弱小国家的生态帝国主义，因为它们把污染转嫁给了弱国。

## 第二节　本书的研究论点、理论框架及主要内容

当然，中国的德里罗研究并非对西方批评界亦步亦趋。除上面提到朱

---

① Elise A. Martucci, *The Environemental Unconscious in the Ficiton of Don DeLillo*, New York & London: Routledge, 2007, p. 2.

新福为解读《白噪音》引入精神生态概念外，陈红与成祖堰（2009）还从叙述学和文体学角度对《白噪音》做了分析，这些都表明，中国学界正努力从自己的视角研究德里罗。其实，上面归纳的四大方面远未穷尽中美批评家对德里罗的研究。上文对德里罗小说中的创伤主题研究以及伊丽莎白·罗森（Elizabeth K. Rosen）、埃米·亨格福德（Amy Hungerford）等从德里罗的天主教家庭背景来研究他的小说所做出的贡献就着墨不多。实际上，对一个长期保持旺盛创作力的作者进行研究，国内外也许还处于升温发展阶段。德里罗小说丰富的内涵只会激发研究者进行更加深入的探索。杰西·卡瓦德罗（Jesse Kavadlo）就主张在新的框架内重读德里罗，认为尽管读者可以继续从德里罗小说"对文化的评论、他们的政治性、他们对消费主义的批判或者他们对媒体在当今社会日益膨胀的关注"① 来阅读他的作品，但有必要去关注他对人类的关心、去关注他如何平衡人类的欲望与绝望。卡瓦德罗从德里罗对爱、恐惧与邪恶的思考出发，挖掘他小说中蕴含的道德维度与精神维度。同杰西·卡瓦德罗类似，卡塔林·奥尔班（Katalin Orbán）和克里斯托弗·多诺万（Christopher Donovan）是另外两位强调德里罗小说暗含道德维度的批评家。卡塔林·奥尔班在《伦理转向：品钦、阿比什、德里罗与施皮格尔曼的大屠杀之后的叙述》一书中辟有一小节，从《白噪音》中的"希特勒研究"这一角度讨论小说的"伦理意蕴"。② 克里斯托弗·多诺万关注面要宽一些。他以理查德·罗蒂的著作《偶然、反讽与团结》为理论支撑，研究了德里罗从《美国志》到《名字》的所有早期小说中的伦理意蕴。在他看来，《美国志》与《端线区》对人性的残忍面做了探讨，对"智性的傲慢与持续发生的狡猾戏虐"③ 进行了道德反思。《琼斯大街》则表明"最糟糕的后现代噩梦并非是后现代的唯一可能性"④，而《拉特纳之星》对现代社会人与人之间的关系表现出了关心。另外，多诺万认为，《走狗》中纳丹这一人物形象为"小说无处不在的犯罪因素提供了至关重要的平衡力"，从而从荒芜中找回了"道德信息"。⑤ 同样，《球员们》中帕米与莱尔的婚事，

① Jesse Kavadlo, *Don DeLillo*: *Balance at the Edge of Belief*, Frankfurt: Peter Lang, 2004, p. 4.

② Katalin Orbán, *Ethical Diversions*: *The Post - Holocaust Narratives of Pynchon*, *Abish*, *DeLillo*, *and Spiegelman*, New York & London: Routledge, 2005, p. 105.

③ Christopher Donovan, *Postmodern Counternarratives*: *Irony and Audience in the Novels of Paul Auster*, *Don DeLillo*, *Charles Johnson*, *and Tim O'Brien*, New York & London: Routledge, 2005, p. 40.

④ Christopher Donovan, *Postmodern Counternarratives*: *Irony and Audience in the Novels of Paul Auster*, *Don DeLillo*, *Charles Johnson*, *and Tim O'Brien*, New York & London: Routledge, 2005, p. 51.

⑤ Ibid. , p. 63.

为走向"健康心灵"提供了可能性。至于《名字》，多诺万认为，该小说潜在地批评了过分沉溺于美学与智性追求。

正如卡塔林·奥尔班的书名表示的，上述几位批评家的努力实际上与始于20世纪90年代初欧美学界发生的一次"伦理转向"相契合。根据肯尼斯·沃马克（Kenneth Womack）的介绍，这次转向主要有两条路线：在北美，以韦恩·布思和玛莎·努斯鲍姆（Martha C. Nussbaum）为代表的批评家从康德的道德哲学寻找源头，颇有复苏以往伦理思想的趋势；在欧洲，主要是沿着列维纳斯的"他者"思想探索，对"他性""外在性"等问题进行探索和研究。① 就他们借鉴的理论思想而言，卡瓦德罗、多诺万等基本上是顺着第一条路线来解读德里罗小说中的伦理思想。他们的研究对近年来德里罗研究中一股正在萌动的"伦理转向"无疑起了重大的推动作用。与此同时，他们的探索也为本书的展开提供了思考的方向。但与他们不同的是，本书将尝试沿着肯尼斯·沃马克所说的第二条路线，以列维纳斯的伦理思想为出发点，对德里罗小说中的伦理维度进行深入阐述。② 本书选择《白噪音》《毛二》《地下世界》《身体艺术家》《国际大都市》《坠落的人》和《欧米伽点》七部小说为主要研究对象。选择《白噪音》等七部作品作为研究对象，一方面是对克里斯托弗·多诺万研究成果的直接呼应，因为从出版时间来说，它们都发表于《名字》之后；另一方面是这七部小说都是德里罗获得世界声誉、走向创作高峰时期的作品。当然，这样做并不排斥行文中对德里罗的其他作品进行参照性阅读。在这些作品中，尽管德里罗着力刻画了当代美国社会传统信仰的失落、消费文化对人类精神世界的侵蚀、作家身份在影像文化中的艰难处境、工具理性过度膨胀带来的灾难、创伤体验的痛苦、经济全球化引发的社会不公以及恐怖袭击之后生命的恐慌，但是，他并没有丧失对生活的信心。他在审视当代美国社会日渐商业化、人们精神世界日益平面化的同时，积极思

---

① Kenneth Womack, "Ethical Criticism", in Julian Wolfreys, ed. , *Introducing Criticism at the 21ˢᵗ Century*, Edinburgh: Edinburgh University Press, 2002, pp. 106 – 125.

② 与卡瓦德罗和多诺万不同，卡塔林·奥尔班在他的著作中有意识地借鉴了列维纳斯的思想。但奇怪的是，尽管《伦理转向：品钦、阿比什、德里罗与施皮格尔曼的大屠杀之后的叙述》这本书在副标题中明确表明以德里罗为探讨对象之一，但是，在该书内容目录中，却并没有出现关于德里罗的章节。经过翻阅，笔者才在讨论阿比什的那章中发现，奥尔班只用了一小节来讨论德里罗的《白噪音》。并且，奥尔班的分析重点是要证明"在众多侵入该小说美国中产阶级家庭厨房的事务中，大屠杀不仅是最大的，而且也是最隐而不显的"。他把小说的情节与纳粹驱犹的过程做了类比性分析，认为大屠杀是《白噪音》话语策略"无法同化的他者"，这与笔者下文将要对《白噪音》做的伦理分析大相径庭。

考走出困境的办法。当然，德里罗不是寄希望于传统宗教信仰的复苏，而是从人性自身的光辉中去寻找良方。在笔者看来，这股暖流起码部分源于小说中主人公对他人、对外在世界做出积极反应的能力。这种伦理维度使德里罗的小说并非像布鲁斯·鲍尔（Bruce Bawer）说的那样，只传达"当代美国的生活是乏味的、让人麻木的、使人异化的"[1] 这种悲观思想。相反，蕴含在德里罗小说之中的伦理信息是抗拒这种虚无情绪的动力。

本书把德里罗小说中的伦理意蕴作为研究中心并不是为了证明德里罗是名卫道士，而是为了说明德里罗在被让－弗良索瓦·利奥塔德认为以各种元叙述已失效及人们对差异更加敏感、对异己者更加宽容为特征的后现代文化语境中[2]，并没有放弃对人权、正义、自我行为与他者利益如何权衡等重要伦理问题进行思考。这正是本书题目中的关键词"后现代伦理意识"[3] 的内涵所在。德里罗并非要宣扬某些普世的伦理准则，而是看到了后现代主义思潮中尊重他者这一文化精神所具有的伦理意义。[4] 正如上文所提示的，虽然本书将涉及的理论家比较多（这其中主要包括查尔斯·泰勒、克里斯托弗·拉希、布尔迪厄、赫柏特·马尔库塞、卡西·卡鲁斯、多米尼克·拉卡普拉、弗洛伊德、雅克·拉康、鲍德里亚和詹姆逊等理论家），但为本书提供思考原点的是立陶宛裔法国籍思想家伊曼纽尔·列维纳斯（Emmanuel Levinas）的伦理思想以及以吕斯·伊里加雷（Luce Irigaray）和朱迪斯·巴特勒（Judith Butler）为代表的女权主义者在发展他的伦理思想时所提出的一些理论观点。

---

[1] Bruce Bawer, *Diminishing Fictions*: *Essays on the Modern American Novel and Its Critics*, Saint Paul: Graywolf, 1988, p. 256.

[2] Jean – François Lyotard, *The Postmodern Condition*: *A Report on Knowledge*, trans. Geoff Bennington, and Brian Massumi, Minneapolis: University of Minnesota Press, 1984, pp. xxiv – xxv.

[3] 此关键词派生于齐格蒙特·鲍曼（Zygmunt Bauman）的著作《后现代伦理》。他认为，在反本质、反普世的后现代文化语境下，"我们需要重新学习尊重歧义、学习尊重人的感情、学习欣赏不带目的与算计的行为"，并进而认为，我们在抛弃现代性所制定的伦理准则的同时，需要对人的道德感进行"再个人化"。在该著作中，他借鉴了列维纳斯的理论观点，把人的道德责任感视为"自我的第一现实"。参见 Zygmunt Bauman, *Postmodern Ethics*, Oxford and Cambridge: Blackwell, 1993。

[4] 正如盛宁在《人文困惑与反思——西方后现代主义思潮批判》一书中论述所说，后现代主义思潮是西方学界"对于迄今为止的西方人文传统的一次重新构思（re – conceptualizing）和重新审视（rethinking），是一次重新整合（reconstruction）和改写（rewriting）"。对于这股思潮，赞赏者有之，斥责者也不少。但不可否认的是，以解构主义、女权主义、后殖民主义等为代表的后现代主义思潮消解了西方文化中长期存在的二元对立、本质主义等以总体性为特征的思想，并促使人们去关注与尊重以往被主流意识形态边缘化或遮蔽的他者，如女性、自然、少数族裔等。

列维纳斯的伦理思想与反普世、反本质的后现代文化精神有呼应之处。因为不同于惯常理解，列维纳斯并不把伦理行为视为人们根据某些预先制定的道德规则而做出的行事决定："在列维纳斯看来，伦理是种没有法则与概念的伦理。只有在被决定为某些概念与法则之前，它才保持自己非暴力的纯粹性。"① 根据陈晓明的总结，列维纳斯的伦理思想"可以高度概括为他者的伦理学"。② 更准确地讲，列维纳斯看到了他者对本体存在具有一种超越性作用。③ 正如一篇他取名为《伦理是第一哲学》的文章标题所示，列维纳斯赋予伦理一种先于本体存在的地位。在他看来，在自我成为自我之前，已经肩负着对他人的责任，"成为自我是成为宾格的主体——不是'我思'或'我看见'，而是'我在这儿。'他者迫使自我承认对他者的发言所负有的责任或须做出应答"。④ 这里的"他者"不是普通含义的"他者"，而是一种具有形而上学意义的"他者"。列维纳斯在《整体性与无限性》中曾对两种不同类型的"他者"做过如下区分：

> 形而上学意义上为人渴望的他者不同于我吃的面包、不同于我居住的领地、不同于我关注的风景等诸如此类的"他者"。也不是有时候我为了自己时说的这个"我"，那个"他者"中的"他者"。这是些为我"所食"的现实，很大程度上只是为了满足我自己，就像我仅仅是缺少他们一样。他们的"他性"（alterity）被吸纳进我作为一个思想者或拥有者这样的身份中。但那种形而上学意义上的欲望却是指向某种完全不同的事物，指向绝对的他者。⑤

列维纳斯在这里呈现了"我"与"他者"之间两种形式的关系：一种是内向性的，这种关系强调万物为"我"所用、为"我"所有的关系；另一种是外向性的，这种关系强调"我"对一个始终存在于"我"之外

---

① Jacques Derrida, *Writing and Difference*, trans. Alan Bass, London and New York: Routledge, 2001, p. 138.

② 陈晓明：《德里达的底线》，北京大学出版社 2009 年版，第 347 页。

③ 杨大春在《语言 身体 他者：当代法国哲学的三大主题》一书中视"他者"为当代法国哲学的三大主题之一（另两个是语言与身体），并通过比较列维纳斯与胡塞尔、梅洛 - 庞蒂、萨特及海德格尔等哲学家对自我与他者关系的论述，指出列维纳斯的独特之处在于"超越各种关于他人的相对他性主张，力主他人的绝对性地位"（第 280 页）。

④ Cathryn Vasseleu, "The Face Before the Mirror - Stage", *Hypatia*, Vol. 6, No. 3, 1991, p. 144.

⑤ Emmanuel Levinas, *Totality and Infinity: An Essay on Exteriority*, trans. Alphonso Lingis, Pittsburgh: Duquesne University Press, 1969, p. 33.

的"他者"做出回应。列维纳斯把前一种意义的"他者"称为"小他者"（other），而把后一种具有超验意义的他者称为"大他者"（Other）。前一种关系体现的是"整体性"概念，"他者"被归化到"同一性"（the Same）中，是"我"对"他者"的压制或占有。在实际生活中，这种"我"与"他者"的关系或演变为"主—奴"关系，或呈现为"主—客"关系。相反，后一种关系是种"无限性"概念，因为"我"与"大他者"的距离始终保持，反而是"我"的"同一性"被扰乱、被打开。这个"大他者"既不是"我"东方主义式的想象外化，也不是被"我"驱逐至社会边缘的"多余人"，而是具有"我"无法整合、无法把握的他性。在这个"大他者"面前，"我"感受到一种强大的召唤力量，迫使"我"去做出应答。列维纳斯所说的对"他者"的责任即源于后一层关系。但是，如果"我"对"他者"的责任先于自为的自我，那么这种责任究竟从何产生呢？或者说，列维纳斯关于"大他者"的概念是否有其思想来源？这种对"大他者"（"形而上学意义上为人渴望的他者"）的责任又是如何位移到人们的日常生活中呢？要回答这些问题，也许我们得从列维纳斯对上帝概念的探讨谈起。毕竟，正如西蒙·克里奇利（Simon Critchley）所说，"离开犹太教对他的启发，列维纳斯的思考几乎无法想象"。①

列维纳斯认为，西方哲学传统通常是在自我存在的语境下来思考上帝的意义。他认为，《圣经》中的上帝"以一种超乎想象的形式来表现一种自我存在之外的存在"。② 因此，上帝的意义不是可以体验或表征的现象。用他的另一本著作的名称来说，上帝"别于存在抑或外乎本质"。为了阐述他的上帝观念，列维纳斯打破信仰与理性的二元对立，从笛卡尔那里寻求灵感。他说，"尽管笛卡尔把上帝想成存在，但他把上帝想成一种超常的（eminent）存在，或认为上帝的存在是超常地（eminently）。在上帝的概念与存在的概念和解（rapprochement）之前，我们必须确切地问自己，这其中的形容词超常的与副词超常地难道不是指我们头顶的天空的高度？这种高度超出本体之外"。③ 因此，列维纳斯认为，虽然笛卡尔依旧在此在的框架下思考上帝，但他并没有把上帝的概念归化到人类的本体存在。

① Simon Critchley, "Introduction", in Simon Critchley, and Robert Bernasconi, eds., *The Cambridge Companion to Levinas*, Cambridge: Cambridge University Press, 2002, p. 2.

② Emmanuel Levinas, *Of God Who Comes to Mind*, trans. Bettina Bergo, California: Stanford University Press, 1998, p. 56.

③ Ibid., p. 62.

上帝因此在我们的"同一性"之外。相反,当我们想起上帝的概念时,它具有一种在"我想"之外的无限性,一种绝对的他性,是外在于"我"之外的"大他者",并且因此烦扰了"我"的本体存在,"把我从内在的意识中唤醒,进入一种警觉的失眠状态,一种意识到外在本质的存在"。① 但伦理关系正是在这种回应中逐渐产生,"'大他者'的陌生性,他外在于'我'、我的思想、我的所有的无法归约性实现了对我的自主性进行质疑,在这种陌生性与不可归约性中产生了伦理"。② 从这个意义上说,列维纳斯认为,伦理首先是一种打断,打断了"我"的"同一性",迫使"我"做出应对,并对此负责。而且,这种责任感是单向的,是不计回报的,正如亚伯拉罕在上帝的召唤下义无反顾地奉上以撒一样。

更重要的是,列维纳斯认为,这种对"大他者"的责任是自我的史前史。这是因为,"这样一种过程,在作为开端的自我于'现在'去认知它、把握它之前,便已发生了……而且即使我意识到我被烦扰,我也根本无法'回忆'起那个烦扰是在什么时候发生的"。③ 因此,列维纳斯认为,人的主体性从结构上讲天生就具有一种伦理性,这种伦理维度是每一个人的组成部分,是存在于意识之外的无意识。人的实际存在后于他或她对某种无限性的从属,在成为自为的自我之前,"我"已是这种无限性的人质,对它负有无限责任。因此,克里奇利认为,在列维纳斯看来,"伦理是门创伤学"。④ 克里奇利的观点对理解列维纳斯如何把发生在自我史前的责任感转移到日常生活中"我"对他人、对自己的邻居的责任很有启发意义。如果说,创伤当事人总会"不可控制地不断重现创伤性情景"⑤,那么那种一直烦扰着"我"的无限性在现实生活中会转化为"我"对他人的责任。列维纳斯特别强调了他人的"脸"对唤醒"我"的责任心的重要性,因为在他人的脸上,"我"看到的是"外在性或超验性的光芒"⑥,或者"他人的脸一开始就在'要求我'、命令我,那是上

---

① David Ross Fryer, *The Intervention of the Other: Ethical Subjectivity in Levinas and Lacan*, New York: Other Press, 2004, p. 165.

② Emmanuel Levinas, *Totality and Infinity: An Essay on Exteriority*, trans. Alphonso Lingis, Pittsburgh: Duquesne University Press, 1969, p. 43.

③ 朱刚:《一种可能的责任"无端学"——与列维纳斯一道思考为他人的责任的"起源"》,《中山大学学报》(社会科学版) 2010 年第 1 期。

④ Simon Critchley, *Ethics, Politics, Subjectivity: Essays on Derrida, Levinas, and Contemporary French Thought*, London: Verso, 1999, p. 185.

⑤ 林庆新:《创伤叙事与"不及物写作"》,《国外文学》2008 年第 4 期。

⑥ Emmanuel Levinas, *Totality and Infinity: An Essay on Exteriority*, trans. Alphonso Lingis, Pittsburgh: Duquesne University Press, 1969, p. 24.

帝超越性发生体系的核心，那是上帝概念的核心"。① 因此，在列维纳斯看来，"我"一开始就对他人负有责任感。这种伦理关系不是源于对某一道德准则的遵从，而是人性的一部分。我的自足性时刻被外在的"他性"烦扰，促使我去同情他或她的痛苦。

　　列维纳斯伦理思想的另一个发展阶段是他的"语言学转向"。这次转向直接源于德里达对他的《整体性与无限性》的提问。在一篇题名为《暴力与形而上学》的文章中，德里达注意到列维纳斯在探索一条与胡塞尔现象学和海德格尔本体论不同的道路。他认为，列维纳斯"试图把自己的思想从以'同一'和'唯一'为统治内容的希腊传统中解放出来"。② 但德里达同时发现，"列维纳斯虽然不断地谈到'他者'，但他总是用描述'同一'的语言去描述'他者'；列维纳斯虽然开启了哲学的新视域，但他在解释希腊意义上的逻各斯时却仍然停留在逻各斯中心主义中"。③ 列维纳斯对这次提问回应的直接结果是《别于存在抑或外乎本质》一书。这本书的重要贡献在于他意识到除"脸"（既是表情，又是一种特殊的语言）之外，日常交际使用的语言同样具有伦理意义。他在该书中区分了两种形式的语言，一种是"所说"（the Said），另一种是"言说"（the Saying）。简言之，"所说"是已完成的陈述或建议，因而它的意义已经固定了，是一种本体存在，"从时间上看它的意义已经不再变化，身份是同一的"。④ 与"所说"相关的概念是"言说"。如果说"所说"表示的是一种固定含义，"本体上已拒'他者'于其外"⑤，"言说"强调了对话中说的过程。这里说的过程就是伦理意义产生的过程，因为对话的过程中原本自为的身份在应对他人过程中被打开了，"因为在'言说'中，存在、本质、与孤立的身份所具有的有限性与局限性被克服"。⑥ 值得注意的是，"所说"与"言说"总是纠结在一起的，因为在言语行为中，"言说"这个过程很快就转化为"所说"，但是，"所说"总带有

①　Emmanuel Levinas, *Of God Who Comes to Mind*, trans. Bettina Bergo, California: Stanford University Press, 1998, p. xiv.

②　Jacques Derrida, *Writing and Difference*, trans. Alan Bass, London and New York: Routledge, 2001, p. 102.

③　汪堂家：《汪堂家讲德里达》，北京大学出版社 2008 年版，第 277 页。

④　Emmanuel Levinas, *Otherwise Than Being, Or Beyond Essence*, trans. Alphonso Lingis, Pittsburgh: Duquesne University Press, 2006, p. 37.

⑤　Robert Sheppard, "Poetics and Ethics: The Saying and the Said in the Linguistically Innovative Poetry of Tom Raworth", *Critical Survey*, Vol. 14, No. 2, 2002, p. 75.

⑥　Robert Eaglestone, *Ethical Criticism: Reading after Levinas*, Edinburgh: Edinburgh University Press, 1997, p. 143.

"言说"的痕迹。因此，在列维纳斯看来，哲学家的一项任务就是把"言说"从"所说"中拯救出来，从整体性的存在中发掘出伦理维度。本书在运用这一点阐释德里罗小说中的伦理意识时，将根据研究者对列维纳斯理论的继承和发展，把所有具有确定内涵的本体性关系视为"已说"，而把所有对这种本体关系进行超越的行为或言语视为"言说"。

　　列维纳斯这种视"伦理为第一哲学"的思想对德里达、布朗肖（Maurice Blanchot）及利奥塔德等欧洲许多重要思想家都产生过影响。正因如此，在为《列维纳斯剑桥指南》一书撰写前言时，克里奇利写道："人们也许可以设想这样一种可能性，那就是把 20 世纪法国哲学史写成伊曼纽尔·列维纳斯的哲学专记。"① 尽管如此，列维纳斯的一些概念仍然受到批评家的质疑。这其中除上面提到的德里达的提问外，以吕斯·伊里加雷、朱迪斯·巴特勒为代表的女权主义者对列维纳斯理论批判性的发展颇引人注目。由于朱迪斯·巴特勒的理论将在第五章和第六章中结合文本分析进行介绍，这里集中讨论吕斯·伊里加雷对列维纳斯的质疑，既深化我们对列维列斯的理解，又为接下来的文本分析提供更加契合的理论资源。在《提给伊曼纽尔·列维纳斯的问题》一文中，吕斯·伊里加雷共列举了 10 个问题。根据问题的内容，我们可以把这 10 个问题归为三大范畴：

　　首先，吕斯·伊里加雷质疑了列维纳斯对性别差异的忽视。她仔细分析了列维纳斯的几个关键概念，发现列维纳斯所说的"他者"或"他性"实际上沿袭了父权传统。对此，她反问道："有外在于性别差异的他性吗？"② 在她看来，列维纳斯看到的是"父—子"及"男性—上帝"的关系，而抹除了女性的他性。从这个角度来说，列维纳斯的写作是非伦理的，"在他看来，女性的自由与作为人的身份，并不代表值得尊重的他者。女性这位他者失去了自己具体的面容。就此而言，他的哲学极其缺乏伦理"。③ 她因此主张有必要把面容还给女性，帮助女性发现面容、保留面容。并且，女性面容的介入将改变列维纳斯哲学中自我对他者产生的那种"自闭的、自我为逻辑的（egological）、孤独的爱"，而是让彼此感受到"一种超验的他性，我与他都感到一种瞬时的陶醉"。④ 伊里加雷坚持

① Simon Critchley, "Introduction", in Simon Critchley, and Robert Bernasconi, eds. , *The Cambridge Companion to Levinas*, Cambridge: Cambridge University Press, 2002, p. 1.

② Luce Irigaray, *The Irigaray Reader*, Oxford and Cambridge: Blackwell, 1991, p. 178.

③ Ibid. , pp. 183 – 184.

④ Luce Irigaray, *The Irigaray Reader*, Oxford and Cambridge: Blackwell, 1991, p. 180.

说，由于两性之间无法消除的差异，这种陶醉并不会削弱彼此的他性。因此，正如玛丽安·艾德（Marian Eide）总结所说，伊里加雷通过强调两性之间的愉悦，提供了一种有别于列维纳斯的伦理模式，这种伦理模式"有赖于差异与联系之间的互动"①，而不是列维纳斯那种单向度的我对他人的责任。

　　其次，伊里加雷质疑了列维纳斯始终赋予"他者"形而上学本质的论述。她认为，尽管列维纳斯立足于现实中自我对他者的责任，但论述中总是"牢牢地坚持一种阐述学、形而上学或神学的基调"。② 她把这一点归结于他男性的偏见、对哲学与神学的借鉴以及他对上帝法则的坚持。伊里加雷主张从肉体的快感中或"肉欲的表征"③ 上去寻找伦理关系。她在《性别差异的伦理》一书中同样写道，在爱人相互抚摸时，"没有谁是主宰"。④ 伊里加雷这一质问其实是对第一点的深化。尽管"他者"问题贯穿了列维纳斯的哲学思考，但由于他"对他者他性的坚持没有区分，并不考虑具体身份，因而他没有考虑到人与人的他性并不相同这样一个事实"。⑤ 这一点自然让注重性别、身份及文化差异的女权主义者感到不满意。目前，在耶鲁大学任教的女权主义理论家赛拉·本哈毕（Seyla Benhabib）对自我与他者关系进行的区分为弥补这一缺憾做出了贡献。她把自我眼中的他者归为两类：一是"被泛化了的他者"（the generalized other）；二是"具体他者"（the concrete other）。当我们与"被泛化了的他者"相处时，遵循的准则是"正式平等"（formal equality）与"互惠互利"（reciprocity）。在这两个准则之下，协调自我与他者的关系的道德范畴是"权利、义务与资格，与之相应的道德情感则是尊重、责任、价值感、尊严"。在这种关系中，无视双方的"个性与具体身份"，而强调双方作为一个理性的人所具有的共性；当我们与"具体他者"相处时，遵循的准则是"公平合理"（equity）与"互补性的互惠互利"（complementary reciprocity），更重要的是，彼此把对方看成"一个有着具体历史、身份和有血有肉的人"。协调自我与他者的关系的道德范畴是"责任、友爱

①　Marian Eide, *Ethical Joyce*, New York：Cambridge University Press, 2002, p. 6.

②　Luce Irigaray, *The Irigaray Reader*, Oxford and Cambridge：Blackwell, 1991, p. 183.

③　Ibid. , p. 187.

④　Luce Irigaray, *An Ethics of Sexual Difference*, trans. Carolyn Burke and Gillian C. Gill, London and New York：Continuum, 2004, p. 157.

⑤　Tina Chanter, "Introduction", in Tina Chanter, ed. , *Feminist Interpretations of Emmanuel Levinas*, Pennsylvania：Pennsylvania State University Press, 2001, p. 20.

与共享，与之相应的道德情感则是爱、决心、同情和团结"。① 本哈毕的他者思想具有两个很明显的特点：首先，她既看到抽象化了的"他者"，又看到了和"我"一样有着丰富表情与情感的"他者"，从而调和了列维纳斯和伊里加雷的争执。其次，她在强调对"他者"的责任时，并没有忽视"我"的存在。这一点或许能多少校正列维纳斯理论中的极端性。正如有论者在论述列维纳斯以"伦理学"为"第一哲学"的思想时提问道："以对他人的责任为最高的价值，这是否反过来又会导致他人对自我的暴力。诚然，我们不能立足于自我而去抹消他人，不能把他人还原、同化到自我上来。但这是否就必定意味着要使自我成为他人的人质？无条件地、无端地承担起对他人的责任？"② 列维纳斯对他者的过于强调有对"我"的存在视而不见的危险，而本哈毕却同时考虑到"我"与"他"的存在。

伊里加雷对列维纳斯的第三大疑问是他著作中没有提及与自然之脸相关的议题。她认为，没有独立于自然之外的他性。对人的身份意识来说，自然世界的重要性不亚于社会世界，"我们不仅受限于文化，我们还是自然的一部分，自然是我们持续创造文化的基础"。③

可以看出，伊里加雷的目的旨在使列维纳斯提到的自我与他者的关系更具体、更语景化，因为她一方面主张给他者多增加不同的"脸"（女性的脸、自然的脸）；另一方面倡导使他者的面孔更现实化，这些后来得到了朱迪斯·巴特勒等人的呼应。但是，同德里达对列维纳斯的提问一样，她们的观点以及本哈毕的论述可以看成是对列维纳斯观点的补充。她们给我们的启示是：当把德里罗的小说放在列维纳斯的他者伦理思想中进行观照时，我们不仅要看到外在性对"我"存在的超越并不意味着抹杀"我"的主体性，而且应该注意到这种外在性力量所包含的性别与自然因素。这些"他者"的"脸"以及他们以各种方式进行的"言说"构成德里罗小说中的潜文本。而这个潜文本的存在，促燃了德里罗小说的生命力，成为德里罗在后现代文化语境中构建伦理意识的重要基础。当然，对这个潜文本的发掘与探析也构成了本书的立足点。我们将发现，在《白噪音》《毛二》《地下世界》《身体艺术家》《国际大都市》《坠落的人》和《欧米伽

---

① Seyla Benhabib, "The Generalized and the Concrete Other: The Kohlberg – Gilligan Controversy and Feminist Theory", *Praxis International*, Vol. 5, No. 4, 1986, p. 411.

② 朱刚：《伦理学作为第一哲学如何可能？——试析列维纳斯的伦理思想及其对存在暴力的批判》，《南京大学学报》2006 年第 6 期。

③ Luce Irigaray, *The Irigaray Reader*, Oxford and Cambridge: Blackwell, 1991, p. 183.

点》中，这个潜文本通过这种或那种形式表现出来，抗拒后现代文化中由于消费主义、技术崇高化、历史意识消失、全球化和恐怖主义等现象发生所带来的虚无感。

在第一章"后工业时代的自我焦虑：《白噪音》中的身份伦理"中，本书将以《白噪音》中的主人公杰克发现自我伦理维度的过程为线索，探讨人在后工业时代如何为失重的生命找到意义。在后工业时代，由于传统宗教信仰已经让位于消费与影像文化，加上技术的非理性发展，人的精神自我充满了对死亡的恐惧。杰克为了克服这种恐惧，企图通过认同消费主义文化来壮大自己的物质自我与社会自我，结果不但没能获得期望中的效果，而且走向一种"反常与断裂状态的个人主义"，背离自己的家庭与社会责任。但小说并没有把杰克推向绝望，因为小说没有忘记提供一种超越的可能性。区别于哈罗德·布鲁姆等评论家的观点，本书并不把这种可能性解读成作者的浪漫想象，而是强调杰克走出自我、回应他者这一过程在其中的作用。只有不断超越自我的负累，直面他人渴求的面容，才能为胆战心惊的生命找到一个落脚点，从而抗拒存在的虚无。

第二章"重塑现代主义者的沉默：《毛二》中的写作伦理"关注的是德里罗对文学与社会之间相互关系的思考。如果说第一章讨论的是较为笼统的身份伦理意识，那么本章分析的焦点则聚集到更为具体的作家身份之上。本章首先借助法国理论家布尔迪厄的"场域"理论，探讨《毛二》中的现代主义避世作家比尔·葛雷的作者身份如何被商品化、被影像化。尽管葛雷本人为摆脱商业文化的挤压做出了努力，但由于他不经意地陷入了审美主义伦理观中，所有抗争最终以失败而告终。德里罗以葛雷的故事告诉读者，不仅现代主义者的审美性难逃被影像文化同化的危险，而且审美性伦理观主导下的写作最终导向某种虚无。通过在小说中引入两位当代文化阐述者，德里罗在后现代语境下对现代主义作家的沉默审美性进行了反思，意在表明作家的独立精神与自身的社会责任并不相悖。而且，这种在作家独立性与社会责任性之间保持协商关系的写作伦理也间接地批判了后现代思潮中某种零度写作的态度。德里罗由此建构了后现代写作伦理，以抗拒审美性写作的虚无。

在第三章"寻找走向和平的生态技术：《地下世界》中的技术伦理"中，笔者结合马尔库塞对发达资本主义技术合理化现象进行分析，凸显前两章在讨论《白噪音》和《毛二》时对技术主题的关注。本章认为，《地下世界》着力揭示了"冷战"思维所构成的一个排他体系，生活在其中的人大多被归化为"单向度的人"。这种"我们与他们"的二元思维加剧了"冷战"期间对技术的迷恋，结果导致技术的非理性发展，给周围环境与人们的身心健康带来了可怕的灾难。不仅如此，强权政治还有意识地把技术的风险转移到边缘化人群身上，加剧了技术的非正义性。但是，德里罗对技术本身并不抱有敌意。相反，通过和平人士、大自然与艺术家的"言说"，他在小说中倡导一种"生态技术"———一种在为人类生活带来种种便利的同时，不以破坏生态系统为代价的技术，借此抗拒技术合理性的虚无。

在第四章"为了活着而诉说、活着是为了诉说：《身体艺术家》中的创伤伦理"将借鉴当代创伤理论的研究成果，认为《身体艺术家》这本书从故事情节上讲，即使是德里罗"最赤裸裸的情感作品"①，也同样蕴含积极的伦理意蕴。小说不仅仅叙述了艺术家雷伊的自杀给他的妻子劳伦带来的重创，而且暗示了劳伦与雷伊两人过去所受过的精神创伤。通过把劳伦这次创伤与他们俩过去所受创伤联系起来，以她如何在"复现创伤"中与创伤达成和解，并充当雷伊所受创伤的见证人这一过程为线索，该小说探讨了创伤的伦理意义。作为一名身体艺术家，劳伦通过身体艺术与观众分享了她与创伤达成和解的智慧，履行了作为艺术家为他人提供审美净化的责任。正是把个人生命体验与他人的情感需要联系在一起，才使劳伦一度静止的生命得以继续，抗拒了创伤的虚无。

在第五章"难以同化的他者：《国际大都市》中的全球化伦理"强调了德里罗对经济全球化的反思。笔者认为，《国际大都市》虽然以主人公埃里克·帕克前往童年成长的地方理发时一路上发生的事情为叙事线索，它事实上是一本"全球化小说"。如果称一本小说为"全球化小说"，"不是取决于这个文本对已知的情况反映多少，而是取决于它对我们所知道与了解的关于全球化的话语与讨论增加了哪些内容"②，那么通过埃里克的故事，德里罗在对跨国资本主义可能造成的那种唯我独尊的后果进行批判的同时，向被这种文化逻辑排挤在外的他者表达了同情与关怀。更重要的是，小说借助主人公埃里克精神上的升华表明，只有承认他者力量的自我，才具有无限的可能性。只有这样，才能抗拒新自由主义语境下帝国自我的虚无。

在第六章"美国例外论的破灭：德里罗后'9·11'小说中的共存伦

---

① Mark Osteen, "Echo Chamber: Undertaking *The Body Artist*", *Studies in the Novel*, Vol. 37, No. 1, 2005, p. 65.

② James Annesley, "Market Corrections: Jonathan Franzen and the 'Novel of Globalization'", *Journal of Modern Literature*, Vol. 29, No. 2, 2006, p. 113.

理"以《坠落的人》和《欧米伽点》两本后"9·11"小说为研究对象，研究德里罗在"9·11"之后对生命柔脆性的伦理思考。遭受"9·11"恐怖袭击重创的不仅有双子塔楼中的工作人员，而且是美国例外论思想。确实，美国政府积极从文化创伤的意义着力对恐怖袭击事件进行建构，为反恐战争辩护。不过，美国在反恐战争中以保护生命之名而践踏他人生命尊严的生命政治并没有给国民带来企盼中的安宁，只不过进一步凸显了生命的脆弱性。在《坠落的人》和《欧米伽点》两本后"9·11"小说中，德里罗寄寓了人类需要共生共处的共存伦理，为超越美国例外论的框架提供了启示，为美国在后"9·11"时代处理例外论破灭之后的创伤、构建新的政治秩序指明了路径，抗拒霸权主义政治的虚无。

对伦理主体性的肯定使德里罗小说在对社会经济与文化状况进行批判的同时，具有了一种人文关怀。尽管他小说中的一些主要人物在外界强力的干扰下，他们的内在主体性似乎像米兰·昆德拉形容的那样"不再拥有重量"①，但是，德里罗并没有丧失最终将走出困境的信心。这种可能性不仅仅是如保罗·莫尔特比所说的那样，缘于德里罗一种"浪漫主义形而上学"似的想象，而是缘于他小说中主人公对他者的需求或痛苦做出积极回应的能力。他性的力量进而中断了某种僵化的整体性思维，为个体的生存、人类的发展迎来新的希望。这种超越性的他性力量一定程度上构成了德里罗小说叙事内在的张力。

---

① Milan Kundera, *The Art of the Novel*, trans. Linda Asher, New York: Grove, 1986, p. 32.

# 第一章　后工业时代的自我焦虑：
## 《白噪音》中的身份伦理

正如绪言所提，德里罗更愿意被读者视为一位不以某种"主义"冠名的美国作家。然而，对于批评家称《白噪音》为一部后现代小说，他却表达了少有的默许。① 确实，在叙述技巧上，批评家已就其后现代风格做了详尽叙述。这部由"波与辐射""空中毒雾事件"及"'戴乐尔'闹剧"三大部分组成的小说，情节松散，彼此之间并不像传统小说那样具有明显的因果关系。除此之外，该小说还打破体裁界限，混合了不同的体裁风格，通篇故事杂糅了家庭小说、灾难小说、学院小说及犯罪小说等类型。柯内尔·邦卡认为，在美国大学课堂上，《白噪音》已代替托马斯·品钦的《拍卖第49号》，"成为教授们用以向学生介绍后现代情感的著作"。② 但是，《白噪音》与后现代更加突出的联系恐怕是它对后现代文化中人类存在的关注。如果说"无论哪个时代的小说都是对自我之谜的关注"③，《白噪音》通过格拉迪尼夫妇对死亡的恐惧为读者揭示了后工业时代④中自我存在的焦虑，这种焦虑缘于后工业时代过度膨胀的技术理性已对人类本体存在构成了威胁。生活中的多种噪声使死亡变成随时可能发生的事故。面对这充满不确定性与偶然性的世界，人的内心世界充满了恐惧。为了克服这种恐惧，杰克企图在工作与生活中创造一个"帝王般堂堂的自我"。⑤ 但是，由于他局限于影像文化与消费文化的"整体性"

---

① Richard Williams, "Everything under the Bomb", http：//www. guardian. co. uk/books/1998/jan/10/fiction. don delillo.

② Cornel Bonca, "Don DeLillo's White Noise：The Natural Language of the Species", *College Literature*, Vol. 23, No. 2 1996, p. 25.

③ Milan Kundera, *The Art of the Novel*, trans. Linda Asher, New York：Grove, 1986, p. 23.

④ 尽管以弗雷德里克·詹姆逊为代表的批评家对丹尼尔·贝尔以工作对象变化为依据对资本主义进行的历史分期持不同观点，但本书暂把这种学术上的争论搁置一边，把后工业时代与后现代视为两个等同的概念。

⑤ [美] 唐·德里罗：《白噪音》，朱叶译，译林出版社2002年版，第295页。在本章中，后文出自该书的引文只随文标注页码，不再另行作注。

中,他所创造的自我终究只是一种景观自我。这种景观自我不仅没能帮助他克服死亡的恐惧,反而使他变得越来越自私,走向反常与断裂状态的个人主义。为了证明自己的身份,他甚至差点成了杀人犯。但小说并没有失去超越现实的希望,这种希望不是说小说鼓励回到某种前工业时期,而是寄寓于自我在与他者相遇时,有能力找回对他人的同情心。只有找回他性的自我,才能找回温暖生命的阳光。

另外,出于概念界定的考虑,笔者对"自我"的理解将依托威廉·詹姆斯在《心理学原理》中对这个概念所做的分析。在该书中,威廉·詹姆斯曾把自我的构成分为两大部分:经验自我与纯粹自我。与强调抽象的"个人统一性原则"① 的纯粹自我不同,经验自我是指日常生活中"我"这个称呼所包含的内涵。这个经验自我又可划分为包括身体、家庭、个人收藏在内的物质自我、个人在社会上从他人那里获得的社会自我及强调个人内心世界的精神自我。② 《白噪音》中格拉迪尼夫妇所感受到的死亡恐惧即为他们精神自我的体现,而杰克为了克服恐惧所做的努力主要是从物质自我与社会自我来着手。如果说《白噪音》为我们展现了某种纯粹自我的话,那就是自我的统一性中应该包括对他性的肯定。本章要论述的正是将以主人公杰克·格拉迪尼为主要分析对象,探讨他与妻子芭比特恐惧死亡的原因,以及他最后如何走出自我的泥沼、找回伦理主体的过程。小说告诉我们,只有从"唯我"走向"他性自我",才能抗拒后工业时代中无处不在的死亡威胁以及传统信仰退却之后生命可能产生的虚无感。

## 第一节 死亡恐惧与自我危机

谈及创作《白噪音》的感受,德里罗坦言自己在整个写作过程中都"觉得空气中盘旋着死亡的气息"。③ 汤姆·勒克莱尔也说这本小说的另一个备用题目为《美国死亡之书》。④ 这似乎与分别出现在小说第一部分与第三部分的《西藏死亡之书》和《埃及死亡之书》遥相呼应,使这部情

---

① William James, *The Principles of Psychology*, Mineola: Dover, 1950, p. 296.

② Ibid. , pp. 292 – 296.

③ Maria Moss, "'Writing as a Deeper Form of Concentration': An Interview with Don DeLillo", in Thomas DePietro, ed. , *Conversations with Don DeLillo*, Jackson: University Press of Mississippi, 2005, p. 167.

④ Tom LeClair, "Closing the Loop: *White Noise*", in Harold Bloom, ed. , *Don DeLillo's White Noise: Bloom's Modern Critical Interpretations*, Broomall: Chelsea House, 2003, p. 25.

节松散的小说有了一个统一的主题，即对死亡的探讨。但确切地讲，这是一本关于死亡恐惧的书。在小说中，主人公格拉迪尼夫妇经常讨论的一个话题是"谁会先死"。就这一点而言，《白噪音》与美国社会学家丹尼尔·贝尔在《资本主义的文化矛盾》一书中对后工业时代人们精神状态的描述不谋而合。在贝尔看来，与被"命运与机会"统治的前工业时代及被"理智和熵"统治的工业时代不同，后工业时代的人们"生活在'恐惧与战栗'之中"。① 贝尔是根据人类工作对象的变化划分出这三个时期的。他认为，在前工业时代，人类是以"对抗自然为游戏"，因此又被称为自然世界；而到了机械技术迅速发展的工业时代，人类是以"对抗构建过的自然为游戏"，因此，这个时代也可称为技术世界；到了后工业时代，工作内容以服务为中心，因此是一种"人与人之间的游戏"，故而这个时代又可称为社会世界。② 从贝尔的分析可以看出，他看到了技术在改变人与自然之间关系的作用。到了后工业时代，人类已与真实的自然相分离。而人类在后工业时代之所以生活在恐惧中，贝尔把原因追溯至后现代信仰危机。他认识到，由于世俗化加剧，作为"人类意识的构成部分"和人类"为生存'总体秩序'寻找格局"③ 的宗教信仰在后工业时代已经败落，而渎神（the profane）的事物占据了主要位置，消费文化的扩张导致享乐主义在社会蔓延。把发表于 1985 年的《白噪音》与贝尔在 1976 年出版的《资本主义的文化矛盾》联系在一起，并不是要表明《白噪音》只是演绎了贝尔的社会学理论，但贝尔所描述的社会现状在《白噪音》中都有所表现，而且变成"一种被强化的现实"（340）。并且，贝尔认为，具体可以从"技术""人们从事工作种类"与"知识的组织形式"来分析后工业社会的思路④，为我们理解《白噪音》中所描写的文化现状提供了切入点，并以此剖析人们被这种文化形态包围时精神自我出现的危机。

　　实际上，杰克对自己与芭比特在一起时脑海不时浮现的"谁会先死？"的问题感到惶惑不解："我纳闷这种想法本身是否就是性爱本质的一部分，是颠倒过来的达尔文主义、赐予未亡人忧愁和恐惧。或者它是我们所呼吸的空气中的某种惰性气体、像氖之类的稀有元素，具有熔点和原子量？"（15）死亡的气息就弥漫在如影相随的空气中，似乎随时可能把

---

① Daniel Bell, *The Cultural Contradictions of Capitalism*, New York：Basic, 1976, p. 154.

② Ibid., pp. 147 – 149.

③ Ibid., p. 169.

④ Ibid., p. 15.

他从家人身边带走。他由此为自己与死亡的关系归结了三个特点:"非暴力的、小镇上的、忧虑重重的"(84)①,以区别于城里急诊室中常见的病人,那些人中"有的肚子吃了子弹,有的被人砍伤,有的注射鸦片制剂而睡眼惺忪,也有的针头断在手臂里"(84)。不同于那些有形可见的死亡,杰克的死亡更像是萦绕在他心间的梦魇。值得注意的是,他还从地域上把自己的死亡与城里的死亡区分开来,这大概是由于他受了同事默里的影响。后者是从城里来杰克所在的山上学院的访问教师,他喜欢在这里工作,因为山上学院所在的铁匠镇没有城市里的"热量"与"纠纷"(10—11)。而且,默里还就城里的死亡与镇里的死亡做过如下比较:

> 在城市里,没有一个人会注意某一桩具体的死亡。死亡只是空气的一种特性。它无处不在,又无处可见。人们在死去时大喊大叫,企图引人注意,哪怕被人记得一小会儿也罢。在小镇上,可是有独门独院的房子,还可以从凸窗里见到摆放在里面的花草。死亡更为人们所注意。死者的面孔是认识的,他们的汽车也为人所知。即使你叫不出某人的姓名,你至少知道那人住的街名或他的狗的名字。(41)

在他心中,铁匠镇这样的小镇不仅保留着田园的浪漫,而且传统的社群关系依然存在。这使死亡更容易被人视为一种自然现象,人与人之间的关爱之情让死亡变得不会像城市里的死亡那样孤独可怕。确实,就铁匠镇这个镇名而言,它给生活在都市里的人带来了某种乡愁,"展现了某些老式的价值观和乡村的美德"。②但是,正如小说开篇为读者描述的山上学院秋季开学的情景所示,消费文化的渗透早已使这个小镇徒有虚名。在这个杰克"二十一年来每年九月"都要目睹的景致中,映入眼帘的除大学生偶尔闪现的身影外,全是琳琅满目的物品:"旅行车的车厢上满载着各种各样的物品,小心地绑着的手提箱里塞满了厚薄衣服;盒子里装着毛毯、鞋子、皮鞋、文具书籍、床单、枕头和被子;有卷起的小地毯和睡袋;有自行车雪橇板、帆布背包、英式和西部牛仔的马鞍、充了气的筏子……"(3)小说开篇之所以用整整一大段罗列大学生带到学校的物品,似乎要告诉读者,消费已不仅仅是人们为了生存所进行的日常行为,而是"由一种工具价值上升为人的本质,成为人的本体论中不可或缺的

---

① 此处英语原文第76页为"nonviolent, small - town, thoughtful",在中文译本中被译为"非暴力的、褊狭的、忧虑重重的"。但原文中杰克是在把自己的死亡与城里的死亡相比较,因此,笔者觉得把"small - town"直译为"小镇上的"也许更准确些。

② Douglas Keesey, *Don DeLillo*, New York: Twayne, 1993, p. 135.

一个环节"。① 送孩子来上学的家长俨然把该场合当成一次民族精神的大体现，看着这满目的物品，他们觉得"现下的这个旅行车大聚会，如同他们一年里会做的任何事情，比起正式的礼拜仪式或法律条文，更明确地让这些父母明白，他们是一群思想上相仿和精神上相连的人，一样的民族，一样的国民"（4）。这群聚集在山上学院的人让人不由联想到那些在约翰·温斯洛普带领下前往新大陆建造"山上之城"的清教徒们。② 但是，经过几百年的历史变迁，美国并没有成为温斯洛普所展望的政教合一性国家，而是演变成商业文明高度发展的资本主义社会。存在于这些家长之间的认同感主要源于他们拥有相似的商品，而不是因为大家同受缔造"新耶路撒冷"这种崇高信念的驱使。温斯洛普在《基督博爱之模范》（*A Model of Christian Charity*）这篇布道词中宣称：那个将站在他们中间的"以色列的上帝"③ 已经让位于处在铁匠镇第四大道和榆树街的十字路口左边的那个超市及居民家中的电视，教堂地下室则成为芭比特教授成人课程的教室。而且，即使是每天守着修道院的修女也不再相信有天堂与天使存在。在传统信任退场之后，丹尼尔·贝尔所担心的渎神和异教现象出现在小说中。铁匠镇的警方在遇见困难时，经常请一名叫 T. 阿黛尔的巫师帮忙，如今"她帮助他们找到过两个被大头短棍打死的人、一个塞在冰箱里的叙利亚人和一只装有做过标记的六十万美元的保险箱"（66）。可是，对大多数普通民众来说，随着世俗化进程的加剧，人们已经把信仰"归域"④ 于以感官享乐为目的的消费主义文化。似乎为了强调这一点，小说还不时穿插一些诸如"万事达卡、维萨卡、美国运通卡"（112）、"Tegrin, Denorex, Selsun Blue"（320）⑤ 等以三个商标名或产品名为一组同时出现的句子，"这些三位合一的句式表明物质主义与消费主义已经成

---

① 张剑：《消费主义批判的生态之维——基于马克思主义视角的一种解读》，《南京社会科学》2010 年第 4 期。

② 关于存在于《白噪音》中的互文本，读者可以参见 Laura Barrett, "'How the Dead Speak to the Living': Intertextuality and the Postmodern Sublime in *White Noise*", *Journal of Modern Literature*, Vol. 25, No. 2, 2001 - 2002, pp. 97 - 113。

③ John Winthrop, *The Journal of John Winthrop*, 1930 - 1949, Cambridge: Harvard UP, 1996, p. 10. 约翰·温斯洛普对美国文化的影响在第六章将进行更为详细的阐释。

④ "归域"是法国后现代哲学家德鲁兹与加特里在《反俄狄浦斯：资本主义与分裂分析法》一书中提出的概念，与之相关的还有"定域"和"解域"两个概念。定域表现为"国家机器"把人们规训于某一传统文化代码之内，而解域是对某一压抑性社会规则进行质疑甚至破坏。至于归域则表现为对已被解域的社会规则重新定域。也有论者把这三个术语分别译为"辖域化""解辖域化""再辖域化"。具体可参见陈永国撰写的论文《德勒兹思想要略》。本书采用的是张在新在《笛福小说〈罗克珊娜〉对性别代码的解域》中对这三个词的翻译。

⑤ 它们是广告中三种洗发香波的品牌。中文译本此处采取了直接套用原文的策略。

为一种新的意义来源"。① 不仅如此，德里罗在小说开篇第一节中还告诉我们，作为消费文化的推动力，技术的力量同样萦绕在铁匠镇人的睡梦中。他每天睡在床上时都能听见高速公路上车辆飞驰而过的声音。然而，汽车所发出的声响事实上只是杰克日常生活中所听到的噪声中的一种。在日常生活中，包围他的噪声还有电视、收音机、微波、超声波器具等发出的声音，而这正是小说取名为《白噪音》的主要原因。② 这一点可以从小说第一大部分命名为"波与辐射"这一细节略见一斑。用弗兰克·伦特里基亚的话来说，这一章讲的"都是白噪音，无论是实际的还是隐喻性的，这些噪音构成了后现代的生活背景"。③ 这些机械噪声和商业噪声使铁匠镇与默里形容的城市大同小异，在某种程度上说，都是后工业时代美国文明的一个缩影。在这里，"科学家们喋喋不休的'宇宙热量的最后耗尽'早已开始"（10），格拉迪尼夫妇被一种暗恐的心理所攫取，不断涌现的噪声让他们的生活环境变得陌生和冷漠，他们惶惶不可终日，不知道自己哪天就被周围的噪声所吞没。④

　　早在《讲故事的人》一文中，本雅明在谈及机械文明对人们精神自我的影响时就说过，在现代社会中，人的"经验已贬值……在四处都是破坏性激流与爆炸物的田野里，站着一个瘦小、脆弱的人"。⑤ 越来越与道德理性分离的工业技术带给人们的不再是改造自然、创造新生活时的喜悦，而是在传统社会关系与文化信仰被瓦解之后所感受到的不确定性与焦虑。在杰克听来，耳边车辆驶过发出的响声"好像死去的灵魂在梦际喋喋不休"（4），而不再是惠特曼从机械工那里听到的"快乐而健壮"⑥ 的

---

① Karen Weeks, "Consuming and Dying: Meaning and the Marketplace in Don DeLillo's *White Noise*", *Literature Interpretation Theory*, Vol. 18, No. 4, 2007, p. 289.

② 德里罗在给中文译者朱叶的信中对该小说之所以取名为《白噪音》做了如下回答："关于小说标题：此间有一种可以产生白噪音的设置，能够发出全频率的嗡嗡声，用以保护人不受诸如街头吵嚷和飞机轰鸣等令人分心和讨厌的声音的干扰或伤害。这些声音，如小说人物所说，是'始终如一和白色的'。杰克和其他一些人物，将此现象与死亡经验相联系。也许，这是万物处于完美之平衡的一种状态。'白噪音'也泛指一切听不见的（或'白色的'）噪音，以及日常生活中淹没书中人物的其他各类声音——无线电、电视、微波、超声波器具等发出的噪音。"

③ Frank Lentricchia, "Tales of the Electronic Tribe", in Frank Lentricchia, ed., *New Essays on White Noise*, Cambridge: Cambridge University Press, 1991, p. 100.

④ 细心的读者会发现，小说通过杰克的英文姓氏"Gladney"暗示了格拉迪尼夫妇没有快乐的心情，因为这个姓氏的词尾"ney"与英文中表示否定意义的"nay"相似，从构词法来说，"Gladney"含有"不快乐"的意思。

⑤ Walter Benjamin, *Illuminations*, trans. Harry Zohn, New York: Schocken, 1969, pp. 83 – 84.

⑥ ［美］惠特曼：《草叶集》，赵萝蕤译，上海译文出版社 1991 年版，第 32 页。

歌声。面对复杂、混乱的生活，个体常常感到无助与恐惧。肯尼思·格根（Kenneth Gergen）指出，生活在后现代时期的人在大众文化的刺激下，自我变成一种"被渗透的自我"（saturated self），人"对自我本质这个概念本身感到怀疑。人们渐渐地不再相信存在拥有某些真实、确定的特征（如理智、情感、灵感及意志）的自我"。① 人们对事物的判断越来越受制于媒体技术，个体能动性和认知能力在萎缩。有一次，杰克与儿子海因里希因天空是否在下雨这件事而争论起来。海因里希坚决不同意杰克认为天正在下雨的观点，因为他听收音机说，要等到晚上天才会下雨。杰克反驳说，"仅仅因为收音机里这样说了，并不意味我们必须放弃我们感觉到的证据"（23）。但是，海因里希认为，人的感觉往往容易犯错误，坚持相信收音机说晚上才会下雨的观点。《白噪音》尤其通过几乎是"后现代文化优先模式或暗喻"② 的电视来展现人类的精神世界如何在后工业时代被平面化和迟钝化，人甚至无法分清自己的经验是来自日常实践还是虚拟的媒体。在杰克家中，电视似乎是另一个重要成员。穿插在杰克一家人日常生活中的是随时而至的电视声音。有时，电视里发出的声音似乎与故事本身毫无关系，随意地散落在故事之中；但在更多的情况下，电视内外的两个世界形成了某种互动。例如，当杰克有一天带着对命运的忧虑上楼睡觉时，他听到电视里在说："让我们静坐如莲花半开，意守命门"（18）；而当他有一天坐在床上边努力地背诵德语单词，边琢磨自己究竟得在将要召开的希特勒研讨会上说多少德语时，电视里说："其他方面的趋势，均可以戏剧性地影响你的投资收入。"（67）小说还告诉读者，杰克的女儿斯泰菲平时在观看电视时，有一种与电视中的人物对口形说话的习惯。在一定程度上说，正如马克·奥斯廷所言，电视"在这个家里已经承担了母亲的角色"，承担起教化后一辈的责任。③ 有一次，在接受罗斯坦的采访时，德里罗说自己创作《白噪音》的动机之一就是他对电视如何影响

① Kenneth Gergen, *The Saturated Self: Dilemmas of Identity in Contemporary Life*, New York: Basic Books, 1991, p. 7.

② Brian McHale, *Constructing Postmodernism*, London and New York: Routledge, 1992, p. 125.

③ Mark Osteen, *American Magic and Dread: Don DeLillo's Dialogue with Culture*, Philadelphia: University of Pennsylvania Press, 2000, p. 176. 小说中，芭比特是杰克的第四位妻子，而在这之前，杰克已经结过四次婚，只不过第一次与第四次的婚姻对象为同一人。而芭比特在这之前也有过几次失败的婚姻。如今，芭比特与杰克分别带着自己两个先前婚姻留在身边的孩子一起组建了新的家庭。因此，父母在这个几经重组的家庭中似乎变得并不重要。马克·康罗伊故而认为，这个家庭的"家庭树有许多的枝条，却没有主干"。参见 Mark Conroy, "From Tombstone to Tabloid: Authority Figured in White Noise", in *Critique: Studies in Contemporary Ficiton*, 35. 2 (1994), p. 98。

人们生活的关注，关注"一种甚至没人提过的现象。简言之，那是一种电视现实"。① "电视现实"的重要特征在于逾越了虚实的界限，左右着实现中人们的思维和对客观世界的认识。受电视的影响，斯泰菲晚上做梦时说的呓语是丰田汽车的广告。同样，杰克有一天送海因里希到学校上课时，见到一名身穿黄色油布雨衣的女性组织孩子们过马路时，脑海中不由得"想象她出现在一个推销龙虾汤的广告里，正脱掉油布子走进欢快的厨房，而她的丈夫，一个只能再活六周的小个儿男人，正站在一锅冒气的龙虾浓汤之前"（22）。在此，我们很难说这是他想象力的表现。相反，所谓的想象或许只是他昨晚看过的某个电视广告的折射，"从根本上说，他的经验已被商业生活虚拟的营销场景所左右"。② 不过，杰克对"电视现实"并非没有恐惧感。有一次，当地有线电视台播出了芭比特授课的情景。由于芭比特事前并没有告诉杰克，看到银屏上的芭比特竟然让他惊慌失措，恍恍然不知身在何处：

> 一种陌生感、一种精神困惑抓住了我。这张脸、这头发，她连续两三下迅速眨眼的样子，确实就是她，这没问题。一小时之前我刚见过她吃鸡蛋，但是，她在屏幕上的样子，让我把她认作某个遥远的来自过去的人物，某个前妻和不在家的母亲，一个从死人堆里走来的人。假如她没有死，难道是我死了？一声两个音节的婴儿叫喊——"吧、吧"，从我的灵魂深处发出。（116）

在虚拟的空间中，人们熟悉的日常经验发生变形。杰克无法确定银屏中的芭比特是否真实存在。他一方面在说服自己银屏上出现的影像就是芭比特，另一方面却觉得银屏上的她只是另一个影像的复制品或者是某个脱离躯体的幽灵。杰克甚至怀疑，银屏内的世界比自己身处的空间更真实，自己才是那个被死神召唤的灵魂。

但正如约翰·弗劳所言："《白噪音》的世界是一个以表征系统为首的世界，表征系统既不先于也不落后于真实世界，它们本身就是真实世

---

① Mervyn Rothstein, "A Novelist Faces His Themes on New Ground (1987)", in Thomas DePietro, ed. , *Conversations with Don DeLillo*, Jackson: University Press of Mississippi, 2005, pp. 23 – 24.

② Kenneth Millard, *Contemporary American Fiction: An Introduction to American Fiction Since* 1970, Beijing: Foreign Language Teaching and Research Press, 2006, p. 123.

界。"①"电视现实"在小说中表现出来的不仅仅是电视对人类认识客观世界的影响，而且强调日常生活中发生的事件似乎只有通过电视的转播才具有重要意义，这一点可以从"空中毒雾事件"中一位男子的抱怨中略见一斑。当时，由于一辆装有化学物品的罐车出轨造成毒气泄漏，铁匠镇与附近几个小镇的居民不得不疏散到铁城的一个临时避难所。就在当天傍晚，有一个男人"拎着一台微型电视机，开始在屋里慢慢走动，边走边发表演讲"（178）。他演讲的内容主要是埋怨电视网络竟然没有报道他们这次逃难，质问媒体是否觉得这次事件还不足以重要到上电视："现在是我们生命中最恐怖的时刻。我们热爱和为之奋斗的一切正在遭受严重的威胁。但是，我们期待地环顾四周，却看不到媒体的官方机构有一丝儿反应。空中毒雾事件是一桩令人恐怖的事情，我们的恐惧巨大无比。即使目前尚无人死亡，我们的痛苦、我们作为普通人的焦虑、我们的恐惧，难道不值得某些关注吗？恐惧就不能成为新闻吗？"（179）因此，在《白噪音》中，以电视为代表的影像文化已逐渐侵占人的本体世界，本真的意义被屏蔽和倒置。现实世界越来越失去了"物质性的重量与惯性"②，转而依赖虚拟世界来求证自己，甚至所谓的真实只是"产生于某些微型的单位、来自某些矩阵、某些记忆库和某些命令模式……它只是一种超真实"。③"超真实"是法国理论家鲍德里亚对后现代文化特征的理解，与之紧密相关的是他提出的另外一个概念，即"类像文化"。读者或许会根据字面意义推测，"类像"与"模仿"一词相似，皆用于区分某物或某行为究竟是凝聚了原创力的真品，还是复制而来的赝品。但是，在鲍德里亚的理论著作中，"类像"和真实的关系远比"模仿"与真实的关系复杂。为了说明这个关键词的内涵，他把资本主义的发展分为三个阶段，并以此提出了"类像"的三种发展序列：

> 　　自文艺复兴以来，伴随价值规律变化的有三种类像序列：
> 　　——自文艺复兴至工业革命的"古典"时期，伪造是主导范式。
> 　　——工业时期，生产是主导范式。
> 　　——在当前代码的统治时期，仿真是主导范式。

---

① 　John Frow, "The Last Things Before the Last: Notes on White Noise", in Frank Lentricchia, ed. , *Introducing Don DeLillo*, Durham: Duke University Press, 1991, p. 183.

② 　Slavoj Žižek, "Welcome to the Desert of the Real!", *The South Atlantic Quarterly*, Vol. 101, No. 2, 2002, p. 386.

③ 　Jean Baudrillard, *Selected Writings*, 2nd ed. , California: Stanford University Press, 2001, p. 170.

仿真的第一序列依照自然价值规律运作，仿真的第二序列依照市场价值规律运作，而仿真的第三序列依照结构价值规律运作。①

从以上描述可以看出，在鲍德里亚的词典里，"类像"与"仿真"相对应。并且，尽管切入点不同，他对"仿真"内涵变化的区分与贝尔对社会形态的界定有相似之处（当然，贝尔所说的"前工业时代"应该还包括文艺复兴以前的时期）。因此，结合两者的观点，在后工业时代，占主导范式的仿真已经脱离现实的自然价值和市场价值规律，主要在符号系统中运作。换言之，如果说第一序列与第二序列的仿真及"模仿"一词含义有相通和类似之处，第三序列的仿真已是"镜像阶段让位于录像阶段（video phase）……一种疯狂的自我指涉效果"。② 在此，鲍德里亚借用了结构主义理论来分析后工业时代的文化特征，媒体的发展使生活越来越表象化、符号化，虚拟世界与客观世界越来越难以区分。③

在杰克所生活的世界里，最能说明鲍氏所描述的文化特征正在成形的例子莫过于小说中提到的"美洲照相之最的农舍"了。在杰克和默里去往农舍的路上，他们总共看到了五块告示牌，上面都写着"美洲照相之最的农舍"。到达现场之后，他们果然看见那里挤满了拍照的人。在被葆拉·布莱恩特（Paula Bryant）称为"流行文化专家"（158）的默里看来，自从看见第一块告示牌起，现场所有人就都不可能再看见农舍的真实模样："它以前看起来像什么？它与别的农舍有什么不同？我们无法回答这些问题，因为我们已经读过标示牌上写的东西，看见过人们咔嚓咔嚓地照相。我们不能跳出这个氛围，我们是它的一个部分。"（13）同鲍德里亚对后工业时代"类像文化"的理解相似，默里认为，人们眼中的农舍已经是经过媒体加工的农舍，先前的宣传已为前来观看的人设置了一个认识范式，游览之行更像是证实媒体所言不假，所谓的客观世界只是虚拟情景的再现。作为客观实体存在的自然已经消失，信息文化成为"名副其实的第二个自然"。④ 从杰克始终保持沉默来看，他显然一时难以消化默

---

① Jean Baudrillard, *Symbolic Exchange and Death*, trans. Iain Hamilton Grant, London, Thousand Oaks, New Delhi: SAGE, 1993, p. 50.

② Jean Baudrillard, *America*, trans. Chris Turner, London & New York: Verso, 1992, p. 37.

③ 对鲍德里亚的"类像理论"感兴趣的读者，可以参见支文《类像》，《外国文学》2005 年第 5 期。

④ Fredric Jameson, *Postmodernism, or, the Cultural Logic of Late Capitalism*, Durham: Duke University Press, 1991, ix.

里的解释。如果说杰克是一个"被移置于后现代世界的现代主义者"①，杰克此时很难接受自己的所见所闻只不过是幻影，自我意识与理智只是在不断复制别人已经拍摄过的照片。由于媒体技术与消费文化的泛滥，本雅明提及的个体经验贬值的现象到后工业时代已达到一个顶峰，人们生活在一个被法国理论家居伊·德波命名为"景观社会"的社会环境之中。在这种社会形态中，生活成为各种景观（spectacles）的聚集体，人们亲身体验的一切都已转化为一种表象的堆积，生命失去该有的重量和质感。更糟糕的是，由于传统宗教信仰遭到解域，人已经无法像以前那样赋予生命一种超验的意义。杰克对死亡的恐惧本质上正是源于他对本体存在的怀疑和困惑。

当然，杰克的死亡恐惧不仅仅因为认知层面上个体经验的贬值，而且也由于实际生活中个体生命在这个充满噪声的世界里越来越成为风中之烛。小说通过穿插超市中有人"跌倒在商店前面的平装书架上"（19）、丹尼斯和斯泰菲所在的小学在毫无征兆的情况下"孩子们头疼，眼睛发炎，嘴巴里还有一股金属的涩味。一位教师在地板上打滚，口中说着外国语"（37），特雷德怀尔老姐弟俩被困商业中心近四天"大受惊吓"（65），并最终导致姐姐格拉迪丝因难以抑制的恐惧感而死亡等事件来说明，杰克所在的环境处处蛰伏着危及生存的风险。而造成种种风险的元凶就是人们曾经寄予厚望的技术。早在资本主义积累时期，技术创新被视为人们勤劳致富的有效手段。但是，随着资本主义对利润最大化的追逐以及消费享乐文化的发展，技术理性逐渐摆脱道德理性的约束，并与世俗的政治统治不谋而合，上升为一种意识形态。② 这一点由马尔库塞揭示出来："技术理性本身可能就是一种意识形态。不仅是技术的运用，而且技术本身就是一种统治（对自然和人）：一种方法性的、科学的、算计与被算计的控制。……技术总是一种历史性和社会性的工程，在它身上总是投射了某个社会的主导利益，意图对人与物进行操纵。"③ 技术从而不仅仅是一种人类用以改造自然的工具，它具有的操纵性与征服性特征受到了社会统治者的欢迎，技治主义逐渐成为一种社会组织形式。从历史发展过程看，

① Lidia Yuknavitch, *Allegories of Violence*: *Tracing the Writing of War in Late Twentieth - century Fiction*, New York: Routledge, 2001, p. 58.

② 关于技术理性上升为资本主义意识形态的论述将在讨论第三章《地下世界》中的技术伦理时做进一步阐释。

③ Herbert Marcuse, *Negations*: *Essays in Critical Theory*, trans. Jeremy J. Shapiro, May Fly Books, 2009, p. 168.

美国是在 20 世纪 30 年代罗斯福政府时明显受到主张"政治实践化"的技治主义运动的影响,开始吸纳大量科学与技术人员到重要部门担任领导和顾问工作。刘永谋概括地说:"美国在罗斯福新政之后,社会管理、公共管理和政府治理日益成为'某种技术性事务',技治主义跻身主流意识形态,地位堪比实用主义。"① 这种以追求功效性、客观性为目标的技术理性不但没有因随后发生的第二次世界大战而中断,反而因"冷战"与消费文化的刺激不断受到鼓励。在以美国 20 世纪七八十年代社会状况为背景的《白噪音》中,技术的力量同样受到了推崇。小说在文中以"有线健康、有线天气、有线新闻、有线自然"(253)四个片断性短语告诉读者,技治主义已经泛化到每一个角落,无论是社会生活,还是自然现象,甚至人对自我的认识都已经离不开技术。然而,小说通过默里告诉读者,技术的要旨在于"一方面它创造了追求不朽的欲望,另一方面它又预示着宇宙灭绝的凶兆"(315)。在一次与杰克的谈话中,芭比特对原本用来造福人类的技术竟然成为自己恐惧的缘由感到非常困惑:

> "……每前进一步都比原来的更糟,因为它让我更加害怕。"
> "害怕什么呢?"
> "天空、大地,我也说不清。"
> "科学的进步越巨大,恐惧越原始。"
> "那是为什么?"她说。(178)

如果说原初居民对自然的恐惧是因为他们还未掌握宇宙变化的规律,那么后工业时代的居民却不得不面对技术这把"双刃剑"带来的负面效应。由于工业的污染,"那轮原本已经灿烂辉煌的落日,一跃而变为赭色的、宽广的、高耸云霄的、如同梦幻的空中景致,透露着恐怖"(187)。人们对落日的恐惧心理源于原本熟悉的事物已变得陌生而产生的不安全感。芭比特害怕天空与大地的原因或许正是技术越来越露出其狰狞的面目,使她无法确定自己会在哪个时候将遭遇技术引发的不测。技术与人类的关系越来越发展为当代美国技术哲学家唐·伊德所说的他异关系。在他异关系中,"世界就成为情境和背景,技术就作为我随时打交道的前景和

---

① 刘永谋:《论技治主义:以凡勃伦为例》,《哲学研究》2012 年第 3 期。

有焦的准他者出现"①，技术似乎具有生命和准人性。除他异关系之外，伊德还把人与技术之间的关系归纳为背景关系、具身关系、解释学关系。所谓背景关系指的是"技术作为一种不在场的出现，无疑成了人的经验领域的一部分，成了当下环境的组成部分"；② 在具身关系中，技术与身体构成"部分共生关系，是技术成为知觉透明性的能力"③，例如，人与眼镜的关系；而在解释学关系中，技术"远离了知觉的同构"④，世界转化为某种技术文本，通过阅读这种技术文本，人们理解其背后所指示的对象，例如，人通过阅读温度计上的数字来知晓室外的温度。在《白噪音》中，技术与人之间的关系非常明显地表现为背景关系和他异关系。前者通过无处不在的"白噪音"体现出来，而后者则体现为人类主体性在作为他者的技术面前不断受到挤压的情景。这一点在小说中通过"空中毒雾事件"集中表现出来。

这件事是由一辆脱轨罐车泄漏了 3.5 万加仑一种名叫尼奥丁衍生物的化学物品引起的。因为这种化学物品形成的有毒黑雾有可能随风吹到镇上，居民不得不离家前往政府安排好的地点暂时避难。当杰克与家人经过一座立交桥时，他们看见桥上挤满了逃难的人。这些人"双肩积雪，步履艰难地通过立交桥……他们既没有低头俯瞰我们（指杰克他们），也没有抬头仰望天空去寻找随风飘荡的烟雾的踪影。他们只是在狂舞的大雪和斑斑的光亮之中，不停歇地过桥前行"（134）。此情此景让人不由地怀疑这一幕是否是艾略特在《荒原》一诗中对毫无生机的人群挤过伦敦桥这一情形描述的再现。不同的是，如果说艾略特的"荒原"侧重喻指现代人精神的空虚与麻木，在《白噪音》中"荒原"已变得具体，污染使四周的环境变成无法居住的"荒原"。道路上挤满了仓皇逃跑的人们，恐惧使人慌不择路，有人因此还发生了车祸。但对杰克来说，最可怕的是，他在逃跑途中无意中成为尼奥丁衍生物真正意义上的受害者。由于为了给汽车加油，他在空气中暴露了两分半钟，并在后来被技术人员告知，他已肯定吸入了少量的尼奥丁衍生物。更糟糕的是，这种有毒物质是否会让他丧命得等 15 年后才能确定，因为尼奥丁衍生物的寿命在人体内是 30 年。至此，死亡就像一颗植入杰克体内的定时炸弹，随时可能被引爆。这种生理

---

① 伊德：《技术现象学》，载吴国盛《技术哲学经典读本》，上海交通大学出版社 2008 年版，第 403 页。
② 同上书，第 405 页。
③ 同上书，第 385 页。
④ 同上书，第 390 页。

上死亡的不确定性，使他心理上原本对死亡的恐惧几乎达到了前所未有的强度，颇有世界末日就要来临的意味。他颇为悲伤地对默里说，"自从我到了二十来岁，我一直感到恐惧、恐惧，现在果真应验了，我自觉被套牢了，深深地陷了进去，怪不得人们把这叫作空中毒雾事件。它确实是一个事件，它标志了太平年代的终止。这仅仅是开始。等着瞧吧"（167）。不仅如此，杰克在承受与日俱增的死亡恐惧的同时，他得面对不断失去自我能动性的感觉。在与技术人员讨论过程中，杰克感觉似乎在议论别人的死亡："当死亡被以图形来表示、以电视来显示时，你就会感到在你的情况与你自身之间有一种怪诞的分享。一个符号的网络已经引入，一整套令人畏惧的技术从神那里争夺过来了。它让你在自己的死亡过程中觉得像是另外一个人"（156）。在这个习惯依赖技术语言来与事物打交道的世界里，人的身体和精神感受已经被技术绑架，技术的他性得到了无限的张扬。与人的主观能动性日渐萎缩相对，技术似乎获得了自主性，难怪杰克惊呼：技术已成为"具有一张人脸的技术"（232）。但是，面对如此重大的技术灾难，政府在技治主义思想的推动下，采取了使用一种更加先进的技术来克服另一种技术带来的消极后果的做法。为了消除尼奥丁衍生物中的有毒成分，官方派出技术人员通过直升机在"毒雾中央植入某种微生物。这些微生物经过基因重组，被特制成吞食尼奥丁衍生物中有毒物质的东西。它们会实实在在地吞噬翻滚的毒雾，吃它，打碎它，分解它"（177）。但是，无人知道这些吞吃了有毒物质的微生物最终会变成什么样，或者这些微生物是否将永远存留在空气中。人们在各种担心和猜测中不知该如何安身立命。

确实，杰克越来越觉得自己被一种莫名的威胁包围着。但他并没因此而认命，平静地等待死神把自己带走。相反，他先前为了抵御死亡恐惧所做的努力变得更加疯狂，当发现尽情消费与自己创立的希特勒研究并不能克服心中"忧虑重重的"死亡恐惧时，他企图通过变成一个杀人凶手来再建一个"帝王般堂堂的自我"（295）。只不过由于他的所有努力都是建立在认同消费与影像文化的基础上，他的构想无疑是水中之月。而且，在这整个过程中，他越来越陷入自恋的沼泽。

## 第二节　走向反常与断裂状态的个人主义

被各种风险包围的铁匠镇居民其实并非完全束手无策，他们有自己的办法来战胜心理危机。其中，较为普遍的做法就是大吃大喝："日子不好过的时候，人们就觉得必须大吃大喝。于是，铁匠镇上到处是肥胖的成人和儿童……他们脑满肠肥地招摇过市。他们在商店里、在汽车里、在停车场上吃，在大树底下吃，排队等公共汽车和买电影票时也吃。"（14）还有些年纪较大的成人向芭比特学习正确的活动姿势，这是由于"人们似乎相信，只要遵循良好的行为举止规则，就有可能阻止死亡的降临"（28）。而芭比特为了克服心中的恐惧则几乎整天穿着运动服装，试图通过表现出精力旺盛的样子来证明自己的生命力。在此，铁匠镇居民对身体如此强烈的关注似乎是受到了诺曼·布朗的著作《反对死亡的生命》的启示，因为该书作者认为，"人的自我一旦再次变成……身体自我……人的自我就会强壮到足以面对死亡"。① 尽管欧内斯特·贝克尔（Ernest Becker）认为，布朗把人的新自我寄托在与身体完全融合的观点好比在谈论某种"近似人类的动物"②，但是，对于那些既无法或者不再相信能为精神自我找到某种形而上学上的意义，又无法把周围的风险视为自然存在的事物的铁匠镇居民来说，只有试图通过使被威廉·詹姆斯认为是"物质自我最内在部分"③ 的身体变得肥大或强壮来制造一个强大自我的幻象，以克服生存的焦虑。因此，铁匠镇居民对身体的关注与其说是出于生理的需要，倒不如说是一种生存策略。尤其是对于大多数选择大吃大喝的铁匠镇居民来说，肥胖臃肿的身体或许可以使他们对外界风险的反应不那么敏感。但是，用美国著名社会学家克里斯托弗·拉希的话来说，这种生存心理只是一种"治疗情感"，一种"不是渴望个人得到拯救，更不用说是为了恢复先前的黄金时代，而是渴望得到某种幸福、健康及安全的感觉，或者说是某种片刻的幻觉"④ 的情感。拉希视这种情感为当代美国"自恋文化"的表征，一种只在乎个人心灵获得平和及自我身份的文化，这种文化不再"鼓励人们把他者的需要与兴趣放在自己的需要与兴趣之前。这些他者或者是他人或者是某个外在于自己的事业或传统"。⑤ 就铁匠镇居民而言，他们为了规避生存的焦虑，有意或无意地逃避了个人对社会、对他人的责任。在"空中毒雾事件"中，他们不是去追问政府在这

---

① Ernest Becker, *The Denial of Death*, New York: Free Press, 1973, p. 261.

② Ibid. , p. 263.

③ William James, *The Principles of Psychology*, Mineola: Dover, 1950, p. 292.

④ Christopher Lasch, *The Culture of Narcissism: American Life in an Age of Diminishing Expectations*, New York and London: Norton, 1979, p. 7.

⑤ Ibid. , p. 13.

次事故中应承担的责任,也不去反思自己应该为保护自己的家园做点什么,而是把焦虑与恐慌转移到责备媒体没报道这件事情上,似乎"媒体美化远比致力于社区发展和忠诚它的命运更能确保得到永生"。① 不仅如此,为了减轻心中对技术风险的忧虑,铁匠镇居民常常采取认同媒体技术的做法。对杰克和他的家人来说,每周五在一起看电视是凝聚家庭力量的主要形式。他们最喜欢观看的是电视中有关灾难与死亡的镜头,每次观看的体验只会让他们"希望看到更多的灾难,看到更大、更宏伟、更迅猛移动的东西"(70—71)。杰克对自己和家人从灾难中寻找乐趣的做法心中多少怀有一些愧疚,便去请教大众文化系的系主任阿尔丰斯,问自己这种心理是否有什么不妥。对方安慰他说,电视中的灾难纪录片受到每个人的欢迎,因为这刚好可以纾解人们在信息时代的苦闷心理:"词汇、照片、数字、事实、图片、统计资料、斑迹、波、微粒、尘埃。只有灾难会吸引我们的注意力。我们想得到它们,需要它们,依赖它们——只要它们在别处发生。"(71) 对于阿尔丰斯等人来说,银屏上的灾难只不过是一种更绚丽的景观,至于每场灾难会给多少当事人带来痛苦则与欣赏者无关,他们被悬置在欣赏者的道德视野之外。显然,经过媒体处理的暴力不仅仅是使观众成为被动的暴力消费者,而且挑战了人们奉行的道德行为准则。张小元认为,当暴力成为视觉文化中的审美对象时,这种暴力美学"已经不再作表面的社会评判和道德劝诫,表现为一种后现代式的无反思、无批判的暴力。不考虑任何道德负载,不诉求任何政治主张,只要好玩、风趣、有 IQ。这就是后现代暴力美学影像的最新境界:彻底的去深度化,抹平一切可能的意义、悬置所有可能的道德批判、追求绝对的形式主义"。② 以电视为代表的媒体颠覆了人们对暴力的接受体验,媒体对暴力的戏剧化描写和审美化处理使人们疏离了自己的道德理性。在审美享受中,观众丧失了基本的道德判断和反思能力,失去了对暴力受害者应给予的同情以及对施暴者的谴责,反而因为自己不是当事人而抱着一种幸灾乐祸的心理。故而,区别于爱默生式的由"'伟人''代表人物'或'诗人'所主导的个人与公共之善之间互动"③ 的个人主义,"自恋文化"是一种"反常与断裂状态的个人主义",而不是那种"作为道德原则或理想的个人主义",后者在强调个体身份时,还提供"某些个

---

① Mark Conroy, "From Tombstone to Tabloid: Authority Figured in White Noise", *Critique: Studies in Contemporary Ficiton*, Vol. 35, No. 2, 1994, p. 100.

② 张小元:《视觉传播中的审美化暴力》,《当代文坛》2006 年第 4 期。

③ 张世耘:《爱默生的原子个人主义与公共之善》,《外国文学》2006 年第 1 期。

体应该如何与他者相处的观点"。① 这一点在小说中通过杰克为了应对那
"每天都在悄然而至的怀着鬼胎的死亡"（22）所做的种种努力而得以展
开。与上述铁匠镇居民不同的是，杰克不仅试图构建一个强大的物质自
我，而且还努力为自己树立一个颇具分量的社会自我。并且，如果说
"恐惧从核心上攻击人与人之间的纽带，破坏社会关系发展的基础。恐惧
是内向性最为严重的时刻"②，为了抚慰自己充满恐惧的精神自我，杰克
将在"反常与断裂状态的个人主义"道路上越走越远。具体而言，他试
图从过度性消费、创立希特勒研究，以及到最后充当谋杀者来建构强大的
物质自我与社会自我。在这个过程中，他将有违自己的家庭与社会责任，
贝尔为后工业时代定义的"人与人之间的游戏"在杰克这里在某种程度
上变成了"自己与自己的游戏"。

　　在威廉·詹姆斯看来，收集财产是人的天性。并且"这些收藏品构
成了我们经验自我的一部分（物质自我），尽管我们情感上对它们的喜爱
程度不一"，而当我们不得不放弃一些财产时，我们就会有"自己的个性
收缩的感觉，觉得自己某一部分化为虚无"。③ 这一点或许能解释为什么
杰克与芭比特把自家房子除厨房与卧室之外的"其他地方当成储藏室，
用来堆放以前的家具、各自所生孩子们的玩具以及一切没有用过的物品、
过去姻亲们的礼物、遗物和杂物"（6）。对于历经几次失败婚姻的杰克和
芭比特来说，尽管这些物品"带着一种晦气、一种噩兆"（6），但它们的
存在或许多少能弥补家庭生活的不稳定性，似乎占有它们就能平衡他们在
几次婚姻之后精神上的挫折感。事实上，对于深受死亡恐惧折磨的格拉迪
尼夫妇来说，通过聚集物品来增加物质自我的分量似乎是克服心中恐惧的
有效途径之一。有一次，当杰克想着自己与芭比特从超市买回的一大堆的
货物时，他感到一种区别于他人的富足感：

　　　　看看这重量、体积和数量，这些熟悉的包装设计和生动的说明文
　　字，巨大的体积，带有荧光闪彩售货标签的特价家庭用大包装货物，
　　我们感到昌盛繁荣；这些产品给我们灵魂深处的安乐窝带来安全感和

---

①　Charles Taylor, *The Ethics of Authenticity*, Cambridge, MA and London: Harvard University Press, 1991, pp. 44 – 45.

②　Lisabeth During, "The Concept of Dread: Sympathy and Ethics in Daniel Deronda", in Jane Adamson, Richard Freadman, and David Parker, eds., *Renegotiating Ethics in Literature*, *Philisophy*, *and Theory*, New York: Cambridge University Press, 1998, p. 68.

③　William James, *The Principles of Psychology*, Mineola: Dover, 1950, p. 293.

满足——好像我们已经成就了一种生存的充实,那是缺衣少食、不敢奢望的人们无法体会的,他们黄昏时分还在孤零零的人行道上算计着自己的生活。(21)

此时,在杰克心中,这些"大包装货物"的重要性不亚于食品对那些不顺心时就大吃大喝的铁匠镇居民来说所具有的生存意义。同时,当他为自我心灵暂时找到安全感时,他陷入了"整体性"的囚笼,为自己不属于缺衣少食的人群而暗暗庆幸。另外,由于这种富足的感觉完全是通过杰克的第一人称叙述视角表述出来,他并没有去考虑芭比特是否真的体会到这种安全感。实际上,精神上的恐惧既使他丧失了对他人的同情心,又让他忽视了家人的实际感受。对死亡的恐惧使杰克难以对芭比特坦诚相待。尽管他们相信彼此之间并不存在不可分享的秘密,但在讨论"谁会先死?"这个问题时,杰克虽然嘴上说自己愿意先死,因为他忍受不了芭比特死后留下的寂寞,但"事实真相是我(杰克)不想先死。如果要在寂寞与死亡之间选择,用不了几分之一秒钟我就会做出决定"(114)。即使是家中的几个孩子,杰克同样"丝毫没有尽到向晚辈传递智慧的义务。相反,电视似乎成为信息,甚至指导的主要来源"。[1] 正如托马斯·费拉罗所说,能使生活在这个几经组合的家庭中的成员产生"亲属关系幻觉"[2] 的是在他们购物消费的时候。这种幻觉在一次杰克购物情绪高潮时几乎到达了极点。两个女儿丹尼斯与斯泰菲充当了他的购物向导,穿梭在各个商店之间的杰克纵情购物,不管是近期需要的,还是将来有可能用到的,甚至让孩子们现在就挑选圣诞礼物。杰克的家人为此兴高采烈,为在挑选物品时所感到的家庭凝聚力兴奋不已。但是,这次消费激情从根本上说只是杰克一次自恋式的疗伤过程。因为在这之前,他去一家五金商品买绳子时遇见了同事马辛盖尔,对方发现没戴墨镜、没穿学袍的杰克与学校看起来不一样。马辛盖尔直截了当地告诉杰克,他此时"看上去是那么温和……一个于人无害、正在衰老、不大显眼的大个子家伙"(93),与校园中身为山上学院希特勒研究系系主任的杰克判若两人。马辛盖尔的话无疑刺激了正准备结账离开的杰克。他立刻召集家人,穿过两个停车场,走进一家有着十层楼高的大型购物中心。在两个女儿的陪伴下,他几乎走

---

[1] Mark Conroy, "From Tombstone to Tabloid: Authority Figured in White Noise", *Critique: Studies in Contemporary Ficiton*, Vol. 35, No. 2, 1994, p. 98.

[2] Thomas J. Ferrao, "Whole Families Shopping at Night!", in Frank Lentricchia, ed., *New Essays on White Noise*, Cambridge: Cambridge University Press, 1991, p. 20.

遍所有商店。他让售货员为他翻找一些不常见的款式，借此发现新的自我。在付出一笔笔的款项时，他感到身心再次膨胀起来。因此，杰克此次购物狂欢并不是出于对家人的挚爱，而是为了安抚刚刚受到伤害的自信心："我为购买而购买；看看摸摸，仔细一瞧我本来无意购买的商品，然后就把它买下来。我让商店职员到布料目录和图案目录中去寻找说不上名来的式样。我开始在价值和自尊上扩张。我使自己充实丰满，发现了自己新的方面，找到了自己已忘却的存在过的一个人。光辉降临在我的四周"（93）。购买成为杰克构建身份的表演行为，似乎钱花得越多，占有的物品越多，就越能弥补现实中走向衰老的身体，越能使自己感到安全和强大。

穿黑色学袍是山上学院各系主任在校园里的标志，而戴墨镜则是杰克为了与自己创立的希特勒研究更加般配而想出的主意。尽管哈罗德·布鲁姆从杰克对希特勒其实并无兴趣出发，认为小说中的希特勒研究类似于"爱斯基摩女同性恋研究或后殖民研究"①，但在笔者看来，这一类比忽略了两个问题：一是杰克创造希特勒研究的心理动机；二是该研究在小说中引发的伦理问题。正如德里罗本人所说，杰克创造希特勒研究是因为"他觉得希特勒不仅如我们说起许多著名人物时感觉到的那样大于生活，而且还大于死亡"。② 换言之，为了压制内心的恐惧，杰克需要为自己找一个能主宰技术、主宰生死的权威，而希特勒似乎刚好满足了这一需求。正如他为儿子取名为"海因里希"是因为他觉得这个德国名字会让儿子身上因此增添权威性一样，他也想通过希特勒研究帮助自己发展，变得更加强大。如果说消费让他在财产上加强物质自我，从而获得暂时的安全感，那么希特勒研究则使他在身体自我（物质自我最内在的部分）与社会自我两个方面都得到了放大。在校长的建议下，为了凸显自己作为希特勒问题研究创始人的地位，在创立希特勒研究时，他对自己进行了包装，以让自己被他人严肃地对待。除在校园里穿学袍、戴墨镜外，他还把自己的名字变成 J. A. K. 格拉迪尼，并相应地增加了体重。如今，他气派十足地走在校园，享受着别人对他投注的目光，而且在学术上他已经为自己建立起了令人羡慕的声誉："因为我已经取得了很高的职业地位，因为我

---

① Harold Bloom, ed., *Don DeLillo's White Noise: Bloom's Modern Critical Intepretations*, Broomall: Chelsea House, 2003, p. 2.

② Anthony Decurtis, "'An Outsider in This Society': An Interview with Don DeLillo (1988)", in Thomas DePietro, ed., *Conversations with Don DeLillo*, Jackson: University Press of Mississippi, 2005, p. 71.

的讲演听众很多、我的文章登载在著名杂志上，因为我在校园里日夜穿着学袍和戴着墨镜，因为我六英尺三英寸的身体重达两百三十磅，而且长着大手大脚"（34）。可以说，他营建起来的身体自我与社会自我都达到了让他满意的程度，从心理上为现实中他脆弱的生命存在感找到虚张声势的盾牌。

目前，杰克在希特勒研究系只教纳粹主义高级研究这一门课程。他为该课程设置的目标是培养学生的"历史观、严格的理论性和成熟的观察力"（26）。不过，这个所谓的目标就像创立之初杰克对自己身体进行包装一样，只不过是故作高深的噱头。在课堂上，他只是避重就轻地讲解和剖析曾经出现过的制服癖、集会和游行等现象，有意弱化纳粹有违人伦的暴行。对他来说，纳粹"并非是否伟大的问题。它不是善恶的问题。我（杰克）不知道它是什么。请这样来看这件事：有人总是穿一种自己喜欢的颜色，有人持枪，有人穿上军装就自觉更加高大、更加强壮、更加安全。我非常感兴趣的事情就在这个领域里"（70）。纳粹研究本该有的历史深度和伦理道德意义被杰克以个人兴趣为由轻描淡写地抹杀了。颇具讽刺意味的是，希特勒研究系所在的建筑题名为"百年堂"。但是，所谓的"百年堂"同样只是一个毫无历史意义的象征符号。与希特勒研究系共在"百年堂"的美国环境系已改名为大众文化系："教员们几乎无一例外都是纽约来的外国流亡者，个个神气活现，像一群暴徒，疯了似的迷恋电影和琐屑小事。他们到这儿来译介文化的自然语言，而且，为他们笼罩着欧洲阴影的童年时期所感受到的灿烂的乐趣创造出一套规范———一种泡泡糖纸和洗衣粉广告歌词的亚里士多德学说"（9）。校园之内的学术研究已经成为迎合大众心理的消费文化，走上通俗化的道路。根据弗雷德里克·詹姆斯的分析，后现代主义文化的一个重要特征就是"审美民粹主义"的兴起。这种文化特征一反现代主义时期对文化工业的批判，着力消除高雅文化和大众文化的界线，着力把"媚俗作品、电视连续剧和《读者文摘》文化、广告和汽车旅馆文化、晚间表演节目和B级好莱坞电影、机场各种供旅途消遣的哥特读物和浪漫读物、通俗传记、谋杀神秘小说和科幻小说等各种'低俗'文化现象"（63）整合到文化实践活动中。在该实践活动中常采用的手法是"拼盘粘贴"，成为一种抹除历史性的景观文化现象。对于大众文化系把兴趣放在关注早餐盒上关于食品配方说明文字的教授们来说，"审美民粹主义"正是他们倡导和推动的文化现象，他们关心的是明星文化和时尚潮流，关心的是自己的研究如何与周围的消费文化契合在一起。同样，杰克对希特勒研究的热情完全是出于个人社会声誉的考虑,关心希特勒研究如何使自己的社会自我更加引人关注,而不是因为希特勒这个名字所代表的某段重大历史。因此,他并不觉得把希特勒与美国大众文化偶像"猫王"埃尔维斯放在一起讨论有什么不妥。为了给讲授埃尔维斯的默里增加权威,他走进对方的课堂,把希特勒对母亲的崇拜与埃尔维斯对母亲的依恋进行类比。根据拉希的分析,历史意识的淡漠正是自恋文化产生的根本原因,"大家的热情放在了只为此刻活着——只为自己活着,不是为你的前辈也不是为你的后代活着"。① 杰克把希特勒明星化,更多的是为自己增加某种光环。当他在学生与其他闻讯而来的教员的簇拥之下走出教室时,他觉得自己已不再害怕死亡:"人们聚拢起来,有学生有教员,从听不真切的话语和盘旋头顶的声音所汇成的轻柔的喧闹中,我意识到,我们现在就是一个人群;倒不是我现在需要周围有人群,现在尤其不需要那样。死亡在此不折不扣的是一种专业性的东西。我与它在一起感到舒畅,我对它驾轻就熟。"(82)聚集在杰克周围的人群让他感觉自己就像有盾牌护身的将军,社会自我的膨胀使他暂时战胜了精神自我的恐惧、抵制住了死亡的侵袭。因此,布鲁姆把杰克的希特勒研究与"爱斯基摩女同性恋研究或后殖民研究"嫁接在一起,容易对读者产生一些误导。因为"女同性恋研究或后殖民研究"一个很重要的目的是为被强势文化排斥在外的他者正言,而杰克的希特勒研究"既不是为了改变认识,也不是为了深入了解自己。知识已完全类像化了"②,只是杰克为压制死亡恐惧而制造貌似强大的物质自我与社会自我的工具。如果说,早期清教徒视工作为上帝赋予他们的使命,工作的目的是增加上帝的荣光,工作价值的衡量在于"它为社区生产的产品有多么重要"③,这种伦理准则在杰克这里已完全失效,他的希特勒研究主要是为了给已失重的生命增加砝码。

　　然而,就像通过打破"坐在装满毒蛇的笼子里的世界忍耐记录"(199)把自己的名字载入《吉尼斯世界记录大全》、最后却以闹剧收场的

---

① Christopher Lasch, *The Culture of Narcissism: American Life in an Age of Diminishing Expectations*, New York and London: Norton, 1979, p. 5.

② Randy Laist, *Technology and Postmodern Subjectivity in Don DeLillo's Novels*, New York: Peter Lang, 2010, p. 87.

③ Max Weber, *The Protestant Ethics and the Spirit of Capitalism*, trans. Talcott Parsons, Beijing: China Social Sciences Publishing House, 1999, p. 162.

奥列斯特·墨卡托一样①，杰克想建构"帝王般堂堂的自我"的种种努力也只不过是空洞的、自恋式的幻想。购物只是带来片刻的心理满足，而大学知名教授的身份也没有让他与家人躲过"空中毒雾事件"，尽管在这之前他安慰家人说只有"穷人和未受教育的人成为自然和人为灾难的主要受害者"（126）。具有讽刺意味的是，他也是书中唯一明确提到感染尼奥丁衍生物的人。更让他始料不及的是，平时对任何事都持肯定态度的芭比特其实和他一样一直深陷死亡的恐惧之中，而且为了获取一种名叫"戴乐儿"的药片，芭比特置家庭伦理和社会责任不顾，与负责该项目的经理威利·明克暗地里进行性交易，因为这种药片据说能够消除死亡恐惧。感觉受到严重污辱的杰克，决定赶往明克的栖身之处——一家在铁城的汽车旅馆——杀死这个践踏自己尊严的人。让他意想不到的是，与这位素未谋面的仇敌相遇为他摆脱自我的负累提供了契机。

## 第三节　超越自我的樊篱

但报受污辱之仇并非杰克此次行动的唯一原因，甚至算不上是主要原因。在分析这一点之前，我们得先注意另外两位帮助他成就这次行动的人：一是告诉杰克明克藏身之地的温妮；二是间接鼓励杰克采取这次行动的默里。温妮是山上学院一名神经化学研究人员，杰克曾求助她帮助分析"戴乐儿"的化学成分。当她听杰克说这种药是用来消除死亡恐惧时，她觉得这种做法并不可取：

> 人丧失了死亡的甚至死亡恐惧的意识是错误的。死亡难道不是我们需要的界限吗？难道不是它赋予生命以珍贵的实质、明确性的意识吗？你必须扪心自问，如果你失去了有关最后界线、界限或限度的认识，此生你做过的任何事情还会有美和意义？（250）

在温妮看来，恰恰因为死亡的存在，人生才完整，死亡因而具有了本

---

① 奥列斯特·墨卡托是海因里希的朋友。虽然他经过诸如减食、坐着睡觉等一系列训练，以图实现载入史册的目的。但是，后来进入蛇笼这件事没有得到官方的允许，他只好转到水城找了一名公证员暗地里举行。不过，这次活动并不是像以前计划的那样在一只巨大玻璃笼子进行，而是在一间旅馆的房间里。但是，张罗蛇的人只找到三条无毒的蛇。更加出乎意料的是，不到四分钟他就被蛇咬了。结果奥列斯特被人当成了骗子。

体意义。对西方哲学有些了解的读者也许会发现，温妮的这个观点仿佛是在转述海德格尔的死亡哲学思想。在《存在与时间》中，海德格尔认为，"死亡绽露为最本己的、无所关联的、超不过的可能性。作为这种可能性，死亡是一种与众不同的悬临"。并且，他把恐惧死亡视为自我现时存在别具一格的展开状态："畏死不是个别人的一种随便和偶然的'软弱'情绪，而是此在的基本现身情态，它展开了此在作为被抛向其终结的存在而生存的情况"。① 在海德格尔看来，直面死亡才是使自我从芸芸众生中脱颖而出，走向本真存在的方式，而靠沉沦于日常琐事来逃避人终将难免的死亡则是"一种非本真的死亡存在"。② 海德格尔故而主张人应该直面死亡，而不是"在死亡面前的一种持续的逃遁"。③ 这种"先行至死"的存在反而使人赢得自由、赢得生命的意义。正如有论者总结说，"面对自己的死亡，才能使自己最潜在的、最个性的能动性、自我决断性、选择性体现出来，最终能够在一充满了热情的，却又解脱了普通人们想的、实际的、确信自己的去死的自由之中，把自己存在的各种可能性都依靠本己给予展示、体现出来"。④ 作为希特勒研究教授，杰克不可能不知道海德格尔。这里有一个概念需要区分的是，海德格尔所说的"畏死"与杰克现在心中的"畏死"并不太一样，因为海德格尔谈论的"死"是指人生命长河不可避免的那一站，是"生老病死"中的"死"，而杰克的死亡恐惧主要是由于后工业社会中个体经验的贬值与技术的非理性发展造成的风险。杰克的悲剧在于企图通过"与影像文化共谋，以逃避生存的重负"⑤，这无异于饮鸩止渴。也许他已把依靠消费与已经类像化了的希特勒研究建构的物质自我与身体自我当成了本真自我，而不是去发挥自己的能动性，甚至对现实恶劣生存环境的批判性。但是，就像他的希特勒研究一样，他或许只感兴趣地记住了海德格尔关于人活着的目的就是自我存在，这种存在"没有外在目的。存在就是去存在，为其存在而存在，为其存在而斗争。为了能持续地维持其存在，存在者必须在其存在中同化他物，消灭他物的他性，使之转变为'为我'的环节或元素，同一到'我'

---

① ［德］马丁·海德格尔：《存在与时间》，陈嘉映、王庆节译，生活·读书·新知三联书店1987年版，第300—301页。

② 同上书，第310页。

③ 同上书，第305页。上述引文中的着重号为原文所有。

④ 李向平：《"息我以死"与"向死而在"——庄子和海德格尔的死亡哲学》，《社会科学家》1989年第1期。

⑤ Curtis A. Yehnert, " 'Like Some Endless Sky Walking Inside': Subjectivity in Don DeLillo", *Critique: Studies in Contemporary Fiction*, Vol. 42, No. 4, 2001, p. 360.

的存在中来"。① 无论是杰克的尽兴消费还是去历史化的希特勒研究,都只是"为了能持续地维持其存在"的需要,而当这种只"为存在而存在"的欲望发挥到极致时,就必然造成极端的个人主义和损人利己的暴力。因此,当默里向他演绎某种法西斯化了的海德格尔思想时,杰克很快就接受了。这次默里告诉杰克暴力是获得新生的一种手段,鼓励他成为杀人者,而不是像大多数人那样听候死亡的召唤:

> 世界上有两种人:杀人者和死亡者。我们大多数人都是死亡者。我们不具备那种气质,那种狂暴或者任何做一个杀人者所需要的东西。我们听任死亡来到。我们自己躺下,然后死亡。但是,请想一想,铸一个杀人者是怎么一回事儿。想一想,在正面对抗中杀死一个人,在理论上是何等振奋人心。如果他死了,你就不能杀他了。杀死他,就是获得生命的得分。你杀的人越多,你的得分就越多。这就解释了那么多的屠杀、战争和处决犯人的来由。(321)

如果我们不去把默里的观点与文中的希特勒研究放在一起来考察,认为默里此时是纳粹暴行的辩护者,但至少可以看出他把自我存在看成了对他人的绝对否定。生命成为一场血淋淋的杀戮。用列维纳斯的话来说,"存在指挥着它,漠视伦理上的禁忌,像英雄一样自由,把对所有关于他者的罪责都置之度外"。② 个体的存在成为凌驾万物之上的主宰。

因此,杰克前往铁城杀死明克毋宁说同他恣意购物及他的希特勒研究一样,主要是一种生存意识在起作用,这一点还可以从他计划在杀死明克之后趁机攫取明克剩下的"戴乐儿"这一动机看出,似乎这次行动将彻底解决他对死亡的恐惧。他没有意料到的是,当他怀揣手枪出现在明克的房间里时,发现这个芭比特寄予希望的男人已经基本失去行为能力。明克的心智已经技术化,精神世界的内在丰富性、判断力、情感和交际能力都受到削弱。由于"戴乐儿"这种技术产品产生的副作用,明克无法区分语言与现实之间的关系,所以,一直只能观看无声的电视。而且,他嘴里不时会冒出一些广告语言。在某种程度上说,明克已经成为一架没有人类正常情感的机器,成为技术的影子。但是,杰克并没有因此而罢手,而是

---

① 朱刚:《伦理学作为第一哲学如何可能?——试析列维纳斯的伦理思想及其对存在暴力的批判》,《南京大学学报》2006 年第 6 期。

② Emmanuel Levinas, *Collected Philosophical Papers*, trans. Alphonso Lingis, Dordrecht: Maritus Nijhoff, 1987, p.53.

开始用语言制造恐惧来折磨他。看着明克的痛苦样子，杰克感觉周围的"物体发出红光，一种秘密的生命从它们内部升腾而起"（344）。明克的痛苦成为杰克强化自我生存意志的源泉。当然，杰克感觉自己的生命力得到爆发是在他向明克射击两枪之后。他扬扬自得，并尝试着从明克的视角构建一个英雄般的自我："若隐若现、高大突出，获取着生命力，存储着生命得分。"（346）但就在他把手枪放到明克手里准备制造一个自杀假象时，明克忽然苏醒，并扣动扳机打中了他的手腕。他刚构建起来的"帝王般堂堂的自我"又一次崩塌。不过，当他再次看躺在血泊中的明克时，他"感到自己正在看着他，第一次把他当作一个人来看。人类古老的糊涂和古怪的癖性又一次在我身上流动起来：同情、悔恨、慈悲"（347）。此时杰克眼中的明克已不再是他用于构建自己存在意义的客体，而是另一个期待帮助和呵护的主体。明克无意中发出的枪声，就像一股巨大的外力、一次响亮的"言说"，激发了杰克的"道德直觉"①，使杰克的伦理主体得以苏醒，实现了对构筑同一性努力的超越。这种超越自我的努力并不是说为了追逐"某种永恒的或固有的自我"，而是像列维纳斯所认为的那样："是对自我所占有的存在的追逐或超越。在这种超越中，自我对存在者不再是永恒内在的追逐目标，而成为存在者为超载存在不得不卸掉的沉重负担。"② 就在杰克忽然感觉"同情、悔恨、慈悲"又在身上流动起来时，他从"唯我"与"为我"的存在范式走向了"为他"的他性自我，他改变杀死明克的计划，决定对他伸出援救之手。或许，小说对人性的信心正是德里罗要在《白噪音》中追寻的"日常生活中的光辉"。③

　　然而，就在我们想为杰克伦理主体性的回归献尽溢美之词时，杰克接下来的举动再次嘲讽了我们的乐观。因为他在帮助明克之前，首先想到的是为自己包扎伤口。在如此情况下，即使在他把明克拖上车，为自己的善心与道德境界感到满意时，也似乎多了些讽刺意味。另外，他在车上给明克做人工呼吸同样是为了使自己显得"更加高贵、更加伟大、更加慷慨大方"（348）。与其说这时他是为了挽救明克的生命，倒不如说他是为了在"无私奉献"中彰显自我的高大。这种"为我"情结使他再一次把目

①　Charles Taylor, *Sources of the Self : The Making of the Modern Identity*, Cambridge and New York: Cambridge University Press, 1989, p. 73.

②　江怡主编：《走向新世纪的西方哲学》，中国社会科学出版社1998年版，第612页。

③　Anthony Decurtis, "'An Outsider in This Society': An Interview with Don DeLillo（1988）", in Thomas DePietro, ed., *Conversations with Don DeLillo*, Jackson: University Press of Mississippi, 2005, pp. 70 – 71.

光从自我与他人的关系抛向自我与存在的关系。① 他把明克拉到铁城的一家产科医院，接待他们的是一群说着德语的修女。在把明克交给医生之后，杰克被一位名叫赫尔曼·玛丽的修女带到一间小屋处理手腕上的枪伤。他被墙壁上一幅关于"肯尼迪与教皇一起在天堂里的画"吸引住了，开始感觉心情越来越好，不由自主地问玛丽修女现在教会如何描述天堂。不料，玛丽修女生气地质问杰克，难道他把她们看成是傻瓜，因为她们根本不相信有天堂、天使或圣人存在。杰克对她的回答感到非常意外，便质问她们为什么要当修女。玛丽修女告诉他这是为了别人：

> 所有别的人。别的一辈子相信着我们仍然相信的人。我们在这世界上的任务，是去相信没有人会认真地当回事儿的东西。完全彻底摒弃这类信仰，人类就会毁灭。这就是我们为何在这儿的缘故。一小撮人，去体现古老的事物、古老的信仰。魔鬼、天使，天堂、地狱。如果我们不佯装相信这些东西，世界就会坍塌（353）。

显然，玛丽修女在这里谈论的是后工业时代的宗教问题。如果说丹尼尔·贝尔在分析存在于后工业社会中的"恐惧与战栗"的同时，认为有必要通过"在西方社会回归某些宗教概念"② 给生活重新赋予意义，玛丽修女则以自己的经历似乎否定了这种可能性。当腰间挂着沉重祈祷念珠的人都已是一种"佯装"，何必再为宗教概念寻找安身之处呢？也有论者认为，最好把《白噪音》读成一本有关"信仰"而不是关于"宗教"的书③，那么小说究竟让我们去信仰什么呢？其实，玛丽修女已经把答案告诉我们了。尽管后工业时代已经使形而上学的生命意义变成一个伪命题，但是，我们应该相信总有人在以自己的责任心为这个社会制造着某种意义。这种责任心不是为大众创造某个虚拟的天堂，而是当有人受伤上门时，会毫不犹豫地伸出援助之手。铁城产科医院的修女们这种为他人、为社会的责任是单向的、不计回报的，"为他"成为他们自我存在的价值。就在杰克不甘心地问这些修女之中总有人真的相信天使时，玛丽修女忽然

---

① 国内有研究者把"从人与存在的关系出发理解人之为人"的视野认为是海德格尔哲学的出发点，而把"从我与他人的关系出发理解人之为人"的视野看成是列维纳斯思考的重心。参见朱刚《"此在"还是"我在此"？——随海德格尔与列维纳斯一道思考"人之为人"》，《湖北大学学报》（哲学社会科学版）2010 年第 2 期。

② Daniel Bell, *The Cultural Contradictions of Capitalism*, New York: Basic, 1976, p. 29.

③ Mark Osteen, "Introduction", in Mark Osteen, ed., *White Noise: Text and Criticism*, New York: Penguin, 1998, p. ix.

向他"喷洒德语，词汇的暴风雨"，从那"抑扬顿挫的声音、一种有韵律的节奏"中，他感觉玛丽修女在"用蔑视的祷告来奚落"他。不过，杰克并没有生气，反而"觉得它动听极了"（355）。他也许已经明白玛丽修女的嘲讽意味，在这个消费与影像文化占主导的社会再谈宗教这种超验的生命意义终究是自欺欺人。而他之所以"觉得它动听"正是为这些修女们的奉献精神所感动，世界上也因为这些修女的存在而不再那么可怕。

　　在某种程度上说，玛丽修女的奚落也是一种"言说"，让杰克明白为存在寻找一个超验的意义已是徒劳，生命的意义或许就产生于你超越"唯我"的那一瞬间。这一点在小说最后一节通过叙述视角的变换得以体现出来。这一节为读者并置了三件事：一是讲述杰克家中最小的儿子怀尔德不小心把三轮车骑到公路上，虽然没被车碾轧却掉进公路对面的水沟里，最后被一位过路的"摩托车手"救起的过程；二是讲述铁匠镇居民到立交桥上欣赏落日的情景；三是讲述超市货架重摆后给人们带来的惊恐与不安。值得注意的是，在讲述第一件事时，小说抛弃了杰克的视角，而是让目睹这件事情的两位已经上了年纪的妇女来叙述。这种叙述视角的改变从形式上让读者感到一种他性力量的掺入，因为在这之前小说一直采用杰克的第一人称叙述。正如埃伦·皮弗（Ellen Pifer）论证说，怀尔德的故事为小说增添了积极的基调，肯定了"社区的力量"①，整个过程似乎都在说明，虽然死亡的威胁存在，但人们的责任心与爱心将起到化险为夷的作用。但是，这种乐观基调因为后两件事情再次被削弱。超市重整让置身其中的人产生的恐慌似乎重新证明了"不确定性、随意性和混乱的一大胜利"（25），而一起观赏落日的人群虽然让读者暂时感受到社区的存在，但每次人群散去之后，他们就又重新回到"原先分离的、防备有素的自我"（359）。习惯于寻找一个美好结局的读者或许感到有些沮丧，但德里罗可能根本就不想给《白噪音》设置一个理想化了的结局。如果布莱恩·麦克黑尔（Brian McHale）在《后现代小说》一书提出的后现代主义小说本质上强调的是"本体论"这个观点成立②，那么德里罗在这部他

---

① Ellen Pifer, *Demon or Doll: Images of the Child in Contemporary Writing and Culture*, Charlottesville and London: University Press of Virginia, 2000, p. 231.

② 布莱恩·麦克黑尔认为，与现代主义小说强调"认识论"不同，后现代主义小说突出的是"本体论"。如果说现代主义小说要回答的是诸如"我如何来阐释这个我身处其中的社会？我在这个世界中是什么？"或"有什么期待我们去认识？谁知道这些问题？他们是怎么知道的？他们把握性有多大？"等问题，那么后现代小说要回答的问题是"这是哪个世界？在这个世界能做些什么？是哪一个自我去做？"或"世界是什么？有几种世界？它们是如何构成的？它们有什么不同？"等问题。

默认为后现代小说的作品中要表明的是，在"上帝死了"之后，个体首先要做的应该是去正视一个失去形而上学意义的社会，这其中的不确定性与不稳定性难免会让人恐惧，而技术的非理性发展带来的种种风险更是让人"防备有素"，但这并不意味着去构建一个完全脱离社会关系的自我。恰恰相反，只有在与他人相遇中才能超越自我身份的困扰，发现内在于自我的他性，从而找回那"被遗弃的意义"（201）。① 因为正是对他人的同情与责任使杰克避免成为杀人凶手、使赫尔曼·玛丽等修女们为生命找到落脚点、使怀尔德得以从险境中脱身，而社会正因为人类责任心的存在而没有失去发展的动力。也许，这才是本真的存在，一种从"唯我"走向"他性自我"的存在，只有这样，才能抗拒死亡的虚无。值得一提的是，杰克最后不再接查克拉伐蒂大夫的电话，拒绝与后者讨论自己死亡的事情。经过几番挣扎的他大概已经接受生命的暂时性与偶然性，而这反而可能让他更能体味到日常生活的快乐。当然，他对他人的宽容与责任感也许随之增加。毕竟，正如特里·伊格尔顿所言，"不朽与不道德总是紧密相连"。②

从这个层面讲，《白噪音》是德里罗在后现代文化语境中对自我存在进行的一次深入思考。在小说中，他展现了自我同一性的虚幻。这不仅是因为一种超验的自我已随上帝一起退却，而且因为企图依靠消费与影像文化来构建一个独立的自我最终只是一时的幻影。更可怕的是，对自我同一性的过度追求只会导致毁灭性的暴力。相反，只有不断地超越自我的负累，直面他人渴求的面容，才能为胆战心惊的生命找到一个落脚点。其实，对他人命运的关注与负责同样也是德里罗对自己作为一个作家的要求，因为他并不认为"作家可以允许自己享受把自我与大众分离的奢侈，即使他从理论上说是一个在打字机、纸和笔陪伴下独自在房间里度过大多数生命时光的人"。③ 但倘若要详细了解德里罗在后现代语境下对作者身份的思考，我们需要对《毛二》这本小说中的写作伦理展开讨论。

---

① 小说原文为"（The world is full of）abandoned meanings"，中译本译为"（世界充满了）被遗弃的意味"。但笔者认为，把"meanings"译为"意义"似乎要比译为"意味"更准确些。

② Terry Eagleton, *After Theory*, New York: Basic, 2003, p. 211.

③ Maria Nadotti, "An Interview with Don DeiLillo", in Thomas DePietro, ed., *Conversations with Don DeLillo*, Jackson: University Press of Mississippi, 2005, p. 110.

# 第二章　重塑现代主义者的沉默：
## 《毛二》中的写作伦理①

　　20世纪80年代，世界文坛发生了一件小说家因写作一部作品而面临生命威胁的事情。印度裔英国小说家萨尔曼·拉什迪因小说《撒旦诗篇》涉及对伊斯兰教不敬的问题而遭到穆斯林世界的抵制，并被伊朗原宗教及政治领袖阿亚图拉·鲁霍拉赫·霍梅尼宣布判处死刑，随时可能招来杀身之祸。这件事情再次引发人们对作者责任的激烈讨论。肖恩·伯克（Seán Burke）对当时的情景做了如下总结："来自各行各业的人都在讨论作者的意图、审查制度、作家的责任、作家对自己文化的责任以及艺术的自由是否得有个限度等话题。"② 唐·德里罗针对这件事情也表明了自己的立场，于1994年与另一位美国当代著名小说家保罗·奥斯特共同发表了一篇声明，声援拉什迪。实际上，早在创作小说《毛二》（1991）时，他脑海中就想着这件事。他告诉文斯·帕萨罗（Vince Passaro）说，尽管自己不能断定这部小说与拉什迪事件有多深的关系，但这件事肯定与小说有关联。③ 玛格丽特·斯坎伦就认为，拉什迪事件是"阅读《毛二》难以避免的语境"。④ 当然，《毛二》中的比尔·葛雷并没有面临被谋杀的危险。他是一位隐世数十年的小说家。但他决定接受出版商查理·埃弗森通过摄影师布瑞塔转达的请求，离开住所，参与帮助搭救一名被恐怖分子扣押的联合国工作人员。由于比尔·葛雷的小说家身份，许多读者或许会

---

① 需要指出的是，这里所说的"写作伦理"既涵盖了后现代文化中作家这个特殊群体的社会责任感，又同时兼顾了作家的写作态度、对作品本身的责任。毕竟，作家对他人的影响和对社会的介入功能，主要是以他的作品为媒介来实现的。

② Seán Burke, *The Ethics of Writing: Authorship and Legacy in Plato and Nietzsche*, Edinburgh: Edinburgh University Press, 2008, p. 22.

③ Vince Passaro, "Dangerous Don DeLillo (1991)", in Thomas DePietro, ed., *Conversations with Don DeLillo*, Jackson: University Press of Mississippi, 2005, p. 84.

④ Margaret Scanlan, "Writers Among the Terrorists: Don DeLillo's *Mao II* and the Rushdie Affair", *Modern Fiction Studies*, Vol. 40, No. 2, 1994, p. 230.

把他当成作者的自画像。但德里罗曾着重纠正过这个误识："我称他为比尔·葛雷只是临时之举……我过去对朋友说过，'我想把自己的名字改成比尔·葛雷，然后消失掉'。我这样说了有 10 年。但他变得适合这个名字，我就决定把名字给他"。① 批评家瑞安·西蒙斯（Ryan Simmons）提醒说，我们阅读时有必要探索另一种可能性，即"同是作家的德里罗与葛雷正在进行一场辩论"。② 笔者认为，德里罗之所以要描写一位现代主义小说家③的故事，是在后现代文化语境中对写作伦理进行重新思考。作为一位旨在作品中体现"给人们带去希望是作家创作的动因"④ 的作家，德里罗不仅看到在消费与影像文化无孔不入的社会里，现代主义者式的沉默往往被文化资本家，甚至恐怖分子所利用，而且意识到现代主义作家在与大众文化保持距离的过程中容易陷入孤芳自赏似的审美主义之中。葛雷最后死于前往贝鲁特的船上在某种程度上可以被解读成德里罗献给现代主义作者的一首挽歌。但是，这种悲观的前景由于两位当代文化阐述者的介入而被逆转。也就是说，德里罗通过此小说暗示，尽管作家的独立精神不可或缺，但这并不意味着他或她就可以由此放弃自己的社会责任。作为主流意识形态的他者，作家不应使自己置身世外，而应以自己的"言说"挑战整体性思维所具有的压制性，只有这样，才能抗拒审美性写作背后的虚无。

## 第一节　后现代文化场域中的作家身份危机

实际上，长期置身世外的葛雷之所以决定选择出行，正是因为他已经感受到商品文化的侵扰，认识到如今"任何事物只有经过消费才能存在"。⑤ 他此时选择回归社会绝非冲动之举。福柯曾提醒说，当我们考究

---

① Vince Passaro, "Dangerous Don DeLillo（1991）", in Thomas DePietro, ed., *Conversations with Don DeLillo*, Jackson: University Press of Mississippi, 2005, p. 79.

② Ryan Simmons, "What is a Terrorist? Contemporary Authorship, the Unbomber, and *Mao II*", *Modern Fiction Studies*, Vol. 45, No. 3, 1999, p. 681.

③ 关于葛雷是一位现代主义小说家的身份，评论者伦纳德·威尔科克斯（1991）、劳拉·巴雷（1999）、道格拉斯·基西等都做过论证。

④ 沈谢天：《后世俗主义：后现代哲学中孕生的新式信仰——以唐·德里罗小说〈球门区〉为中心》，《解放军外国语学院学报》2016 年第 3 期。

⑤ Don DeLillo, *Mao II*, New York: Viking, 1991, p. 44. 在本章中，后文出自该书的引文只随文标注页码，不再另行作注。

知识分子涉足政治时，需要注意两个方面："他作为一名知识分子在资产阶级社会中的位置，在资本主义生产体系中的位置，在由这种体系产生或强制的意识形态中的位置……以及看他的话语在多大程度上揭示了某一具体真相、披露了别人没有留意有疑点的政治关系。"① 这两点告诉我们，葛雷的回归也许有其内在动因。本书认为，这种动因主要源于社会语境对葛雷的压力，不管他愿意不愿意，在资本主义生产体系中，他已经成为文化场域里权力角斗的焦点。"场域"是法国社会学家皮埃尔·布尔迪厄（Pierre Bourdieu）提出的一个概念。他认为，"社会世界可以表征为一个（多维）的空间。这个多维空间的构建是基于活跃在社会世界中的资本进行区分或分配，这些资本能赋予它们的拥有者力量或权力……这个空间也可以称为力的场域"②，并且这个宏观的场域又可以细分为教育场域、政治场域、宗教场域、文化场域等。布尔迪厄进而指出，活跃在这些场域的资本可以归为几大类："经济资本（以不同形式存在）、文化资本与社会资本，以及象征资本"。③ 很明显，《毛二》中的葛雷在他所处的文化场域中主要是占有表示荣誉、名声或者特权的象征资本。④ 葛雷的管家斯科特告诉前来为葛雷拍照的布瑞塔，最近他们总是听说有媒体要带着能远距离拍摄的相机前来。而且，葛雷的出版商不断地转发给他们来自不同人群的邮件。那些人中，"有人正着手寻找葛雷，有人报告他们寻找的进展，有人认为，自己知道葛雷在哪里，有人听说了一些谣言，有人只想见他一面告诉葛雷他的书对自己有多么重要，并当面问些寻常的问题，还有些极其普通的人只想看看他的长相"（30）。报纸杂志上同样刊登各种有关葛雷去向或他目前创作状态的猜测。所以说，葛雷的隐藏不仅没有损害他的"光晕"，反而增加了他的象征资本。正如葛雷向布瑞塔坦言说，"藏匿起来的作家逐渐侵入圣地。他玩的是上帝的游戏"（37）。因为距离感，作家的隐居状态制造了神秘性，在大众心中激发出强烈的好奇心。

---

① Michel Foucault, *Language, Counter - memory, Practice: Selected Essays and Interviews*, trans. Donald F. Bouchard, and Sherry Simon, Oxford: Basil Blackwell, 1977, p. 207.

② Pierre Bourdieu, *Language and Symbolic Power*, trans. Gino Raymond, and Matthew Adamson, Cambridge: Polity, 1991, p. 229. 括号补充为原文所有。

③ Ibid. , p. 230.

④ 布尔迪厄曾在他文中就经济资本、文化资本与社会资本三种基本形态的内涵解释如下：（1）经济资本，这种资本可以立即并且直接转换成金钱，它是以财产权的形式被制度化的；（2）文化资本，这种资本在某些条件下能转换成经济资本，它是以教育资格的形式被制度化的；（3）社会资本，它是以社会义务（"联系"）组成的，这种资本在一定条件下也可以转换成经济资本，它是以某种高贵头衔的形式被制度化的。

　　但是，如果说"时间、历史的涌动使场域无时无刻不处于复杂微妙的斗争状态"①，葛雷占有的象征资本面临着消费文化的侵夺。他积累起来的声誉被包括出版商、杂志记者等在内的"文化大众"② 所利用，变成资本主义市场谋取利润的工具。这一点早在小说开篇就已经有所反映。在与布瑞塔会面之前，斯科特顺路走进一家书店。在那里，他看见收银处堆着的一摞摞书，似乎听见书在尖叫着叫卖自己。他直觉地觉察到，同超市里的其他货物一样，书籍只是竞相等待顾客选购的另一种商品。不过，这并没有引起斯科特的反感，因为他意识里至少并不反对使葛雷声誉商品化："他直接走到摆设现代经典作品的架子前，看到比尔·葛雷那两本并不厚的小说最近重印的商业版本，这两本书用朴素的棕色与铁锈色的丝带非常般配地绑在一起。他喜欢为了比尔而查看这些书架"（20）。在这里，葛雷已经成为一种商品符号，"一个用来销售的偶像"。③ 他的"光晕"被一种"展览价值"（本雅明语）所取代，成为供人们消费的影像。

　　似乎是为了突出商业文化对艺术领域的侵占，小说还特别提到，书店不远处正在举行著名波普艺术家安迪·沃霍尔的画展。④ 唐·德里罗曾从个体身份意识的角度对图片与书籍进行过比较。他认为，"图片就像是一群人挤在一起：多种不同的印象。而书籍因其线型递进的词语和人物似乎与个人身份紧密相连。我想，一个孩子在学习阅读单词和阅读故事的过程也是构建身份的过程。从某种程度上说，图片总是引向大众，而书籍属于个人"。⑤ 作为大众消费对象的图片无形中消解了受众的个性建构，而作为阅读对象的书籍总是与个体读者的灵魂进行直接对话。沃霍尔的主要成就之一就是打破雅俗界限，使艺术商品化，淡化作品的个性色彩。罗伯特·休斯曾在《美国观察》撰文认为，沃霍尔的艺术派生于信息社会中

---

① 张怡：《布尔迪厄：实践的文化理论与除魅》，《外国文学》2003 年第 1 期。

② Daniel Bell, *The Cultural Contradictions of Capitalism*, New York：Basic, 1976, p. 20. 丹尼尔·贝尔认为，文化大众只是文化的传导者而不是文化的创造者，共由三部分人群组成：第一部分人是指那些在高等教育、出版业、杂志、广播传媒、剧院及博物馆等领域的从业人员。他们负责加工及影响严肃文化产品的接受；而上述人群又构成文化市场的第二部分，因为他们同时也购买图书、其他印刷品及严肃音乐磁带；第三部分人则是由为大众文化读者或观众提供通俗文化材料的从业人员，这包括相关的作家、杂志编辑、电影制作人、音乐人士等。

③ Christian Moraru, "Consuming Narratives：Don DeLillo and the 'Lethal' Reading", in Harold Bloom, ed., *Don DeLillo：Bloom's Modern Critical Views*, Broomall：Chelsea House, 2003, p. 91.

④ 实际上，该小说题名《毛二》就派生于沃霍尔的一些画作，这从另一个侧面反映了商品化大潮对作家写作构成的巨大语境压力。

⑤ David Cowart, "Delphic DeLillo：*Mao II* and Millennial Dread", in Stacey Olster, ed., *Don DeLillo：Mao II, Underworld, Falling Man*, New York：Connituum, 2011, p. 27.

的影像文化，是种"不带感情色彩的艺术"。① 在他的作品中，艺术家的个性创造被掩盖在了五彩斑斓的影像之中。正如布瑞塔在观看他的画作"戈尔比一世"时想到的，"在这张画中她发现了对艺术家的消融，对公众人物的称颂"（134）。这张画的特色之一在于把戈尔巴乔夫与玛丽莲·梦露两位名人的影像混杂在一起，这位苏联总统的"皮肤涂上了红润的电视化妆，满头金黄色的头发，涂上了红色的口红，眼睑被描成了青蓝色。西服与领带都是深黑色"（134）。沃霍尔在这里运用的创作手法其实是后现代艺术家广泛使用的拼盘粘贴，这种模仿技巧"没有滑稽模仿手法的外在动机，没有讽刺的冲动，没有笑声，也不会让人觉得在这种暂时借用的不正常语言中还存有某种健康与正常的语言"。② 这种模仿不再具有戏仿产生的批判功能，只是呈现了供人们消费的平面化影像。事实上，詹姆逊在《晚期资本主义的文化逻辑》一书中就把沃霍尔作为后现代艺术家的代表来讨论，并比较了沃霍尔的《钻石灰尘鞋》与凡·高的油画《农民的鞋》。詹姆逊认为，如果凡·高在《农民的鞋》中为我们表现了农民的苦难世界以及可以对它进行海德格尔似的深度解读，《钻石灰尘鞋》则表明了"一种新式的平面化或无深度化的外面"："这张画在内容层面没有给观看者留下哪怕最少的空间……安迪·沃霍尔的作品实际上以商品化为中心"。③ 这些特点斯科特在观看沃霍尔的作品时也感觉到了，他觉得那些作品"并不在乎对观看者会产生什么影响"（21）。艺术干预现实、影响现实的功能淡化，成为艺术本身自在的嬉戏。

　　与紧跟信息时代步伐的沃霍尔不同，葛雷选择主动远离外面的世界，以保持个人的独立性。但是，杂志上关于他的种种传闻以及从出版商那里转来的信件告诉他，他已经被一种"名人文化现象"所包围。在这种文化逻辑中，影像作为能指已经脱离所指，公众自我与个人自我之间的界限已经模糊，深度化模式也随之消解。④ 这一点我们在分析《白噪音》时已经有所了解。而《毛二》通过布瑞塔在智利了解的一件事使影像文化更加具有世界性。在智利，有一位编辑之所以被投入监狱，是因为"他的杂志发表了皮诺切特将军的漫画。受到的指控是他正在谋杀这位将军的形

---

① ［美］G. 尼科尔森：《安迪·沃霍尔——永不结束的 15 分钟》，吴菊芳等译，大连理工大学出版社 2008 年版，第 5 页。

② Fredric Jameson, *Postmodernism, or, the Cultural Logic of Late Capitalism*, Durham: Duke University Press, 1991, p. 17.

③ Ibid., pp. 8 – 9.

④ Joe Moran, "Don DeLillo and the Myth of the Author—Recluse", *Journal of American Studies*, Vol. 34, No. 1, 2000, p. 140.

象"(44)。这表明，影像文化已经取代或至少被等同于现实世界。葛雷同样敏锐地认识到，"在我们这个世界中，我们睡觉、吃饭离不开影像，我们向影像祈祷，我们还身穿影像"(37)。这种文化逻辑使读者对某位作者长相的好奇有时甚至超过对其作品的兴趣。这一点同样也是布瑞塔感到迷惑不解的地方："当你了解了一位作家的作品后，他或她的照片有什么重要性呢？我不知道为什么。但人们仍然想要作家的影像，对吧？作家的脸是作品的表面。暗示了内在的神秘。或者说神秘就写在脸上？"(26)作品思想内在的深度被遮蔽在了影像的背后。

显然，葛雷已经意识到，影像文化就蛰伏在自己的周围。另外，如果结合德里罗塑造葛雷时的灵感来源，这一点将变得更加明显。实际上，葛雷的塑造与塞林格的一张照片有关。德里罗在一次接受采访时说，"这是一张刊登在《纽约邮报》封面的照片。我记得时间是 1988 年夏。这是一张 J. D. 塞林格的照片。他们派了两名摄影师到新罕布什尔州去跟踪他。他们总共花了 6 天才找到他。当他们给他拍照时，塞林格与他们面对面。就在他们拍照时，塞林格向他们扑了过去。脸上满是震惊与愤怒。这是一张让人觉得害怕的照片"。① 塞林格的强烈反应或许正说明，小说家的私人空间在影像文化中似乎已无藏身之处。而葛雷这次之所以让布瑞塔前来为他拍照，大概觉得与其让人围攻，不如主动让步。从这个层面分析，葛雷面对"晚期资本主义文化逻辑"② 咄咄逼人的气势选择了让步。正如桑塔格分析的：

> 在被拍摄之后，某样东西就变成信息系统的一部分，适合用来分类与储存。要么粗略地按照时间顺序粘入家庭相册中，要么经过日积月累、仔细归档用在天气预报、天文、微生物学等用途上……这样的现实被重新定义了——被定义为用来展览的用品、用来细察的记录、用来监视的对象。③

因此，一经拍照之后，葛雷很有可能将成为资本市场用来加工的商品。正如他在拍照后对布瑞塔说："我现在已成为他人的素材。你的，布瑞塔。

① Vince Passaro, "Dangerous Don DeLillo (1991)", in Thomas DePietro, ed., *Conversations with Don DeLillo*, Jackson: Uniersity Press of Mississippi, 2005, pp. 80 – 81.
② 值得一提的是，弗雷德里克·詹姆逊的著作《后现义主义，或晚期资本主义的文化逻辑》与《毛二》同年出版。
③ Susan Sontag, *On Photography*, New York: Penguin, 1979, p. 156.

这就是生活，这就是消费事件。我们周围所有的一切都在把我们的生命最终变成印刷或档案里的事实。"（43）他认识到自己生命的深度已平面化为一张毫无生机的照片，其价值无异于"别克汽车上的鸟粪"（54）。

这种"场域"之争随着葛雷离开隐居之处，加入到涌动的人群之中而变得更加激烈。作为文化大众代表的查理·埃弗森对葛雷同意参与自己组织的营救活动自然是喜出望外。但与其说查理对挽救被恐怖分子扣押的联合国工作人员感兴趣，毋宁说他把这次事件看成是为自己新近成立的组织做宣传，因为葛雷的出席无疑具有重大的广告效应。他告诉葛雷说，"你的名字附着让人兴奋的效果，将帮助我们为此事打上烙印，迫使人们在新闻发布会很久之后还会谈论它、想起它"（99）。当然，查理心里最关心的还是葛雷手头正在创作的那部小说。尽管葛雷告诉他自己还未完成这本书，但查理让他不用担心这件事，因为他知道如何利用人们的忆旧心理来推销这本书："他们想更近距离地看传统。在那些人看来，我就代表某种事物。我代表书。我想建立一个稳定、负责而又深思熟虑的清单，然而赋予它大众市场的发行力。我们有巨大的资源"（127）。身为出版商的查理知道如何充分发挥自己占有的经济、文化及社会资本优势，把葛雷的新书推向市场。更重要的是，他由此攫取了"比尔·葛雷"这个名字所代表的象征资本，得到了蕴含其中的商业价值。用葛雷本人对出版公司与作家之间的关系的认识来说，"他们出版的书越多，我们就变得越软弱。驱动这个行业的秘密力量就是使作家变得对社会不再有害"（47）。如果对德里罗来说，作家的一个重要功能是"不畏权势写作，在公司、国家或整个同化机构之外写作"[1]，葛雷拥有的独立性却面临被大众文化化解、收编的危险。更糟糕的是，葛雷所代表的象征资本不仅被文化大众所垂涎，就连恐怖分子也想染指。

事实上，德里罗在一次访谈中就明确表示过，《毛二》的一个重要主题就是聚焦作家与恐怖分子之间影响力的较量，看当今社会他们谁将引导大众思维："某种程度上，我的书在询问谁在对人们说话。是传统上认为自己能够影响同代人想象力的作家，还是独裁者、军人与恐怖分子？独裁者、军人与恐怖分子都被权力扭曲，似乎能够把他们的视野强加给世界，使地球变成一个危险与愤怒的场所。"[2] 似乎为了突出这一点，恐怖分子

---

[1]　Adam Begley, "The Art of Fiction CXXXV: Don DeLillo (1993)", in Thomas DePietro, ed., *Conversations with Don DeLillo*, Jackson: Uniersity Press of Mississippi, 2005, p. 97.

[2]　Maria Nadotti, "An Interview with Don DeiLillo", in Thomas DePietro, ed., *Conversations with Don DeLillo*, Jackson: Uniersity Press of Mississippi, 2005, p. 110.

的身影在小说开篇不久就得到了揭示。当布瑞塔坐着斯科特的车进入葛雷的避隐之处时,她对他说,"我感觉自己似乎被带去见某位隐居在大山深处的恐怖分子头目"(27)。同样,葛雷不止一次地指出了小说家与恐怖分子之间在影响大众思想方面的争斗。并且,他不无悲观地表示,在影像文化中,随着恐怖分子影响力的扩大,小说家的作用在相应地减小:"恐怖分子得到什么,小说家就相应地失去什么。恐怖分子影响大众意识的程度越强,我们作为人们情感与思想塑造者的影响力就越小"(157)。但是,葛雷没有点明的是,恐怖分子为了扩大自己的影响力,已把触角伸到了作家发挥重要作用的文化场域之中。被他们绑架的联合国工作人员让·克劳德·朱利安就是一位来自瑞士的诗人。被恐怖分子绑架之后,朱利安最大的问题就是自己是谁。脸上被恐怖分子罩着头巾的朱利安渐渐地失去了时间的感觉,只有当看守他的男孩给他送饭时,他才能感觉到日子的流逝。他不久发现,自己心中各种对付恐怖分子的计划都无法实现,因为恐怖分子把他关进这个房间后似乎已经遗忘了他,没有人来审问他,也没有人关心他是谁。就连那个脸上同样罩着头巾的男孩有时也忘记按时给他送饭。朱利安特别想要些纸和笔,因为他觉得只有通过书写才能使自己思维保持清醒状态。但他惊恐地发现,自己的创造力在日渐萎缩,并预测到自己的真实存在将会被这个世界抛弃:

> 开始时,许多城市里的人都会说起自己的名字。他知道那些人在那里,有情报网络、有外交秘密渠道、有技术人员、有军人。他卷入了新的文化,世界恐怖系统,他们给了他第二个自我,一种永恒的让·克劳德·朱利安的精神。他是网络运作中的一个电子马赛克,是微型胶卷上幽灵般的线条……但他感觉如今他们已经忘记了他的本人。他遗失在波段中,成为计算机网络中一个新的代码。(112)

朱利安意识到,恐怖分子在这场博弈中最终胜出。他只是他们利用媒体技术扩大声势的一个符号。所以,当恐怖分子意识到朱利安的利用价值已经耗竭时,他们改变计划,用暴力手段破坏查理安排好的新闻发布会,因为他们看中了葛雷在文化场域中的象征资本。他们通过他们的中介人乔治·哈达德诱使葛雷到雅典,试图实现用葛雷取代朱利安的目的,最大限度地实现吸引注意力和扩大影响力的目的。

在后现代文化场域中,具有精神启蒙和主体创造等意义的作家身份遭遇了被平庸化、被僭越的尴尬和危机。但是,葛雷并非完全被动地承受着来自后现代文化的压力，眼睁睁地看着自己的象征资本被他人利用，在文化场域的权力之争中败下阵来。相反，作为德里罗心中的"元个人主义者"①，他一直在以自己的方式与大众思想作斗争，以维护自己的独立性。遗憾的是，在这场争斗中，他最终以失败告终。究其原因，我们得探讨现代主义者式的沉默对他行事方式的影响，分析审美性伦理观给他带来的写作困境。

## 第二节　审美性伦理观下的写作困境

熟悉美国文学的读者都知道，像葛雷这样的避世作家在美国实际生活中并不少见。从早期的埃米莉·迪金森、梭罗，到当代的塞林格以及品钦等，稍屈手指就能数出许多有意与外界保持距离的作家。如果放眼世界，有意识地与外在世界保持距离的作家更是不胜枚举。尤其是西方现代主义作家，由于其"在精神上远眺西方浪漫主义文学，又将其推向极端。浪漫主义运动的叛逆精神、个人与社会对立、蔑视一切社会规范，以及初露端倪的无政府主义倾向，都被现代主义作家所继承，并进一步嬗变为对现存社会的全面对立与否定"②，这种有意与社会保持距离感的意向更加明显。在《一个青年艺术家的画像》中，斯蒂芬就把"沉默"当成是自己与社会政治、宗教等做斗争的武器之一。③ 但这种"沉默"不是退却，而是一种思考方式，是列维纳斯式的一种"沉默的言说"④，是作家对现实的超越，是他们试图在荒原似的世俗社会之外，寻找生命意义的一种努力。用福柯的话来说，沉默是"一种文化精神"⑤，它既可以是恶劣生存环境下的一种抗争，又可能是在某个噤声时代的一种无助。现代主义艺术家选择"沉默"反映的是他们艺术观与现实社会之间的落差，因为到了现代主义时期，艺术已经不仅仅被视为表达人类意识的手段，而且被看成

---

① Vince Passaro, "Dangerous Don DeLillo (1991)", in Thomas DePietro, ed., *Conversations with Don DeLillo*, Jackson: Uniersity Press of Mississipp, 2005, p. 81.

② 吴昌雄：《论现代主义与浪漫主义的渊源》，《外国文学研究》1993 年第 4 期，第 51 页。

③ 詹姆斯·乔伊斯：《一个青年艺术家的画像》，黄雨石译，外国文学出版社 1983 年版，第 297 页。另两种武器是"流放"与"机智"。

④ Emmanuel Levinas, *Of God Who Comes to Mind*, trans. Bettina Bergo, California: Stanford University Press, 1998, p. 74.

⑤ Michel Foucault, *Politics*, *Philosophy*, *Culture: Interviews and Other Writings*, 1977 – 1984, trans. Alan Sheridan, et al., New York and London: Routledge, 1990, p. 4.

是实现对现实困境进行超越的方式。但要详细了解现代艺术家在生活中的"沉默"及他们在作品中对"沉默"的表现所具有的审美意义，苏珊·桑塔格的《沉默的审美性》可以给读者带来一些启示。在该书中，桑塔格认为，兰波等现代作家之所以有段时间暂停写作是因为这些作家发现"在这个充满二手认识的社会，艺术家尤其感到了语言的背叛。艺术家的活动被媒介所诅咒。艺术成为艺术家的敌人，因为他发现无法通过艺术实现自己超越的欲望"。① 他们选择"沉默"是为了维护自己的独立性与艺术家的尊严："经由沉默，他因此摆脱了世界的奴役。这个世界充当了他作品的主顾、代理人、消费者、对手、裁判及诋毁者。"② 但是，这种"沉默"的审美意义在于其背后的目的性。现代主义者的"沉默"是他们对资本主义商品化的不满，有其批判意义。他们的沉默是"为精神成熟做准备，这个严峻考验的目的是为了获得说话的权利"③，寄寓了他们在精神境界方面追求纯净澄明状态的诉求与愿望，最终实现对俗世的改变。

在《毛二》中，现代艺术的超越功能非常明显地体现在了葛雷避世之前写的那两部小说中。斯科特告诉布瑞塔，早在十年前，对生活毫无热情的他处于"虚无"状态时，是葛雷的书帮助他找回了生命的价值："有人给了我比尔的第一本小说。当时我说，哇，这是什么？那本书某种程度上讲的就是我。我不得不放慢阅读速度，以防控制不住自己。我看见了我自己。这是我的书。讲的是我如何思考与感觉。"（51）斯科特的经历从一个侧面反映了现代主义艺术家对艺术功能的期望，即"艺术代表传统的宗教形式，以致成为一种新宗教和伦理，赋予艺术以解救的宗教功能"。④ 葛雷的小说让斯科特在心灵上受到震撼，使他产生人生的顿悟，找回了被日常生活遮蔽的自我。斯科特几经周折设法追踪到葛雷的隐身之处，说服葛雷收他为助手，像侍奉主人一样伺候他。但或许同兰波等现代作家类似，在创作完这两部作品之后，葛雷厌恶了周围商业化环境的扰乱，选择了避世沉默。因为从故事情节上推测，他发表第一、第二部小说的时间处于消费文化迅速发展的五六十年代。但是，事与愿违的是，随着商业化进程的加速，他已不再是一位隐士或"森林作家"，而成为一个"被捕捉的人"（102）。他越神秘，他的象征资本对文化大众就越有魅力。

---

① Susan Sontag, *A Susan Sontag Reader*, New York：Vintage, 1983, p. 182.

② Ibid. , p. 183.

③ Ibid. , p. 183.

④ 刘小枫：《现代性社会理论绪论》，上海三联书店 1998 年版，第 307 页。

正如斯科特意识到的葛雷"离现实生活越远，他就显得越高大"（52）。但是，如果把葛雷在藏匿近30年之后，接受拍照的举动完全归纳为"屈从于充满了影像的世界"①，似乎有点过于简单。

尽管有论者从商业文化与文学创作相对立的角度分析，认为布瑞塔的到访是出现在葛雷世界中的"一股暴力、一种侵入性的存在"②，但小说在第一部分第二节明白无误地告诉读者，站在黑屋子里的葛雷内心非常渴望布瑞塔的到来。他站在窗边对自己说，如果数到10，布瑞塔还没来的话，自己就回书桌工作。但当情况并未如他所愿地发生时，他又重新数数："他又数了一遍10，接着又数了一遍，然后就站在那里，直到终于看到了车灯雪白的亮光。"（28）值得注意的是，当车停定之后，葛雷并没有投入工作，而是坐在黑暗的房间抽起了烟。如果结合他目前的创作状态来考虑，他这些多少有点孩子气的举动似乎并不奇怪，因为葛雷无奈地发现，自己这些年来似乎面临才思枯竭的危险，很难再创作出让人满意的作品。二十三年来，葛雷一直在努力创作一部作品。但是，他始终难以在语言中找到以前那种"道德力量"。他忧伤地告诉布瑞塔：

> 我书中的语言塑造了我。当语言使用恰当时，字里行间有股道德力量，表达了作者生存的意志。在使句子的音节与节奏变得正确的过程中，我陷得越深，我对自己就越了解。我为这本书的句子已经花费了不少时间与精力，但也许还不够，因为我在这些语言中看不到自己。那种充满活力的景象已不在，那种促使我前进、让我相信世界的生存准则已经不在……我正在写一本已经死去的书。（48）

如果说"作家只有通过自己的作品才能找到自我、实现自我；在他的作品问世之前，他不仅不知道自己是谁，他其实什么都不是"③，葛雷在此痛苦地发现自己难以从写作中找到自我身份与生活的意义。写作对他来说成了一种负担，他对自己的创作失去了信心，只能反复地修改："他放弃过，然后又拿起笔。他从头再来，但又把它搁置一旁。"（51）因此，

---

① Kenneth Millard, *Contemporary American Fiction*: *An Introduction to American Fiction Since* 1970, Beijing: Foreign Language Teaching and Research Press, 2006, p. 132.

② Mark Conroy, *Muse in the Machine*: *American Fiction and Mass Publicity*, Columbus: Ohio State University Press, 2004, p. 160.

③ Maurice Blanchot, *The Gaze of Orpheus and Other Literary Essays*, trans. Lydia Davis, New York: Station Hill, 1981, p. 24.

在他心中，布瑞塔的到来可以使这种焦灼状态得到一定的缓解，正如他对她说:"我想我比你更需要这些照片。可以拆解我这些年来构建起来的巨大石碑……我已经为这不幸的隐藏付出了可怕的代价。我现在完全感到厌倦。"(45) 他的这番倾诉意味深长，读者也许可以据此进一步分析他在拒绝与外界接触多年之后，接受拍照和决定离开隐居地的深层原因。

　　肖恩·伯克在论及写作伦理时提醒说，当作家把认识局限于审美性时，存在伦理危险。① 这种危险在于艺术创作把本体存在当成审美的对象，忽视了对他人和社会的责任。关于审美与伦理的关系，赵彦芳认为，它们在前现代、现代和后现代三个时期呈现出不同的形态。在前现代时期，"审美与伦理统一在现实领域"。在现代时期，"审美与伦理的分离。现代性的文化分化出了三个自律的范围:科学、道德与艺术"。在后现代时期，"审美与伦理统一在虚拟领域。后现代的思想家们反对现代美学中艺术、审美与政治、道德领域的分化，反对审美与生活的分离，主张突破审美与生活之间的界限，将生活整体上审美化、艺术化"。② 也就是说，审美理性在社会发展进程中是一个不断前景化的过程，是审美理性压制和取代道德理性的过程。在这个过程中，以自我实现为目的的审美性伦理观在现代和后现代时期逐渐成为主导人们行为的一条重要准则。这一点同样成为丹尼尔·贝尔忧虑的对象。贝尔指出，资本主义文化矛盾的根源在于构成社会的三部分——"技术—经济结构、政治和文化"不断地产生分化和抵触。在西方文明的语境下，这种分化是传统信仰式微和现代性发展带来的结果。现代性的重要特征是个人成为社会的组织单位，"现代文化的核心准则是'自我'的表达和重新塑造，以达到自我实现和自我完成的目的"。③ 到了后工业时期，"自我实现的准则成为文化的中心"。④ 具体到文艺领域，审美性伦理观的形成离不开审美现代性的发展。审美现代性强调艺术的非功利性和自足性，强调艺术与生活实践的分离，艺术不再是模仿生活的镜子，而是观照自我的明灯，追求自我形式的尽善尽美。审美现代性对艺术自律性的强调突出地体现在 19 世纪末的唯美主义运动中。以反对世俗文化为姿态走向历史舞台的唯美主义提出了"为艺术而艺术"

① Seán Burke, *The Ethics of Writing: Authorship and Legacy in Plato and Nietzsche*, Edinburgh: Edinburgh University Press, 2008, p. 32.
② 赵彦芳:《审美与伦理:从前现代到后现代》,《扬州大学学报》2010 年第 5 期。
③ Daniel Bell, *The Cultural Contradictions of Capitalism*, New York: Basic, 1976, p. 10. 贝尔以"技术—经济结构"指称社会生活中的"生产组织和商品与服务的分配"，以"政治"指称"社会正义和权力的领域"，而以"文化"指称"表现性象征主义领域"。
④ Daniel Bell, *The Cultural Contradictions of Capitalism*, New York: Basic, 1976, p. 15.

的口号，主张生活模仿艺术，以审美性伦理观取代传统的道德法则。以王尔德为代表的唯美主义者从质疑道德伦理原则的确定性出发，把关注重心转移到了自身的内在体验上，形成了把自我当成伦理关注的对象的审美性伦理观。在这种伦理观中，自我占据了整个世界，关注的是"自我和自身的关系，尤其是自我和自身的美学关系，所以，又有自我伦理学或私人伦理学之称"。① 这种伦理观明显的标志就是审美主体把自我与外在世界割裂开来，或者说他或她把自己内心的感受当成了整个世界，否定与责任和义务有关的规范标准。虽然唯美主义运动由于王尔德的囹圄之灾而逐渐衰落，但审美性伦理观在第一次世界大战之后兴起的现代主义中得到进一步培育。第一次世界大战之后，西方文明一片哀鸿，诗人在精神的荒原上踯躅不前。尼采的"上帝之死"宣告了传统超验的主体追求的陨落，如何在被瓦解的道德准则上构筑自我成为文学艺术创作的主题。尼采以身兼酒神、艺术之神、流浪神的狄奥尼索斯身上的精神为世人提供了一条以艺术审美为引导的救赎之路，因为尼采视艺术为唯一能替代宗教在现代社会行使整顿秩序的手段，"它抛弃与理性相关的意识、真理与道德，专一颂扬狂喜、欲望、享乐等人类本能"。② 现代主义文学逐渐呈现出向内转的特征。这种以自我感受为核心体验的审美性伦理观发展成作家创作的一种精神气质。但正如陈瑞红在分析王尔德的审美伦理时所意识到的那样，审美性伦理观"存在着严重的不足——由于它在强调自我审美主体的同时，将他者置于被动的、依附的客体位置，所以，它无法建立起真实、和谐、互为主体性的人与人之间的关系"。③ 在此，我们不去探讨审美性伦理观对沃尔夫、乔伊斯等现代主义作家的影响，但是，《毛二》中的葛雷想借长期避世、安心创作的初衷逐渐演变成一种对社会责任的逃避。这种伦理危险经由他的女儿莉兹在葛雷去看她时被表述出来："我们并不认为你的行为与写作有关。我们想神秘的父亲只不过借写作之名，来为所有的事情寻找托词。爸，这就是我们对这件事的看法"（114）。正如上文所述，葛雷本人同样意识到自己为长期避世付出了代价。因为长期的独处已经使葛雷远离了"生存准则"。这种"生存准则"指的就是人类存在的社会性，

---

① 陈瑞红：《论王尔德的审美性伦理观》，《外国文学评论》2006 年第 4 期。
② 赵一凡：《从胡塞尔到德里达：西方文论讲稿》，生活·读书·新知三联书店 2007 年版，第23 页。
③ 陈瑞红：《论王尔德的审美性伦理观》，《外国文学评论》2006 年第 4 期。

因为"我们每个人都得通过他人的在场来获得自我身份"。① 这也说明他为什么在创作中难以像以前那样感受到语言里流淌的道德力量，而这种力量曾经让他的前两部小说的一些读者实现了精神救赎。布瑞塔的到来为他摆脱这种尴尬局面带来了契机。因此，尽管布瑞塔提醒他这次接受拍照将冒着成为这些照片奴隶的危险，因为在拍照之后，人们将始终以照片来衡量本人的真实性，无法接受本人与照片的差异。葛雷却把这次拍照之举几乎当成一场与目前这种状态相告别的仪式。他告诉布瑞塔说，这次照相就像是为自己守灵，这些照片将宣布自己的死亡。初听起来，这席话似乎表明葛雷认同了布瑞塔的看法，觉得葛雷今后的时间都将因这些照片的出现而失去生存意义，因为他必须满足公众对照片的期待。毕竟，照片有种定格时间的功能，呈现的是种"已经在那儿的意识"②，这种意识以一种不再改变的景观姿态等待他人的欣赏。但是，正如斯科特在葛雷离开后才意识到的那样，"照片可以让我们选择，要么趋向这些照片，要么远离这些照片"（141），葛雷在心中选择了后者，因为他已经决定离开这个被光晕环绕的住所。一方面，这表明他并不想与商业文化妥协，因此，他的这个决定含有主动祛魅的意图，成为对抗商业文化的一种方式；另一方面，他这次重回社会的举动具有打破"个人的囚笼"的意义，试图以自己的行动找回那失去的道德力量。更重要的是，这次他要营救的同样是一位作家。这其中的象征含义不言而喻。

确实，正如西尔维亚·卡波拉莱·比齐尼（Silvia Caporale Bizzini）分析所说，葛雷此举真正的目的是找回"已失去的身份。比尔的兴趣并不在这位被绑架者身上，而在一种已处于危险境地的思想上，这种思想把作家视为知识分子及有自己想法的人"。③ 具体而言，葛雷的目的是要捍卫现代主义作家对世俗文化的超越，并通过拯救他人来为自己的创作找回那失去的道德力量。无论是与查理接触，还是与乔治交往，葛雷坚持不让他们知道自己居住的旅馆，保持现代主义作家反对大众文化的审美态度。④当看到查理对拯救人质并不是很在意，而是把重心放在利用自己的

---

① Jean - Paul Sartre, *Existentialism is a Humanism*, trans. Carol Macomber, New Haven: Yale University Press, 2007, p. 41.

② Roland Barthes, *Image Music Text*, trans. Stephen Heath, London: Fontana, 1977, p. 44.

③ Silvia Caporale Bizzini, "Can the Intellectual still Speak? The Example of Don DeLillo's *Mao II*", Critical Quarterly, Vol. 37, No. 2, 1995, p. 113.

④ 就审美现代性这个命题而言，其内涵要复杂得多。彼得·比格尔认为，现代艺术的自律性同时兼有批判和肯定社会的功能。具体请参见周宪《审美现代性的三个矛盾命题》，《外国文学评论》2002 年第 3 期。

象征资本为他的新组织做宣传以及套取他的第三本著作的出版权时，他选择不辞而别，前往雅典与乔治会合。因为乔治承诺，在那里他将安排他与恐怖分子头目进行直接面谈。虽然葛雷在雅典并没有见到那个"有权打开地下室的门，把人质放出来"（137）的人，但他与乔治就恐怖分子与小说家的区别展开了讨论，为作家在文化场域中的独特作用辩护。他并不赞同乔治认为在当今社会唯一有意义的行为是恐怖袭击的说法，他觉得把恐怖分子看成是这个时代的英雄是一个"纯粹的神话"，因为尽管他们凭借各种手段吸引着大众的注意力，"这些团体背后都有专制性政府撑腰。他们完全是小型独裁政权"（158）。与此相反，小说彰显的才是"民主呼声"。他告诉乔治说：

> 你知道我为什么信仰小说吗？它是民主的呼声。人人都有可能写伟大的小说，一本伟大的小说，几乎大街上所有业余爱好者都有可能……处处洋溢着才华、洋溢着思想。事物相异，群言不一。各种歧义，各种相互矛盾的观点，各种低语，各种暗示。而这些正是你们想摧毁的。（159）

应该说，葛雷的观点大体符合小说的发展历史与文体特征。伊恩·瓦特在《小说的兴起》一书中就认为，小说这种文学体裁之所以为大众所接受，与"以'个人主义'为特征的各种因素造就的社会形态的兴起"①有关。同样，苏联理论家巴赫金也着重强调过小说的杂语性特征，认为"小说语言是由多种语言组成的系统，这些语言意识形态上互相使对方更有活力"。② 现在，葛雷开始着手创作一部关于那位人质的作品。因为他觉得这样可以把人质的生命意义带回到世界，是与恐怖分子做斗争的一种形式："他本可以告诉乔治他正在写些关于那个人质的东西，把某种已经遗失的意义归还给世界……作家创造人物是呈现意识的一种方式，增加意义流动的方式。这就是我们如何回应权势与克服恐惧。"（200）葛雷希望通过对人质的书写对抗恐怖分子制造的恐惧，复活该人质在世界中的生存意义。

葛雷在此指出了一直为现代主义作家所信奉的艺术救赎社会的功能。在他看来，他的写作质疑了权势，是对整体性思想的否定。套用列维纳斯

---

① Ian Watt, *The Rise of Novel*, California：University of California Press, 2001, p. 60.
② Mikhail Bakhtin, "From the Prehistory of Novelistic Discourse", in David Lodge, ed., *Modern Criticism and Theory：A Reader*, New York：Longman, 2000, p. 110.

的话来说，写作成为权势社会中一道"闪烁的光……神秘而又历时地表达了超越性"。① 或许，他这种把文学看成为他人寻找身份，实现干涉现实的理解正是他要寻找的道德力量。但是，他大概像兰波等现代作家那样，在周围无处不在的影像文化的压力下，他不时感到语言游离在他的思想之外，有一种被背叛的感觉，所以，经常选择在沉默中寻找道德力量。有一次，他在一家雅典小酒馆点菜时，他选择用手指指，不是因为那里没人会说英语，而是"他喜欢用手指指这种想法。可以把用手指指当成某种自我强加的孤独，这样可以帮助你在道德强度方面得到提升"（160）。他甚至逐渐怀疑起自己是否有必要写关于人质的事情："他忘记自己为什么要写那个人质。他已经写了好几页纸，自己觉得也还不错，但这实际目的是什么呢？"（198）正如上文所暗示的，葛雷在营救人质的态度上其实与查理有相似之处，如果说查理想借此为自己新近成立的组织炒作，葛雷更在乎的是自己存在的自为性。以马克·奥斯廷为代表的一些评论者曾指出葛雷的名字"比尔"所具有的双关意义，因为在英语中小写的"bill"含有"账单、票据"等含义，因此，在商业文化中，比尔·葛雷"只是一张'票据'，可以随处用来交换，是一件空白的商品，谁都可以在上签字，谁都可通过它获利"。② 但是，很少有人注意到他的姓"葛雷"可能带给读者的联想意义。也许，我们可以把他为人质撰写文章的感受与《道连·葛雷的画像》中贝泽尔为道连·葛雷作画时的心情做一类比。③ 贝泽尔觉得道连·葛雷的画像将泄露他"灵魂的秘密"，因为他为此画倾注了感情，而"凡是怀着感情画的像，每一幅都是作者的肖像，而不是模特儿的肖像。模特儿仅仅是偶然因素"。④ 同样，比尔·葛雷在书写人质时，更多的是自己情感的影射，是在书写他自己，从而消解了他参与营救人质行为本身所蕴含的道德力量。在整个过程中，他对自为存在的追求不仅表明他与以查理为代表的文化大众及以乔治为代表的恐怖分子保持距离的决心，而且再一次让自己走入了审美性伦理观的胡同。从这个层面上

---

① Emmanuel Levinas, *Otherwise Than Being*, *Or Beyond Essence*, trans. Alphonso Lingis, Pittsburgh: Duquesne University Press, 2006, p. 154.

② Mark Osteen, "Becoming Incorporated: Spectacular Authorship and DeLillo's *Mao II*", *Modern Fiction Studies*, Vol. 45, No. 3, 1999, p. 649.

③ 当然，如果读者把视野投向文本系统之外的话，"葛雷"这个姓氏还有可能让人联想起 18 世纪英国的挽歌诗人托马斯·葛雷（1716—1777）。从小说中比尔·葛雷最终客死他乡的命运来看，这个联想是站得住脚的，也契合德里罗对现代主义作家的感伤看法。

④ ［英］奥斯卡·王尔德：《道连·葛雷的画像》，荣如德译，上海译文出版社 2011 年版，第 9 页。

分析，葛雷在偶遇车祸之后依然决定只身前往贝鲁特要与恐怖分子面谈的做法更多的是"因为他想隐藏得更深，想变更隐居的条款"（140）或"衷心地想让人忘记"（216）。他断绝与外界的一切联系，甚至连乔治的帮助也不需要。因此，他的决定与其说是胆识过人的表现，毋宁说是现代主义作家一次浪漫的个人表演行为。

　　然而，他最终因为车祸内伤过重而丧命于轮船上，没能到达贝鲁特。尽管约瑟夫·杜威（Joseph Dewey）坚持说他的"失败并没有贬损他英雄式的回归"①，但小说对他最后命运的描述似乎并没有那么乐观。② 因为小说告诉读者，轮船上的清洁工取走了他的"护照与其他身份证明，任何写有名字与号码的东西，一些他可以卖给某个民兵组织的东西"（217）。葛雷此时丧失的不仅是自己的象征资本，而且他的身份完全被他人占有。相比之下，约翰·卡洛斯·罗（John Carlos Rowe）对这个结局的解释更让人信服。他认为，葛雷的死亡表明，"无论传统的小说家技艺多高超、天资有多高，他已无力再表现那些暗地里主宰日常生活的力量"。③ 葛雷的死表明了现代主义作家通过个人努力来拯救社会的这种"宏观叙事"（利奥塔德语）的瓦解。从这个意义上说，《毛二》成为德里罗献给现代主义作家的一首挽歌。但在后结构主义理论家罗兰·巴尔特看来，"作者之死"并不是一件坏事；相反，是一件值得庆幸的事情，因为这意味着把作者当成上帝这个神话的破灭④，读者的创造性阅读得到了尊重："读者的诞生必须以作者之死为代价。"⑤ 或者，这为某种"零度写作"提供了可能，写作可以把写作行为本身作为关注点。这样，"写作的扩增将建立一种全新的文学"，而这种新文学的目标是把文学当成"语言的乌托邦"。⑥ 从他对葛雷的描写可以推测，德里罗已经认识到现代主义审美伦理观的局限，但这并不意味着他同样主张文学应完全朝语言与形式的方向发展。正如有论者分析说，德里罗的声誉并不是源于他对外在现

---

① Joseph Dewey, *Beyond Grief and Nothing: A Reading of Don DeLillo*, South Carolina: University of South Carolina Press, 2006, p. 112.

② 约瑟夫·杜威这种就文本事实避重就轻的解读方法遭到了马克·奥斯廷的批评，参见 Mark Osteen, "'DeLillo's Evolution': Rev. of *Beyond Grief and Nothing: A Reading of Don DeLillo* by Joseph Dewey", *Twentieth - Century Literature*, Vol. 53, No. 4, 2007, p. 112。

③ John Carlos Rowe, "*Mao II* and the War on Terrorism", *The South Atlantic Quarterly*, Vol. 103, No. 1, 2004, p. 37.

④ 在《毛二》第36—37页中，葛雷两次非常明显地把作者与上帝联系在一起。

⑤ Roland Barthes, *Image Music Text*, trans. Stephen Heath, London: Fontana, 1977, p. 148.

⑥ ［法］罗兰·巴尔特：《写作的零度》，李幼蒸译，中国人民大学出版社 2008 年版，第 55 页。

实的零度介入；相反，"德里罗的权威来自以小说的形式对文化材料进行观察、挖掘、收集，到最后重组"。① 从发表《美国志》开始，德里罗的小说一直把历史和现实囊括在自己的创作视野之中。在《毛二》中，德里罗一个更重要的目的就是要强调个人空间与公共空间界限的协商，在后现代文化语境中构建一种新的写作伦理，抗拒审美性写作的虚无。要分析这一点，我们需要关注德里罗在小说中对两位女性人物卡伦与布瑞塔的描写。

## 第三节　后现代写作伦理的建构

马克·菲尼（Mark Feeney）在为《毛二》撰写书评时，觉得小说给读者"越来越强的失望感"②，原因就是葛雷最后死于非命。但他或许忘记，正如小说不是始于葛雷的故事一样，小说也并非以葛雷的故事结束。小说以卡伦参加的集体婚礼开始，而收尾于布瑞塔的贝鲁特之行。尽管这两人分别以斯科特的女友身份与摄影师出现在葛雷的故事中，但小说为了把这两个部分与主体部分区分开来，分别命名为"在纽约体育馆"与"在贝鲁特"。虽然她俩都不是作家，但是，这两部分展现的主题与葛雷的故事相互映衬，即个人主体性的困境。然而，不同于葛雷，她们积极参与现实，对后现代文化做出自己的阐述，在协商个人空间与公共空间界限过程中为生存找到了希望。

同创作葛雷这位人物形象类似，德里罗在创作"在纽约体育馆"这一节时也是基于一张照片。这次是"一张集体婚礼照。婚礼仪式发生在韩国一个工业仓库里"。③ 只不过德里罗把这次婚礼搬到了纽约体育馆。在统一教教主文鲜明（Sun Myung Moon）主持下，6500 对新人走进了体育场。另外，大多数新人是文鲜明根据照片配对的。卡伦要嫁的那个男人就是她在两天前才刚遇见的，谈不上任何熟悉与了解。如果说人群聚集的特点是"把个体融合成共同的思想或情感，消除个人与阶级的差别"④，

① Jesse Kavadlo, "Recycling Authority: Don DeLillo's Waste Management", *Critique: Studies in Contemporary Literature*, Vol. 42, No. 4, 2001, p. 386.

② Mark Feeney, "Pictures of Bill Gray", *Commonweal*, Vol. 118, No. 14, 1991, p. 491.

③ Maria Nadotti, "An Interview with Don DeiLillo", in Thomas DePietro, ed. , *Conversations with Don DeLillo*, Jackson: Uniersity Press of Mississippi, 2005, p. 111.

④ Johann P. Arnason and David Roberts, *Elias Canetti's Counter - image of Society: Crowds, Power, Transformation*, Rochester: Camden, 2004, p. 29.

站在人群中的卡伦感到很自在，因为"他们这些来自 50 个国家的年轻人感觉一样，远离了自我的语言"（8）。与轻松的卡伦相比，她的父亲罗奇面对眼前潮涌的人群感到惶恐不安。他努力地用望远镜在人群中捕捉卡伦的身影，以安抚心中的焦躁与不安。他认为，这些年轻人之所以追随统一教是由于传统信仰失落之后造成的迷茫："当老上帝远去后，他们向苍蝇和瓶盖祷告。可怕的事情是，他们追随文鲜明是因为他满足他们的需要。他回应他们的渴求，让他们摆脱自由意志和独立思想的负担。瞧！他们看起来多高兴。"（7）正如丹尼尔·贝尔在《资本主义文化矛盾》一书中所说，随着传统信仰的败落，人们开始转向对异教的崇拜，卡伦之所以放弃美国文化中的个人主义传统投靠统一教，或许正是因为她无法面对"徒劳与混乱"① 的后现代文化："集体婚礼的目的就是要显示，我们得像一个社区一样生活，而不是个人试图去掌控各种复杂的力量。"（89）在这一语境之下，大多数读者会认同卡伦"缺少个体身份"② 或是个"失去中心的主体"③ 等看法。但是，作为小说中唯一让德里罗感到"同情、理解、亲切"④ 的人物，卡伦并没有丧失理智与判断能力。她非常清楚自己的选择。她觉得这样做是在为自己在这个处于碎片无序的世界找到落脚之处。但是，卡伦很快发现，她的新信仰并没有给自己带来安宁，她的个体意识反而越来越强烈：

> 她想念一些简单的事情、父母的生日、地毯垫及那些不用睡在拉链袋中的夜晚。她开始想自己并不适合教堂严格而又单调的信仰。晚上时她感到一阵头痛。它们带着耀眼的光而来，就像一道电化光束，一道不知从何而来的光，来自大脑，怪异地闪着你是谁的光。（78，着重号另加）

---

① Cornel West, "Postmodern Culture", in Emory Elliott, ed., *The Columbia History of the American Novel*, Beijing: Foreign Language Teaching and Research Press, 2005, p. 520. 科尔内尔·韦斯特认为，后现代社会中，由于暴力的广泛存在，T. S. 艾略特笔下那"荒原"式的文化特征在后现代文化中得以延续。

② Mark Osteen, "Becoming Incorporated: Spectacular Authorship and DeLillo's *Mao II*", *Modern Fiction Studies*, Vol. 45, No. 3, 1999, p. 656.

③ Laura Barrett, "'Here, But Also There': Subjectivity and Postmodern Space in *Mao II*", *Modern Fiction Studies*, Vol. 45, No. 3, 1999, p. 789.

④ Adam Begley, "The Art of Fiction CXXXV: Don DeLillo (1993)", in Thomas DePietro, ed., *Conversations with Don DeLillo*, Jackson: Uniersity Press of Mississippi, 2005, p. 99.

就在她对统一教越来越持怀疑态度时，她父亲让她堂兄带着两个陌生人强行把她带到一家汽车旅馆，对她进行洗脑。但她认为，他们这样做同样是种教条灌输，是以亲情的名义强制而又残忍地对她实施精神控制。她的"头痛"越来越频繁，越来越强烈。最后，她终于找到一个机会脱身离去。

因此，更准确地说，卡伦是一位在后现代文化语境中寻找生命意义的探寻者。读者再次遇见她时，她已与斯科特一起生活在葛雷的住所。她每天最大的爱好就是看电视："无论哪天，电影镜头是她主要关注的对象，而且她并不介意播放时没声音。"（32）① 葛雷为此把她视为未来病毒的携带者。换言之，葛雷认为，她代表的是未来社会生活方式，这种生活方式完全受制于影像文化，个体容易失去自我。但是，瑞安·西蒙斯认为，葛雷的判断并不可信，卡伦看电视之所以不需要声音是因为谙熟后现代文化状况。她虽然不是作家，但"像比尔一样，对语言的感知足以让她在大多数情况下对这个世界做出准确的结论"。② 西蒙斯接着根据卡伦在纽约公共公园汤姆金斯广场上的感受分析说，"《毛二》中正是卡伦经常暗示，'作者身份'与其他社会行为一样，既是社会的一种范式又只是社会中的另一元素"。③ 对于西蒙斯把卡伦提升到"作者身份"这个层面的观点，我们或许可以持保留态度。但是，葛雷的意见的确存在偏颇之处。正因为如此，即使她加入了统一教，也没有放弃寻找自我一样，卡伦在观看各种人群聚集的场面时，同样没有放弃对个体生命的关注。有一次，她在观看布瑞塔拍摄的一张有关难民的照片时，她尤其注意到一位男子被挤在人群中的痛苦，她从他焦急的神情揣测他或许正在考虑如何从拥挤的人群中挣脱出来，避免踏倒受伤。借用肯尼思·米拉德（Kenneth Millard）的分析来说，卡伦对具体生命的关注可视为她在大众文化中"可能获得救赎的征兆"。④ 另外，值得注意的是，卡伦对他人保持着一颗同情心。这一点正是卡伦与葛雷之间非常大的区别。如果说葛雷参与营救人质由于重新陷入审美性伦理观而未能找到他渴求的道德力量，卡伦在日常生活中不时地展现了一种人性关怀：她为政府专门为聋哑儿童警示交通安全竖起的

① 卡伦这一特点让我们想起了《白噪音》中看电视时喜欢"对上电视里的说话的口形"的斯泰菲。

② Ryan Simmons, "What is a Terrorist? Contemporary Authorship, the Unbomber, and *Mao II*", *Modern Fiction Studies*, Vol. 45, No. 3, 1999, p. 681.

③ Ibid., p. 682.

④ Kenneth Millard, *Contemporary American Fiction: An Introduction to American Fiction Since* 1970, Beijing: Foreign Language Teaching and Research Press, 2006, p. 134.

路标感到欣喜；她为汤姆金斯广场上无家可归的人在垃圾中寻找瓶罐，因为那些瓶罐可以帮助他们换些钱；她在寻找葛雷无果之后，重新回到斯科特身边，因为她担心他的孤独处境，她的爱心最终使她与斯科特组建起了自己的家庭，在与斯科特相互关爱中找到生命的意义。

卡伦的故事说明，后现代文化并非洪水猛兽，自我正是在与社会环境互动中找到生命的动力。尤其重要的是，尽管她意识到后现代文化处于碎片混乱状态，她始终没有失去同情他人的伦理意识。这种意识同样体现在小说中另外一名女性人物身上，她就是摄影师布瑞塔。虽然有论者认为，布瑞塔与葛雷一样"自恋与孤独"①，但他似乎没有注意到，布瑞塔有意与自恋似的审美主义保持距离。布瑞塔最初来到纽约时，专门拍摄这个城市里的人与事，但她在从业多年之后发现，无论自己拍什么，"无论多么恐怖、多么现实、多么痛苦的事，无论多么受到摧残的身体、多么血腥的脸孔，最后都变得他妈的赏心悦目"（24—25）。在经过仔细思考之后，她决定以拍摄作家为自己的工作对象。她尤其喜欢为那些被人遗忘或者不被人注意的作家拍照，有时她能得到为一些被关进监狱或被软禁的作家拍照的机会。她觉得自己在记录和储存某种不为人注意到的知识与记忆。布瑞塔对工作对象的变换，表明了一位艺术家外在于体制的独立性，但这种独立性不是孤芳自赏，而是通过让代表独立精神的作家发出声音来"使艺术政治化"②，实现干预现实的目的。

但出乎意料的是，在以她为主要叙述对象的"在贝鲁特"这一节中，布瑞塔已经放弃为作家拍照，而是受一家德国杂志委派来为恐怖分子阿布·拉希德摄像。放弃的原因是她忽然觉得为作者拍照这件事没有多大的意义。她的重新选择让那些已经为葛雷之死感到失望的读者更加绝望，似乎表明在后现代文化语境中作家已被逼进绝路。但是，马克·奥斯廷对这一细节的解读可以提供另外一条思路，他认为，布瑞塔的选择是她个人的决定，而"不只是跟随潮流"。③ 作为一名艺术家，布瑞塔拥有自己的价值尺度。或许，在与葛雷交往过程中，她已经认识到现代主义作家的审美观在现实面前失去了以前的批判力量。而她所从事的摄影业尽管"从精

---

① Stephanie S. Halldorson, *The Hero in Contemporary American Fiction The Works of Saul Bellow and Don DeLillo*, New York: Palgrave Macmillan, 2007, p. 167.

② Walter Benjamin, *Illuminations*, trans. Harry Zohn, New York: Schocken, 1969, p. 242. 在《机器再生产时代的艺术品》一文中，本雅明提到，纳粹通过"使政治审美化"实现推行战争政策的目的，与此相对，共产主义应该"使艺术政治化"。

③ Mark Osteen, "Becoming Incorporated: Spectacular Authorship and DeLillo's *Mao II*", *Modern Fiction Studies*, Vol. 45, No. 3, 1999, p. 665.

髓上讲是现代艺术"①,却能在后现代文化中继续发挥它的批判作用是因为布瑞塔始终赋予它为弱者代言的功能。正如桑塔格提醒说,"通过告诉我们一种新视角代码,照片改变及扩大了我们认为什么值得看及我们有权利看什么的观念。它们是一种语法,更重要的是,它们是一种看的伦理"②,摄影师手握相机时同样是一种写作。虽然布瑞塔告诉斯科特说自己摄影时"尽可能删除技巧和个人风格",但她内心还是知道自己做的事情会"带来某些影响"(26)。书中最能体现她的"作者身份"的是她给葛雷拍摄的照片。在这些照片中,"布瑞塔建立起了节奏与主题,捕捉到了信号,追踪到比尔脸上某些细微的要点,并且放大它或者说解释它,使其真实,使其成为比尔。这些照片展露了布瑞塔的想法,是思想与眼光的外现"(221)。因此,布瑞塔尽管"处于景观社会中,但是不完全属于它"③,在自己的艺术事业中,她坚持让个体自我与社会空间保持着一种对话互动状态,没有让自己的艺术个性消解在大众的喧嚣之中。

值得探讨的是,"在贝鲁特"这部分放在葛雷故事的后面,无论是在情节接续方面还是深化主题意义上都体现了德里罗的匠心独运。首先,布瑞塔实现了葛雷面见恐怖分子头目的愿望,并且表达了对人质命运的关心,尽管人质此时已经被阿布·拉希德转手卖给了原教旨主义者。其次,布瑞塔这次贝鲁特之行的所见所闻表明,恐怖组织只是资本主义消费文化的一部分,他们不可能成为新历史的缔造者。来到贝鲁特,布瑞塔发现,满街都是各种影像:"有些在墙上,有些在衣服上——有殉道者的画像,有牧士的画像,有战士的画像,还有关于塔希提岛节假日的画像。"(228—229)为她驾车的司机还告诉她,当地有两派游击队互相把对方头目的画像挂在墙上进行射击,而"这种最新的作战方式使某些街道充满新的活力"(227)。而阿布·拉希德答应接受拍照显然也是出于宣传自己的目的。正如兰达尔·劳(Randall Law)分析所说,"各种形式的媒体是恐怖分子生存的氧气"④,脱离媒体的恐怖组织将无法实现自己的野心。在书中,尽管拉希德宣称一个新的国家将在自己的房间诞生,但他却一再询问布瑞塔的看法,问她是否觉得自己的想法疯狂,没有理智,似乎只有

① Steven Connor, *Postmodernist Culture: An Introduction to Theories of the Contemporary*, 2ⁿᵈ ed., Oxford and Malden: Blackwell, 1997, p. 104.

② Susan Sontag, *On Photography*, New York: Penguin, 1979, p. 3.

③ Mark Osteen, "Becoming Incorporated: Spectacular Authorship and DeLillo's *Mao II*", *Modern Fiction Studies*, Vol. 45, No. 3, 1999, p. 654.

④ Randall Law, *Terrorism: A History*, Cambridge: Polity, 2009, p. 2.

得到布瑞塔的肯定他才有信心。再者，布瑞塔在拉希德处见到的情形印证了葛雷对恐怖组织独裁统治性质的判断。拉希德手下大多数是些男孩，这些男孩都戴着面罩，穿的衬衫上都印有拉希德的头像。正如翻译告诉布瑞塔说，这些孩子都是拉希德的孩子，"这些在阿布·拉希德身边工作的人没有脸与声音。他们的外表是相同的。他的特征就是他们的特征。他们不需要自己的特征与声音"（234）。为了实现自己的目的，恐怖组织以操纵和控制个体的能动性为手段。

但是，面对这种极权统治，布瑞塔以自己的行动发出了葛雷认为小说这种体裁所具有的"民主呼声"。就在她为拉希德拍照时，她忽然快步走到一直站在门边的那个男孩身边，"摘下他的面罩。把面罩从他头上揭下，扔在地板上。她揭起面罩时用力也不小。她一直微笑着。然后倒退两步，给他拍照"（236）。结合当时语境，布瑞塔的选择无疑具有一定的颠覆作用，这种冲动来源于对个体生命的尊重。而且，在她要离开之前，她来到拉希德的身边，握着他的手，然后慢慢地拼出自己的名字，似乎在向对方郑重地介绍自己。如果说 J. L. 奥斯汀认为任何言语行为包含着"以言表意""以言行事"和"以言取效"三个层面①，布瑞塔此番言语行为相对来说侧重于"行事"与"取效"的层面，具有列维纳斯所称的"言说"功能，是对恐怖组织总体性思维的挑战。似乎是为了突出布瑞塔这种寻找个体主体性的努力与卡伦对自我的追寻及利他心理有相似之处，小说最后也是以一场婚礼结束。不同的是，这次婚礼发生在贝鲁特凌晨四点左右。睡梦中的布瑞塔忽然被惊醒，她走到阳台上，看见一辆旧式苏联坦克驶来。不过，她很快发现，这辆坦克满身都是涂鸦作品，跟随其后的不是奔赴战场的战士，而是穿着盛装有说有笑的平民，原来是一个迎亲队伍从此经过。这些人"看上去都超越了现实，不受现实的限制，也毫不惊讶"（240）。与纽约体育馆中观众席上的罗奇即使用望远镜也难觅自己的女儿卡伦不同，布瑞塔一眼就看到了手握香槟酒杯的新郎新娘，而新娘的礼服光鲜漂亮，充满活力。受到感染的布瑞塔从屋内取出酒杯，在阳台上与新娘干杯。正在此时，她看见远处有一道亮光划破黑暗的夜空，经过仔细思考，她推断出原来是有人在拍摄。布瑞塔双手交叉地放在胸前，站在黎明前的寒风中向远方眺望，而就在这时，远处城市沉寂的夜空又被人拍照的荧光灯映照得分外明亮。

---

① 马海良：《言语行为理论》，《国外理论动态》2006 年第 12 期。

　　在黑暗中，这些光就像列维纳斯所说的"一个揭露的枢纽"①，起着葛雷赋予小说在极权社会中那道"闪烁的光"的作用。只可惜，葛雷的小说创作越发走向自我独白，他所追求的"光"也逐渐暗淡、消失。而德里罗通过刻画卡伦与布瑞塔两位生活在后现代文化语境中的女性人物，正是为了与葛雷的"沉默"形成对话。值得最后在此点明的是，德里罗为这次对话引入了性别因素（这种性别因素的介入在布瑞塔挑战拉希德的权威时显得尤其突出。拉希德领导的这个以男性为主的组织充满了"自我"对"他者"进行压制的逻辑）。正如伊里加雷提醒我们说的，女性面容的出现将打断那种"自闭的、自我为逻辑、孤独的爱"。当葛雷执迷于某种自恋式的信念时，这两位女性却总是与既有酸甜又有苦辣的日常生活联系在一起，始终把自我敞向他人。这其中免不了失落与迷惘，但她们对个性生命的尊重、对他人的关爱不仅为她们自我身份找到了定位点，而且为生命找到了希望。她们虽然没有葛雷身上的光晕，但是，她们在影像与消费文化中努力保持自我的同时，不忘对他人示以同情的做法，为走出葛雷的困境提供了新的选择，建构了以个体存在意义和社会价值体系协商互动为支撑点的后现代写作伦理观。这大概也是德里罗之所以把葛雷的故事夹在她们故事中间的良苦用心吧。这种形式上的安排，似乎在告诉读者作者的价值立场。卡伦与布瑞塔在某种程度上充当了"隐含作者"②的作用，因为德里罗曾强调，尽管小说家始终得保持自己的独立性与批判性，但是，"当我们讨论小说时，必须考虑它起作用的文化语境"。③

　　米兰·昆德拉曾经提过，不同于福楼拜等现代主义作家，在当今这个大众传媒社会中，作家已经难以隐身在作品背后，因为，"任何有点重要的事情都必将承受大众传媒那难以忍受的强光"。④确实，尽管德里罗是

---

① Emmanuel Levinas, *Otherwise Than Being*; *Or Beyond Essence*, trans. Alphonso Lingis, Pittsburgh: Duquesne University Press, 2006, p. 154.

② "隐含作者"是韦恩·布斯在《小说修辞学》中提出的一个概念，以区别于现实作者。他认为，作者在写作时，"他不是创造一个理想的、非个性的'一般人'，而是一个'他自己'的隐含的替身。不同于我们在其他人的作品中遇到的那些隐含的作者"。隐含作者帮助读者在阅读作品时，进行价值判断，而读者可以通过作品中某个"公开说话的角色"、作品的"主题""意义""象征意味""风格""基调"及"写作技巧"等来把握隐含作者的态度。另外，在《毛二》中，除卡伦与布瑞塔之外，穿插在小说各章节之间的几幅照片也可以视为"隐含作者"的声音。马克·奥斯廷认为，这些照片是一种"作者姿态"（"DeLillo's" 538），表明德里罗对影像文化并不敌视。关于这一点，马克·奥斯廷在《美国式的魔力与恐怖》一书中，结合"作者身份"这一话题做了详细解读。

③ Adam Begley, "The Art of Fiction CXXXV: Don DeLillo (1993)", in Thomas DePietro, ed., *Conversations with Don DeLillo*, Jackson: Uniersity Press of Mississippi, 2005, p. 96.

④ Milan Kundera, *The Art of the Novel*, trans. Linda Asher, New York: Grove, 1986, p. 157.

一位较少抛头露面的作家，但他的每一次言行都面临被景观社会繁殖放大的危险。德里罗的机智在于巧妙地使私人空间与公共空间始终处于互动状态。他在接受勒克莱尔的采访时，给对方递上的是一张只写有自己姓名的名片，并声明"不想谈论这一点"。① 这表明德里罗对个人世界的保护，而他对拉什迪的声援同样表明对个人自由的珍视。但是，从他的作品对当今美国现实的密切关注可以看出，他从没有让审美性伦理观主宰自己的写作，而是对自己所处文化"已经建构的技术形式与政治叙述进行再创作"。② 有研究者意识到，通过在创作中融入电影等元素，"德里罗成功地拓展了小说创作的边界，也给读者带来了全新的阅读感受"。③ 这表明，德里罗的创作始终处于与当代文化进行互动对话的过程。或许，这就是尽管德里罗过去数十年想用比尔·葛雷这个名字，最后却发现它并不适合自己的原因。因为葛雷的故事告诉读者，不仅现代主义者的审美性难逃被影像文化同化的危险，而且审美性伦理观主导下的写作最终导向某种虚无。为了找到抗拒这种虚无的道德力量，德里罗在后现代语境下对现代主义作家的沉默审美性进行了反思，构建了一种新的写作伦理。这种写作伦理认为，写作不是个人审美价值的独白，而是强调了作家个体独立性始终面向社会责任的价值取向。而且，这种在作家独立性与责任性之间保持协商关系的写作伦理对后现代思潮中那种把语言与形式当成关注目标的"零度写作"，无疑具有很强的反驳作用。后现代文化去中心、去权威的特征不是使生活从此变得无意义，文学创作也由此变成语言的嬉戏。相反，这种文化特征的积极意义在于使人们认识到对话的重要性，因为只有通过对话，才能寻找到为大家都能接受的伦理价值。而现代科技的发展使多层次、多角度的对话变得更加切实可行。可是，从我们对《白噪音》《毛二》这两部作品的分析中可以看出，德里罗对现代技术的滥用表现出忧虑的一面。或许正是基于这种忧虑，他在1997年推出一部以审视"冷战"核技术给人们生活带来消极影响为主题的小说。但这部题名为《地下世界》的小说不是德里罗反技术的宣言书，而是寄寓了他在批判技术合理性这种思维带来的恶果的同时，积极构建一种有利于人类与自然和谐发展的技术伦理意识。

---

① Tom LeClair, "An Interview with Don DeLillo (1982)", in Thomas DePietro, ed., *Conversations with Don DeLillo*, Jackson: Uniersity Press of Mississippi, 2005, p. 3.

② Joseph Tabbi, *Postmodern Sublime*: *Technology and American Writing from Mailer to Cyberpunk*, Itha-ca: Cornell University Press, 1995, p. 174.

③ 尚必武:《"结构让我得到快感": 论〈欧米伽点〉与电影》,《解放军外国语学院学报》2014年第6期。

# 第三章　寻找走向和平的生态技术：
## 《地下世界》中的技术伦理

在比较德里罗与品钦的创作时，蒂莫西·L. 帕里什（Timothy L. Parrish）认为："德里罗与品钦都把技术描述成一种叙述形式，并且把叙述描述成一种技术。"① 该评论在一定程度上概括了一个德里罗自第一部小说《美国志》以来就给予了很大热情的主题，即他对技术的关注。这一点其实从前面两章讨论《白噪音》与《毛二》时已经能够看出。但在德里罗众多小说中，恐怕还是《地下世界》最能反映蒂莫西的观点。因为这部篇幅达 800 多页的皇皇巨著不仅在主题上"为战后美国民众（不安）的心灵探索症疾之源，并最终把源头锁定在核威胁上。因为自广岛以来，美国人民的喜怒哀乐、一举一动都在它的阴影之下"，而且结构上"复制了核试验时人们倒数的声音——十、九、八、七……"② 从内容上讲，《地下世界》为读者展现了"冷战"时期美苏核军备竞赛带来的恶果，详细描述了"人们如何围绕一个'道德空隙'重新安排自己的生活"。③ 小

---

① Timothy L. Parrish, "Pynchon and DeLillo", in Joseph Dewey, Steven G. Kellman, and Irving Malin, eds., *Under Words: Perspectives on Don DeLillo's Underworld*, Newark: University of Delaware Press, 2002, p. 80.

② Gerald Howard, "The American Strangeness: An Interview with Don DeLillo", in Thomas DePietro, ed., *Conversations with Don DeLillo*, Jackson: University Press of Mississippi, 2005, pp. 119 – 122. 全书共 8 部分，各有自己的标题，其中，主体 6 部分还注有故事的发生时间（小说的倒叙形式主要通过这 6 部分体现出来）："序言"部分以"死亡的胜利"为题，讲述 1951 年 10 月 3 日的一场棒球赛；第一部分以"又长又高的莎丽"为题，讲述的是发生在"1992 年春夏"的事情；第二部分以"只为左手献上的挽歌"为题，讲述的是"20 世纪 80 年代中期至 90 年代早期"的事情；第三部分以"未知的云"为题，讲述的是"1974 年春"的事；第四部分以"'吹萧人'的布鲁斯"为题，讲述的是发生在"1974 年夏"的事件；第五部分以"通过化学物品为更好的生活寻找更好的物品"为题，讲述的是"发生在 20 世纪 50 年代至 60 年代公共与个人领域之中的一些片断"；第六部分以"置于灰黑之中"为题，讲述的是发生在"1951 年秋至 1952 年夏"的事情；"尾声"部分以"资本论"为题，讲述的是 20 世纪 90 年代的事情。

③ Martin Amis, "Survivors of the Cold War", *The New York Times*, (Oct. 1997), http://www.nytimes.com/books/97/10/05/reviews/971005.05amisdt.html.

说中，包括谢伊兄弟在内的许多人都经历了"冷战"思维的"质询"。①
这种意识形态主张技术的合理性，强调"我们与他们"② 之间的二元
对立。

这种意识形态就像列维纳斯著述中的"所说"概念，成为"存在模
式、时间模式"③，通过学校、监狱等国家机器灌输给民众。正如小说中
一再出现的句子"一切都连接在一起"所暗示，"冷战"时期的社会与政
治体制就像一张铁幕，控制置身其中的人们，并竭力排除否定性力量。但
是，作为"德里罗理想化最为明显的小说"④，《地下世界》在通过描写
核技术与消费文化制造的大量废料与垃圾谴责"冷战"时期过于迷恋技
术理性的同时，倡导生态环保地使用技术。他不仅相信人在他性的召唤下
将最终找回自己的伦理性，而且把希望寄寓在小说中几位艺术家身上。如
果说二元对立的思想构成了"冷战"时期的"所说"，那么他们的活动则
具有"言说"的含义，旨在打破"冷战"思维形成的囚牢。当然，这些
艺术家不是要否定现有的文明，而是"在参与历史中创造艺术"⑤，从而
促使人们重新反省技术的伦理维度，以抗拒因滥用技术而带来的荒原般的
世界。但是，在论述此点之前，我们得先探析小说如何展现"冷战"时
期以二元对立为核心的"冷战"思维的统治地位，以及技术非理性开发
与使用给环境和民众身心带来的恐怖后果。

## 第一节　二元思维的整体性与技术理性的上升

同《毛二》类似，《地下世界》始于对一次群众聚会的描写。不过，
这次描述的不是集体婚礼，而是一场棒球比赛。在美国文化中，由于棒球
具有的活力与大众性，它通常被视为体现美国民主精神的运动。这一点其

---

① 此处"质询"取自法国理论家路易斯·阿尔都塞用此词时所具有的政治意义。阿尔都塞认
为，一个主体是在不断受国家意识形态"质询"过程中成长起来的，从而使个体与他们的
真实存在产生一种想象性关系。

② Don DeLillo, *Underworld*, New York: Scribner, 1997, p. 51, p. 444, etc. 在本章中，后文出自该
书的引文只随正文标注页码，不再另行作注。

③ Emmanuel Levinas, *Otherwise Than Being, Or Beyond Essence*, trans. Alphonso Lingis, Pittsburgh:
Duquesne University Press, 2006, p. 40.

④ Jesse Kavadlo, *Don DeLillo: Balance at the Edge of Belief*, Frankfurt: Peter Lang, 2004, p. 108.

⑤ PaulG leason, "Don DeLillo, T. S. Eliot, and the Redemption of America's Atomic Waste Land",
in Joseph Dewey, Steven G. Kellman, and Irving Malin, eds., *Under Words: Perspectives on Don De-
Lillo's Underworld*, Newark: University of Delaware Press, 2002, p. 136.

实在《毛二》中就得到了呼应。当卡伦与新婚丈夫金·乔·帕克走进体育馆时，她告诉他这是美国人打棒球的地方。并且，她用"棒球"来"概括上百种幸福的抽象事物"："如果你是美国人，你就能听出这个词的弦外之音，感到一种共享之情、一种无可名状的文化。但她只想暗示其中的民主情怀，那是一段在阳光明媚的午后嬉戏与挥洒汗水的历史。这项运动形式开放，在我国很受欢迎。"① 卡伦不是第一个视棒球为体现美国文化精神的人，因为早在19世纪马克·吐温、惠特曼等作家就发出过类似的感叹。惠特曼曾说过，棒球运动中的"传、跑、掷等动作洋溢着美国氛围。它就像我们的宪法、法律一样属于我们的每个机构，并且对他们来说，它同等重要。它的重要性不亚于我们历史生活的总和"。② 确实，《地下世界》"序言"部分所描写的纽约巨人队与布鲁克林道奇队之间的比赛充满活力与激情。场边的观众在为自己喜爱的球队呐喊助威时，感受到一种集体的力量。他们也许还不知道，自己将见证美国棒球史上一场非常具有戏剧性的比赛。就在最后时刻，巨人队凭借鲍比·汤姆逊神奇的本垒打扭转局面，反败为胜。

　　这场颇具历史意义的比赛发生在1951年10月3日，距德里罗着手思考这场赛事时已过了40年。他向杰拉德·霍华德讲述了这一过程。他说，自己是在1991年10月的一天早上读报时，看到关于这场比赛40周年的报道。开始时，他并没放在心上。但几天之后，他又想起这个报道，并开始琢磨这件赛事的历史意义。这一次，他意识到这场比赛"似乎是某种不能再重复的事件。它以某种方式把人们组合在一起……这也是最后一件让人们欣喜地聚在一起的事件，而不是以后那些多少带些灾难的事件"。③ 他接着来到图书馆看看是否能查到一些与这场比赛有关的其他新闻。果然，在1951年10月4日的《纽约时报》上，他同时找到了关于苏联进行原子弹爆炸实验的头条报道。这一发现后来写入了《地下世界》的第六章：当阿尔伯特·布朗兹尼在餐馆等候安德鲁斯·保罗斯神父时，他惊讶地发现，《纽约时报》竟然把巨人队和道奇队的棒球比赛与苏联原子弹爆炸试验成功这两则头条报道并置在一起。阿尔伯特在阅读关于苏联试验原子弹的报道时，"他无法不让该意象进入脑海，云不再是云，蘑菇不是蘑菇——他虚弱地想找到一种或许可以与空气中那种可见物质对应起来的语

---

① Don DeLillo, *Mao II*, New York：Viking, 1991, pp. 8 – 9.

② Nicholas Dawidoff, *Baseball*：*A Literary Anthology*, New York：Library of America, 2002, p. 5.

③ Gerald Howard, "The American Strangeness：An Interview with Don DeLillo", in Thomas DePietro, ed., *Conversations with Don DeLillo*, Jackson：University Press of Mississippi, 2005, p. 121.

言"（668）。与阿尔伯特不同，德里罗并没有为此感到吃惊，而是灵感迸发，感到"一股强烈的历史力量……开始思考'冷战'时期这段历史"。① 他思考的最直接成果是一篇题名为《帕夫科在墙边》的中篇小说，于 1992 年发表在《哈泼斯》杂志上。这部中篇小说后来又易名为《死亡的胜利》，成为《地下世界》的"序言"部分。当置于这段历史语境之中时，这场棒球赛已经失去了卡伦或惠特曼赋予棒球的那种理想色彩。因为正当球迷沉浸在赛事之中时，一场政治与社会制度的紧张较量已经展开。

如同那场生死搏斗的比赛一样，"我们与他们"之间的较量贯穿小说序言部分。这主要与观众席上两位观众有关：一个是黑人小伙科特·马丁，另一位是美国联邦调查局局长 J. 埃德加·胡佛。围绕科特展开的是发生在球场内外的种族歧视问题，而胡佛的出席无形中使这种二元对立的意识形态国际化，因为"就在这一天'冷战'全面拉开帷幕"。② 或者用德里罗本人的话来说，"这场球赛代表一个转折性时刻，标志着第二次世界大战的结束与核时代的开始"。③ 由于种族歧视问题与下文第二节讨论技术的非正义性有关，现在先聚焦胡佛身上反映出的"我们与他们"之间的紧张对立，以阐述"冷战"时期二元对立思维以及与之紧密相关的技术合理化思想在美国（与苏联）所占据的主导地位。

关于苏联实施原子弹实验的消息是特工拉弗蒂悄悄地告诉胡佛的。得知这个情报时，胡佛并没有觉得完全出乎意料，因为这已是苏联第二次进行原子弹爆炸试验。但是，他忽然觉得这则消息"钻入他体内。站在那里，他感到它在改变自己的身体构造，他脸上的皮肤绷得更紧，眼也睁不开"（24）。尽管美国早在几年前就已实验并在对日作战中使用了原子弹，不过，那被认为是"他们"而不是"我们"的灾难（由于广岛和长崎的原子弹爆炸使日本政府立即投降，原子弹被美国人骄傲地称作"好炸弹"）；但如今，随着另一个敌人苏联掌握了原子弹技术，美国同样可能成为原子弹打击的目标，这造成了美国人的心理创伤。胡佛之所以紧张，是由于他这次凭直觉感受到这项新技术所具有的死亡威胁。在他眼中，体

① Gerald Howard, "The American Strangeness: An Interview with Don DeLillo", in Thomas DePietro, ed., *Conversations with Don DeLillo*, Jackson: University Press of Mississippi, 2005, p. 121.

② John N. Duvall, "Baseball as Aesthetic Ideology: Cold War History, Race, and Delillo's 'Pafko at the Wall'", *Modern Fiction Studies*, Vol. 41, No. 2, 1995, p. 294.

③ Joanne Gass, "In the Nick of Time: DeLillo's Nick Shay, Fitzgerald's Nick Carraway, and the Myth of the American Adam", in Joseph Dewey, Steven G. Kellman, and Irving Malin, eds., *Under Words: Perspectives on Don DeLillo's Underworld*, Newark: University of Delaware Press, 2002, p. 114.

育馆中的人们此时共有的不是"语言、天气、流行歌曲、早餐食品、讲的笑话以及开的车"而是他们"正坐在毁灭的犁沟里"(28)。碰巧的是,观众席上扔下的一张杂志封面映衬了他的这种感觉。当他从肩膀上拿下这页封面时,胡佛看到"一张油画的彩色复制画。画面上满是些中世纪时代的人物,他们要么奄奄一息、要么已经撒手归西——一片颓败与死亡的景象"(41)。他很快发现这是一张16世纪尼德兰画家彼得·勃鲁盖尔的油画《死亡的胜利》的复制品。画面中无处不在的死亡吸引住胡佛,让他想起"哈萨克斯坦试验场上那孤零零的高塔,塔上装有那颗原子弹"(50)。因此,在胡佛看来,这次核试验具有宣布世界末日到来的意味。

另外,胡佛知道,白宫将会在"一个小时之内"把这个消息公布出来,以平息人们心中的恐惧,因为"人们会明白即使我们没有掌控那颗炸弹,我们依旧对情况了如指掌"(28)。这种从容的感觉首先自然归功于间谍的努力,其次还缘于美国掌握的电子技术,因为20世纪50年代正是美国发生电子革命之时。美国政府希望通过及时把这则消息告诉民众来使他们相信,美国掌握的先进技术足以抵挡来自苏联的威胁。事实上,从目前掌握的史料看,"冷战"时期美苏两国正是通过比拼技术来达到遏制对方的目的,其结果是技术合理化思想大行其道。另外,当我们考察20世纪50年代的美国文化时,另一个不可忽视的史实是第二次"红色恐慌"在美国社会的蔓延。这种二元对立的思想受到美国政府的鼓励与推动,以压制对政府的不同意见。苏联的原子弹爆炸试验恰好为美国政府大力开展核试验提供了借口,美国政府让民众相信只有研制出比苏联更强的武器才能遏制住对方,只有肯定政府的种种举措才能得到安全保障。美国由此进入了大力发展核设备、战略轰炸机、洲际导弹的时期,这些秘密都隐藏在地图上的空白处,因为"地图上那些白色区域包括空气基地、部队驻所、导弹试射区"(404);更重要的是,美国政府可以利用民众对以苏联为首的社会主义阵营的恐慌心理来排除持异见者,这一点从美国当时发生的罗森伯格审判案与在20世纪50年代初猖獗一时的麦卡锡主义即可窥见一斑。正如胡佛思考苏联这次核试验对"我们与他们之间关系"的影响时说道:"恨你的仇敌是不够的。你得明白你们双方如何使彼此更加完美。"(51)这里所说的"更加完美"也许正是暗指当时苏美两国政府采取的内政外交政策被合理化的过程:对外,他们通过军事结盟等手段,实现自己的帝国野心;对内,他们则力压体制之外的异己力量。

有些读者会认为,胡佛出现在赛场是德里罗杜撰的结果。大概已经考虑到这部分读者的疑虑，德里罗在《历史的力量》一文中特别指出，其实真有其事。并且，当时与胡佛在一起的还有弗兰克·西纳特拉、杰基·格里森与图茨·肖尔三位娱乐界人士。① 但是，关于胡佛在小说中的主题作用，批评家持有不同看法。蒂莫西·帕里什就认为，他是"德里罗笔下后现代时期的技术—乔伊斯"，因为他那收集有他人资料的"卷宗好比一本未完成的小说……通过展示胡佛如何选择使用小说技巧，德里罗想象着胡佛在创作他自己在写作的那种后现代小说"（90）。但是，本书在此想突出他联邦调查局局长的身份，认为他的卷宗体现的是"冷战"时期美国政府采取的压制性政策。因为约瑟夫·麦卡锡就曾宣称，在他推行反共计划过程中，很多受害人的信息都是他通过联邦调查局的卷宗档案获得的。② 鉴于此，胡佛在小说中第二次出现的位置值得进一步探讨。这次他出现在小说的第五部分，并准备参加杜鲁门·卡波特的化装晚会。如果说"在《地下世界》中，通常被人称为'冷战'时期的历史时期与政治状况为德里罗提供了创造文本化与拼贴意味浓厚的人物的帆布"③，胡佛在小说几近结束时的再现却具有历史现实意义。这一点似乎在提醒读者不要忘记小说中的人物长期所受到的监视。尽管他们本人也许并没有意识到，但胡佛手中的档案卷宗作为"猜忌与控制"（559）的工具如影随形地纠缠着他们。在某种程度上说，《地下世界》一个重要主题就是向读者揭示"冷战"思维如何使人们"正常化"。并且，政府通过有目的地倡导技术合理化思想，消解人们可能有的反抗冲动，以推行"强调大众一致性的'冷战'意识形态"（786），达成整合思想、排除异己的目的。

艾伦·纳德尔（Alan Nadel）在回忆 20 世纪 50 年代的童年生活时说过，与其他孩子一样，他总是从电影、电视、歌曲以及父母那里得到"如何成为'正常的'美国人"④ 的忠告。事实上，在"冷战"顶峰时期（1946—1964 年），随着"遏制话语"的深入，"'一致性'变成一种正面的价值观"。⑤ 纳德尔的经历一定程度上印证了路易斯·阿尔都塞所说的

---

① Don DeLillo, "The Power of History", *The New York Times* (Sept. 1997), http：//www. ny-
times. com/library/books/ 090797article3. html.

② Kevin J. Cunningham, *Edgar Hoover: Controversial FBI Director*, Minmeapolis: Compass Point,
2006, p. 7.

③ Patrick O'Donnell, "Underworld", in John N. Duvall, ed. , *The Cambridge Companion to Don De-
Lillo*, Cambridge: Cambridge University Press, 2008, p. 109.

④ Alan Nadel, *Containment Culture: American Narrative, Postmodernism, and the Atomic Age*, Dur-
ham: Duke University Press, 1995, p. x.

⑤ Ibid. , p. 4.

"意识形态国家工具"① 在推行某种主导思想中的作用。在《地下世界》中，充当这一同谋的是一所天主教会学校，它要让那里的孩子们时刻保持一种核意识。这一点并非完全出于德里罗的想象，因为据保罗·博耶（Paul Boyer）调查说，核时代刚开始时期，由于反共意识形态的盛行，美国基督教的新教与天主教两大分支对核事件在道德上采取了一种暧昧的态度。尽管他们从道义上谴责了在广岛与长崎投掷原子弹，但"针对把原子弹作为战争武器这件事时，却没有斥言，反而认为在某些特定情况下，如果出于报复目的使用原子弹，道德上是正当的"。② 另外，当时美国政府也极力鼓动把苏联视为对神不敬的国家，从而促使美国民众把"我们与他们"之间的斗争想象为"上帝与撒旦"之间的对立。在这种政治背景下，很容易理解《地下世界》中至少有两个人物把原子弹提升到宗教的高度：在胡佛看来，"蘑菇云是清除与毁灭的神性所在"（563），而埃德加修女则选择"用核辐射替代上帝的信仰"（251）。可以说，他们两人都是"核武器主义宗教的皈依者"。③ 不仅如此，同胡佛一样，埃德加修女也是"冷战"思维的推动者。虽然她没有控制他人隐私的卷宗，但她通过学校向学生散播来自苏联的核威胁思想。她要求她教的六年级学生每人都得佩戴身份识别牌，"以帮助搜救人员在核战争开始后数小时内知道谁遗失了、谁下落不明、谁受了重伤、谁残废了、谁失去知觉，或者谁身亡"（717）。另外，她还经常在课堂上进行"躲藏与掩护"训练，以应付随时可能发生的核战争。这与美国60年代的政治形势相呼应，因为在肯尼迪政府1961年与苏联就柏林问题闹翻之后，核战争似乎迫在眉睫。当时美国的学校与公共建筑上都贴有"放射性物体掩蔽室的标志"，而学校的孩子们则由人教会如何"躲藏与掩护"。④ 另外，埃德加修女在孩子们俯身在桌子底下时不停喊出的诸如"不要慌！""不要开车！""用手帕捂住嘴！"等警告也不是她个人的创造或德里罗的杜撰。因为这些警告都是缘于当时西方政府对人们在核战争爆发时该如何应对提出的建议。乌尔里

---

① 阿尔都塞认为，国家机器可分为两种类型：一类是压制性国家机器（RSA），另一类是意识形态国家机器（ISA）。在他看来，意识形态国家机器包括宗教、教育、法律、政治、工会、传媒及文化等。另外，像法律这样的意识形态国家机器同时也属于压制性国家机器。

② Paul Boyer, *By the Bomb's Early Light: American Thought and Culture at the Dawn of the Atomic Age*, New York: Pantheon, 1985, p. 229.

③ Brian J. McDonald, "'Nothing you Can Believe is not Coming True': Don DeLillo's *Underworld* and the End of the Cold War Gothic", *Gothic Studies*, Vol. 10, No. 2, 2008, p. 102.

④ Paul Boyer, *By the Bomb's Early Light: American Thought and Culture at the Dawn of the Atomic Age*, New York: Pantheon, 1985, p. 353.

希·贝克（Ulrich Beck）就曾回忆说，在联邦德国，人人手中都持有一张《官方指南》，纸上写着"立即跳入洞里、坑里或渠道里！""驾车时，立即躲在仪表盘底下，把车停下！""不要惊慌、避免草率行事，但一定得采取措施！"① 因此，埃德加只不过充当了政府的助手，帮助规训这些年轻的公民。果不其然，身处其中的孩子们往往为这种国家主义的幻觉感到一种安全感。马特·谢伊就是这些孩子中的一个，每当他顺从指令，与其他孩子一起躺在地板上时，他就觉得既舒服又安全。马特后来果然成长为当时美国政府所需要的人才，不仅参与越南战事，而且成为一名核武器工程师。②

　　不难看出，这种以"我们与他们"相互对立的二元思想为特征的"冷战"意识形态表现出强大的吸纳力，极力消解针对该体制的否定性力量。在小说中，远不止埃德加修女等人从美苏对立这种假想关系中获得某种身份意识。棒球纪念品收藏家马文·伦迪就告诉垃圾处理师布莱恩·格拉斯克说，"你需要两边的领导人让'冷战'继续下去。这是件让人觉得稳定的事，一件诚实、让人可靠的事情……'冷战'是你的朋友。你需要它来保持不败"（170）。可以说，这种二元思维渗透进民众的意识，塑造了他们对自我的认识，培养他们以二元对立思想为情感结构的主体性。

　　但小说更加充分体现这种意识形态的是"冷战"时期对技术的迷恋。这种迷恋首先缘于美苏之间的对抗，其次使这种二元对立延伸至文化与自然的对立，而且统治阶级反过来通过鼓励技术迷恋来实现为政府政治统治服务的目的。说到这里，小说第五部分第六节对赫伯特·马尔库塞似乎不经意的一提值得我们去进行更多思考。马尔库塞在为他的《单向度的人》撰写前言时，也始于对核技术发展的关心，尽管他是以设问的形式开始，"虽然原子弹灾难威胁到人类存亡，难道不能说它也帮助保护制造这种危险的力量吗？"这个问题的答案在随后的一页多少能找到一些暗示，因为他认为，制造原子弹的国家很重要的特色在于"通过技术，而不是恐惧来征服社会离心力"。③ 换言之，马尔库塞认为，像美国与苏联这样的"发达工业社会"利用人们的核恐惧来发展技术，因为他们试图说服民众相信，只有发达的技术才能遏制住对方，其结果最终导致技术合理性思维

---

① Ulrich Beck, *Risk Society: Towards a New Modernity*, trans. Mark Ritter, London · Newbury Park · New Delhi: SAGE, 1992, p. 60.

② 当然，马特后来对自己的工作产生了伦理上的质疑，这一点将在后文详述。

③ Herbert Marcuse, *One Dimensional Man: Studies in the Ideology of Advanced Industrial Society*, London: Routledge, 1964, pp. ix – x.

大行其道，被视为发展社会的制胜法宝。另外，早在《关于现代技术的一些社会意蕴》（1941）一文，马尔库塞就指出，由于技术合理性强调对某些规则的顺从，具有肯定性的特点，它不仅局限于技术领域，而且被用于组织社会关系，民众的思维言行逐渐机械化，导致原本作为批判性力量的理性变得对现行意识形态唯唯诺诺。① 因此，"保护而不是取消统治合法性"② 的技术合理性在"冷战"时期得到迅速膨胀，旨在强化以二元对立为特征的"冷战"思维。

在《地下世界》的序言部分，读者其实已经能感受到技术合理性思维的力量。这一方面与苏联原子弹爆炸的消息有关，另一方面体现在广播播音员拉斯·霍奇斯身上。看着场上正在进行的比赛，他想起"父亲带他去托莱多观看邓普西对决威拉德的那场比赛"（15）。他觉得自己"是某段严肃历史的负载者"，因为自己目睹了"一件成为新闻事件的事情"（16）。约翰·杜瓦尔分析认为，这句话实际上突出了电子媒介与历史的关系，即"一件事情只有等它被技术表征后才算进入了历史"。③ 如果说《白噪音》中的那位"电视人"由于他们的撤离没有被媒体报道而感到沮丧，拉斯·霍奇斯恰恰为自己成为某件被媒体关注的事件亲历者感到荣幸。同样，他本人对巨人队与道奇队比赛的转播也由于技术的介入而得到保存，因为布鲁克林区有位男子在自己收音机里插入了一盒空白磁带。但随着技术的发展，这种"历史"可能被转变为空洞的影像。这一点从书中的"得克萨斯州高速公路杀手"录像带的命运略见一二。随着录像带重复地在电视上播放，观看者丧失了基本的道德判断力，因为这只不过是供他们消遣的商品，"你越看录像带，它变得更僵硬、更冷酷、更无情。录像带把空气从你胸中抽干，只因为你每次都观看"（160）。任何超越性思维因为影像的直接性而受到压制。另外，小说在介绍录像带的由来及其在电视上反复播放时，还通过采用第二人称叙述的文体特征来暗示技术的同化功能，因为倡导技术合理性的社会经常利用个人化的语言来"促使个体认同自己及他人在其中的职责"。④ 《地下世界》在叙述录像带的过

---

① Herbert Marcuse, "Some Social Implications of Modern Technology", in Andrew Arato and Eike Gebhardt, eds., *The Essential Frankfurt School Reader*, New York: Continuum, 1985, p. 146.

② Herbert Marcuse, *One Dimensional Man: Studies in the Ideology of Advanced Industrial Society*, London: Routledge, 1964, pp. 158 – 159.

③ John N. Duvall, *Don DeLillo's Underworld: A Reader's Guide*, New York and London: Continuum, 2002, p. 40.

④ Herbert Marcuse, *One Dimensional Man: Studies in the Ideology of Advanced Industrial Society*, London: Routledge, 1964, p. 92.

程中始终使用第二人称"你"反映了录像带对观众的催眠性作用,他们的批判能力被化为乌有。在技术理性织就起来的世界中,人的主观能动性日渐萎缩,人的思维空间被该系统侵占和控制,进而认同和肯定该系统的运转逻辑。

而且,《地下世界》中对技术的迷恋与消费主义思潮纠结在一起。这对确保意识形态对民众的控制力量具有非常重要的作用,因为"统治者提供消费品能力越强,各官僚机构就越能控制住底层民众"。① 小说第五章通过采用杜邦公司的口号"通过化学物品为更好的生活寻找更好的物品"为副标题体现了这个主题。对于一本强调"所有技术都指向炸弹"(467)的小说来说,它尤其表述了军事技术对日用品的渗透性。查尔斯·温赖特所在的公司是通过把商品广告与军事技术纠结在一起来博取眼球。该公司曾以第一颗原子弹试验基地为背景为某汽油品牌做广告,现在他们准备以"轰炸你的草坪"作为口号为某草坪肥料做广告,而在埃里克·德明家里有"光滑发着金属光芒"(514)的避孕套、"超级操纵台的电视"(519)、"卫星形状的吸尘器"(520)等。这些似乎印证了斯蒂芬·J. 惠特菲尔德(Stephen J. Whitfield)考察"冷战"时期军事技术对日常生活影响时所得出的结论,即"用于使家务更轻松的按钮源自为导弹导航设计按钮的同一实验室"。②

但今天埃里克的母亲"自早上睁开眼起,就有一种不祥之兆"。她钟爱的吸尘器也不再带给她乐趣。这是因为,前些天苏联把一颗卫星送上了天,而"这是他们的,而不是我们的"(518)。同大多数其他民众一样,她认同了当时的二元对立思想,认为只有比对手更发达的技术才能克服心中的恐慌。但这只是一厢情愿的空想,因为滥用技术带来的灾难已经在家门口蔓延。以二元对立思想为内核的"冷战"思维带来的不是和平,而是"四处正在发生的道德衰退"(28)。

## 第二节　垃圾、慢性暴力及技术的非正义性

其实,在小说开篇描写的棒球赛场上体现道德衰退迹象的不仅是政治

---

① Herbert Marcuse, *One Dimensional Man*: *Studies in the Ideology of Advanced Industrial Society*, London: Routledge, 1964, p. 43.

② Stephen J. Whitfield, *The Culture of the Cold War*, 2<sup>nd</sup> ed., Baltimore: Johns Hopkins University Press, 1996, p. 74.

与社会关系，而且还有"抛弃文化"①的发展。为了表达自己的沮丧、愤怒或对运动员的鼓励以及其他情绪，观众不断地从观众席上向选手们抛扔纸张。这一景象在巨人队赢得比赛时达到高潮："纸张从四处飞来，有洗衣票、有从办公室拿出的信封、有捏瘪的香烟盒与黏糊糊的奶油三明治包装袋、有从备忘录和袖珍日历上撕下的纸张……"（44—45）如果说美国"20 世纪 50 年代的历史不可或缺的一部分是商品化与消费"②，废品与垃圾同样也是一个标志。因为商业的成功至少部分地缘于它能为顾客迅速提供新产品以替代"被废弃"的旧产品的能力。实际上，正如托尼·坦纳（Tony Tanner）所言，《地下世界》真正的主人公就是废品与垃圾。③对马克的哥哥尼克和其他同他一样在"废料控制公司"工作的同事来说，笼罩在垃圾之上的是一道道神圣的光晕，它是佐证文明发展的证据。当布莱恩·格拉斯克路经斯塔藤岛上新建的垃圾填充场时，看着眼前卡车运来掩埋的好几吨垃圾，他觉得自己"正在目睹在埃及吉萨建大金字塔的情景"，感到垃圾场与远处可见的世界贸易大厦形成"一种诗性的平衡"（184）。小说中这种垃圾与文明之间的孪生关系在垃圾考古学家杰西·德特威勒那里得到了强化。他认为，垃圾的产生才促使"人们出于自我防御的目的，去相应地构建文明"（287）。但是，正如垃圾堆随风发出的臭味让布莱恩隐约地感到羞愧所暗示的，生态灾难也暗藏其中，因为"我们排出来的东西反过来消耗咱们自身"（791）。体育馆的观众也许没有预料到，正如布朗克斯地区后来举目都是被人抛弃的生活垃圾、建筑垃圾和工业制品垃圾所展示的那样，他们正在不经意地把自己生活的城市逐渐变成垃圾储存地。功能性技术不只是像资本主义所宣扬的那样给世界带来无穷的财富，而是在创造奇迹的同时，逐渐成为破坏环境和经济秩序的罪魁祸首。以功利性为目的的资本主义技术给社会制造的灾难是随处可见的垃圾。经营垃圾处理业务的德特维勒指出，"城市是随着垃圾一步一步地上升。数十年来，随着掩埋的垃圾增多，城市不断地增加高度。在一个房间里或风景地带，垃圾总是在层层叠起或者向四周拓展。但垃圾有它自身的动力，它会反攻。挤进一切可能接触的空间，控制建筑模型和改变仪式系统。垃圾生产老鼠和妄想症"（287）。由于没有顾及可能给生态系统带来

①　Alvin Toffler, *Future Shock*, New York：Random, 1970, p. 57.

②　Molly Wallace, "'Venerated Emblems'：DeLillo's *Underworld* and the History – Commodity", *Critique：Studies in Contemporary Fiction*, Vol. 42, No. 4, 2001, p. 368.

③　Tony Tanner, *The American Mystery：American Literature from Emerson to DeLillo*, Cambridge：Cambridge University Press, 2000, p. 214.

的压力，技术在促进文明发展的同时，已经日渐成为现代荒原的制造者。更可怕的是，技术灾难随着全球资本主义的发展在全球蔓延开来。同样，全球资本主义扩张的暴力可以以从资本主义向其他发展中国家转移垃圾这一典型事例略见一斑。尼克在哈萨克斯坦看到有好几个人穿着上面印有为同性恋做广告的 T 恤衫，而这些 T 恤衫是欧洲一次同性恋集会之后剩下的商品，被当地一位不知情的商人买回了国内。另外，尼克在一次垃圾处理公司会议上还了解到，有一艘不断变换名字的轮船两年来不断穿梭在西非海岸和远东地区，向各国输出海洛因，倾倒垃圾焚烧灰尘和工业废料等。倾倒的工业废料有 "2000 万英镑的砒霜、铜、铅和水银"（278）。有论者分析说，德里罗在 "冷战" 之后出版《地下世界》旨在告诉读者 "超级大国利己主义的'冷战'意识及战争贪欲其实从未中断，这是美国社会最基本的意识形态、价值观念、生存逻辑与运作规则。无论是'冷战'还是后'冷战'，美国都是从意识形态出发，以武力为着力点，以利益为归宿的"。① 在工具性技术伦理观念的引导下，资本主义带着谋取全球资源的欲望迅速扩散，并不断制造新的垃圾，成为全球环境污染的元凶巨恶。

更关键的是，《地下世界》中的垃圾不仅有人们日常生活中使用技术产品之后留下的垃圾，而且包括国家层面制造的包括核废料与核辐射在内的武器垃圾。"冷战" 结束后，尼克从事的一项业务就是帮助销毁核武器。当他告诉来自俄罗斯的商业合作伙伴维克多·马尔舍夫说自己觉得 "武器与垃圾有层奇怪的关系" 时，后者非常同意他的观点，并且回答说，"冷战" 时期人们 "一直只思考武器，却从没考虑那些阴暗的副产品"（791）。这段被人类文明成果隐瞒和掩藏的历史正是《地下世界》反思的重点之一。它在展现 "冷战" 时期对技术迷恋的同时，用许多篇幅来描写技术合理性带来的生态危机。人们在生产技术的同时，却没有顾及技术垃圾的后患："我们在地球上和地球下建造着废料金字塔。废料越危险，我们就想把它沉得越深。钚的英语单词 plutonium 来源于英语中表示冥王的 Pluto 这个单词，他是死者之王和地下世界的统治者。"（106）人类文明的发展制造了越来越多的垃圾，其中以武器技术制造的垃圾最为危险，成为死亡的代言人。但当人类停留在采用掩埋的手段来处理技术垃圾这个层面时，只是为人类文明种下死亡的威胁。因此，书中经常出现的那

---

① 朱梅：《〈地下世界〉与后冷战时代美国的生态非正义性》，《外国文学评论》2010 年第 1 期。

句"万物联系在一起"不仅是指具有同化功能的社会体制，而且含有一定的生态学意蕴，因为巴里·康芒纳就把"万物与其他事物相联系"位列四大生态法则之首。① 技术的生产总是与地球生态的安危联系在一起的。

因此，技术的非理性开发带来的不仅是繁荣或花样翻新的消费品，而且还催生了环境祸害。然而，政府及资本家总是通过各种方式来掩盖技术的这层阴暗面。杜邦公司那句"通过化学物品为更好的生活寻找更好的物品"的口号就是通过修辞的手段把化学物品可能制造的污染隐去不谈。这则广告以不同方式重复广播。首先，是一位女性以性感的声音："急促、兴奋地说，中间还稍有停顿（即'通过化学物品……为更好的生活寻找更好的物品'）。当她终于停止背诵这句口号时，便发出满足而又倦怠的呻吟声。然后，她又重新开始。"（602）接着，这则广告又以礼拜仪式的方式播送。这次是"由一个牧师反复背诵同一句，配有两名祭坛助手相应作答"。故而，听众在听这句广告时就像在听颂歌吟唱，"通过化学物品/为更好的生活寻找更好的物品"（603）。在此，这句广告经过包装，被赋予了一种勾人心魄的性意象及崇高的神圣意味。但是，正如约翰·杜瓦尔指出："乙烯、聚合物、塑料及杀虫剂带来的不仅是更舒适物品的立即增加（更好的物品），而且还有各种有毒垃圾。这意味着癌症率增加，水体遭到无法弥补的破坏。"② 杜瓦尔的观点决非主观臆测，因为尽管杜邦公司先后四次被授予"国家技术奖章"，但是，它在马萨诸塞州大学的政治经济所研究员2004年与2008年公布的全美100家对空气造成严重污染的公司企业的名单中位列第一。类似的情况还有《地下世界》提到的橙剂制造商陶氏化学公司。该公司的产品在仔细分析后发现，"含有一种经过改良的新式凝固汽油。它含有聚苯乙烯添加剂，使胶状物更加牢固地粘在人的肉体上"（599）。因此，化学技术带来的危害远远超出了人的想象。在这些大企业的正面宣传下，所有的负面形象都被长期地隐瞒了。当然，《地下世界》关注的重点并非这些化学物品的危害，而是通过展现核辐射引发的生态恶果来考问技术使用过程中的非正义性。

---

① Michael Egan, *Barry Commoner and the Science of Survival*: *The Remaking of American Environmentalism*, Cambridge: Massachusetts Institute of Technology Press, 2007. 另外三条法则指：（1）万物都有去处。也就是说，自然中不存在垃圾，没有什么可以"抛弃掉"。（2）自然最了解。也就是说，人类希望通过技术改造自然，殊不知自然系统的变化通常只会给该系统带来破坏。（3）没有免费的午餐。也就是说，对自然的开发最终只会导致可用资源变成无用的形式。

② John N. Duvall, *Don DeLillo's Underworld*: *A Reader's Guide*, New York and London: Continuum, 2002, p. 44.

根据珍妮弗·特里（Jennifer Terry）与梅洛迪·卡尔弗特（Melodie Calvert）的分析，技术绝非仅指某些工具或机器，而是"一个系统，起着塑造我们生活的功能，不仅组织我们该做什么及如何做，甚至还塑造我们对社会关系的看法以及对人的理解"。① 也就是说，技术的运用总是与某种社会与政治语境联系在一起。就《地下世界》而言，技术合理性首先是在"美苏争霸"这一政治背景下得到发展与利用的。但技术同时支配着人与人以及人与自然之间的关系。被技术合理性主导的社会关系由于其二元对立思维的特点，使占统治地位的人群变得无视他者的利益与感受。如果说《地下世界》在某种程度上说也是一部关于"逐渐失去与他者交往兴趣的小说"②，那么最能体现这一点的莫过于技术使用中的种族歧视与人类中心主义了。

正如前文所述，小说的种族问题在序言部分通过科特·马丁的到场表现出来。科特的出现是以第三人称的方式介绍的，"他以你的声音说话，美国的声音，眼中闪着光芒，抱有不太确定的希望"（11）。同其他美国人一样，逃学而来的科特希望亲历这场盛大的比赛，成为美国这段历史的见证者。但在他好不容易躲过警察逃票混入观众席后不久，他的种族身份因为一位卖花生的黑人小贩的到来而引人注目，"那伙计使他招来目光，让他在藏身之处感到羞愧。相同的肤色使他们之间的距离消失，这不是一件奇怪的事情吗？在这小贩出现之前，没人注意科特，他的双手发出黑色的光芒"（20）。科特想通过一场棒球赛来寻求归属感的幻觉顿时破灭。不过，让他提心吊胆的警察并没有出现。而且，他很快平静下来，因为一位叫比尔·沃特森的白人主动向他示好，甚至乐意与他一起分享科特从那位小贩那里得到的免费花生。他们谈论比赛，在巨人队受挫时相互鼓励，因为比尔告诉他，"我们是艰难时期的伙伴——得相互团结在一起"（33）。但这种表面上的和睦迅速因为科特抢到那枚决定巨人队获胜的棒球而破裂。为了得到这枚特殊的棒球，比尔尾随科特回家，脸上的笑容虚假而又凶狠。在自己提出要买下这枚球的要求被科特拒绝后，他凶态毕露，准备像恶狼一样冲上去要从科特手上把球抢到自己手中。但比尔最终不得不住手放弃，因为他发现自己不小心跟到了哈莱姆区，一个见证棒球赛无法逾越种族隔离的地方。然而，科特同样没能保留住这枚棒球，因为

---

① Jennifer Terry, Melodie Calvert, *Processed Lives: Gender and Technology in Everyday Life*, London: Routledge, 1997, p. 4.

② Todd McGowan, "The Obsolescence of Mystery and the Accumulation of Waste in Don DeLillo's Waste", *Critique: Studies in Contemporary Fiction*, Vol. 46, No. 2, 2005, p. 124.

他那已经破产的父亲门克斯·马丁趁他睡觉时偷走了球,并上街把它卖掉,想为贫困的家庭换回几个钱(不排除为他自己换一些酒资)。他卖球的过程分成三个部分,被命名为"门克斯·马丁1""门克斯·马丁2"与"门克斯·马丁3"分别插入小说主体的第一部分与第二部分之间、第三部分与第四部分之间和第五部分与第六部分之间。而且,这三部分页边都采用了黑色,显得非常抢眼。这种结构上的安排当然有其主题目的,暗示种族问题就像一根鱼骨似的哽塞在美国历史的喉结,少数族裔要么被边缘化,要么被欺骗。① 与此同时,小说还特别强调棒球的尺寸与放射核的大小一致,似乎要表明这枚贯穿小说主要情节的棒球同时见证了技术发展中的非正义性。小说将告诉读者,核技术的发展除危害自然之外,还置少数族裔的生命安全于不顾。

　　从时间上说,这种非正义性首先被一名哈莱姆区的牧师发现。当去卖棒球的门克斯在街上遇见这位牧师时,后者正在向行人演说,告诉大家苏联刚爆炸了一颗原子弹,美国政府计划建造炸弹庇护所,可是庇护所只是为白人建造。因为尽管美国政府正在上东区、第六大道南部、第四十二大街、昆士区及华尔街建造庇护所,但在哈莱姆区却没有建造一所。遗憾的是,行人并没有积极应和,他反而被一个女孩称为"煽动者"(353)。但如果考虑到当时美国政府极力为淡化核武器的危害所做的宣传,读者并不能责备行人的迟钝。据拉尔夫·尤金·拉普(Ralph Eugene Lapp)在《我们必须躲藏吗?》(1949)一书中介绍说,核放射尘当时只是被简单地认为"只不过是现代生活中的另一种危害"。② 事实上,当时对核污染可怕性的天真认识不仅局限于普通民众,就连专家也不清楚核技术的危害究竟有多大。这一点从小说中提到的"关于爱德华·特勒博士与世界第一颗原子弹爆炸"的故事中可以看出。这则故事告诉读者,站在距爆破中心20英里外的特勒博士害怕爆炸造成的直接影响,决定在脸与手上抹上防晒霜(84)。如今,我们也许会为此哑然失笑。但特勒博士的幼稚不仅在于他低估了核爆破的直接后果,而且还体现在他可能对核试验对未来造成的可怕后果浑然不知,因为原子弹的最危险和最可怕之处在于核辐

---

① 一位名叫查尔斯·温赖特的白人以32美元的价格从门克斯手上买得那枚珍贵的棒球。但当整个交易过程结束后,门克斯隐约觉得自己在交易过程中的真诚或许被人利用,有一种被背叛的感觉,而这种感觉他觉得是那么的熟悉。

② Elizabeth DeLoughrey, "Radiation Ecologies and the Wars of Light", *Modern Fiction Studies*, Vol. 55, No. 3, 2009, p. 472.

射。① 而且，不同于灼伤等直接后果，核辐射的危险不在一朝一夕，而是通过"慢性暴力"的形式威胁着自然与人类。

"慢性暴力"是罗布·尼克松（Rob Nixon）根据雷切尔·卡森在《寂静的春天》对有毒化学物质在生物链多环节中毒性渐强的考察提出的一个概念，从而"赋予那些散发在空间与时间中无形的致命威胁以象征性形状与情节"。② 技术的慢性暴力是相对于技术的直接性暴力而言的。技术的直接性暴力指的是技术与物质环境接触时对包括人体在内的物质环境所造成的伤害与污染，这种破坏是直观的、短期内可察觉的；而慢性暴力指的是技术对物质环境所造成的隐性和潜伏性的破坏。罗伯·尼克松曾就直接性暴力与慢性暴力做过如下比较："跌倒的身体、燃烧的塔楼、爆炸的头颅让人翻肠倒胃，这是慢性暴力的故事无法实现的效果。有毒物质的累积、导致温室效应的气体、荒漠化等现象可能是灾难性的，但是，从科学来说，他们是些令人费解的灾难，因为所造成的灾难常常要等好几代人才能看见。"③ 也就是说，技术的慢性暴力是指尽管技术在人类使用时就已经对人体或环境造成了伤害，但是，它犹如充塞在人类周围的各种辐射，人们即使偶尔感知，也无法确认与掌控其源头，其相应的后果就像体内的毒瘤，会随着时间的推移而变得越来越明显。技术的直接性暴力在德里罗小说中并不鲜见。在《白噪音》中，最能体现技术的直接性暴力的是"空中毒雾事件"。为了逃避有毒气体对人体造成的伤害，包括铁匠镇在内的几个小镇上的居民不得不带着恐惧仓皇撤离。在《地下世界》中，技术的直接性暴力既体现在核技术对人们身体健康的损害上，又表现为现代技术制造的大量垃圾，直接恶化生存环境。在《毛二》《坠落的人》等作品中，德里罗描述了现代技术被恐怖分子操纵后对他人进行的攻击。可是，德里罗小说之所以能激发读者对技术暴力的关注，主要在于它们在描写直接性暴力的同时，凸显了技术的慢性暴力。

在《白噪音》中，主人公杰克告诉读者说，毒雾事件的可怕之处不在于装有泄漏化学物质的油罐车眼前可能制造的危险，而是毒雾在空气中扩散后给未来带来的灾难："着火和爆炸在此已算不得什么危险。这种死亡将会渗透，渗入人的基因，在尚未出生的人体内显示出来。"④ 有毒气

---

① 美国民众对核辐射危害的认识始于 1946 年美国在比基尼岛进行的核测试。
② Rob Nixon, "Slow Violence, Gender, and the Environmentalism", *Journal of Commonwealth and Postcolonial Studies*, Vols. 13. 2 – 14. 1, 2006 – 2007, p. 14.
③ Ibid. .
④ ［美］唐·德里罗：《白噪音》，朱叶译，译林出版社 2002 年版，第 128 页。

体的危害性远大于物质性武器，它的危害缓慢而持久，而且会随着时间的流逝而增强。在毒气中短暂停留过的杰克被技术人员告知，毒气中的有毒物质尼奥丁衍生物在人体内能蛰伏 30 年，至少需要等 15 年之后才可能知道毒气对他的影响究竟有多大。在这种慢性暴力的威胁下，杰克度日如年，不知哪天死神会来造访。需要强调的是，慢性暴力的可怕之处不仅在于其隐蔽性和缓慢性，而且是它因时间推移所带来的不确定性。杰克为儿子海因里希年仅 14 岁就开始大量掉头发的原因而发愁。他不知道是因为海因里希的"妈妈怀他时服用了某种渗透基因的药物"，还是由于他家附近有他"不知道的化学物倾倒场，有夹带工业废料的气流通过"①，因为随风飘荡的化学废料可能会造成头皮退化。他的女儿丹妮斯与斯泰菲所在的学校有一天不得不疏散学生进行封校，因为有孩子忽然头疼、眼睛难受，还有一位老师在地板上打滚。但事故的具体原因却扑朔迷离，调查者们各执一词："有的说毛病可能出在通风系统，有的说是油漆或抛光漆、泡沫绝缘材料、电气绝缘材料引起的，也有的说是自助食堂的食物、电脑放出的射线、石棉防火材料、货箱上的胶带、消毒池冒出的水汽造成的……"（37）② 现代装修技术、食品加工技术以及电子技术在给人类带来便利的同时，把人们推到一个风险无处不在却又无能为力的境地。这种慢性暴力显然比直接性的身体攻击给人类发展带来更加消极的影响。《白噪音》中的杰克与妻子芭比特都意识到，周围各种技术产品发出的噪声其实就是近在咫尺的死神。芭比特告诉杰克，当她感受到技术噪声"一点儿一点儿渗入"她的脑袋时，她会试图对它说，"现在不要，死神"。③对杰克等人来说，技术已经像洪水一样渗透进人类生活的每一个角落，成为无法摆脱的梦魇。

　　更为可怕的是，"慢性暴力"这种缓慢性特征在《地下世界》中被加害者利用，用以逃避责任或者掩盖他们所行之事的有害性与非正义性。因此，美国自 20 世纪 40 年代早期起就在纳瓦霍、霍皮、普韦布洛、犹特等印第安人部落居住的土地上挖掘铀矿及在西南部建设核试验与研究中心④，不仅仅是出于保密考虑，其中还包含有歧视性的地缘政治目的。由于当地居民并不知晓核辐射产生的"慢性暴力"，很少抵制这些项目的建设。实际

① ［美］唐·德里罗：《白噪音》，朱叶译，译林出版社 2002 年版，第 22 页。

② 同上书，第 37 页。

③ 同上书，第 218 页。

④ Valerie L. Kuletz, *The Tainted Desert: Environmental and Social Ruin in American West*, New York: Routledge, 1998, p. 12.

上，地图上美国政府似乎出于机密考虑标注的那些"空白部分"是"为威胁我们生命的事物建造的丰碑"①，见证的是美国环境扩张政策的种族主义政治。为了研发与实验先进的军事技术，美国政府的军事政策不惜以损害少数族裔的生存环境为代价，并因为眼前看不到的伤害而心安理得。

马特的新工作地就位于"新墨西哥南部石膏山下的某处"（401）。他到这里刚 5 个月，工作内容主要是为了维护藏在那里的机械，确保它们的安全。在来到这里之前，他从事的工作是分析核事故的后果。当然，这些工作内容不能与外人说起。例如，1957 年时曾发生过这样一件事：

> 有颗上吨的热核炸弹错误地被一架 B - 36 轰炸机扔在了阿尔布开克市的地面上——得了，没人完美无缺——就落在城中一个农田里。非核的爆炸装置拆除了，但核组件没有拆除。这件事情直到 17 年后马特坐在工作室读营地导图时仍然是个秘密。（401—402）

这次事件是以第三人称叙述者的口吻介绍给读者，行文风格读起来就像一份官方文件。但是，插入文中的那句加有着重号的句子（原文斜体）告诉读者，这种表面上的客观描述只不过是飞行员或政府为自己的行为辩护。他们也许暗中庆幸，核辐射的慢性危害帮助他们掩盖了罪行。另外，对美国政府来说，这件事情也许根本不值得大惊小怪。毕竟，仅 20 世纪四五十年代美国为检测核辐射就在新墨西哥的帕哈里托高原进行了 244 次模拟核弹试验，而印第安人与西班牙裔美国人就住在几英里之外。② 但是，核辐射的"慢性暴力"最终还是会因为时间的流逝而变得具体可见。

马特从他的同事埃里克·德明那里听到不少关于生活在内华达试验场、犹他州南部及其他地区风向之下的人们遭受的痛苦。这些被称为"生活在风向之下的人们"（downwinders）患有"各种骨髓瘤、肾脏疾病"，要么忽然变矮或者变高。或者，"各处都有缺这少那的孩子出生。有个健康的女人洗头时，结果所有的头发都抓到了手上"（405—406）。他还听说这些地区有双头羊羔出生，还有些人一早起来发现，所有牙齿都脱落了。埃里克还告诉他，军事科学家"让人驾驶飞机穿过有辐射的云层"，"往人体内注射环以跟踪它在体内运行轨迹"，"让部队在原子弹爆

① Ulrich Beck, *Risk Society*: *Towards a New Modernity*, trans. Mark Ritter, London · Newbury Park · New Delhi: SAGE, 1992, p. 39.

② Valerie L. Kuletz, *The Tainted Desert*: *Environmental and Social Ruin in American West*, New York: Routledge, 1998, p. 43.

炸时暴露在外","在孩子、婴儿、胎儿及精神病人身上做试验"以及"从不告诉在铀矿工作的纳瓦霍人危险所在"(417—418)。当然,埃里克把这些当成道听途说的"谣言"来告诉马特。因为,只有等到 20 世纪 80年代,尤其是苏联解体之后,随着有关文件的披露,这些"谣言"才被美国官方承认为无法否认的事实。① 不过,大概是出于证实这些"谣言"的考虑以及为了证实技术使用过程中的种族歧视不仅局限于美国,《地下世界》在随后的章节中还讲述了一位经历过核测试的士兵的遭遇以及尼克在哈萨克斯坦看到的"生活在风向之下的人们"所受核辐射的痛苦。

那位士兵名叫路易斯·巴基,是一名黑人雷达炮兵军士。他经常给自己的搭档小查尔斯·温赖特和其他飞行员讲"他在内华达上空经历 A 级测试的故事"(608)。这些后来被同伙称为"路易斯·巴基之歌"的故事讲的是路易斯驾着 B – 52 型轰炸机飞行在内华达的上空,模拟投掷一颗50 千克的核炸弹。但他不知道,"就在飞机下面的发射塔上一颗同样重量的实弹引爆了"。在这个过程中,尽管自己闭着眼睛,并用枕头捂住脸,他还是"看得见自己手上的骨头"、看得见"穿过皮肤、骨骼、肋骨及其他部分的射线"。更可怕的是,在几年之后,他发现自己丧失了写字能力,小便也变得困难以及左眼能看见原本只有右眼才能看到的东西(613—614)。但是,与生活在试验地周围的哈萨克斯坦的村民相比,路易斯的遭遇并不算糟糕。在维克多·马尔舍夫的指引下,尼克在"畸形博物馆"看到各种奇形怪状的胎儿,而在辐射诊所遇见的是些要么畸形、要么患有白血病、要么染上甲状腺癌症、要么免疫系统不起作用的患者(799—800)。在一家院落里,他还看见缺胳膊的孩子们和一个没有眼睛的男孩。生活在这里的村民几代人都在遭受核辐射的危害。而且,他们长期以来都不知道事件的真相:"多年来,'辐射'这个词都被禁止提及。你不可以在测试场周围的医院里说。医生只能在家中对他们的妻子或丈夫或朋友说起,或者也许那里也不能讲。村民不会说这个词,因为他们不知道有这样一个词存在。"(801) 当初苏联军队或科学家在这里进行核试验时,只是把他们物化为试验对象,并且极力隐瞒事件的可怕后果,甚至剥夺他们知晓相关术语的权利。

但是,看着四周荒芜的环境与可怜的受害者,尼克意识到这种努力终将徒劳,因为"被禁止提及的词、藏在白色储藏室的秘密、逐渐被人淡

---

① David Noon, "The Triumph of Death: National Security and Imperial Erasures in Don DeLillo's *Underworld*", *Canadian Review of American Studies*, Vol. 37, No. 1, 2007, p. 102.

忘的阴谋——他们都呈现在这里，不留痕迹地渗入土地与空气中，渗入骨髓里"（801）。遭受损害的环境和人群以最无声的形式控诉了技术使用的非正义性。不仅如此，那些村民不幸的面孔与身体使他原本在各种物品上感受到的那种愧疚之感变得更加强烈。他对通过掩埋来销毁核废料的做法开始感到谨慎，因为他不敢肯定一万年之后，掩埋系统是否还能控制住放射性垃圾："废料也许会，也许不会爆炸，7万吨使用过的燃料。"（804）已是中产阶级的尼克心中仍然存有反叛体制的冲动，渴望回到年轻时的不安分和叛逆状态。① 但作为一名垃圾处理公司已经退休的经理，尼克的这种愿望也许只能止步于一种冲动。然而，尼克并不是唯一对这种"道德衰退"的社会体制抱有否定性态度的人。因为马特、小查尔斯·温赖特与小说中的几位艺术家都试图超越技术合理性的"铁笼"，打破二元对立思维的整体性。德里罗也将通过他们的努力，探索理性使用技术的可能性，抗拒技术合理性的虚无，寻找走向和平的生态技术。

## 第三节　和平人士、自然与艺术家的"言说"

马特是在他的新工作地逐渐怀疑起自己所做工作的正义性。正如上文所说，马特是一位"冷战孩子"。由于埃德加修女的努力，他很早就拥有核意识。长大后，他成为一名武器分析师，并从中获得身份意识："他早就想从事武器方面的工作，想要得到那份优势，那种身份感，那种自我感，那种对自我更加了解的感觉。"（402）但和平人士在工作场所外的抗议以及他从埃里克·德明那里获知的关于核辐射的秘密扰乱了他这种满足感，扰乱了他"在存在中对存在的无悔坚守"②，并最终帮助他超越了技术迷恋的羁绊。

和平人士手持一张写有"第三世界大战在此开始"的标牌，沉默地

---

① 年轻时的尼克由于对父亲吉米·科斯坦萨早年抛妻别子消失而去这件事感到愤怒，无心学习，早早辍学在家，并参与打架、偷窃等上不了台面的事情，很快成为布朗克斯区一股"否定性力量"。但是，由于一次意外杀人事故，他被送进了劳教所，并很快归依了体制，并成为麦卡锡主义的支持者。正如有论者分析说，尼克的成长过程实际上也是被社会体制归化的过程，"他越来越成为一个自动装置，越来越失去个性"。参见 Ruth Helyer, "'Refuse Heaped Many Stories High': DeLillo, Dirt and Disorder", *Modern Fiction Studies*, Vol. 45, No. 4, 1999, p. 994。

② Emmanuel Levinas, *Of God Who Comes to Mind*, trans. Bettina Bergo, California: Stanford University Press, 1998, p. xi.

站在马特工作地的入口处。有些工作人员对他们冷嘲热讽，另外一些人则漠然视之。唯独马特对他们产生某种依赖感，"他有些期盼他们的出现。对他来说，知道他们在那里开始显得很重要"（404）。这些抗议者让马特感受到一种外在于他日常生活的力量。抗议者饱经风霜的脸是列维纳斯笔下那张"赤裸的、赤贫的、脆弱的、容易受到暴力的威胁"的脸，那张同时又具有"禁止我们去杀戮的力量"的脸，那张"是一种要求，是一种命令"的脸。① 这张脸促使马特去思考自己对"冷战"思维的认同，思考自己职业选择的正确性，去反省核武器给人们造成的恐惧，去关注受核污染之害的自然与民众。马特越来越同情这些抗议者，非常想告诉他们站的位置不对，想让他们站到路上去，因为那里才是"口袋"基地员工真正进出的地方。有一次，他特别想上前与一位女性抗议者说话，因为这次只有她一个人手持标牌站在那里："他想停下来与她讲话。握个手，闲聊一会儿。他想告诉她自己不反对她的观点。他想让她把自己说服。"（412）生态女权主义者曾着重指出，由于西方长期以来都"把妇女置于与被开发的自然那样被动无力的位置"，女性与自然之间存在一种肯定性的"认同关系"。② 那么，马特此刻从这位女性抗议者脸上看到的就不仅仅是人类自身对和平的渴望，而且还有大自然对他的质问。这位女性在狂风中挣扎着扶正的标牌犹如尽管被人类技术污染，却继续努力哺育万物生灵的大自然发出的"言说"，与和平人士沉默的抗议一起组合成"在沙漠中呼喊的声音"③，烦扰了马特长期以来对"冷战"思维的认同，使他对自己工作的正确性感到更加不安。并且，随着他从埃里克·德明那里听到的关于核污染的故事越来越多，这种不安感变得越来越强烈。尽管有时他也想说服自己那些故事都是些谣传，但他知道，那只是自欺欺人，因为"他知道，这些故事并非完全无中生有。毕竟，他在越南服役时，所有他曾经不相信或没有想到的事最后都变成了事实"（418）。他开始从道德和伦理的维度认真反思自己的工作，经受着良知的折磨和质问。在他脑海中，他不断地想象着哥哥尼克会如何评价自己从事的工作：

　　他也许会说，你要让自己成为一个严肃认真的人，这就是方法：

---

① 杨大春：《语言身体他者：当代法国哲学的三大主题》，生活·读书·新知三联书店 2007 年版，第 297—298 页。
② 金莉：《生态女权主义》，《外国文学》2004 年第 5 期。
③ Emmanuel Levinas, *Of God Who Comes to Mind*, trans. Bettina Bergo, California: Stanford University Press, 1998, p. 4.

解决一个个难题，在各种选择中寻找答案。如果你抓住这个工作不放，你最后会变得更强大。或者，他也许会说，傻瓜，你没想过这份工作将给你的灵魂烙下什么印迹吗？尤其当你将来像我一样成为一位父亲时。想想以后你要在这个自己一手创造的世界里抚养孩子时会感到的愧疚吧——你竟然如此运用自己的才能，真是不幸！（416）

很明显，马特心中这两个争斗的声音代表了两种不同的法则。前一个声音代表的是马特目前作为一个武器分析师的声音，他在尽力为自己的工作辩护，认为这是寻找自我的关键之道。后一个声音则来自马特所处体系之外的"言说"，质疑他工作性质的正义性。这两种声音不断地撕扯他，他最后决定带着女友珍妮特·厄斑尼亚克驾车深入西部地段，因为他希望远离现有的工作环境，给自己留一段时间进行思考。在驾驶途中，他们看见了鹰击长空的壮景，他们也目睹了夜鸥、菲比鸟及金雕等各种鸟类从眼前飞翔而过的美姿。依然存留在西部内地的荒野景象使马特大为振奋："这片风景让他快乐。这不仅仅挑战了他长期对城市生活的习惯，而且实现了他内心某种愿景，让他看到了西部的他性。"（449—450）

正如我们所知，在美国历史中，西部开发与深拓塑造了美国的精神品质，承载了实现美国对外扩张的帝国神话和美国优越论的花园神话。因此，美国西部被看成是美国国家身份的象征，是美国"民主训练地也是民主的保证"。① 这一神话在《地下世界》中遭到了一定程度的解构，因为核试验带来的慢性暴力使西部成为美国社会中种族歧视与生态破坏的见证之地。但是，此时西部深处依然外在于文明进程的他性唤醒了马特记忆深处人与自然和谐相处的景象。这种他性使他更加肯定自己工作的非伦理性。实际上，在驾驶途中，马特一直心存一个愿望，希望珍妮特劝他放弃现在的工作。他不停地给她讲述关于核武器的事情，告诉她自己工作场所的景象，告诉她在猪身上做的核试验等诸如此类的情况。然而，尽管珍妮特明白他的意图，却并不发表自己的意见，而是让他自己做决定，借此让他真正理解和明白自己工作的现实状况。马特内心充满了矛盾与挣扎。晚上露营休息时，他无法合眼入睡，便决定坐起来看沙漠日出。他闭眼盘腿坐在沙土里耐心等待，脑海中却不断回忆自己过去的经历。他忽然意识到，这些年来，他只是整个社会体系中的一颗棋子。更糟糕的是，他失去

---

① ［美］亨利·纳什·史密斯：《处女地——作为象征和神话的美国西部》，薛蕃康、费翰辛译，上海外语教育出版社1991年版，第 vi 页。

了明辨是非的能力：

> 如果橙汁与橙剂处于同一个巨大的体系，而它们之间的联系远在你理解能力之外，你如何来区分它们呢？
> 或者，如果你已经系统化了，对一切事情都半信半疑，你怎么知道别人告诉你的事情就是真的呢？因为这是唯一聪明的回应。（465）

在冷战时期，巨大的社会体系已经使个人丧失了独立思考与判断的能力。虽然他们对这股无法掌控的力量感到恐惧，但却又无能为力。正如马特早些时候告诉珍妮特的那样，他发现，自己只是"某种不真实事物的一部分"，这些年自己所做的一切只是别人梦中的一个小角色（458）。以前自己想通过社会意识形态定义自己的做法只是一场幻想。他的顿悟通过他睁眼想看太阳初升时的那一刹那表现出来。他忽然意识到太阳已在他身后升起，而自己一直面对着错误的方向。他最终放弃了自己一直从事的武器方面的工作，致力于"学习帮助第三世界国家发展卫生服务事业及银行业"（198）。马特因此超越了冷战思维的规训，找回自己的同情之心，通过积极服务那些被帝国体系排除在外的人们来寻找内心的平衡。

马特的转变使部分读者觉得"阅读《地下世界》的过程变成一次生态训练，在超越'冷战'束缚的过程中对世界进行重新构想"。[1] 在这个重新构想的世界中，自然与民众都不再是技术滥用时的受害者，技术是帮助人们迈向更好生活的工具。当然，马特不是小说中唯一对滥用技术感到厌恶的人物。因为小查尔斯·温赖特同样放弃了他作为 B-52 战斗机飞行员的岗位，选择去了格陵兰岛。小查尔斯·温赖特的父亲正是从那个门克斯·马丁手上购买棒球的人，并把棒球留给他"以表信任、以作为一个礼物、一个和平礼物、一种表达急切的爱及把'我的精神传下去'的形式"（611）。但小查尔斯·温赖特无意中把球弄丢了，也许因为他并不知道这个球具有多么重要的意义，不知道它背后神奇的历史，也不知道它与原子弹那层神秘的联系。尽管如此，他现在的工作内容是帮助轰炸越南人，并因此被菲利普·内尔认为是"马尔库塞笔下的那种单向度的人"。[2]

[1] Peter Knight, "Beyond the Cold War in Don DeLillo's *Mao II* and *Underworld*", in Jay Prosser, ed., *American Fiction of the 1990s: Reflections of History and Culture*, London and New York: Routledge, 2008, p. 204.

[2] Philip Nel, "'A Small Incisive Shock': Modern Forms, Postmodern Politics, and the Role of the Avant Garde in *Underworld*", *Modern Fiction Studies*, Vol. 45, No. 3, 1999, p. 745.

但是，内尔也许忽略了"路易斯·巴基之歌"作为一种"言说"对他产生的烦扰功能。小查尔斯·温赖特逐渐发觉，路易斯的故事并不像别人想的那样，只是个有趣的故事。他体会到里面的残酷，并逐渐厌倦参与越南战争："他不想再杀害越南人了。而且，他对当地的风景日渐关心起来，这多少让他自己有点奇怪。他厌倦摧残森林，厌倦摧残森林里的树，厌倦摧残栖居在树上的各种鸟类，厌倦摧残躲在鸟翅膀中度过整个交配过程的昆虫。"（614）"路易斯·巴基之歌"把他从被动地顺从"冷战"意识形态中唤醒。他似乎听见来自饱受蹂躏大自然的"言说"，要求他停止参与战争的暴行。他不断地想起以前在格陵兰岛时见到的宁静景象，并最终重返那里。

需要强调的是，马特与小查尔斯·温赖特对军事体系的抵制并不意味着德里罗对技术抱有敌意，呼吁回到一个没有技术的世界。德里罗通过这两人的故事更多的是为了批判暴力性使用技术。在现实生活中，他从不否定技术重要性，而是提倡理性地使用技术：

> 某些方面，我对技术充满敬意。技术对了解这个世界、了解现代体系等方面是种极其重要的方式。设计这些体系的人非常具有创见。从个体层次而言，我认为技术带来的一个问题是人们逐渐过于依赖它，以致影响了他们的个性。当这个体系出现故障时，无论是留言机坏了，还是手机与电脑无法使用，时常让人容易沮丧。一旦人们变得依赖技术，我想，这将很危险。①

在德里罗心中，技术是一把"双刃剑"，它在给人类带来便利之时，也给这个世界带来风险。但是，技术本身没有对错之分，问题的产生缘于人类自身对技术的不当使用。在《地下世界》中，由于政治因素的掺入，技术合理性被过分夸大，造成技术非理性地发展。值得注意的是，德里罗没有仅仅停留在谴责"冷战"时期技术的非理性发展，而是通过几位艺术家与技术之间的关系来进一步探讨理性使用技术的可能性，强调技术使用过程中的伦理性。

德里罗把改造技术的希望寄托在艺术家身上并非没有理论依据，因为马尔库塞在《单向度的人》这本著作的第三大部分也尝试通过还原技术

---

① 陈俊松：《让小说永葆生命力：唐·德里罗访谈录》（英文），《外国文学研究》2010 年第 1 期。

理性与艺术理性最初和谐共处的关系来探讨一种"新技术"的理念。尽管他像马克斯·霍克海默和西奥多·阿多诺那样看到技术合理性与政治阴谋之间的关系，他并不像他们那样认为技术将把人类带向一种新型状态下的野蛮情景，或者认为受过技术教育的民众将"屈从专制主义的魔咒"（Horkheimer and Adorno）①，而是致力于谈论"可能性的机会"（《单向度的人》第三章的标题）。马尔库塞认为，人们对技术合理性的推崇只是众多可能性中的一样选择。现在，随着技术合理性对政治结构破坏作用的进一步发展，它的非理性将引发一种新的超越。但是，这种超越并不表示否定人类文明已取得的成就。相反，为了超越业已形成的整体性，这种超越必须具有"保存与提高"原有成就的前景、"从结构上、基本趋势上及关系上（定义）业已形成的整体性"，以及在原有框架内寻求人的自由发展从而提供"更大的可能性以使生存祥和"。② 为了实现这种历史性超越③，马尔库塞认为，有必要恢复艺术理性对技术理性的反驳作用。在他看来，"科学理性、技术理性和操作性理性"已经打乱了"科学理性与艺术理性"原有的统一性④，"或者把艺术归化到统治世界中，使艺术理性误入歧途"。⑤ 他建议从"古希腊把艺术与技术联系在一起的观念"中寻找可能性，从而使理性成为一种"技术后合理性，这样技术本身就成为一种使生活祥和的工具，一种'生活艺术'"。⑥ 古希腊的这种技术观念在马尔库塞的另一本著作《爱欲与文明——对弗洛伊德的哲学探究》中得到了更加充分的介绍。他通过分析古希腊关于俄耳甫斯和那喀索斯两人的故事，寻找到"非压抑性文明"的原型。他认为，这两人的故事是对由普洛米修斯代表的"压抑性文明"的否定，因为他们的经历是一种"满足性存在，这种存在把人与自然统一在一起，人在满足的同时也是自然的满

---

① Max Horkheimer and Theodor W. Adorno, *Dialectic of Enlightenment: Philosophical Fragments*, trans. Edmund Jephcott, California: Stanford University Press, 2002, p. xvi.

② Herbert Marcuse, *One Dimensional Man: Studies in the Ideology of Advanced Industrial Society*, London: Routledge, 1964, p. 220.

③ 在《单向度的人》中，马尔库塞强调了历史性超越与形而上学式超越的区别。他认为，历史性超越突出了经验意义上的"可能性"。这种可能性"必须存在于各自社会之中，必须是实践中可以明确的目标"。

④ 马尔库塞观点与哈贝马斯在《现代性：一个未完成的事业》中的看法有呼应之处。哈贝马斯同样认为，现代文明进程割裂了科学、道德与艺术之间的联系，使之成为相互独立的领域，从而反过来使自启蒙时期人类所构建的现代性事业失效。

⑤ Herbert Marcuse, *One Dimensional Man: Studies in the Ideology of Advanced Industrial Society*, London: Routledge, 1964, p. 228.

⑥ Ibid. .

足，这其中没有任何暴力"。① 俄耳甫斯动听的歌声使狮子、羔羊及人类和平共处，从而实现了对自然的解放性控制。② 这种控制使自然中"众多盲目力量之间的争斗（如狮子与羔羊之间）在自由的前提下得到理解与控制"。③ 俄耳甫斯的歌声因此是一种具有和解性力量的技术，而不是那种充满侵略性与暴力的技术。马尔库塞实际上在主张对技术进行非暴力性使用，在使用技术时应该考虑到伦理的尺度，从而在不破坏人类与自然之间和谐共存的前提下，把他们都从生存的残忍性与短缺中解放出来。

马尔库塞的期待颇类似于德里罗在《地下世界》中通过对几位艺术家的描写所表达的企盼。关于艺术家在该小说中所起到的主题意义，批评家已相继做出不同的解释。马克·奥斯廷认为，艺术家的努力体现了德里罗相信"在资本废墟中实现凤凰涅槃的可能性，提供了建立一种新的连接关系的可能性，以替代以前那种巨大而让人异化的体系"。④ 艾里斯·马尔图奇则强调小说通过克拉拉·萨克斯与伊斯梅尔·曼佐的艺术活动来体现"地理位置在小说中的重要意义"。⑤ 在他们论述的基础上，本书认为，德里罗通过艺术家的活动，像马尔库塞那样寄寓了发展一种"和解的技术"的希望。在书中，有的艺术家致力于揭露不负责任地使用技术带来的恐怖，还有一些艺术家则把精力放在了回收废弃的技术用品上。

与马特和小查尔斯·温赖特不同，有两位艺术家早就意识到核武器的可怕性。而且，他们还敢于与主流意识形态相抗衡，向公众揭露核技术的阴暗面。首先要讲的是脱口秀主持人兰尼·布鲁斯。在古巴导弹危机时期，他不顾官方对爱国情绪的鼓动，打破公众的幻觉，告诉台下的观众说，他们的命运完全由他人掌控，因为"真实情况是，不是你们选择居住在哪儿，而是他们把你们放在他们想让你们待的处境中"（505）。他也注意到种族分子对技术的滥用，"你们（指种族分子）向北瞧了瞧哈莱姆。接着说，伙计，竟敢睡我们的女人，我们就扔炸弹。与其种族混合，

---

① Herbert Marcuse, *Eros and Civilization: A Philosophical Inquiry into Freud*, Boston: Beacon, 1966, p. 166.

② 在《单向度的人》中，马尔库塞认为，有两种形式的控制：除以"和解"为特征的解放性控制之外，还有以暴力为特征的压制性控制。

③ Herbert Marcuse, *One Dimensional Man: Studies in the Ideology of Advanced Industrial Society*, London: Routledge, 1964, p. 236.

④ Mark Osteen, *American Magic and Dread: Don DeLillo's Dialogue with Culture*, Philadelphia: University of Pennsylvania Press, 2000, p. 254.

⑤ Elise A. Martucci, *The Environemental Unconscious in the Fiction of Don DeLillo*, New York & London: Routledge, 2007, p. 126.

不如毁了这个世界"(548)。布鲁斯的表演因此构成一次次的"言说",暴露了"冷战"时期二元对立思维的虚妄。他每次表演都在重复的那句话——"我们都将死去"——是对观众随遇而安心理的一次次警醒。也许为了突出艺术家批判性功能的广泛性,《地下世界》还把一位苏联艺术家介绍给读者。确切地说,这位名叫瑟吉·艾森斯坦的艺术家并没有出现在小说中,读者看到的是对他的无声电影《地下世界》(*Underwelt*)①1974年在美国展播的情景。这部被苏联政府禁播的电影预言了核辐射将造成的灾难。这部电影没有明显的情节,观众看到的是一位发疯的科学家拿着一把原子射线枪向他人射击的情景。受害者的脸都已变形:"有人两只眼并在了一起。有人下巴歪曲。还有一个蜥蜴人。一个女人的鼻子与嘴巴合在了一起。"(443)总之,这部影片展示的情景与尼克在哈萨克斯坦看到的核辐射造成的可怕后果几乎相同。这部电影讲述的是一部"地下历史",一种"不可能出现在历史书中的秘密历史,或不可能从决策人物公众讲演中听到的秘密历史"(594)。艺术家以自己对现实的敏感性,实现艺术干预现实的功能。

这部"地下历史"使在场观众寂静无声②,这其中就有艺术家克拉拉·萨克斯。当影片结束后,她感到自己"身上穿的不是裙子与衬衫,而是这部电影",脑海中出现的都是那些受害者"引人注目的脸"(445)。几天之后,她又去参观由建筑师萨巴托·罗帝亚建造的"瓦茨塔"。罗帝亚建造这座塔时用的材料都是通常被认为是垃圾的东西,这其中包括"钢条、破裂的陶瓷、碎石、贝壳、易拉罐及废弃的电线"(276)。站在这座塔前,萨克斯灵感迸发,觉得这里是一个充满让人顿悟的事物的场所。本来就为艾森斯坦的电影所烦扰的萨克斯,忽然明白自己艺术事业前进的方向。关于这一点,读者其实在小说第一部分就已经知道。她现在有一个绰号,名叫"手提袋女郎",因为她总与废品打交道。她正带领志愿者在沙漠中把废弃在那里的B-52战斗机变成艺术品。他们在已生锈的飞机上绘制各种美丽的颜料。用萨克斯的话来说,这项工程是一幅"风

① 在接受玛丽亚·莫斯的采访中,德里罗强调艾森斯坦的电影原名并不叫《地下世界》,是他根据自己小说的题名给这部名为《袭击》(*Strike*)的电影重新命名的。另外,德里罗在其他场合阐述了自己把该小说命名为《地下世界》的原因:一是用来表示"被压制或压抑的记忆,甚至意识";二是指"掩埋核废料",而这一点构成了"冷战时期的地下历史"。
② 如果结合当时的语境,也许更能体会到这部电影对当时美国观众的震撼力。电影播放的1974年仍然还处于博耶(Paul Boyer)所称的"大睡眠时期"。这个时期,由于对原子能源的乐观情绪、国际形势的变化以及越南战争等原因,美国民众从1963年至20世纪70年代末,对核污染的危害性表现漠然。

景画",因为在这过程中"沙漠至关重要。沙漠是背景,是装帧的边框,是四个地平线"(70)。经过萨克斯等人的改造,B-52战斗机原有的破坏功能被否定了,变成了大自然的一部分。休伯特·察普夫分析说,"这里的艺术成为一种力量,使生命回归到一种由飞机和它们'冷战'时期所象征的死亡文化。明显的废弃材料被转化为活生生的能量场,科技文明与环境、文化与自然之间的交流成为美学生产和接受的主要焦点"。① 整个改造工程最后完成的情形通过尼克与妻子玛丽安在热气球上向下俯视展现出来(这是尼克献给妻子的生日礼物)。惊叹于眼前的壮景,尼克想道,这标志着"一个时代的结束以及某种新东西的开始。这种新事物是如此不同,只有站在这么高才能去理解它"。同时,他琢磨着"太空中是否能像观看由已消失的安第斯人创造的地景艺术那样看到这项工程"(126)。艺术的力量超越了军事武器所具有的暴力,使其像古代艺术品那样与大自然融为一体。萨克斯由此实现了自己超越现实限制的愿望,以自己的艺术行为质疑了像艾森斯坦的电影里描述的那种疯狂使用技术的行为。

事实上,就在萨克斯观看艾森斯坦的电影时,16岁的伊斯梅尔·曼佐正在地铁车厢上绘制自己的涂鸦艺术,彰显自己的身份,挑战主流社会的意识形态。曼佐的名字"伊斯梅尔"(Ismael)从音和形方面容易让读者联想起赫尔曼·麦尔维尔的小说《白鲸》中的叙述者"伊什梅尔"(Ishmael)。与此同时,"伊什梅尔"的名字来源于《圣经》。《圣经》中的伊什梅尔是亚伯拉罕与萨拉的女婢夏甲生下的儿子。但是,亚伯拉罕的妻子在萨拉生下以撒之后,将伊什梅尔和夏甲驱逐出了家门。漂泊在荒野中的伊什梅尔和夏甲很快因为缺水少食而面临生存危机,但上帝听见了夏甲的祷告,为母子俩送来了一汪井水,从而保全了母子俩的生命。因此,在西方文化传统中,伊什梅尔这个名字包含"流浪者和局外人"的含义。《白鲸》中的伊什梅尔同样有这个象征意义,因为在陆地上四处碰壁的他只好成为轮船"皮阔德"号上的一名船员,漂泊到海洋中以寻求生机。而且,像《圣经》中的同名人物一样,伊什梅尔在"皮阔德"号沉没之后,坚强地活了下来。无论是《圣经》中的伊什梅尔,还是《白鲸》中的伊什梅尔,他们能生存下来都与信仰和爱有关:《圣经》中的伊什梅尔相信了上帝的爱,而《白鲸》中的伊什梅尔坚信了人类之间的友谊与互

---

① [美]休伯特·察普夫:《创造性物质与创造性心灵:文化生态学与文学创作》,胡英译,《江苏大学学报》(社会科学版)2016年第4期。

助。通过名字把《地下世界》中的曼佐与《圣经》和《白鲸》中的伊什梅尔联系起来，是为了更好地理解小说中曼佐作为边缘人和生命守护者的形象。身为一名拉丁裔艺术家，曼佐一直游离在主流文化之外，致力于为受资本主义经济与技术力量欺压的少数族裔代言。他把自己在车厢上画的画看成是"后街谈话艺术"（440）。成年后的曼佐带着一群涂鸦画家居住在布朗克斯区的一角，这个区域被称为"墙"，一个游离于社会秩序之外的地方。这个地方得名于一扇特殊的墙，因为只要附近有孩子死去，曼佐和他的同伴们就会在墙上喷涂"一个纪念天使"，粉红色代表女孩，蓝色代表男孩。另外，不同于萨克斯，曼佐和他的同伴们把精力放在回收诸如报废的汽车以及其他供人们消遣使用的家电上，然后用赚到的钱来帮助修女们为穷人购买生活用品。他们还通过用脚踏自行车的办法创造性地发电，让孩子们能看上电视。而这些以前都是被别人当成垃圾扔掉的东西。并且，尽管外界基本已遗忘这个角落，但曼佐的雄心是通过自己的努力，使这里能够上网，为自己收集到的报废车辆做广告，为那些被践踏的国家提供所需要的金属。曼佐由此超越了资本主义技术的侵略性，用它来为那些被践踏的人们服务，为那些被边缘化的国家找回自立的尊严。

小说最后几页正是通过描述互联网上的体验来表达对技术未来发展方向的愿望。当点开"氢弹主页"时，所有关于核弹的信息都在电脑屏幕上显示出来，这包括"所有测试过的热核炸弹、每次发射时收集到的数据、密码、发射量、测试地、埃尼威托克岛、罗布泊、诺瓦亚泽米拉岛、那种包含在这些地名中远方民众的异国性与他性、穆鲁路岛、哈萨克斯坦、西伯利亚……"（825）这种拼贴似的叙述似乎印证了马克·奥斯廷的观点，小说在创造"一种新的连接关系"。① 互联网这项技术扰乱了一种整体性思维，不同信息混杂在一起，而这其中就有各种长期被主流意识形态压制和遮蔽的秘密。小说接着告诉我们，就在这些数据流中，有一个词隐现其中，这个词"你可用上千种语言与方言来召唤这个词，不管是还在使用的语言，还是已经僵化的语言，不管你是用梵语、希腊语、拉丁语还是阿拉伯语"（826）。这个词发人深省，它"散播着一种渴望，这种渴望穿过城市各个混杂的地区、穿过睡梦中的小溪、穿过果园，来到孤独的群山之中"（827）。

这个跨越时空的词语是"和平"。这是大自然与渴望和平的人们，数

① Mark Osteen, *American Magic and Dread: Don DeLillo's Dialogue with Culture*, Philadelphia: University of Pennsylvania Press, 2000, p. 254.

千年来不停地发出的"言说"，时刻召唤着世界所有的人，召唤着文明与
自然的和平共处。它表达了德里罗在技术文明日益发达的今天构建一种
"生态技术"的愿望。因为只有一种对人类、对自然负责任的技术伦理，
才能真正为世界带来繁荣与"和平"，并因此抗拒尼采早在 1888 年为
《权利意志》撰写前言时认为历史将由于算计理性过度发展而走向虚无命
运的预言。

# 第四章　为了活着而诉说、活着是为了诉说:《身体艺术家》中的创伤伦理

对于刚阅读完《地下世界》的读者来说,《身体艺术家》这部小说无疑会让他或她多少感到疑惑与不安。单从篇幅来说,这部一百来页的小说实在难以与厚重的《地下世界》相提并论。难道说刚进入21世纪,德里罗就面临才思枯竭的尴尬境地? 在内容上,"德里罗以往小说的许多标志性特征都不存在了: 没有人物彼此间大段大段的对话;几乎没有明显审视社会、政治或文化变化的影响;没有肯尼迪暗杀,没有冷战,没有核废料,没有让人生疑的大公司"。① 即使与在此之后的作品相比,这本以一位女性如何走出丈夫自杀留下的阴影为叙述线索的小说同样显得独特。虽然《国际大都市》《坠落的人》及《欧米伽点》在厚度上与它不相上下,但读者还是能在这些小说中找到某一重大历史背景。且不说《国际大都市》中描写的美国政治经济转折点及《欧米伽点》中的伊拉克战争,即使同样以创伤为主题的《坠落的人》也是以"9·11"事件为依托。因此,如果罗纳尔多·格拉诺夫斯基(Ronald Granofsky)的区分有其合理性,那么《身体艺术家》只能被称为"关于创伤的小说"而不是一部"创伤小说"。因为在格拉诺夫斯基看来,只有像《坠落的人》那样描写"个人对某种集体创伤的体验"的小说才能被认为是"创伤小说"。② 当然,也有评论者努力找出《身体艺术家》与德里罗其他作品之间的相似之处。马克·奥斯廷从内在互文性的角度考察了该小说对德里罗前期作品的继承与发展。他认为,《身体艺术家》"重访了德里罗的两个重要主题。第一是对隐私的广度与危险性进行了考察,在德里罗的早期小说中,如《大琼斯街》中的布基·温德里克和《毛二》中的比尔·葛雷先是从公开

---

① Philip Nel, "Don DeLillo's Return to Form: The Modernist Poetics of *The Body Artist*", *Contemporary Literature*, Vol. 43, No. 4, 2002, p. 736.

② Ronald Granofsky, *The Trauma Novel: Contemporary Symbolic Depictions of Collective Disaster*, New York: Peter Lang, 1995, p. 5.

生活中退身以寻求一个免受干扰的空间，但后来再次走入公开生活时却还是无法摆脱早已对他们构成威胁的系统。《身体艺术家》描述了一个具有类似境况的主人公——一位名叫劳伦·哈特基的表演艺术家——在丈夫自杀之后悄然引退，然后通过艺术作品重现，并以此宣布和塑造一个新的自我。第二点更为重要，考察的是身份的本质以及行为与演示之间的相互渗透性。例如，在《走狗》中，德里罗暗示无处不在的照相机已经把我们转变成处于不断观察之下的演员……《身体艺术家》则通过劳伦不断变化的声音和变动的身份重审这一主题"。① 《身体艺术家》以新的形式升华了德里罗一贯关注的叙事主题。

　　但上述双方都没有提及另外三点：第一，《身体艺术家》是德里罗迄今为止唯一完全以一位女性的心理历程为关注点的小说。小说题目指的就是书中女主人公劳伦·哈特基。第二，《身体艺术家》并非如许多论者所认为的那样，与德里罗的巨著《地下世界》无衔接之处。至少细心的读者会发现，该小说的创伤主题与《地下世界》中尼克因父亲离家出走遭受的精神创伤相呼应。② 第三，这部小说还继续了德里罗小说中的另一个特征，即关注人物心理与空间之间的关系。不过，不同于《毛二》中比尔·葛雷在郊区的房间，《身体艺术家》选择了一个偏僻的海边老宅作为故事场景。本书将结合宅子里发生的故事，认为这个场景颇似福柯论述过的"异托邦"。如果说福柯提出"异托邦"的目的主要在于"通过这一概念对后现代条件下政治反抗的可能性提出自己的解释"③，那么《身体艺术家》并非完全是德里罗"最赤裸的情绪之作"④，在这位伤心欲绝的妻子与"创伤后压力症候群"（post – traumatic stress disorder，PTSD）做斗争的过程中，具有其内在的政治与伦理意蕴。本书正是在借鉴当代创伤理论的研究成果基础上，认为该书不仅仅叙述了艺术家雷伊的自杀给他的妻子劳伦带来的重创，而且通过雷伊的自杀提示读者注意劳伦与雷伊两人曾经所受过的精神创伤。正是通过把劳伦这次的精神创伤与他们俩过去所受

---

① Mark Osteen，"Echo Chamber：Undertaking *The Body Artist*"，*Studies in the Novel*，Vol. 37，No. 1，2005，p. 64.

② 关于创伤理论视角下的《地下世界》，参见伦纳德·威尔科克斯对它的解读：Leonard Wilcox，"Don DeLillo's *Underworld* and the Return of the Real"，*Contemporary Literature*，Vol. 43，No. 1，2002：120 – 137。

③ 汪行福：《空间哲学与空间政治——福柯异托邦理论的阐释与批判》，《天津社会科学》2009年第 3 期。

④ Mark Osteen，"Echo Chamber：Undertaking *The Body Artist*"，*Studies in the Novel*，Vol. 37，No. 1，2005，p. 65.

创伤联系起来,以她如何在"复现创伤"中与创伤达成和解,并充当雷伊曾经所受创伤的见证人这一过程为线索,该小说从伦理意义上探讨了创伤体验的复现和处理。因为只有逾越个人心灵的羁绊,承担起生者对逝者、对社会的责任,才能抗拒创伤的虚无。

## 第一节　历史性创伤与结构性创伤

在一次采访中,德里罗告诉采访者,《身体艺术家》的创作始于自己头脑中的一些并不明确的意象:

> 我构想有人在吃早餐。吃饭的人相互之间比较亲密,或许就是一对夫妇。他们说话时断时续,有时咕哝,有时咳嗽,尤其像人们每天那个时候说话的样子。我接着想,在那种对话情境中会是什么样子,坐着的人很少把话说完整,思想也不连贯,听的一方也心不在焉。这就是我想到的。然后我就开始动笔。①

这对夫妇后来在小说中被取名为雷伊·罗布尔斯与劳伦·哈特基。正如德里罗构想的那样,他们吃着早餐,浏览着报纸,偶尔还聊上几句。但行文中,一些诸如"这是他们同时在这里相处的最后一个早晨"②的句子让敏感的读者产生某种担心,在这普通而又温馨的景象之下似乎有一种不祥袭来。果然,悲剧很快发生了。早餐结束后,雷伊就驱车离开了他们的出租屋前往纽约,在他的第一位妻子伊莎贝尔的公寓里饮弹自尽,把新婚不久的妻子劳伦抛入痛苦的旋涡,给她留下了令人窒息的心灵创伤。

确切地说,"创伤"作为一个学术概念始于19世纪,经由弗洛伊德阐释逐渐系统化。在《超越快乐原则》一文中,弗洛伊德提到,有些从像机械震荡及脱轨灾难这样的致命事故中成功逃生的人后来患上了"创伤性精神官能症"。这些病人的症状与歇斯底里患者表现出的症状相似,"但个体症状表现的强度通常超出了后者(这一点类似于臆想病或忧郁症)。而且,证据表明,'创伤性精神官能症'患者在智力上总体都较脆

---

① Mark Binelli, "Intensity of a Plot", *Guernica*, July 2007, http://www. guernicamag. com/interviews/373/intensity_ of_a_plot/.

② Don DeLillo, *The Body Artist*, New York: Scribner, 2001, p. 9. 在本章中,后文出自该书的引文只随文标注页码,不再另行作注。

弱、紊乱"。另外，这些病人总做噩梦，梦见自己"回到事故现场，并总在惊吓中醒来"。① 这些情况在劳伦身上多少都有体现："她每天早上都早早醒来，这是最糟糕的时候。躺在床上忆起某件事情，而就在那片刻，她知道那是什么事，这是最要命的时间"（38）。虽然这里并未提及劳伦从噩梦中惊醒，但"最糟糕""最要命"等字眼暗示了她精神经受了严重扰乱。她总是不由自主地想起"某件事情"，但却又不敢确切告诉自己"某件事情"是什么。因此，她从心底里拒绝承认真相。这一点也吻合弗洛伊德对"创伤性精神官能症"患者的另一个判断——"然而，我并没有察觉到患有创伤性精神官能症的病人在清醒时沉浸于对事故的记忆。也许，他们更关心不想起它。"② 精神上遭受创伤的人在现实生活中总不愿面对过去发生的事情，而是试图忘记或者逃避它。

劳伦正是企图通过让自己忙碌于各种日常琐事，来逃避雷伊自杀这个残酷的事实。她重新拾掇储藏室、频繁给卫生间消毒、清洁与更新野鸟喂食器、劈柴禾或者读书等。可是，悲痛还是随时不期而至。无论她多么想让自己的日常生活归于平静，她还是难以控制"想消失在雷伊的烟雾中、想死去、想变成他"（36）的欲望。正如莫里斯·布朗肖所说，当灾难到来时，幸存者总觉得不该还留在世间。尽管活着，"但这并不阻止我们想死去。灾难引诱我们——逃避那总是太迟的时间——去忍受还不到时候的死亡"。③ 劳伦就是希望死亡能帮助她逃脱精神创伤的折磨。小说还通过许多细节来详述劳伦的创伤体验：下车时，她几乎跌倒在地；给卫生间消毒时，她有时忘记自己喷了多少消毒剂，而是机械地摁着消毒喷头；做饭时，她又被煎锅烫伤；有时本来想看看书，却两眼无神地注视他物。另外，周围的物什似乎在她眼中都有些变样。即使每天食用的面包屑都让她觉得有些不正常："各大公司竟然大批制造面包屑，包装后在世界各地销售。这样的事情忽然之间让人觉得实在是非常奇怪。"（36）不仅如此，让她疑惑的还有镜中的自己似乎在随时变化：

看着卫生间镜中自己的脸，她极力想弄明白它怎么与在楼下前厅

---

① Sigmund Freud, "Beyond the Pleasure Principle", in James Strachey, ed. , *The Standard Edition of the Complete Psychological Works of Sigmund Freud*, Vol. 18, London: Hogarth, 1955, pp. 12 – 13. 附加说明为原文所有。

② Ibid. , p. 13.

③ Maurice Blanchot, *The Writing of the Disaster*, trans. Ann Smock, Lincoln and London: University of Nebraska Press, 1995, p. 4.

穿衣镜中看起来不一样了。不过,她又想,这并不难理解,因为脸总是因为日常生活中上百种的可变情况随时随地在变化。但是,她转而又想,我为什么看起来不一样呢? (65)

读者不难揣摩劳伦此时不稳定的情绪。一方面,她想说服自己无须为自己的变化奇怪,因为变化是自然现象;另一方面,她又不能欺骗自己的眼睛。或许,茨维坦·托多罗夫 (Tzvetan Todorov) 对镜中看到的影像的解释可以帮助我们理解这其中的原因。托多罗夫认为,同通过眼镜看到的世界一样,人在镜中"发现的是另一个世界,并使正常的景象变形"。[1]因此,劳伦之所以会发现自己的脸在随时变化,是因为镜子在向她展示另一个她不愿承认的世界。她心灵的创伤已经在她"脸"上烙下印迹,变得具体可见。并且,这种创伤并没有随时间的流逝而远去,而是使她内心难得片刻安宁。更糟糕的是,就连身体"也不知为什么许多方面让她感觉异样" (35)。当她试图练习身体艺术时,她只是机械地重复一些动作,失去了原有的创造性,因为"世界已经迷失在她内心" (39)。这一点也符合"美国心理协会"对 PTSD 的诊断,因为患者在日常行为中表现出来的症状,除上述提到的情绪不稳定、做噩梦等之外,还有一个就是自闭,"对外界反应麻木,或者尽量减少与外界接触"。[2] 劳伦内心无法找回以前的平衡,心中"有太多的事情需要去理解,最后却又只有那一个" (37)。而且,就在她对雷伊的自杀讳莫如深的时候,她又听见楼上传来异样的声音。所幸的是,这个声音并没有给她造成多大惊吓。毕竟,早在三个月之前,当她与雷伊首次听见这个声音时,就试图到楼上寻找声源,只不过无功而返。实际上,就在雷伊自杀的前一个晚上,他们也听见了这个声音。在早餐刚开始时,雷伊就提到这回事,但却欲言又止。在劳伦重新说起它时,他同样很快地转移话题。关于这一点,鲜有评论者给予关注。但是,如果把它置于创伤理论视角下来分析,或许能挖掘其对阐述小说主题具有的深层意义,甚至能就此推断雷伊自杀的原因与动机。

关于雷伊的自杀,有些评论者也许会归因于雷伊事业上的挫折。而斯蒂芬·阿米登 (Stephen Amidon) 干脆认为,"雷伊自杀的原因仍然是一

---

[1]　Tzvetan Todorov, *The Fantastic*: *A Structural Approach to a Literary Genre*, trans. Richard Howard, New York: Cornell University Press, 1975, p. 122.

[2]　*Diagnostic and Statistical Manual of Mental Disorders*, 3rd ed. , Washington D. C. : American Psychiatric Assn. , 1980, p. 236.

个谜，让人难以揣测"。① 在此，本书想结合心理学家对创伤研究的成果，认为小说中不仅只是劳伦因为雷伊的自杀经受了心灵创伤，而且雷伊与她两人早在童年时都遭受了一种被称为"亲情断裂不适"（Disrupted Attachment Disorder, DAD）的心灵创伤，雷伊的自杀正是与这种心灵创伤有关系。这种创伤主要是缘于"早年还需照顾时期亲情的断裂"。② 从小说中，读者后来了解到劳伦的母亲"在她9岁时就去世了"（126）。雷伊的童年更是不幸。他的讣告告诉读者，他的父亲在西班牙内战时期（1936—1939）就已遇难，接着他自己又与其他"战争孩子"一起被送往苏联（雷伊自杀时64岁。如果我们假定他自杀的年份刚好与小说出版时间2001年一致，那么当初他被送往苏联时最多只有3岁）。而且，读者还得知，"直到现在也不清楚他究竟在苏联待了多长时间，也不知道他是否最后与母亲团聚"（30）。由于孩子对自我的认识还处于非常脆弱的阶段，亲情的断裂极有可能给他们的心灵投下难以摆脱的阴影。关于这一点，弗洛伊德也给予过关注。同样是在《超越快乐原则》一文中，他观察到了母亲的离开对未成年孩子精神上产生的影响。这个观察实际上与一种孩子游戏有关。这就是精神分析学上著名的"'去/来'游戏"（fort/da game）。弗洛伊德发现，有一个一岁半的小孩平时非常乖巧，但每次他母亲出门离开时，他就会把手中一只用细绳拴住的卷筒扔出去，然后又收回。在反复这样做的过程中，孩子口中还不时发出声音。弗洛伊德后来发现，孩子说的原来是两个德语词：当孩子把卷筒扔出去时，他说的是"Fort"；当他把卷筒收回时，他说的是"Da"。经过仔细分析，弗洛伊德认为，这个游戏是孩子的心理机制在起作用，其中的主要动机之一就是为了克服母亲离开时带给他的焦虑。③ 拉康同样把这游戏看成是孩子克服母亲每次离开给他造成精神创伤的过程。他解释说，"这个'来/去游戏'克服的是与母

① Stephen Amidon, "Tasting the Breeze", *New Statesman*, No. 5, Feb. 2001, http: // www. new-statesman. com/200102050047.

② Sarah Hinshaw – Fuseuer et al. , "Trauma and Attachment: The Case for Disrupted Attachment Disorder", in Joy D. Osofsy, and Kyle D. Pruett, eds. , *Young Children and Trauma: Intervention and Treatment*, New York: Guiltford, 2007, p. 48.

③ Sigmund Freud, "Beyond the Pleasure Principle", in James Strachey, ed. , *The Standard Edition of the Complete Psychological Works of Sigmund Freud*, Vol. 18, London: Hogarth, 1955, pp. 14 – 16. 附加说明为原文所有。弗洛伊德所列举的动机还包括该小孩发现母亲返回时的喜悦、在重复中化被动为主动，从而掌握发生在自己身上的事，或者他把重心放在把卷筒抛出去这个动作上，以报复母亲离开他，表达自己对母亲的离开并不在意。

亲不断分离所引起的主体（指孩子）分裂（Spaltung）"。① 在《身体艺术家》中，虽然劳伦与雷伊童年时都经历了亲情断裂带来的创伤，但他们当时似乎并没有找到方法来转移或疏导它。如果创伤事件一个重要特点就是当事人"在事件发生时，没有完全理解与掌握它"②，这种孩提时留下的创伤一直在潜意识中折磨着他们，变成一种"结构性创伤"。

"结构性创伤"是美国历史学家多米尼克·拉卡普拉（Dominick LaCapra）为了与"历史性创伤"区别开来而引入的一个术语。在《创伤、缺失、丧失》（Trauma, Absence, Loss）一文中，拉卡普拉提出，"作为历史性创伤的创伤事件是可以确定的（例如，'大浩劫'期间发生的各种事件），而结构性创伤（就像'缺失'一样）并不确指某件事，而是一种可能不断产生焦虑情绪的条件，这种条件为历史性创伤的发生提供了潜在的基础。当结构性创伤简约为或者具象为一个事件时，人们就有了创世神话，在那里某个故事或某段叙述演绎了结构性创伤的产生，而这个创伤后来就成为其他创伤事件产生的根源"。③ 这段话从时间维度为我们区分了历史性创伤和结构性创伤。历史性创伤是由某一些确切发生过的创伤性事件引发的。地震、车祸、亲人意外死亡或自杀、战争、大屠杀等客观发生的事件都可能给个体生命或社会肌理造成了冲击和伤害，造成个体创伤或集体创伤。与之相对，结构性创伤是超越历史的。就像人在出生之后潜意识中仍然对母体中的原初状态保留着留恋情结一样，结构性创伤可能源于人类对某种求之不得的圆满状态的渴望，从而造成某种永远无法抚慰的乡愁。当人类把这种忧郁的情结转化为叙事行为时，就出现了诸多乌托邦叙事和宗教神话故事。《圣经》中的伊甸园意象其实就是人类渴望圆满状态的具象化。但是，为了说明现实中的人类为什么没有生活在伊甸园中，《圣经》又讲述了人类始祖亚当和夏娃违背上帝意志而被驱逐出伊甸园这一具有创伤性的故事，从而给人类打上了原罪的印迹。为了更清楚地解释历史性创伤和结构性创伤的区别，拉卡普拉提醒我们可以将它们与"丧失"和"缺失"进行类比。人类只可能丧失已有的人或物（如"丧失亲人"），而无法丧失自己缺失的东西。当人忽然丧失自己珍惜的人或物时，就有可能不得不承受历史性创伤，而当人对诸如"伊甸园"这些在人类

① Jacques Lacan, *The Four Fundamental Concepts of Psycho - analysis*, trans. Alan Sheridan, New York: Penguin, 1979, pp. 62 - 63.

② Cathy Caruth, *Unclaimed Experience: Trauma, Narrative, and History*, Baltimore: John Hopkins University Press, 1996, p. 91.

③ Dominick LaCapra, "Trauma, Absence, Loss", *Critical Inquiry*, Vol. 25, No. 4, 1999, p. 725.

社会根本就不存在的事物百虑千愁时，结构性创伤就有可能产生。从与创伤达成和解的可能性来讲，历史性创伤远比结构性创伤容易。实际上，结构性创伤犹如一团难以释怀的郁结，左右人的精神世界。另外，结构性创伤与历史性创伤并非截然相对。相反，结构性创伤可能引发历史性创伤的发生。例如，当某一社会集体把难以企及的圆满状态归咎于某个人或某一群体时，就有可能对怪罪对象进行迫害，从而给对方造成难以承受的肉体和精神创伤，导致历史性创伤的产生。虽然历史性创伤理论上强调了具体的事件，但是，由于一些创伤发生的时间久远，当时人无法确定创伤发生的时间。更重要的是，由于创伤性事件在发生时总是超越了当时人的认知能力，创伤性体验的潜伏性和难以理解的特征使实践中要把历史性创伤与结构性创伤区分开来并不是一件容易的事。如果历史性创伤没得到及时处理，就有可能转化为结构性创伤，成为纠缠当事人挥之不去的幽灵。①

　　虽然雷伊与劳伦经历"亲情断裂不适"的时间都能大概地确定，但这种历史性创伤极易转化为结构性创伤。这除"与母亲及其他亲人的分离"②容易引发结构性创伤外，另一个原因是雷伊与劳伦亲历这些事情时都还尚处幼年，认知系统无法整合该创伤事件，这种创伤容易成为他们成长过程中无法摆脱的阴影，成为他们精神结构的一部分。为了强调这种结构性创伤对他们的影响，小说还通过一些意象来表征它的不可理解性。首先，劳伦发现嘴里莫名其妙的有根头发，因为这根头发既不属于她又不属于雷伊。如果结合结构性创伤的概念，雷伊对这根头发的评论就显得意味深长了。他告诉困惑的劳伦，"或许自童年起，它就伴随着你"（13）。其次，劳伦在水盆里洗篮莓时，发现原本清澈的水有几秒"变得漆黑如胶"。她几乎不敢相信自己的眼睛，"她以前从来没注意到水是如何变成乌黑的，甚至不能用浑浊来形容。或许，以前根本没发生过。或许，她注意到过，但忘记了"（10）。当然，此时的她不会想到，另一个原因或许因为她内心潜藏一股暗流。这股暗流虽已然成为她身体的一部分，但她却无法左右，甚至没有意识到。当然，最能体现结构性创伤难以述说的特征的还是他们在宅子里不时听到的神秘声音。而且，他们还试图对此做出自

---

① 关于多米尼克·拉卡普拉对创伤理论发展做出的贡献可以参见拙文《多米尼克·拉卡普拉对创伤理论的构建》（《浙江学刊》2012 年第 4 期）及拙著《文化场域中的美国文学创伤表征研究》（江苏科学技术出版社 2017 年版）。在本章后文论述过程中，将根据需要再次提及和援引拉卡普拉的观点。

② Dominick LaCapra, "Trauma, Absence, Loss", *Critical Inquiry*, Vol. 25, No. 4, 1999, p. 722.

己的解释：

> 大约三个月之前，她与雷伊曾上楼探个究竟。他说是只松鼠或浣熊卡在某处。她心想是有计划的盗窃。声音有某种确定的特点。她并不认为是动物的声音。这个声音给人的感觉几乎有点亲密，就像什么东西在这里与我们共同呼吸，与我们迈着相同的步伐。这个声音给人的感觉就像空间中有人，但他们查看时并没发现有任何人迹。(42)

在此，劳伦显得比雷伊更加敏感，她从这个声音中体会到的是一种"几乎有点亲密"的感觉，这或许是因为她经历亲情断裂的创伤时的年龄比雷伊大。无法辨明来源的声音同劳伦发现的头发和忽然变黑的自来水一样使人产生一种诡异的暗恐心理。"暗恐"是弗洛伊德用以形容人在面对不确定性事物时容易产生的心理，但这种不确定性事物并非空穴来风，而是一种"'压抑的复现'，亦即有些突如其来的惊恐经验无以名状、突兀陌生，但无名并非无由，当下的惊恐可追溯到心理历程史上的某个源头；因此，不熟悉的其实是熟悉的，非家幻觉总有家的影子在徘徊、在暗中作用。熟悉的与不熟悉的并列、非家与家相关联的这种二律悖反，就构成心理分析意义上的暗恐"。① 从心理分析的角度来说，困扰劳伦和雷伊的声音与他们长期压抑的自小因缺少亲情而产生的精神创伤有关。小说正是通过这种是非难辨的特征来说明结构性创伤的困扰性与难懂性。

美国精神病专家罗伯特·杰伊·利夫顿（Robert Jay Lifton）在一次受访中说，创伤总是改变当时人对自我的认识，因此，"创造了另一个自我"。② 这一点对我们解释劳伦一些显得奇怪的习惯颇有启示意义。首先，她读报时容易迷失在自己阅读的故事中，"她不自觉地把自己放入或塞进报纸上的某些故事中。有点像在做白日梦"（16）；其次，在她弯腰从冰箱里取东西时，她习惯地模仿雷伊的呻吟声，而这个声音听起来就"像一首生命哀歌"（11）。以上两点在一定意义上都可看成劳伦自我认识的不稳定性。为了强调这一点，小说在叙述上还频繁地在第二人称叙述与第三人称叙述之间转换。这一点在小说开篇第一部分就显示出来。在以第三人称叙述劳伦与雷伊最后一次早餐的情景之前，小说以

---

① 童明：《暗恐/非家幻觉》，《外国文学》2011 年第 4 期。

② Cathy Caruth, "An Interview with Robert Jay Lifton", in Cathy Caruth, ed., *Trauma: Explorations in Memory*, Baltimore and London: John Hopkins University Press, 1995, p. 137.

第二人称叙述开始，"一场暴雨之后，迎来一个分外明媚的日子。在这样的时光里，你必定更加了解自己是谁。就是最小的一片落叶也充满自我意识"（9）。细心的读者不难品读出像"必定更加"这样的词汇中所蕴含的深层含义。这种对自我缺乏自信认识的心理特征还通过这种反复突出房中物品的归属问题体现出来。小说告诉我们，"咖啡""杯子""烤面包""黄油"及"电话"是雷伊的，而"报纸"或"天气"属于劳伦的。如果结合他们内心的结构性创伤，读者将意识到，对物主身份的强调一方面反映了劳伦与雷伊自我意识的不确定性，另一方面表明尽管他们已是夫妻，却似乎有意无意地在保持彼此之间的距离。后一点可以从精神分析学来寻找理论根据，因为经历过"亲情断裂不适"的人会表现出"易怒与愤怒抗议""寻找失去的看护者""紧缠充当看护者的替代人"以及"愤怒抗议或者远离那些让他或她想起看护者的人"。①据此，小说对物主身份的强调部分地反映了劳伦与雷伊潜意识中抵制"那些让她或他想起看护者的人"。

　　不难看出，"亲情断裂不适"患者情绪多变，对后来充当看护者的人更是充满矛盾心理。这些症状在深受这种精神创伤的雷伊身上表现得更加明显。通过伊莎贝尔给劳伦的电话，读者了解到雷伊平日很难相处。他易怒、好争斗，有时让人感到难以容忍。伊莎贝尔告诉劳伦，在她与雷伊过去十一年的婚姻生活里，她完全生活在他的掌控下，她与他过着"一个人的生活，那是他的生活"。并且，她还感到死亡的威胁，因为雷伊随时把枪带在身上。伊莎贝尔最后把这些归因于雷伊怪异的性格，"这并非他脑子出了问题。这与他这个人有关"（61）。从以上分析可以看出，伊莎贝尔从雷伊的本体存在寻找问题根源的做法有其合理之处。并且，读者不妨大胆推测，雷伊的三次婚姻或许含有他为幼年亲情断裂留下的创伤寻找补偿的心理动机。另外，尽管他告诉劳伦"她正帮助他找回灵魂"（63），但他还是难以忘却伊莎贝尔。毕竟，与36岁的劳伦相比，伊莎贝尔或许更适合充当雷伊的替身母亲。而且，劳伦与他的短暂婚姻还不足以让她了解他，正如他在那天早上告诉她，"我是那个在早上易动气的人。那个悲叹的人……这一点，你还不知道"（17）。因此，他选择到伊莎贝尔公寓里自杀很有可能出于"紧缠充当看护者的替代人"与报复伊莎贝尔离他

---

① Sarah Hinshaw – Fuseuer et al. , "Trauma and Attachment: The Case for Disrupted Attachment Disorder", in Joy D. Osofsy, and Kyle D. Pruett, eds. , *Young Children and Trauma: Intervention and Treatment*, New York: Guiltford, 2007, p. 56.

而去的双重目的。小说还暗示，雷伊有非常强烈的自卑感。这一点从他那"谎话连篇的自传"中可以推断得出，那上面满是"美化的谎言与假话"（34）。根据拉卡普拉的分析，患有结构性创伤的人总是渴望一种乌托邦式的统一，一个纯粹的起点①，而这种乌托邦式的愿望不可避免地使当事人产生难以释怀的惆怅和忧郁情绪。这种情绪同样在雷伊身上能找到，因为他的朋友证明他不仅经常靠酒精麻醉自己，而且时常情绪低落。

　　雷伊的忧郁最终使他染上一种"病态气质"②，使他走上了不归路。他的绝望之举反过来使劳伦受到双重创伤。为了与心灵创伤达成和解，劳伦决定重新回到他们在海湾边租住的小屋。这一点让她的朋友玛丽拉·查普曼既不安又迷惑。在她看来，劳伦此时不应该独自相处，而是需要从熟悉的人和物那里寻求精神的慰藉。

## 第二节　异托邦、时间和创伤记忆

　　玛丽拉的抱怨间接地提醒读者注意德里罗小说中常见的一个特征，即"对人物或境况进行空间分析"。③ 这个特征在《身体艺术家》中显得尤其明显。而且，如果仔细分析，他们租住的房间具有福柯所说的"异托邦"的特征。

　　在《另类空间》（Des Espace Autres）一文中，福柯从空间的历史中梳理出中世纪的定位性空间、17 世纪以来的拓展性空间以及现象学家所理解的空间三种概念。在中世纪，事物所处的位置是安排好的，具有森严的等级秩序观念，区分出神圣的与非神圣的、城市与农村等不同的空间。这种定位性空间在 17 世纪受到伽利略等科学家的挑战，把人类空间的概念延展到无限的宇宙。而以巴什拉为代表的现象学家强调空间内部性质的差异性，有处于高空的空间，有处于低处的空间；有流动的空间，有固化的空间。当然，人们在空间中的情感也是不一样的。福柯的着眼点是从空间

---

① Dominick LaCapra, "Trauma, Absence, Loss", *Critical Inquiry*, Vol. 25, No. 4, 1999, p. 714.

② Sigmund Freud, "Mourning and Melancholia", in James Strachey, ed. *The Standard Edition of the Complete Psychological Works of Sigmund Freud*, Vol. 14, London: Hogarth, 1955, p. 243. 弗洛伊德曾就"哀悼"（mourning）与"忧郁"（melancholy）·做过区分。他认为，当人遭受亲人去世等灾难时，通常会有两种情绪：一是"哀悼"；二是"忧郁"。相比较而言，"哀悼"者在痛苦之余，积极面对现实；而陷入"忧郁"情绪之中的人在痛苦中往往难以自拔。

③ Tom LeClair, "An Interview with Don DeLillo" (1982), in Thomas DePietro, ed., *Conversations with Don DeLillo*, Jackson: University Press of Mississippi, 2005, p. 14.

与空间之间的关系出发，描述了两种与其他现实空间有着不一样性质的外部空间。这两种空间指的是乌托邦与异托邦这两种空间形式，它们"与其他空间相联系，但是与它们又总有些不同"。① 与本质上就不真实的乌托邦不同，异托邦"是某些实际已经实现了的乌托邦。在这里，其他真实的、能在文化中找到的空间同时被表征、被争议、被颠覆。这是一些外在于其他场所之外的场所，尽管它们实际已然定位"。② 并且，福柯认为，所有的文化中都存在异托邦。从形式上说，异托邦包括两种主要形式：危机异托邦和偏离性异托邦。前者原本是指在原始社会那些专为一些处于危机中的人设置的场所。这些人或是青春期的少年，或是处于经期的女性，或是老年人。这些场所如今已基本消失，只留下寄宿学校或蜜月旅馆这样的场所；后者相对来说，分布越来越广泛，这包括敬老院、精神病医院、妓院、殖民地及监狱等场所。生活在这些场所的人的行为基本上都偏离了日常社会要求的标准。接着，福柯还罗列了异托邦具有的几个特征，它们包括异托邦存在的普遍性、异托邦在不同社会语境中功能的变换性、在一个异托邦中可能同时并置几个不相容的空间、异托邦的异时性（hetero-chronies）、异托邦是一个既开放又具有排斥性的空间以及异托邦对其他空间所具有的参照性或补偿性功能等特点。

在一定程度上说，新婚不久的劳伦与雷伊在海湾边租住6个月的房屋既类似于一个蜜月旅馆，又是他们为平抚心灵的疗养所，同时具有偏离性异托邦和危机性异托邦的性质。地理上看，这个出租屋置身于社会文化秩序之外。它远离城市，孤零零地位于海边。小说既没有告诉我们它具体的地名，也没有提到周围有拜访者。而且，这是一所年代久远的老房子："这是一所旧框架房子。屋里有许多房间和还能用的壁炉，墙里还有些动物，四处都已发霉"（15）。更重要的是，根据以上分析，劳伦与雷伊心理上此时都处于危机时刻。且不说这一点随着雷伊的自杀变得更加明显，我们在此不妨对雷伊的心理危机再进行细究。正如上文所说，雷伊那天早上宁静的表面之下暗藏着结构性创伤。但使他"忧郁的气质"加剧的直接原因是他事业上的失败。从讣告中得知，在取得两次成功之后，他导演的电影"在商业上都不成功，并遭到大多数评论家们的否定"（31）。另外，我们还得知，雷伊导演的电影都是以行为孤独、远离人群的人物为题

---

① Michel Foucault, *Aesthetics*, *Method*, *and Epistemology*, trans. Robert Hurley et al., New York: New Press, 1998, p. 178.

② Ibid..

材。这一点多少呼应了他自己不稳定的生活历程，因为他总处于迁移之中，先是从西班牙到苏联，后来又从巴黎来到纽约。而且，这还呼应了他后来从事过的种种为社会所不齿的职业。他当过小偷、拉过皮条。最后是在一位情妇的帮助下，他才当上了导演。因此，雷伊最初租下这座偏远的老宅除度蜜月之外，还有躲避商业文化干扰的作用，蕴含了对商业文化的批评，从而又使这座老宅具有了偏离性异托邦的性质。正如有论者指出的，住在这里的劳伦与雷伊实际上"远离他们的职业，远离功能失调的美国文化"。① 可是，雷伊最终没能积极地走出这幢出租房，而是选择结束自己痛苦的一生。

但是，这幢出租房之所以被本书称为异托邦，另一个主要原因还缘于它"异时性"的特点。在福柯看来，"在人与传统时间绝对断裂时，异空间开始充分发挥作用"。② 虽不能说劳伦与雷伊在出租屋里已与传统时间绝对断裂，但那里的时间似乎处于停滞不前的状态。这一点小说的第一句话就已点明，"时间似乎在流逝"（9，着重号另加）。在这个偏远的老宅，时间好像脱离了日常生活的轨道。用劳伦的话来说，他们的生活"与日历无关"（23）。由于没有邮差，他们只能读旧报纸。而当劳伦试图从喂鸟器上的一只松鸦反观自己时，她觉得自己在松鸦眼中肯定是一个"不在意日夜更替，一个在时间之外的空间里游荡的幽灵"（24）。

现在，我们也许可以推测劳伦选择回到出租屋至少有两个原因：第一，根据弗洛伊德的提示，经受精神创伤的人潜意识中总是不自觉地回到事故现场。因此，遭受重创的劳伦回到这里多少有一点不由自主的成分；第二，这座具有异托邦特征的老宅无形中为处于危机时刻的她提供了"处理创伤"（working through trauma）③ 的理想场所。不仅这里特殊的时

① Joseph M. Conte, "Intimate Performance", *American Book Review*, Vol. 22, September – October 2001, p. 20.

② Michel Foucault, *Aesthetics*, *Method*, *and Epistemology*, trans. Robert Hurley et al., New York: New Press, 1998, p. 182.

③ 与"处理创伤"相对的是"复现创伤"（acting out trauma），这是拉卡普拉在探讨创伤理论时另一组加以详细讨论的概念。关于这对概念的关系，我们可以从以下拉卡普拉对"处理创伤"这个概念所做的解释能够看出："'处理'意味着努力地去面对创伤之后的症状，通过发现能对抗不由自主性重复（也就是说，创伤性复现）的力量来缓和创伤的影响，从而使情感与认知表达或表征无论是在现在还是在未来都变得更加可行，也使得一个具有伦理性与社会政治性的行动主体变得可能"。（*Working – through means work on posttraumatic symptoms* in order to mitigate the effects of trauma by generating counterforces to compulsive repetition ( or acting – out), thereby enabling a more viable articulation of affect and cognition or representation, as well as ethical and sociopolitical agency, in the present and future. ) 转引自 Dominick LaCapra, *Writing History*, *Writing Trauma*, Baltimore and London: Johns Hopkins University Press, 2001, p. 119.

间特征将与下文详述的创伤记忆有吻合之处，而且更主要的是这里远离商品文化的侵袭，为劳伦进行反省并尽量理解事实真相，与创伤达成和解提供了可能。毕竟，"就伦理层面来说，处理创伤并不意味躲避、调和、简单地忘记过去，或把自己沉浸在过去。处理创伤意味着与创伤达成和解，这包括创伤的种种细节及批判性地复现创伤"。① 不过，当劳伦再次回到出租房时，她发现一直困扰她与雷伊的那个声音原来是楼上一个男人发出来的。她称他为"塔特尔先生"。

这位突然出现在房中的男性以及他随后表现出的怪异特征引来了国外评论者的种种阐述。大卫·科沃特把他视为"有异于常规的缪斯……出于劳伦创伤潜意识中的幻觉"。② 马克·奥斯廷则在综合科沃特的观点基础上认为，塔特尔先生"是幽灵、是劳伦欲望的外现、是'有异于常规的缪斯'、是劳伦新自我的象征、是活生生的录音机，记录了她与雷伊两人的对话"。③ 鉴于评论者的看法太多，米柯·凯斯基宁（Mikko Keskinen）为此总结出三类观点：

> 首先，我们可以相信叙述者与劳伦的话语，想当然地认为塔特尔先生真实存在；其次，我们可以认为塔特尔先生是劳伦的幻觉，是创伤之后她大脑里的虚构；最后，我们可以综合现实存在的与非现实存在的，或身体的与精神的多种选择，把塔特尔先生视为一个幽灵，一个存在于小说世界中的实体，但本质上是奇异的。④

笔者倾向于选择第二种观点来讨论塔特尔先生在小说中的主题作用。从创伤理论来说，他复现了存在劳伦体内的创伤。正如劳伦觉得"他在她梦中要比他两眼微鼓地坐在桌子对面会更真实"（59）。雷伊的自杀加剧了她的精神创伤，使原本就萦绕在她潜意识中的结构性创伤化身为肉身。对劳伦来说，塔特尔先生在某种意义上说是一位"具体他者"（关于"具体他

① Dominick LaCapra, *Writing History*, *Writing Trauma*, Baltimore and London: Johns Hopkins University Press, 2001, p. 144.
② David Cowart, *Don DeLillo: The Physics of Language*, Athens and London: University of Georgia Press, 2002, pp. 204 – 205.
③ Mark Osteen, "Echo Chamber: Undertaking *The Body Artist*", Studies in the Novel, Vol. 37, No. 1, 2005, p. 70.
④ Keskinen, Mikko, "Posthumous Voice and Residual Presence in Don DeLillo's The Body Artist", in Alain – Philippe Durand and Naomi Mandel, eds., *Novels of the Contemporary Extreme*, New York: Continuum, 2006, p. 32.

者"的介绍请参见本书的前言部分），外化了她的双重创伤。如果说"复现创伤是使自己困于自虐性的拉康式想象域中"①，在与这位"具体他者"积极交往中，劳伦不仅重历了创伤的痛苦，而且找到了一种不同常规的办法，来讲述她与雷伊两人遭受过的精神重创。她将使他们的创伤艺术化，并成为一个"讲故事的人"，与他人一起分享她走出创伤的智慧。但是，在这种升华到来之前，劳伦将再一次被迫面对她试图逃避的创伤记忆。

　　在最早推动对创伤记忆进行研究的先驱者中，法国心理学家皮埃尔·玛丽·费利克思·珍妮特（Pierre Marie Félix Janet）的探索功不可没。在她看来，人类除和动物一样拥有一种习惯性记忆，以自动吸纳新信息之外，还有一种叙述性记忆。叙述性记忆是一种人们理解世界、记住日常生活经历的重要方式。但是，如果某经历过于可怕或出乎意料的事情，这种经历将超出"现有认识系统"的整合能力。这种未经消化的记忆由此"脱离了意识的可控范畴。在这种情况下，这些未整合的经历以后会以片断的形式在回忆中显现或者在行为中重现"。② 创伤性记忆由此产生。根据彼埃尔的分析以及后来弗洛伊德的发展，创伤性记忆有两个重要特征：一是它的不可理解性；二是它的延迟性。这种记忆不以当事人的意志为转移，会随时浮现在当事人的生活中。另一名创伤理论家卡西·卡鲁思（Cathy Caruth）还指出，由于当事人并没有理解该事件，当他或她复现创伤时，总是"如实照样地"③ 再现以前发生的事情。

　　这种如实照样地体现在劳伦与塔特尔先生的相遇上。在他身上，劳伦首先遇到了"回来的"雷伊，她将复现自己与雷伊的生活。劳伦是在三楼的一间小卧室里找到塔特尔先生的："他个子短小、身体纤细。开始时，她以为是个孩子。他头发沙褐色，刚从深睡中醒来，或者也许吃了什么药"（43，着重号另加）。作为经常使用的委婉语，"深睡"在这里或许暗指死亡。在劳伦的创伤记忆中，她的雷伊平安地从纽约返回了。用马克·奥斯廷的话来说，雷伊就像那死而复生的阿尔刻提斯④，化身为塔特

---

① Dominick LaCapra, *Representing the Holocaust*: *History*, *Theory*, *Trauma*, Ithaca and London: Cornell University Press, 1994, p. 208.

② Bessel A. Van Der Kolk, and Onno Van Der Hart, "The Intrusive Past: The Flexibility of Memory and the Engraving of Trauma", in Cathy Caruth, ed. , *Trauma*: *Explorations in Memory*, Baltimore and London: John Hopkins University Press, 1995, p. 160.

③ Cathy Caruth, "Trauma and Experience: Introduction. " in Cathy Caruth, ed. , *Trauma*: *Explorations in Memory*, Baltimore and London: John Hopkins University Press, 1995, p. 5.

④ 古希腊悲剧家欧里庇得斯同名剧作中的女主人公。在剧中，她替丈夫阿德墨托斯走进地府，但后来在赫剌克勒斯的帮助下重返阳间。

尔先生回到劳伦身边。① 在他身上，劳伦又看见了雷伊的手势，听见了雷伊的声音，以至于她觉得自己"要是不想起塔特尔先生，她就无法思念雷伊，无法细想雷伊的不在、雷伊的逝去"（84）。而且她还从塔特尔先生那里重温自己对雷伊讲过的话、雷伊对香烟品牌的谈话及他的笑声，以及雷伊前往纽约前他们之间的最后一次交谈。总之，塔特尔先生重复着她与雷伊过去的生活场景。塔特尔这种重现过去的能力使劳伦认为他"同时生活在这儿与那儿、先前与以后"，"生活在一种没有叙述特征的时间里"（66—67）。而且，塔特尔这种"异时性"不仅仅体现在他对过去事件的复现，而且书中至少两次提到他的"未卜先知"的能力：有一次是与劳伦等房子租期满后的去留问题有关。当劳伦告诉塔特尔先生"当租期满时，或更早时，我会离开"，他当即回答说，"但你不会"（51）。果然，他的预言很快成为事实。在处理完雷伊的丧事之后，劳伦又情不自禁地回到房子里，即使房子租期已过。塔特尔另一次"未卜先知"的能力其实是与一天他似乎毫无意义的自言自语有关。那天当他们在房间交谈时，塔特尔先生忽然说，"不要碰……我过会儿来清理"（83）。不料，当几天之后塔特尔先生把水杯掉到厨房地板上、洒了一地水时，劳伦脱口说出的竟然是同一句话。塔特尔先生似乎能在时间隧道里随意穿梭的能力着实让人惊奇，难怪国内有论者视《身体艺术家》为"德里罗小说中最为奇异、诡秘的一部"。② 但是，细读原文，读者会发现，这种未卜先知的能力似乎在劳伦本人身上也能找到。她曾经想过塔特尔先生可能是房东的亲戚，房东有天会来找他。所以，当房东有一天忽然出现时，她几乎跌倒在车座上。尽管后来才得知，房东是来取柜子而不是找塔特尔先生的。其中最能体现劳伦预知未来能力的是她仿佛具有预测时间的能力，"她知道现在五点半。看了看手表，果然不差"（114）。事实上，在创伤理论的观照下（尤其是考虑到塔特尔先生外化了劳伦的双重创伤，这一点将在下节详述），塔特尔先生的预知能力同样是劳伦复现创伤的方式之一，因为"创伤事件的独特性可以通过消除过去与未来的界限体现出来"。③ 这一点，我们不妨用劳拉·迪·普雷特（Laura Di Prete）的观点来进行总结：

---

① Mark Osteen, "Echo Chamber: Undertaking *The Body Artist*", *Studies in the Novel*, Vol. 37, No. 1, 2005, p. 69.

② 姜小卫：《从〈地下世界〉到〈坠落者〉：德里罗的后期创作》，《外国文学动态》2009 年第 6 期。

③ Paulk Sait - Amour, "Bombing and the Symptom: Traumatic Earliness and the Nuclear Uncanny", *Diacritics*, Vol. 30, No. 4, 2000, p. 63.

"以上例子与其说证明劳伦与塔特尔先生具有未卜先知的能力,不如说显示他们处于过去与未来在静止的创伤性现在时间里相汇合的时间结构中,这种时间结构已经平面化。这种时间结构体现为一种不由自主的重复及创伤记忆片断的不断浮现"。① 创伤性记忆完全破坏了自然时间的进程。在创伤复现中,过去、现在与未来的区别已经难以分辨。

通过塔特尔先生,劳伦不断重复经历着过去发生在她与雷伊之间的生活片断。但当塔特尔先生第一次做出雷伊的手势,并发出雷伊的声音时,她感到十分惊恐。她不顾铺天盖地的暴雨,冲出房间、钻进停在路旁的车里。但是,伤口已经被撕开,她的逃避只是徒劳:"她坐在那儿,不间断地打着寒战。要想不听到那个声音很难……潮湿草地发出的气息、乡村雨水的芬芳、空气中大海、微风与记忆搅在一起的作用,但她还是不断地听到那个声音、看到那个手势"(53)。现在,"记忆"已经变成空气的一部分,她已无法任由自己麻木,逃避已经枉然。但让她最痛苦的还是重历雷伊最后与她道别那一幕:

> 他站在门口,眨着眼。雷伊现在就活在这男人大脑中,在他口中,在他的身体与阳具中。她的皮肤就像被电击。她看见她自己,她看着她自己爬向他。这个意象就在她面前。她正爬过地板,这几乎就是真的。她感觉有些东西分离了,轻轻地散开了。她试图把他拉到地板上,阻止他,让他留在这里,或者爬到他身上,或者爬进他体内,任自己消融,或者干脆就这样卧着,不停地饮泣,就这样让自己俯身看着自己。(He stood in the doorways, blinking. Rey is alive now in this man's mind, in his mouth and body and cock. Her skin was electric. She saw herself, she sees herself crawling toward him. The image is there in front of her. She is crawling across the floor and it is nearly real to her. She feels something has separated, softly come unfixed, and she tries to pull him down to the floor with her, stop him, keep him here, or crawls up onto him or into him, dissolving, or only lies prone and sobs unstoppably, being watched by herself from above.)(89—90)

上述引文之所以同时附上英文部分,正是为了更加清楚地体现创伤记

---

① Laura Di Prete, "Don DeLillo's *The Body Artist*: Performing the Body, Narrating Trauma", *Contemporary Literature*, Vol. 46, No. 3, 2005, p.492.

忆对时间界限的逾越。过去与现在被搅合在一起。对于雷伊的自杀，劳伦归咎于自己当初没有制止他前往纽约，所以，她现在多么希望自己那样做。现在，她只有在痛苦中折磨自己。她感觉自己已经分裂为好几个人。但与此同时，当她"自己俯身看着自己"时，除表示那锥心的痛之外，也说明她正有意识地努力去理解这一切。她成为自己创伤的见证人。根据多利·劳布（Dori Laub）的研究，见证过程其实是一个"对话过程，探索与和解两个世界——其中一个世界已经被残忍地推毁，另一个世界就是现实的世界"。① 虽然见证过程最终将意识到这两个世界已经无法逆转，但是，这至少允许当事人重新去拥有某些失去的东西，从而使生命得以继续，尽管这生命也许带有遗憾，并不完美。而且，见证过程更是一个充满伦理意义的过程。因为见证过程是见证人为某段历史负责、为个体生命意义之外的事情承担责任的过程，"是把自己，把自己的叙述与他人的故事联系在一起"。② 对于劳伦来说，在复现与见证（双重）创伤中，她将重新审视自己对雷伊的责任，而不是沉溺于虚无的痛苦之中。这种责任既是自己身为一名妻子对丈夫的责任，又是一名艺术家对另一名艺术家的责任。当她最终肩负起这双重责任时，因创伤引起的虚无情绪将不攻自破。

## 第三节　见证与诉说创伤

卡西·卡鲁思在呼应弗洛伊德强调创伤体验的重复性和延迟性时，注意到了创伤体验者同时作为见证者的功能。这一点体现在她与弗洛伊德对同一个创伤故事所做出的不同阐释上。这个故事来自 16 世纪意大利诗人塔索的作品《解放了的耶路撒冷》（*Gerusalemme Liberata*），讲述的是英雄坦克雷德在一次决斗中误杀心上人克洛琳达之后走进一座被施了魔法的森林，执剑开路的坦克雷德击中了一棵高大的树，不料却从砍伐之处流出了鲜血，并传出了克洛琳达的声音。原来，克洛琳达的灵魂就囚禁在这棵树中。克洛琳达埋怨坦克雷德再次伤到了自己。卡西·卡鲁思赞同弗洛伊德把坦克雷德击中大树视为创伤体验的重现的解释，但她提醒读者注意克洛琳达的埋怨声所发挥的见证作用。她认为，"坦克雷德不仅重复自己的行

---

① Dori Laub, "Truth and Testimony: The Process and the Struggle", in Cathy Caruth, ed., *Trauma: Explorations in Memory*, Baltimore and London: John Hopkins University Press, 1995, p. 74.

② Emily Sun, Eyal Peretz, and Ulrich Baer, eds., *The Claims of Literature: A Shoshana Felman Reader*, New York: Fordham University Press, 2007, p. 295.

为,而且,在重复的同时,他首次听到了一个向他呼叫的声音,让他注意自己做过的事。他的爱人的声音向他诉说,在诉说中见证了他无意中重现的过去"。① 这一点为我们更加深入地理解《身体艺术家》中塔特尔先生的形象提供了新的视角。对于劳伦来说,塔特尔先生幽灵般的出现不仅复现了雷伊与她的生活场景,而且以他的言语使劳伦从单纯的复现创伤中分身,成为自己创伤的见证人,为劳伦疗伤提供了可能。但是,创伤体验的见证过程的实际情况复杂而艰难。多利·劳布在研究大屠杀受害者创伤体验的基础上,提出可以从三个层面来讨论创伤见证的观点:"当事人充当自己经历的见证人、充当他人证词的见证人、见证自己充当见证人的过程。"② 根据第二部分的分析可以得知,劳伦的见证始于第一层面,即"来自事件内部的见证人"。③ 如果说"失去充当自己见证人的能力,即无力从事件内部见证,也许是走向灭绝的真正含义,因为一旦个人的历史已毁,他或她的身份也就不再存在"④,劳伦充当自我见证人的能力是她处理创伤体验、找回身份的重要一步。与开始时劳伦企图通过日常琐事来逃避面对雷伊自杀带来的创伤不同,塔特尔先生既是她复现创伤的形式又是她积极与创伤经历互动的过程。这个互动过程是她勇敢地面对并且努力尝试理性分析过去既成事实的过程。就像《宠儿》中那个死于非命的小女孩化身来到"124 号"住所对塞丝的影响,塔特尔先生的到来干扰了劳伦"对空间、时间、语言及主体性的认识"。⑤ 劳伦试图封闭的记忆闸门不由自主地被打开。但就在记忆敞开的同时,劳伦的生命得以继续。事实上,自她与塔特尔先生交往起,她就积极地去分析与理解他(她的创伤记忆)。

初见塔特尔先生时,劳伦的第一反应就是觉得他可能是从某医院或精神病机构出走的病人。她琢磨着是否要报警或向房地产代理人投诉。如果把这些反应置于创伤理论框架之中来考虑,这一方面表明她直面创伤的艰难,另一方面说明她的理性在苏醒,开始主动地思考与反省问题。她的积极性还可以从她用自己高中一位科学老师的姓名为塔特尔先生命名上看

---

① Cathy Caruth, *Unclaimed Experience: Trauma, Narrative, and History*, Baltimore: John Hopkins UP, 1996, pp. 2 – 3.

② Dori Laub, "Truth and Testimony: The Process and the Struggle", in Cathy Caruth, ed., *Trauma: Explorations in Memory*, Baltimore and London: John Hopkins University Press, 1995, p. 61.

③ Ibid., p. 66.

④ Ibid., p. 67.

⑤ Tyler Kessel, "A Question of Hospitality in DeLillo's *The Body Artist*", *Critique: Studies in Contemporary Fiction*, Vol. 49, No. 2, 2008, p. 189.

出。正如德里罗曾说过，"命名帮助我们几乎真正地掌握世界。没有命名，我想世界将四分五裂"，① 因此劳伦的命名意味着她在努力去理解已发生的事情。而且，在随后与塔特尔先生交往过程中，她不是被动地重复体验过去发生的事情，而是成为一个积极的分析者。劳伦每次与他对话时，都进行录音。然后有选择地写出部分对话内容。有时，她"在自己脑海中，向某个第三人描述他说过的话"（65）。总之，塔特尔先生对过去的复现"把她置于一种对立环境的自我中，一种同时在里面又在外面的自我中"（50）。这种双重视角对她超越现有认知框架，理解以前没有留意到的信息非常重要。有一天，当她质问塔特尔先生是否认识雷伊时，她忽然想到雷伊每次都把胡子刮掉。这个细节的重要性在于她重新回忆起最后那天吃早餐时，她与雷伊讨论过刮胡子的事。当时她发现，雷伊刮胡子时又刮破了脸，便建议他蓄胡子。雷伊似乎有点自言自语地回答道，"为什么要刮胡子呢？一定有原因……我想让上帝看见我的脸"（16）。现在，当劳伦再次想起这个细节时，她也许能意识到雷伊当时一语双关的含义。这种渐进理解过程使雷伊的自杀越来越具体，越来越不那么意外，这对于防止这种历史性创伤转化成劳伦的结构性创伤非常有意义。

从这个层面来讲，劳伦复现创伤过程同时也是进一步理解雷伊的过程。她用雷伊的录音机来录制自己与塔特尔先生的对话在某种程度上呼应了雷伊喜欢把自己的想法录入磁带的习惯。这样，劳伦成为事件内外的见证人：她不仅见证了自己的创伤，而且在听塔特尔先生复现雷伊说过的话的过程中逐渐成为雷伊创伤的见证人。在展开论述这点之前，读者不妨再回头看看劳伦起初发现塔特尔先生时的情景，"他个子短小、身体纤细。开始时，她以为是个孩子。他头发沙褐色，刚从深睡中醒来，或者也许吃了什么药"（43，着重号另加）。如果说在上文我们已经从时间维度探讨了塔特尔先生"逾越了人的极限"（102），此处着重强调的是他对年龄的超越。小说不止一处告诉读者塔特尔先生孩子般的举动。例如，当劳伦带他去购物时，他在车厢里撒尿与大便。而且他晚上有时受惊低声哭泣。另外一个显示他像孩子一样的特征则是他的语言能力。

在与塔特尔先生对话中，劳伦发现，他的语言有两个重要特点：一是重复性非常强；二是他的话没有具体指涉内容，似乎是一群没有所指的能指。塔特尔不仅是复现劳伦与雷伊过去的言行，而且在日常对话中有时也

---

① Kevin Connolly, "An Interview with Don DeLillo (1998)", in Thomas DePietro, ed., *Conversations with Don DeLillo*, Jackson: University Press of Mississippi, 2005, p. 37.

重复劳伦刚与他说过的话。比如,当劳伦敦促他"说些话"时,他只是机械地重复她的语言"说些话"或者"说些话说些话"。读者很可能把他这个习惯归为病理特征,但马克·奥斯廷注意到这一点与娃娃学语之间的联系,因为孩子在初学语言时,"可能通过模仿成人的习惯性语调及话语来同意做成人希望去做的事情"。① 第二个特点指的是他的语言只有"符号模式"而缺乏"语义模式"。前者是由"一些单位标识组成",而后者指的是"由话语产生的具体意义模式"。② 塔特尔先生不知道"录音机""母亲"等词的所指,甚至不知道用"我"来称呼自己。在回答劳伦的问题时,他有时只是重复地说"它不能够"。这种只有"符号模式"的语言其实也是孩子语言的一种。用朱莉娅·克里斯蒂娃的话来说,这种符号语言是"母子之间前于象征阶段的非表意语言"。③

确实,劳伦有时像对待孩子一样对待塔特尔先生。她给他喂食、给他洗澡、教他语言等。这一点对于我们理解劳伦同时身为创伤的内在见证人与外在见证人特别重要。在充当塔特尔先生的替身母亲时,劳伦潜意识中或许正在处理结构性创伤。在为他人献出母爱的同时,她也见证了母亲早逝给自己留下的创伤。而且,在这过程中,她更加明白雷伊的自杀可能与他幼年经历亲情断裂的创伤有关。有一天,她在向塔特尔先生解释什么是血细胞、什么是胚胎时,塔特尔先生又开始以雷伊的声音说话。他这一次不仅重复雷伊讲过的"关于他沉溺于尼古丁的历史",而且复述了他关于与她在一起为迷途的灵魂找到家的话——"通过你,我再次拥有了自己。我现在又像自己那样思考,而不是像我已成为的那个人那样思考"(63—64,着重号另加)。此处塔特尔先生已不仅仅促使劳伦"缓慢地更新自己与存在的感觉"④,而是通过自己的"言说"促使劳伦走出自我感受的限制,去理解雷伊做出自杀选择的原因。通过复现雷伊对她的依赖,她同时见证了内在于他心中的创伤。以上着重强调的两部分表明,雷伊对自己目前的境况非常不满意,渴望能回到某种纯粹自我的状态,那是一种没有缺失的自我。但事业上的失败再次引发他的结构性创伤,最终导致灾难的

① Mark Osteen, "Echo Chamber: Undertaking *The Body Artist*", *Studies in the Novel*, Vol. 37, No. 1, 2005, p. 70.

② Emile Benveniste, "The Semiology of Language", in Robert E. Innis, ed., *Semiotics: An Introductory Anthology*, Bloomington: Indiana University Press, 1985, pp. 241 – 242.

③ 转引自 Anne Longmuir, "Performing the Body in Don DeLillo's *The Body Artist*", *Modern Fiction Studies*, Vol. 53, No. 3, 2007, p. 530。

④ Cornel Bonca, "Being, Time, and Death in DeLillo's *The Body Artist*", *Pacific Coast Philology*, Vol. 37, 2002, p. 64.

发生。

　　因此，塔特尔先生外化的不仅是劳伦与雷伊在出租屋生活的一些情景，而且还有她与雷伊各自的结构性创伤。在与这位"具体他者"的交往中，劳伦对雷伊的自杀动机多了些了解。与此同时，她还发现，通过与塔特尔先生互动，她能够继续以前与雷伊之间开展那种艺术家之间的对话。一天，塔特尔先生再一次说起一些似乎超乎逻辑的话："我已经在这儿。我此刻在这儿，我此刻将离开。椅子、桌子、墙、大厅、所有一切都为了此刻，都在此刻。我已经在这儿。这儿和附近。从此刻我已离去，我被留下，我将离去。我此刻将离开此刻……"（76）就像《白噪音》中杰克在修女那些根本不知何意的话中感到一种精神升华一样，劳伦同样觉得塔特尔先生这一席话是"纯粹的圣歌，清澈见底"，感觉"身体一阵轻松"（76—77）。仔细分析上面的引文会发现，这一组在过去、现在、未来随意穿梭的话流淌着诗歌的魅力。这种魅力不是产生于它有多大含义，而是源于形式上的美。这里既有重复又有押韵（这种押韵从英语中可以看出：如"wall"与"hall"之间、"here"与"near"之间）。难怪劳伦觉得这席话带回了"词语古老的深层含义"（77）。虽然我们不敢就此妄断这是人类堕落之前的语言，但这种语言远离了屋外商业文化的污染，是一种艺术之美。

　　这种纯粹之美在某种程度上正是雷伊想在他电影中追求的效果，只可惜被商业文化拒之千里。但在这异托邦似的出租屋中，劳伦将再造一个艺术世界，继续他的梦想。因为在复现与见证创伤中，劳伦找回了自己身为一位艺术家的判断力。当塔特尔先生就像开始出现那样忽然从出租屋消失时，劳伦的创伤记忆得到了缓解。她意识到自己已找到一种新的语言来创造未来的艺术。这种语言超出了时间与空间的限制。而且，这种语言既指向劳伦自己，又指向雷伊。因为当劳伦成为既是自己又是雷伊的创伤见证人时，她已"超越了孤独立场的局限，得为他人以及对他人诉说"。① 劳伦现在知道，除处理自己的创伤之外，她的一个重要责任就是献身为艺术家的雷伊诉说精神创伤。但真正要把创伤记忆转化为叙述记述是一件非常艰难的事情。或许，有必要像克劳德·兰兹曼（Claude Lanzmann）创作大屠杀证词电影那样，"在极不可能处"选择一个"起点"，挑战"我们

---

① Shoshana Felman, "Education and Crisis, or the Vicissitudes of Teaching", in Cathy Caruth, ed., *Trauma*: *Explorations in Memory*, Baltimore and London: John Hopkins University Press, 1995, p. 15.

通常对说、听及如何接触过去的理解"（Caruth，"*Recapturing*"，154）。①
身为身体艺术家的劳伦选择以身体的方式来诉说。与雷伊自杀后的那几天
不同，在劳伦与塔特尔先生交往中，她那原本觉得与自我灵魂相疏离的身
体逐渐恢复过来。（她教塔特尔先生辨识身体器官的过程其实也可视为她
找回自己身体的过程。）而且，她像塔特尔先生那样，使自己的身体挑战
人的极限。她使用砂纸打磨自己的身体，从而使身体光滑无色。用身体做
动作时，她不断超越形体限制，做出高难度动作，并且，她还擦上"就
在雷伊离开时，她给他买的肌肉止痛膏"（87）。这些细节表明，劳伦正
努力为自己的生命翻开新的一页，而她即将创作的艺术作品同时属于她与
雷伊两人。

　　当我们再次见到劳伦时，"与其说她苍白，不如说她皮肤无色、无
血，看不出年龄"（105）。同她外表类似，她完成的题名为"身体时间"
的身体艺术超越了性别、年龄甚至国别的限制。这部长达75分钟的作品
以一位年老的日本妇女开始，以一位裸体男性结束。正如读者所知，这位
裸体男性是塔特尔先生，是劳伦对雷伊记忆的外化。这表明这部雌雄同体
的艺术创作是劳伦为她与雷伊共同创造的作品。而且，这部作品的上演一
开始就表明了与商业文化对峙的立场。因为观众是通过"口头相传"
（106），而不是凭借电视或报纸广告得知这场表演的。这与雷伊的艺术追
求遥相呼应。另外，劳伦之所以要把她曾经遇见过的日本老妇女融入自己
的作品，可以借助安·朗谬尔（Anne Longmuir）的观点加以解释。朗谬
尔是从德里罗小说整体对被边缘化的人群的描写来考虑这一点的。她认
为，在德里罗小说中，女性或艺术家等边缘化人群面对"晚期资本主义
的主导文化时"拥有"抵抗的潜能"。② 因此，结合上述论述，读者不难
看出，"身体时间"这部作品从创意起就与商业文化划清了界限。当然，
这部作品更直接的功能就是见证劳伦身为内在与外在见证人处理创伤体验
与进一步理解雷伊自杀的过程。用多利·劳布的话来说，这部作品是劳伦
"见证自己充当见证人的过程"。这部作品要表达的核心思想是用不同的
方式来思考时间的存在。在表演中，劳伦尽力放慢时间，她想让"观众
发自内心深处，甚至痛苦地感到时间在流动"（106）。她因此用极其缓慢
的动作来不停地重复她的表演。这种重复与缓慢正是为了诉说劳伦与创伤

---

① Cathy Caruth，"Recapturing the Past：Introduction"，in Cathy Caruth，ed.，*Trauma：Explorations in Memory*，Baltimore and London：John Hopkins University Press，1995，p.154.

② Anne Longmuir，"Performing the Body in Don DeLillo's The Body Artist"，*Modern Fiction Studies*，Vol. 53，No. 3，2007，p.541.

达成和解的过程。在诉说中，她的身体"既是那时的身体又是现在的身体，开始时事件与时间并不清楚，但在创造故事中得以确定"。① 劳伦通过身体艺术要告诉观众，自己如何痛苦地在复现创伤中归整被悲伤击碎的灵魂。她的身体艺术把创伤记忆转变成叙述记忆，表演的每个细节都是一种言说与叙事，而"当人们感觉自己的生命若有若无时，当一个人觉得自己的生活变得破碎不堪时，当我们的生活想象遭到挫伤时，叙事让人重新找回自己的生命感觉，重返自己的生活想象的空间，甚至重新拾回被生活中的无常抹去的自我"。② 在表演中，劳伦重新确定了自己的生存时空。

值得注意的是，这场表演是通过劳伦的朋友玛丽拉·查普曼以报道的形式公之于众的。根据吕迪格·海因策（Rüdiger Heinzer）的分析，采取这种形式的原因有两个：首先是在形式上与第一章之后插入的关于雷伊的讣告相呼应，使读者对劳伦的个人信息有所了解。从而象征性地表示劳伦走出了精神创伤的阴霾，找回了自己的身份；其次是为了把读者包括进"接受群体中"，从而强调了"公众需要去认可生活中最个人、最私人的一面这种伦理要求"。③ 后一点与创伤理论对倾听、观看或者阅读某一创伤事件的要求有点类似。因为倾听、观看或者阅读此时都是一种"伦理行为"。听众、观众或者读者需要对当事人做出回应，"认真处理某一种还没有完全了解或完全可知的声音，充当见证人"。④ 不过，这一点似乎还不足以解释以玛丽拉·查普曼为代表的观众观看"身体时间"时的感受。因为除充当劳伦精神创伤的见证人外，她还感到一种情感上的"宣泄"（catharsis）。在说明这一点之前，我们得先看看劳伦自己对这部作品的评价："如果我说这部作品直接源于发生在雷伊身上的事，这将是多么简单的事。但是我不能。如果我说这是一部男人和女人与死亡搏斗的戏剧，这也不错。我还是想说我办不到。它太小、太隐蔽、太复杂，我不能说，我不能说"（110—111）。从上述引文中可以看出，劳伦既看到自己作品的特殊意义，又看到它的广泛意义。然而，还有一点她似乎不愿意说出来。笔者认为，这"太小、太隐蔽、太复杂"就是她母亲早逝留给她的精神创伤。这种一直潜伏在她心灵之中的创伤，正是通过与塔特尔先生

---

① Roberta Culbertson, "Embodied Memory, Transcendence, and Telling: Recounting Trauma, Re – establishing the Self", *New Literary History*, Vol. 26, No. 1, 1995, p. 190.

② 刘小枫：《沉重的肉身》，华夏出版社 2007 年版，第 6 页。

③ Rüdiger Heinze, *Ethics of Literary Forms in Contemporary American Literature*, London: Global Book Marketing, 2005, pp. 70 – 74.

④ Anne Whitehead, *Trauma Fiction*, Edinburgh: Edinburgh University Press, 2004, p. 8.

交往她才得以见证。因此,这次表演同时见证了她的历史创伤与结构性创伤。而这种丰富的内涵,使劳伦的这次表演超越了个人疗伤的功能。正如劳伦已经意识到自己的作品可以从更加广义的层面上来解释所暗示的,在创作这部作品时,劳伦意识到自己作为艺术家的社会责任。她就像本雅明所描述过的"讲故事的人",在与社区成员分享经历中,有意识地传达"一些有用的东西。这些有用的东西有时是一种道义、有时是某种对实践有用的建议……"① 在表演中,劳伦"总是在不断的变化过程中,或者在探索某种根本的身份"(107)。如果说在生命长河中"人人都会遭受结构性创伤"②,劳伦在此诉说的也许就不单是她经历的创伤了。正如玛丽拉·查普曼感触地说到的,"这部作品是在我们没有想自己是谁时,告诉了我们是谁"(112)。在诉说自己的创伤中,劳伦把个人与他人连接在了一起。

　　然而,由于精神创伤的复杂性,这次表演并没有如读者所希望的那样使劳伦完全从阴影中走出来。相反,小说最后一章告诉我们劳伦再次重返出租屋,尽管她告诉自己就是劳伦,但始终有一种不确定的恍惚感。更糟糕的是,她又重新听到那个声音了。她想象着自己要是走进卧室,将发现"他穿着内衣坐在床沿,在点燃那天最后那根香烟"(124)。这里的"他"当然确切地指向了雷伊,指向了那最后的早餐。她开始责备自己当天没有把车钥匙藏起来,"世上最简单的事情就是走到他车边取下车钥匙。藏起来、锤击它们、砸打它们、吃掉它们……"(125)。悲痛顿时把她击倒在卧室门口。但就在这一刻,她找回了自己的理智。她想起了母亲,第一次直面母亲的死亡。更重要的是,她意识到"母亲是在她还只有9岁时去世的。这不是她的错。这与她无关"(BA)。如果结合当时的语境,第二个"这"可以同时指母亲的去世与雷伊的自杀。这次顿悟使劳伦对过去发生的事情有了清楚的掌握,明确地把现在与过去区分开来了。她找回了自己的"钥匙"。当她站起推门进房时,看到的是"墙壁与地板上真实的颜色"。接着她又推开窗,因为"她想感觉大海打在脸上的样子,想感觉时间在身体流淌的样子,想告诉她自己是谁"(126)。劳伦自此走出了创伤的虚无,就像一只脱茧的蝴蝶,随时可以离开这间出租屋。她将继续自己及雷伊未完成的艺术事业,创造更多像"身体时间"那样的作品,把自己的生命体验与他人的情感需要联系在一起。

---

① Walter Benjamin, *Illuminations*, trans. Harry Zohn, New York: Schocken, 1969, p. 86.

② Dominick LaCapra, "Trauma, Absence, Loss", *Critical Inquiry*, Vol. 25, No. 4, 1999, p. 723.

　　这种把生命之花朝向他者绽放的主题因而使《身体艺术家》在德里罗的作品中并不显得那么突兀。确实，这部作品在德里罗创作生涯中具有承上启下的作用：所谓"启下"，从篇幅来讲，因为从这以后德里罗到目前所出版的几部作品似乎都走上了"简约"之路，这一点笔者在本章开篇已有交代；而"承上"是指它与前面我们已经论述过的几部作品的关系，这部作品同样体现了德里罗努力建构的伦理意识，这部作品不仅看到外在力量对自我存在的超越性，也呈现了对自己生命负责的重要性。这部作品的承上启下性很快就体现在了德里罗紧随其后发表的《国际大都市》这部作品中，因为在这部篇幅不是很长的小说里，身体也成了时间的载体。不过，我们将发现，这部作品又让我们看到了那个时代意识非常明显的德里罗。在这部小说中，德里罗为我们讲述了一个关于全球化的故事。

# 第五章　难以同化的他者：《国际大都市》中的全球化伦理

《国际大都市》中的主人公埃里克·帕克是一位年仅28岁的股市大鳄，住在位于纽约第一大道的豪华住宅楼里。但是，近来他总是睡眠不好，一周失眠四五次。也许是出于调整心情的目的，他决定去曼哈顿西头自己童年成长的地方理发，而整个故事也紧随着他乘坐的白色豪华加长轿车徐徐前行而展开。由于这一天总统的车辆也在市里，途中还碰上水管爆裂、反全球化示威游行者与警察的冲突、葬礼等，车行并不顺利。在途中，埃里克也没闲着，尽管车内的计算机显示日元价格不断上涨，他还是大量借入日元用来投机股市，因为他坚信日元必将下挫。另外，他还从保镖那里获知有人要加害于他的消息，但他执意前行，还先后停车与自己的旧情人、女保镖和新婚妻子发生性关系，所以，短短几英里路程竟然花费了近一天的时间。随着故事情节的推进，他最终为自己的自信付出了代价。由于日元并没有像他所期望的那样下跌，他所有的资产化为泡影，公司彻底破产，并丧命于自己以前一个名叫贝诺·列维的员工手里。

区别于德里罗之前的小说，《国际大都市》的出版并没有引来像以前那样的好评，成为德里罗自《白噪音》发表以来第一部没有获得任何奖项的作品。① 评论界对这部小说褒贬不一。有人认为，这本小说满是陈词滥调，没有德里罗先前小说中那种略带讽刺的黑色幽默及风格独特的人物对话，而是"忧郁、笨拙如同（德国导演）维姆·文德斯拍摄的一部糟

---

① 德里罗的主要文学奖项都是凭借《白噪音》《毛二》《天秤星座》及《地下世界》获得。相比较而言，进入21世纪后，他凭单部作品获得的奖项并不那么引人注目。先于《国际大都市》发表的《身体艺术家》获得2001年度詹姆斯·泰特·布莱克纪念奖提名（James Tait Black Memorial Prize shortlist），而在它之后的《坠落的人》则被《纽约时报》评为2007年度杰出书籍（*New York Times* Notable Book of the Year）。目前，除《国际大都市》没获得过任何奖项外，发表于2010年的《欧米伽点》和2016年的《K氏摄氏度》也暂时还没为他带来奖项。

糕的电影，就像一本过期的采访杂志"①，也有评论者认为，该小说确认了德里罗的精英地位，因为该小说叙述风格具有一种神秘品质，它"字字珠玑，但却让你奇异地发现意在言外"。② 笔者无意参与此类争论，而是从德里罗本人在一次采访中就该书做出的自我评价出发，认为这本小说，从主题上讲，反映了德里罗对经济全球化进行的一次深刻反思，意在表明资本主义全球化并非是一篇无辜的福音，从欧美发达国家输出的资本主义在向世界各地植入新的经济发展模式的同时，不可避免地引起意识形态和地缘政治的冲突。在接受詹姆斯·博恩的访谈时，德里罗对这部小说做了如此解释："我并不认为这是一本美国小说，它讲述的是关于纽约与世界的事情。"③ 初听起来，这种广阔视野与小说中埃里克短短几英里的车程多少有些不相称。但这席话提醒读者多留心小说中反全球化游行的主题意义，留心"小说内部关于世界市场错综复杂的关系"。④ 更重要的是，印在小说扉页的时间同样不容随手翻过。因为它告诉我们整个故事发生在"2000年4月的一天"，这个千禧之年使埃里克这一天的经历具有了时代意义。实际上，除这个宏大的历史背景之外，小说中出现了另外两种时间类型："物时间"和"身体时间"。并且，它们在小说中代表两种相互对立的力量。通过这两种时间形态，德里罗揭露了全球资本主义扩张中的贪婪和狂妄自大，在对全球资本主义可能造成的那种以我为中心的虚无后果进行批判的同时，向被这种文化逻辑排斥在外的他者表达了同情与关怀。

## 第一节　作为全球资本主义霸权象征的埃里克·帕克

　　尽管《国际大都市》发表于2003年，但德里罗坚决否认《国际大都市》受到"9·11"事件的影响。与此同时，他还是肯定了这部小说具有的时代分水岭意义："在我写作进入佳境后，我才意识到我为这部小说设定的时间处于一个历史时期的末端，这个时期清楚地描绘了'冷战'结

---

① Michiko Kakutani, "Headed Toward a Crash, of Sorts, in a Stretch Limo", 24 Mar. 2003, http://query.nytimes.com/gst/fullpage.html? res = 940CE7D61730F937A15750C0A9659C8B63.

② Peter Wolfe, "Review of Cosmopolis", *Prairie Schooner*, Vol. 78, No. 3, 2004, p. 185.

③ James Bone, "Great American Novel? Terrifically Outdated", 14 May 2003, http://entertainment.timesonline.co.uk/tol/arts_and_entertainment/books/article1131777.ece.

④ James Annesley, *Fictions of Globalization: Consumption, the Market and the Contemporary American Novel*, New York: Continuum, 2006, p. 60.

束到现今的恐怖时期开始这段时间。"① 小说扉页所标注的时间"2000 年
4 月的 1 天"可以看作是美国政治与经济的一个转折点。这其中除一年之
后将要发生的恐怖袭击之外,还有一点就是在这之前,道·琼斯工业平均
指数在 2000 年 1 月达到 11908 点,创历史之最;而纳斯达克指数在 3 月
10 日当天交易达 5132 点。但在随后的几年里,两种指数再也没有达到这
个纪录,标志着市场乐观主义的破灭。② 就历史现实分析,这种乐观主义
的产生可以追溯至"冷战"结束的时候。早在《地下世界》的"后记"
中,德里罗就为我们描述过"冷战"结束后美国的发展趋势:

> 资本消弭了文化中的细微区别。海外投资,全球市场,公司利
> 润,通过跨国媒体传播的信息,电子货币与网络性爱的影响日渐蔓
> 延,虚拟的货币与电脑安全的性爱,消费欲望汇集——不是人们必须
> 想要相同的东西,而是他们想要有相同范围的选择。③

这段话大体上有三层含义:第一是以网络技术为代表的科技得到迅猛
发展;第二是随着技术更新速度越来越快,以及物品种类层出不穷,人们
对商品的需求早已超出日常所需,更看重商品的符号价值,法国著名社会
学家让·鲍德里亚所称呼的"消费社会"已经基本成为社会正常形态;
第三是对于本章展开论述尤其重要,即欧内斯特·曼德尔(Ernest Man-
del)所称的以跨国公司为主要商业运作模式的"晚期资本主义"④ 得到
进一步推进,以美国为首的资本主义加大向海外投资的力度,经济全球化
成为世界经济格局发展的趋势。美国学者阿里夫·德里克认为,历史发展
到 20 世纪 80 年代,"资本主义内部的变化、另一些经济大国中心的出现,
尤其是东亚地区,以及社会主义社会中的明显的求助资本主义等现象,把
全球化带到了人们意识的最前沿,并且确保了将产生出全球性的不同表征
的新的分析"。⑤ 阿里夫·德里克把资本主义新近发生的变化称为"全球
资本主义"。资本主义的生产方式走出欧美等发达国家,逐渐在全球范围

---

① James Bone, "Great American Novel? Terrifically Outdated", 14 May 2003, http: //entertain-ment. timesonline. co. uk/tol/ arts_ and_ entertainment/books/article1131777. ece.

② Jerry A. Varsava, "The 'Saturated Self': Don DeLillo on the Problem of Rogue Capitalism", *Contemporary Literature*, Vol. 46, No. 1, 2005, p. 83.

③ Don DeLillo, *Underworld*, New York: Scribner, 1997, p. 785.

④ Ernest Mandel, *Late Capitalism*, trans. Joris De Bres, London: Thetford, 1978, p. 316.

⑤ [美]阿里夫·德里克:《后革命氛围》,王宁等译,中国社会科学出版社 1999 年版,第 14 页。

内成为主导性生产方式。这种蔓延的步伐随着东欧剧变、苏联解体而不断加快。由于对立性意识形态阻碍的削弱，资本主义生产方式在重组全球政治经济模式方面的优势不断得到凸显和增强。阿里夫·德里克指出，这种生产方式以跨国公司为主要组织形式，通过先进的技术手段，促进资本的国际化与全球性。阿里夫·德里克的观点得到了许多学者的认可和赞同。其中，弗雷德里克·詹明信在肯定"冷战"之后资本主义在全球范围内得到扩张的同时，强调了技术在资本主义扩张阶段的核心地位。在他看来，全球资本主义阶段具有三个非常明显的代表性特征："科技优先的地位得到确立；科学技术官僚的产生，以及传统工业科技向更新的信息科技的过程。"① 技术是全球主义扩张的必要手段和传播工具。而大卫·哈维在对美国走向超级大国之路所做的历时分析时认为，"冷战"之后的美国应该处于"新自由主义霸权（1970—2000）"时期资本市场的黄金阶段，因为"'冷战'的结束突然消除了长期以来对全球资本积累地带的威胁。资产阶级集团无疑继承了这个世界"。② 在这个时期，以美国为首的资本主义国家主要是通过"日常的生产、贸易、商业、资本流动、资金转移、劳动力迁移、技术转让、货币投机、信息流通和文化冲击等流入和流出不同的领土实体（比如国家或地区性权力集团）的方式"（括号中的补充部分为原文所有）③ 来确保自己在世界的霸权，赢得最大的经济利益。随着20世纪90年代互联网的开发使用，金融资本更显示出巨大的威力，资本主义全球化的触角伸向了世界各地。技术成为全球资本主义扩张的发动机和力量源泉。

　　作为对当代资本主义文化精神异常敏感的作家，德里罗在撰文分析美国在全球推动资本主义发展的动力时，就特别突出了技术力量在其中的作用。他指出，"技术是我们的命运、我们的真理。这就是为什么我们认为自己是这个星球上的超级大国。我们设计的材料和方法让我们有可能把握住未来。我们不必要依靠上帝，也不必指望先知或其他出人意料的事情。我们就是出人意料的事情。我们制造神奇，制造改变我们行为方式和思考方式的系统和网络"。④ 作为呼应，《地下世界》的结尾处专门辟出一节

---

① 盛宁：《人文困惑与反思——西方后现代主义思潮批判》，生活·读书·新知三联书店1999年版，第19页。
② ［美］大卫·哈维：《新帝国主义》，初立忠、沈晓雷译，社会科学文献出版社2009年版，第57页。
③ 同上书，第24页。
④ Don DeLillo, "In the Ruins of the Future: Reflections on Terror and Loss in the Shadow of September", *Harper's*, Dec. 2001, p. 37.

描述网络技术给人类认知方式带来的影响："人类所有知识都被收集、链接、超级链接在一起，这个网站通向那个网站，这项事实指向那项事实，轻击键盘，敲响鼠标，一个密码——世界无边无界。"① 《地下世界》因此提出疑问说："究竟是网络世界存在于世界还是世界存在网络之中？"② 人们通常所谓的"地球村"这个概念离不开信息技术给人类认知世界的模式所带来的革命性变化。随着技术资源在世界各地流通和分配，资本主义的触角伸向了世界各地。德里罗在散文《在未来的废墟中："9·11"事件之后对恐怖和丧失的思考》的开篇即感喟道："在过去10年，资本市场统治了话语、塑造全球意识。跨国公司似乎比政府更具有活力与影响力。道·琼斯指数的迅速上扬及互联网发展的速度感召我们永远生活在未来，生活在网络资本发出的乌托邦光芒中。"③ 信息技术使资本主义的生产方式超越了国别政治权力的约束，冲击世界的政治和经济秩序。在先进技术的帮助下，资本主义以资本扩张的形式不断拓展自己的地盘。

　　《地下世界》告诉读者，由于"冷战"意识形态的消退，资本主义的技术力量迅速扩张，体现出惊人的跨国性，"生产线的速度在加快，国与国之间的生产线相互配合"。④ 主人公尼克切身感受到了全球资本主义和信息化技术给他生活所带来的影响。资本主义的全球化为他把自己的垃圾处理业务拓展到全球区域提供了条件。他开的汽车则是全球资本主义时期新的生产方式的产物。他开的那辆雷克萨斯牌汽车是"在一个完全没有人影出现的工作区域中完成组装的。没有一滴人类的汗水。当然，方向盘上会有点湿润，那是把产品开出厂房的伙计们留下的。生产系统永远向前流动，每一个细节都采取自动化"。⑤ 尼克的汽车成为全球化时代资本主义生产方式的典型产物。在这种生产方式中，信息化和智能化技术被越来越广泛地应用到产品的生产和管理之中，改变了以往依靠熟练工人流水生产的模式。另外，《地下世界》第一章以汽车意象开篇帮助读者了解"冷战"之后资本主义生产方式的变化显得既恰当又自然，因为汽车产业几乎是西方资本主义发展历程的见证者。从"福特主义"生产方式向"后福特主义"生产方式的转变通常被研究者视为全球资本主义兴起的标志，

---

① Don DeLillo, *Underworld*, New York: Scribner, 1997, p. 825.

② Don DeLillo, *Underworld*, p. 826.

③ Don DeLillo, "In the Ruins of the Future: Reflections on Terror and Loss in the Shadow of September", *Harper's*, Dec. 2001, p. 33.

④ Don DeLillo, *Underworld*, New York: Scribner, 1997, p. 785.

⑤ Don DeLillo, *Underworld*, p. 63.

而这两种生产方式都与汽车制造技术的革新和发展直接相关。在世界各地奔跑的汽车不仅是资本主义全球化扩张的最好例证，而且是反映全球资本主义时期技术发展水平的代表。

　　或许正是基于汽车在资本主义发展过程中的符号性意义，德里罗在《国际大都市》中直接以一辆智能化的汽车来展现技术对资本主义全球化的推动作用。汽车的主人埃里克正是资本主义全球化时代的缩影。如果读者把他 28 岁的年龄考虑在内，他的成长几乎见证了"新自由主义霸权"的膨胀过程。从这一点来说，埃里克的身份具有提喻功能。他是"全球经济霸权的一个巨大象征"①，体现了全球资本主义那似乎无坚不摧的力量。他居住的摩天大楼有 49 层，足有 900 英尺高，是世界最高的住宅楼。这幢大楼让读者联想起曾经的世贸大厦。埃里克对这幢摩天大楼非常满意，觉得自己和它非常亲近，因为"大楼具有一种平庸，经过一段时间之后变得真正的野蛮。这是他喜欢这幢楼的原因"。② 这种平庸与野蛮呼应了全球资本主义扩张的本质。与此同时，埃里克开的那辆经过改装的白色轿车就像他居住的高楼一样强化了他作为全球资本主义家的象征意义。与《伟大的盖茨比》中盖茨比那辆承载了浪漫温情想象的白色轿车不同，埃里克的轿车"不仅膨大，而且咄咄逼人、盛气凌人"（10）。从社会形态的表征意义上讲，这两辆招摇于纽约街头的轿车之间的区别在于一辆是现代工业社会的产物，另一辆是后工业社会的化身。如果说盖茨比的汽车主要取胜于它的体积和外形，《国际大都市》中埃里克的汽车不仅在体积和外形上更胜一筹，而且是信息化的结晶。埃里克的轿车几乎是一个高科技办公室，里面不仅有诸如冰箱、厕所等日常生活必需品，而且装有各种可以通过声音或手势就能操纵的电子系统。另外，车内还有许多显示仪。埃里克除可以不分白天、黑夜地观看车外发生的事情之外，主要是能随时掌握股市行情，进行交易。埃里克手上拥有最先进的技术，旗下有随叫随到为他服务的技师、货币分析师、财务总监以及理论家等。读者发现，随着小说叙述时间的延长，小说中的空间意象随之拓展。这里的空间意象不仅指埃里克看见的商店、走进的饭馆等物理空间，而且指通过安装在埃里克轿车中的电脑显示屏连接的外部虚拟空间。凭借自己支配的信息技术和智能产品，埃里克成为资本主义全球化的见证者和受益者。无处不在的电

---

① Randy Laist, "The Concept of Disappearance in Don DeLillo's Cosmopolis", *Critique*: *Studies in Contemporary Ficiton*, Vol. 51, No. 3, 2010, pp. 257 – 275.

② Don DeLillo, *Cosmopolis*, New York: Scribner, 2003, pp. 8 – 9. 在本章中，后文出自该书的引文只随文标注页码，不再另行作注。

子信息设备让他在股市国际交易舞台上如鱼得水，迅速便捷的网络技术不仅使他能在第一时间知晓世界范围内发生的事情，而且能够影响和主导全球股票交易，操纵全球股市的起伏。就连他手上戴的手表内部都设有微型照相机，是一个可以用来交易的液晶显示屏，以便他收集周围的信息。他似乎可以随意从银行借来日元用于投资股市，甚至能够以黑客身份进入他人账户。如果说盖茨比的汽车见证的是20世纪20年代美国城市化和工业化加速发展的进程，而埃里克的汽车见证了美国全球资本主义在信息时代的扩张，进一步凸显纽约这座城市的国际化特色。正如他的公司"帕克资本"寓意，他的命运关系着整个资本市场的安危："他死去时，他并没有完。完的将是这个世界。"（6）在出于安全考虑之前，人们几乎随时随地可以看到他出现在汽车上、飞机上、办公室以及他公寓里某些特定区域的视频图像。对于他来说，连总统也影响不了自己要做的事情。当保镖长托沃尔告诉他美国总统正在市里视察，会有交通管制时，他根本没想过要改变自己横穿街区去理发的计划。在这之前，他实际上已与总统交谈过几次，就一些重要事情发表过自己的看法，但他对总统并无好感，因为他从心底里仇视总统的权力："他厌恨米德伍德随处让人可见，而他自己过去是这样。他厌恨米德伍德，因为米德伍德对他的安全构成了实在的威胁。他厌恨与嘲笑米德伍德，因为米德伍德长得像女性一样的上身，洁白衬衫下晃着两个乳房模样的东西。"（76—77）在此，为了提升自己的形象和增强信心，埃里克极力从身体上嘲弄米德伍德的男性气质，贬低后者的权威和重要性。

事实上，埃里克的威力在他成立"帕克公司"之前已经产生了巨大影响力。由于他具有预测股市的能力，许多顾客都加入了他的网页。到最后，因为加入的人数如此之多，他的预测几乎可以改变历史发展的方向："无论他兜售一只技术股还是降福某一完整领域，股票的价格都会自动翻两番，引起世界观的变化。"（75）如今，他致力于寻找"隐藏在某一货币波动背后的节奏"。他的影响更是遍布全球，因为他"经营各种类型国家的货币，无论是现代民主国家，还是古老的伊斯兰教国家，无论是由多疑的民众组成的共和国，还是由吸毒男孩统治的地狱般的反叛王国"（75—76）。大概正是因为他神秘的预测能力及能从表面看似杂乱的数据中读出发展规律的本领，他的财务总监简·梅尔曼称他为"先知者"（46）。熟悉美国文学的读者知道，"先知者"（seer）这个词常与超验主义作家联系在一起。惠特曼在1855年为《草叶集》撰写前言时就称最伟大的诗人为"先知者"。① 但如果要说把这个形象生动地描述出来，恐怕还得算拉尔夫·爱默生在《自然》中描写自己与大自然融为一体的那一段，尤其那一句"我变成一个透明的眼球——我化为虚无，看见一切；宇宙生灵的气流从我身上穿过"。② 然而，尽管埃里克也喜欢读些短诗，但这个网络资本世界中的"先知者"并不像身处大自然中的爱默生所感觉到的那样，自己"所有卑鄙的自大思想都消失得无影无踪"。③ 相反，埃里克却更像是《白鲸》中的亚哈伯，那位为了达到自己的目的而置其他水手生命于不顾的船长。为了证明自己对日元价格终将走低的判断，他不顾其他人的利益，不惜借入大量日元投机股市，最终却几乎酿成全球资本市场的崩溃。但是，如果考虑到埃里克平时生活节奏已被"物时间"主导，读者对他的独断专行与唯我主义也许就不会感到那么惊讶。

## 第二节　埃里克·帕克的"物时间"及其排他性

　　从以上分析不难看出，埃里克无视眼前事实，认为日元终究会下跌的信心，部分归功于他对全球信息的掌控。正如他的理论分析师维耶·金斯基所说，"电脑能力消除了所有疑虑"（86）。埃里克等相信，凭借先进的网络技术，自己能够掌握未来，眼前的不利很快会过去。难怪，金斯基接着说，"我们需要一种新的时间理论"（86）。鲍德里亚在《消费社会》中提出的"物时间"这个概念也许能满足这一理论需求。

　　鲍德里亚认为，在如今物品充盈的社会，人们更多的是被形形色色的物品所包围。不同以往，大家日常时间不是用来与人群打交道，而是主要"用在接受和利用各种商品与信息"上，人们的生活节奏越来越受"物时间"支配。所谓"物时间"，是指"大家是根据物品的步伐来生活，伴随物品不断更新换代的节奏过日子。如果说先前的所有文明时代是各类器械或纪念碑等永恒物品历经一代又一代的人，如今的社会是人看着各种物品的诞生、成熟与消亡"。④ 对于受时间支配的人看待周围环境的态度，鲍

---

① Walt Whitman, *Leaves of Grass and Selected Prose*, New York: Holt, 1949, p. 457.

② Ralph Waldo Emerson, *Selected Writings of Ralph Waldo Emerson*, New York: Penguin, 1965, p. 193.

③ Ralph Waldo Emerson, *Selected Writings of Ralph Waldo Emerson*, p. 193.

④ Jean Baudrillard, *The Consumer Society: Myths and Structures*, trans. Chris Turner, London, Thousand Oaks, New Delhi: Sage, 1998, p. 25.

德里亚做了一个生动的比喻，如果说狼孩由于长期与狼为伴结果变成一只狼，那么如今"我们也逐渐变得功能性"。① 随着现代科技的革新发展以及生产、流通和交换速度的加快，物品更新换代的速度变得越来越迅捷。尤其在经济全球化的今天，人们获得一种产品的时间比以往任何时候都要短。与此同时，琳琅满目的商品让人们拥有更新、更好产品的欲望在不断增加。人们对物品新奇感的追求替代了人们对物品的依恋感。一种物品的功能在刚被制造出来就面临随时遭到淘汰的命运，阿尔文·托夫勒（Alvin Toffler）所说的那种"丢弃文化"②得以进一步提速，"物时间"自然相应缩短。

对埃里克这个网络大资本家来说，他的"物时间"比其他人显得都要短，信息的瞬息万变使他的"物时间"几乎成为微秒。相比较而言，他具有别人所没有的超前意识，正如凶手贝诺·列维后来在他的忏悔日记中总结说："他总是走在大家前头，设想新鲜事物，我有点崇拜他这一点。他总是与你我认为对我们生活非常重要和可信的事物较劲。事物到他手里总是很快就没用处了。我心里了解他。他希望得到超越这个时代的文明。"（152）贝诺·列维的说法在埃里克的日常思维习惯中得到了印证。他出门时，虽然在仰望自己住的高楼中让自己的精神得以一振，但他觉得用"摩天大楼"来形容这幢建筑物有"年代错置的性质"："如今的建筑不应该再使用这个词。这个词是用来概括从前人们那种敬畏感，用来形容以前那种箭形塔楼，而这早已是他出生以前的故事了。"（9）对于埃里克来说，不仅是人们消费的物品随时被淘汰，就连用来指示它们的语言也应该丢进垃圾篓。同样的情形还发生在他对待其他物品及其相应的词汇上，这其中包括"他的掌上笔记本""办公室""机场""收银器""电话""对讲机""椅子"等诸如此类的例子。可以说，埃里克所到之处，都有他觉得"不合时宜"的物品。用马克·柯里（Mark Currie）的话来说，他陷入了一种"归档狂热"的世界，那种"对现时的社会生活狂热地进行归档与记录，使之提前变成记忆，把现在转化为过去"③ 的行为。对他来说，即使是沿街商店里人们交易时使用的美元，也是"一种埃里克已不知如何来考虑的货币形式。那种东西有硬度、有光泽、有多种面质。这完全是他弃之不用或根本不碰的东西"（64）。对于一个轻拨按钮

---

① Jean Baudrillard, *The Consumer Society*: *Myths and Structures*, p. 25.

② Alvin Toffler, *Future Shock*, New York: Random, 1970, p. 57.

③ Mark Currie, *About Time*: *Narrative*, *Fiction and the Philosophy of Time*, Edinburgh: Edinburgh UP, 2007, p. 11.

就能随意周转"好几吨"美元的人来说，钱已经失去了它的使用和交换价值，成为没有"所指"的"能指"，一个被他玩弄于股掌之中的符号。正如金斯基概括说，"钱已经失去了从前像油画那样所具有的叙述性质。如今，钱只是自言自语"（77）。在虚拟世界中，"钱"脱离了现实社会中物质形态的束缚，成为漂浮不定的数字。

正如上文所述，埃里克的"物时间"之所以快于他人，皆源于他所掌握的先进技术。这一点明显体现在埃里克那辆经过改装、被现代技术武装起来的汽车上。这里每天都有专人来维护，以确保没有任何人能破坏网络系统，这辆车也就成了"帕克王国"的象征。正如他的"物时间"不同于街面上来来往往的人群所体验到的日常时间一样，这辆车也是一个迥异于现实世界的空间。小说至少有两次非常明显地告诉读者，在这里，日常时间似乎已经脱离轨道，技术具有未卜先知的能力，虚拟世界已经能够准确预见现实世界将要发生的事件：第一次是埃里克上车不久就发现，自己实际上把大拇指放在下巴上的时间，要比安装在间谍照相机下的椭圆屏幕上显示的慢一两秒（22）；第二次是在街上遇见反对全球化的游行时，他注意到显示屏上自己惊恐地往后缩，而自己是在车外传来爆炸声后才做这个动作的，而时间已过了好一会儿（93）。① 埃里克对此也心存困惑，曾经问过金斯基。金斯基告诉他，除因为他有超越常人的思维外，技术在其中起了很大的作用，"它（指技术）帮助我们决定命运。我们不需要上帝或奇迹或大黄蜂的飞行"（95）。换句话说，技术已经取代神或大自然过去在人们生活中的作用，控制着人们的生活节奏。这一点也印证了弗雷德里克·詹姆逊对技术在当今社会的重要地位的理解。他指出，在科技日益发达的今天，存在一种"技术崇高化"的现象，因为技术对社会复杂系统的掌控能力被认为已超出人的智力与想象力。② 早在《新教伦理和资本主义精神》中，德国社会学家马克斯·韦伯就已经意识到，资本主义的发展其实是一个不断陷入由工具理性编织的"牢笼"的过程。这种工具理性随着现代科技的发展成为脱缰的野马，渗透到资本主义的生产方式、社会生活和结构组织的各个缝隙，以效率为目的的工具理性逐渐成为资本主义信奉的技术伦理观。根据丹尼尔·贝尔的分析，这种技术伦理观

---

① 技术这种未卜先知的能力在小说快结束时再次得到强调：在埃里克与贝诺·列维交谈时，他发现自己无意中启动了手表上的微型电子照相机，手表上此时正显示自己被枪杀的过程（204—206）。

② Fredric Jameson, *Postmodernism, or, the Cultural Logic of Late Capitalism*, Durham: Duke University Press, 1991, pp. 37 - 38.

到资本主义后工业时代时期最终确立了主导地位。在后工业时代，原本与"政治领域"和"文化领域"共同构成资本主义社会精神的"技术—经济领域"摆脱道德伦理和审美伦理的约束，成为资本主义运作的中心和主导。这一领域"与生产的组织以及商品和服务的分配有关。它界定社会的职业和分层系统，涉及技术使用的工具目的。在现代社会中，它的轴心原则是功能理性，调节的模式是经济化。究其根本，经济化意味着在雇佣关系和资源使用中讲究效率、最少的支出、最多的回报、最大化、最优化以及其他类似的判断方式"。① 对资本主义来说，社会财富和经济利益的积累是它追求的目标，以征服和控制为目标的工具性技术伦理观自然受到欢迎。技术的发展总是与市场联系在一起，并为像"帕克资本"这样的大公司所操纵，用来攫取最大的利润。技术的进步，使物品更替的时间越来越短，最终产生的结果就是谁让"物时间"变短，谁就有可能获利，金斯基对这种经济形态下的时间概念做了如下概括："因为如今时间已成为公司资产。属于自由市场体系。要找到现在又更难了。现在正被抽出这个世界，为放任的市场与巨额的投资潜力的未来让道。未来占据了主导地位。"（79）时间之箭已经变形，只剩下一支永远向前飞奔的箭头，过去与现在被视为可以抛弃的负累。

埃里克这种功能性的物时间不仅体现在他对周围事物的认识上，而且反过来影响他与周围的人相处。他的思维在超越时代的同时，也使他对周围人群的喜怒哀乐熟视无睹。埃里克的自负与傲慢在小说开篇不久就通过他对那辆豪华轿车的赞赏体现出来："他需要这辆汽车，因为它不仅体型超大，而且具有进攻性。它蔑视一切。经过改装之后，它如此巨大，能够对抗所有反对它的观点。"（10）当汽车穿过曼哈顿大街时，埃里克俨然成为这个封闭空间的国王，通过汽车中的各种技术手段指挥和遥控外面的世界。米米·谢勒尔和约翰·厄里在《城市与汽车》一文中曾指出，对于在城市中移动的汽车来说，"在挡风玻璃与此无关之外者是异类的他者"。② 这一点非常明显地体现在埃里克对车外发生的一切均持漠不关心的态度上。他蔑视有人用现金交易，而不是像他一样使用虚拟货币。无论是他的保镖还是他的技师，同他手下其他工作人员一样，他们都只是他所有的工具。他不仅不知道保镖丹科已经为他服务多年，而且连经常出现在

① Daniel Bell, *The Cultural Contradictions of Capitalism*, New York: Basic, 1976, p. 11.
② ［美］米米·谢勒尔、［英］约翰·厄里：《城市与汽车》，载汪民安、陈永国、马海良编《城市文化读本》，北京大学出版社2008年版，第208—233页。

自己身边的技师夏纳，他也有三年没有正眼瞧过，因为他觉得"一旦你以前看过，就没有什么需要去了解了"（11）。对于自己的商业竞争对手，他同样冷漠无情，甚至充满仇恨。在去理发的路上，埃里克通过车内的视频看到两个以前与自己打过交道的人被杀害的场面。第一个是国际货币基金组织执行总裁亚瑟·拉普。他在平壤接受记者采访时被人暗杀。对于他的死亡，埃里克只是反复地在屏幕上漠然地观看其被刺的整个过程，因为过去无论是在见他之前还是见他之后，自己都对他没好感。在见他之前，埃里克讨厌他是因为他们的"理论与阐述不相同。接着与这人见过面后，他打心眼里疯狂地恨他，心中装着相当多的暴力"（33）。因此，亚瑟的死在某种程度上正中下怀。而另一个被暗杀的是俄罗斯的媒体寡头尼科拉·卡冈诺维奇。不同于自己与亚瑟的关系，他告诉理论分析师维吉亚·金斯基自己与尼科拉是朋友，一起在西伯利亚打过野猪。但当看到他俯身倒在烂泥中死去时，他"感觉不错，看见他躺在那里，身上、头部到处都是枪眼。这是一种悄无声息的满足感，肩头与心中卸去了某种不可名状的压力"。最后还是金斯基一语道破其中缘由，"他死了，这样你就能活"（82）。对于埃里克这样的人来说，任何可能给他发展带来压力的人，都是恨不得置其于死地的对手。因此，毫不奇怪，尽管他身边人来人往，却在失眠之夜"没有一个值得他电话骚扰的朋友"（5）。有评论者特别指出了埃里克所住的那套位于世界最高住宅楼顶端的豪华公寓所具有的"排他"寓意，认为那拥有 49 个房间的公寓是他"无情的贪欲的象征，而这种贪欲最终与其说是源自贸易，不如说是一种让人鄙视的自私自利"。①而使这一排他意象得以延伸的是他随身携带的墨镜。詹姆逊曾把墨镜与现代高楼的玻璃墙作过类比，他认为，玻璃墙所表现出的对外面世界的排斥效果，类似于墨镜给人的感觉，因为墨镜"让与你对话的人无法看到你的眼睛，从而给'他者'（Other）造成一定的攻击性和控制感"（42）。在书中，最明显体现这点的是埃里克枪杀保镖长托沃尔那一幕。尽管当时天色已黑，他在扣响扳机之前，并没有忘记从口袋掏出墨镜戴上（关于他杀死托沃尔的动机下文将另述）。

　　受"物时间"的影响，埃里克已经成为一个只顾个人利益与感受的人。他的"未来主义"思想使他成为一个不愿反思过去与考虑他人得失的人。在他心中，"当没有任何记忆相伴时，权力才最起作用"（184）。

---

① Joseph M. Conte, "Writing Amid the Ruins: 9/11 and Cosmopolis", in John N. Duvall, ed., *The Cambridge Companion to Don DeLillo*, Cambridge: Cambridge University Press, 2008, p. 181.

他告诉新婚妻子艾丽斯，自己基本不想童年的事，能够想起的只是他在四岁时就开始琢磨自己在"在太阳系的每个星球上会有多重"（70）。关于这一点，有评论者总结说，"由于缺乏历史意识以及超越了记忆，帕克失去了道德感，而是生活在自我的范围内，超越了时间，把法律规范或传统道德束缚抛之脑后"。① 埃里克不仅没有觉得自己自私有什么坏处，反而对别人的责备不以为然。在他与旧情人蒂蒂亲热时，蒂蒂告诉他自己知道哪里能买到他一直想得到的罗斯科②的画。埃里克首先想到的是把整个画廊买下来，然后把那里所有的画放入自己的公寓。蒂蒂对他的自私感到很生气，因为还有其他人需要看画，非常明确地告诉他，"罗斯科画廊属于整个世界"。并接着说，"我不想给你上有关无私与社会责任的课。因为我一点都不相信你会像你所说的那样粗俗"（28）。埃里克并不认为自己这样有什么过错，反而讽刺地说，蒂蒂无法摆脱清教主义理论的束缚。在此，美国传统文化清教伦理中所具有的集体维度，同样由于"过时"而遭到埃里克的摒弃。

生活在"物时间"中的埃里克变得越来越独断专行，听不进别人的劝告。尽管货币分析师迈克尔·金提醒他，他执意借入的大量日元只是抛向了永无回声的深渊之中。但他并不理睬，盲目相信自己的判断，无视全球资本流通的原则，为个人利益滥用技术力量。对他人得失毫不在乎的态度致使埃里克在股市中刚愎自用，恣意妄为。最终成为那只危害货币市场的"耗子"。另外，正如厄普代克在为该小说撰写的评论文章《单行道》中提醒的那样，表面一意孤行的埃里克，自信心实际上早已产生了危机。③ 厄普代克举的例子是蒂蒂对埃里克最后说的那句话："你开始在考虑怀疑会比行动更有意义。"（32）埃里克对蒂蒂似乎不仅仅是肉体的依赖关系，他对她比较信任，以至于想过自己以后的葬礼也要由她来主持。有评论者甚至暗示说蒂蒂是埃里克的替身母亲。④ 确实，埃里克对蒂蒂比较尊敬，因为"这个女人教会他如何看，教他如何感受自己脸上的魅力，如何感受那隐藏在一笔一画或一块颜色中的沁人心脾的喜悦"（31）。蒂蒂其实是德里罗小说中经常出现的艺术家的形象，具有在混乱的现实中找到生命意义的能力。蒂蒂不仅发现了埃里克已经对自己的能力产生怀

---

① Jerry A. Varsava, "The 'Saturated Self'：Don DeLillo on the Problem of Rogue Capitalism", *Contemporary Literature*, Vol. 46, No. 1, 2005, p. 89.

② 罗斯科是位著名的美籍俄裔"抽象表现主义"画家。

③ John Updike, *Due Considerations：Essays and Criticism*, New York：Knopf, 2007, p. 268.

④ Peter Boxall, *Don DeLillo：The Possibility of Fiction*, New York：Routledge, 2006, p. 225.

疑，而且察觉到埃里克身上有"某种感应神秘事物的东西"，"一种比（埃里克）所知道的更深刻、更甜蜜的生命力"（30）。的确，小说并没有把埃里克刻画成一个至死不悟的自大狂。在小说开篇，失眠的埃里克在阅读诗歌和欣赏窗外的风景中为焦躁的心情寻找到一些安宁。审美理性以其对整体美好生活的关注，有利于批判和改变工具性技术伦理的功利性，在小说中，为埃里克摆脱工具理性的奴役埋下了伏笔。值得注意的是，除保留一定的审美能力之外，埃里克身上的道德理性也没有被工具理性所窒息。故而尽管埃里克像亚哈伯一样，几乎把所有与他有关的人拖垮，但有一点不同的是，亚哈伯最终毫无准备地死在了对手白鲸的手里，而他最后却是主动地去接受自己的死亡，以如此极端的形式完成自我的救赎。要解释这一点，就有必要探讨小说中出现的另外一种时间形式，即身体时间。

## 第三节　身体时间与埃里克·帕克的救赎

"身体时间"这个概念源于德里罗的小说《身体艺术家》。正如本书第四章叙述的那样，女主人公劳伦为了纪念自杀的丈夫，创作了题名为"身体时间"的身体艺术作品。这个作品一个非常重要的特点就是让观众感到时间变得缓慢不前，尽管她还不太满意，"我知道有人认为太慢，有太多的重复。但它理应甚至比现在更慢，持续更长的时间"。① 在此，身体成为回忆过去的表现手段。在《国际大都市》中，尽管没有身体艺术家出现，但身体同样成为过去时间的载体，并与埃里克的"物时间"几乎针锋相对。

事实上，读者刚阅读完第一章的前三页就不但已经察觉出埃里克的自信心出现了危机，而且还发现，他正试图寻求办法摆脱这个困境，而以上这两点都是通过身体意象表现出来的。小说开篇，埃里克正承受失眠的痛苦，持续失眠说明他身心焦虑。他尝试通过阅读使自己入眠，结果事与愿违，意识反而变得更加清醒。有一天晚上，他甚至试着站立睡觉，但由于方法不当，没有奏效，只不过是"在众多纷乱而焦躁不安的身份中得到短暂放松、片刻间歇"（6）。他感觉自己脑子里充满了噪声，小说并在此时暗示他将遭遇死亡，尽管是以强调他巨大影响力的形式表现出来。这句

---

① Don DeLillo, *The Body Artist*, New York: Scribner, 2001, p. 108.

话其实在上文中已经提到:"如果他死,完的不是他,而是这个世界。"(6)站在窗边,他看见晨曦中的河面上"有上百只海鸥尾随着一艘摇摇晃晃的驳船顺河而上。他们有着强劲有力的心脏。这一点他知道,与他们的体型不成比例"(7)。拥有强劲心脏沿河下飞的海鸥在某种程度上与后来贝诺·列维把埃里克称为"下坠的伊卡洛斯"(202)遥相呼应。并且,埃里克的身体也存在一个"不对称"的问题,那就是他的前列腺。作为对男性生殖具有重要作用的附属性腺,前列腺的问题造成埃里克内分泌失调,很有可能导致他不育,这似乎也预示了不管他如何自信日元会下跌,现实终将让他徒劳无获。前列腺的问题同时象征着埃里克对自己男性气质的焦虑。对日元的失控意味着权威和地位的丧失,意味着埃里克从神坛的降落。因此,此时埃里克想要的就是设法让焦虑的身体平静下来。很快,他明白自己"需要的是去理个发"(7)。正如本章开篇所叙,埃里克此次选择的理发地点是在曼哈顿岛西侧自己童年成长的地方。当技师夏纳问为什么不让理发师上门时,他告诉夏纳说,"理发有什么?各种联系。日历在墙上。四处都是镜子"(15)。在此,埃里克尤其强调了理发与时间的联系,并且是与过去的记忆相关联。因此,就像罗恩·弗朗舍尔(Ron Franscell)所指出的那样,埃里克此次出行在某种程度上说就有了奥德修斯征途回家的意味。同时也说明,埃里克以未来为指向的"物时间"并没有泯灭潜伏在他内心深处对过去的留恋。

与奥德修斯征途回家相似,埃里克的出行同样一波三折。这其中除诸如道路封锁等类似的客观原因外,还有他自己有意耽搁。一路上,他不仅停下来与在路上邂逅的新婚妻子艾丽斯在道边的餐馆共进早餐与午餐,而且还走进旧情人的家中或把自己的女保镖带进宾馆满足自己的肉欲。也许,这是因为,这天恰逢那些"他总想吃、想当人面讲话、想生活在肉空间的日子"(63—64)中的一天。而这些欲望在这一天似乎特别强烈。尽管他平时总把自己隐藏在墨镜后面,但今天他特别留意别人的身体特征,首先映入他眼帘的是为艾丽斯开出租汽车的印度锡克教徒的手,"开车的印度锡克教徒少一只手指。埃里克注视着这截残缺的手指,印象深刻,是一件严肃的事情,这个身体残缺,带着历史与痛苦"(17)。值得注意的是,身体此时不仅仅与历史和记忆联系在一起,而且同劳伦为了纪念亡夫特意创作的身体艺术类似,镌刻在记忆深处的是疼痛与伤痕。细心的读者会发现,虽然埃里克生活在一个以"物时间"占主导的世界里,甚至不愿回忆自己的童年,但小说还是强调了他对一些历史知识的掌握。例如,当他看到货币分析师迈克尔·金在车上咬大拇指甲旁边的死皮时,他想道："为什么肉刺（hangnail）被称为肉刺（hangnail）呢？这由倒刺（agnail）变化而来的，而倒刺是中世纪英语……追溯至古英语，词根表示折磨与痛苦"（37）。当然，迈克尔·金把死皮咬去，也许是为了剔除身体上不必要的累赘。但痛苦却在那个出租车司机身上留下了永久的痕迹。作为一名来自第三世界的公民，他那少根手指的手掌似乎在向世人讲述他在美国这个"大都市"为了生存所经历的困苦。这些生活在社会边缘的群体与埃里克所代表的资本世界形成鲜明对比。当埃里克为了证明日元必将下挫这个想法，借入大额日元投机股市时，他也许没有想到，可能带来的金融动荡会给普通百姓生活造成多少损失与痛苦。

小说确实也着力强调了人们对跨国资本的抵抗。最突出的表现当然是埃里克途中遇上的反全球化游行。具体地说，他的车是在时代广场被游行人群围住的。他们猛烈地摇晃着汽车，向车窗扔垃圾桶、瓶子，甚至有人往车上撒尿等。理论分析师金斯基不无幽默地对埃里克说："我敢说，他们的愤怒并没有完全爆发。但倘若他们知道坐在车里的人是'帕克资本'的总裁，那会怎么样呢？"（91—92）金斯基非常清楚抗议者此次游行的目的。如果说在"新自由主义"语境下，全球资本主义的财富积累越来越以"剥夺性积累"① 为特征，跨国资本只是让更多的财富聚到少部分人手里，而把风险与危机转移到了在这个系统之外的人身上。正如金斯基对埃里克分析所说，"观点越具有预见性，就有越多的人被抛在后头。这就是此次抗议行为的原因。技术与财富的预见性。把人们排挤到水沟边呕吐至死的网络资本的力量"（90）。如果说《身体艺术家》中的劳伦想通过自己的身体语言来表达挽留时间的愿望，那么这些抗议者也是为了反对越来越快的"物时间"，"这是一场反对未来的抗议。他们想拖延未来，想使未来变得正常，不想让它湮灭现在"（91）。但是，金斯基并不认为抗议活动具有实质的意识形态意义，断然否认了埃里克把抗议者视为资本主义掘墓人的看法："但他们不是（资本主义的）掘墓人。这是自由市场自身。这些人是市场催生的一次幻觉。他们存在于市场内部。没有道路让他们置身其外。根本就没有外部。"（90）在她看来，反全球化流行只不过是资本市场一次自我调节的行为。金斯基的观点基本上得到了批评家大卫·科沃特的认同，后者在评论该小说时同样提到抗议者的徒劳，"尽管

---

① ［美］大卫·哈维：《新帝国主义》，初立忠、沈晓雷译，社会科学文献出版社 2009 年版，第 126 页。

他们喧嚣嘈杂，并具有一些破坏性，这些反全球化示威者缺乏水平"。①
无独有偶，金斯基的观点还可以在鲍德里亚那里得到理论支撑。鲍德里亚
在《消费社会》中认为，与过去因贫穷或剥削等现象引起的暴力行为不
同，富足社会的暴力是由于人们无法适应社会不断产生的新型行为方式，
不断激起的欲望得不到满足，从而产生焦虑与不满。为了消解这种暴力，
社会通常会采用两种方式来应对:一是通过设立更多的服务机构，在一定
程度上满足他们的需求;二是设法把这种焦虑转化为同其他商品一样供人
们消费的物品。但鲍德里亚认为，这两种方式都无法消除富足社会中的暴
力现象。因为在他看来，富足社会中的暴力是其内在的产物，无法逆转。
与以往由诸如爱国主义、激情或理性引发的"有意义的暴力"不同，富
足社会的"暴力不再具有严格的历史意义，不再神圣，不再具有仪式或
意识形态意义——也不是纯粹表现个人特性的行为或展现——而是在结构
上与富足相连"。②

　　确实，德里罗小说中的暴力描写总是"不可避免地与所处文化背景
紧密相连"。③ 这一点尤其可以从《地下世界》中略见一斑。在该小说
中，原本作为谋杀证据的"高速公路杀手录像带"最后被人们当成消费
品反复观看，而忽略了暴力谋杀制造的伦理危机。同样，此时，《国际大
都市》中的反全球化游行似乎也难脱窠臼，只不过是资本市场运转中的
一点小插曲。因为埃里克发现抗议者在电子显示器上发布的两则抗议口号
自己非常熟悉:第一个是"一个幽灵，资本主义的幽灵，在世界游荡";
第二个是"老鼠成为货币单位"。埃里克马上想起这两句口号的出处。他
知道第一个口号是对《共产党宣言》序言第一句的改写（"一个幽灵，共
产主义的幽灵，在欧洲游荡"），而第二句恰好来源于他刚读过的一首诗。
埃里克把第一句口号看成是抗议者"糊涂与错误判断"（96）的结果，同
时因为自己熟悉第二句口号而感到一种兴奋感。他更加相信金斯基的理
论，"此次抗议是系统自我清洁、润滑，保持卫生的一种形式"（99）。
在这种念头的催动下，他发出指令借入更多日元。但是，埃里克并没有
把这两句口号放在一起琢磨，揣摩其中可能具有的反讽意义。抗议者在
挪用时把原来在《共产党宣言》中具有褒义的"幽灵"变成了贬义。
资本主义已不再具有起初反对封建主义时期的那种革命精神。相反，他

---

① David Cowart, "Mogul Mojo", *American Book Review*, Vol. 24, No. 5, 2003, p. 1.

② Jean Baudrillard, *The Consumer Society: Myths and Structures*, pp. 177 – 178.

③ Jeremy Green, "Disaster Footage: Spectacles of Violence in DeLillo's Fiction", *Modern Fiction Studies*, Vol. 45, No. 3, 1999, p. 575.

已变成一只肮脏、贪婪的老鼠。而埃里克恰恰是第二句口号最恰当的注脚。可惜，埃里克此刻并没有意识到这一点，而是完全陶醉在金斯基的理论中。

但接下来发生的事让他对金斯基的理论产生怀疑。因为当他再次从车中探身出去时，他看见不远处有个戴眼镜的男子坐在路旁自焚。男子发出的呻吟声让他感到不安。尽管金斯基强调男子的做法并不新鲜，因为早有越南和尚做过相类似的事，但埃里克坚持说男子正在承受的痛苦确实存在。男子的自焚也许就是金斯基最初预言的"将使时间慢下来，使自然或多或少回归正常"（79）那件事。埃里克告诉金斯基，那位男子的极端行为就像是一次言语行动，试图以这种方式让人们关注他要表达的意图。接着，他厉声质问金斯基，"难道他非得是个和尚，才值得严肃对待吗？他已经做了一件严肃的事情。他献出了自己的生命"（100）。对于那些漠然无情的人来说，那火红的躯体本身就是一个巨大的质问："难道你没有看见我在燃烧吗？"当然，身为理论家的金斯基也许同样会对这个质问无动于衷，因为这个质问本身派生于弗洛伊德记录在《梦的解析》一书中的一个姑且称为"燃烧的孩子"的故事。为方便论述，现将这个故事摘录如下：

> 一位可怜的父亲由于日夜守在自己孩子的病榻边，在孩子病逝后，他感到极度疲倦，便想到相邻的一个房间休息。他半开着房门，以便自己能从休息的房间随时看到孩子房间里的情况。在那里，孩子周围环绕着高高的蜡烛。孩子身边留有一位年老的守夜人在低声祷告。但没睡几个小时，这位父亲梦见孩子就站在他床边，紧紧抓着他的胳膊，责备地喊道："父亲，难道你没有看见我在燃烧吗？"这位父亲立刻醒过来，发现孩子房间一片火光。他冲进房间后才发现，老人睡着了，一根倒下来的蜡烛点燃了他儿子的床单与一只手臂。①

弗洛伊德认为，这个梦体现了两种愿望：一是这个梦实现了这位父亲想让孩子生存更久的愿望，因为"如果这位父亲在孩子没叫他时就醒过来，然后发现异常情况，冲进孩子房间，他会因此把孩子的生命缩短那一

---

① Sigmund Freud, *The Interpretation of Dreams*, trans. A. A. Brill, New York: Modern Library, 1950, p. 367.

会儿"；① 二是这位疲倦的父亲想多睡一会儿，"这位父亲因为那个梦而延长了一会儿。他的潜在动机是：让梦继续，否则我必须醒来"。② 与弗洛伊德不同，拉康在重释这个梦时，把重心从这个梦本身移到了孩子对父亲的质问上："难道孩子的话不正表达了某些导致孩子死亡的现实情况？而这些情况往往不为人注意。"③ 拉康认为，孩子的话是这位父亲与自己潜意识的一次相见。因为他潜意识中意识到，那位老人也许难以胜任守夜人的职责，而事实证明他的担心并没有错。孩子的话因此是对他的呼唤，要求他去面对自己孩子的死亡。正如卡西·卡鲁思指出的，拉康意在表明，那位父亲的"苏醒不仅仅是一件偶然的事，而是与更大的责任问题有关"。④ 对孩子的回应是自我遭受"言说"拷问的过程，是自我理应对他人所受痛苦做出回应的伦理问题。

有趣的是，面对"燃烧的男子"，金斯基与埃里克也做出了不同的解释。同弗洛伊德多少有点类似的是，金斯基把注意力放在既成事实上，从创新性来讨论男子的自焚行为。而埃里克更像拉康，看重的是自焚行为过程，注意的是男子痛苦呻吟声可能具有的"言说"功能。望着车内所有显示屏上正在显示的自焚男子，被男子呻吟声烦扰的埃里克重新反省抗议活动的意义，"这件事改变了什么呢？一切，他想道。金斯基错了。市场并非无所不包。它无法囊括这位男子，或者无法同化他的做法。无法同化这种赤裸裸的恐惧。这是置身市场之外的事情"（99—100）。如果说埃里克开始时相信金斯基的理论，认为那些抗议者终究是自己所代表的那个资本市场的一部分，或者，就像那句诗句为他熟悉这一情况所暗示，抗议者甚至是他自我的一种非理性化拓展与延伸，他现在被自焚男子痛苦的呻吟声"唤醒"（knocked up）。⑤ 用列维纳斯的理论来说，反全球化抗议者的各种努力并非如金斯基所说的那样，只是最终将被资本主义系统重新吸纳的"小他者"，而是身处于"我"这个系统之外的"大他者"，是"一种无法满足的欲望"，一种"与我念头不符，具有意义的他性"。⑥ 现在，

---

① Sigmund Freud, *The Interpretation of Dreams*, p. 368.

② Sigmund Freud, *The Interpretation of Dreams*, pp. 424 – 425.

③ Jacques Lacan, *The Four Fundamental Concepts of Psycho – Analysis*, trans. Alan Sheridan, New York: Penguin, 1979, p. 58.

④ Cathy Caruth, *Unclaimed Experience: Trauma, Narrative, and History*, Baltimore: John Hopkins UP, 1996, p. 100.

⑤ Jacques Lacan, *The Four Fundamental Concepts of Psycho – Analysis*, p. 56.

⑥ Emmanuel Levinas, *Totality and Infinity: An Essay on Exteriority*, trans. Alphonso Lingis, Pittsburgh: Duquesne University Press, 1969, pp. 33 – 34.

示威者的"他性"打破了埃里克的幻觉，认识到他们的游行并非只是一种"市场幻想"（99），而是身处资本市场之外的"绝对他者"。它的意义在于成为一种召唤，以一种极端的方式刺激了埃里克麻木的神经，让他意识到全球化给身处这个系统之外的人所带来的痛苦。这种"对立人生"促使他以一种伦理的眼光重新审视自己所代表的体系。实际上，蒂蒂认为，埃里克身上潜藏的那种"更深刻、更甜蜜的生命力"，就是他的"人性自我"、他的"伦理自我"。就像《白噪音》中杰克在被明克击中之后，反而找回自己的人性一样，埃里克同样被自焚男子痛苦的呻吟声所唤醒。但似乎有点儿悖论的是，伴随埃里克"觉醒"的还有两件加速他走向毁灭的事情：一是日元依旧强劲，汇率不断上升；二是他刚从托沃尔那里获知针对他的死亡威胁。然而，埃里克对这两件事并不在意。相反，日元的上涨让他莫名中感受得一种生命的净化感；而死亡的威胁不但没让他感到恐惧，反而让他产生一种期待感，"黑夜边缘的死亡威胁相当肯定地告诉他某种他一直知道终究要出现的命运原则"（107）。这种命运原则就是随着"帕克资本"崩溃，他精神上反而获得某种救赎。小说借天空忽然下起倾盆大雨来强化这种戏剧性的转变。埃里克觉得这场雨来得很好，享受着雨水冲打在脸上的美好感觉，他觉得"现在他可以开始想生存的事情了"（107）。雨水的忽然降临以及埃里克精神上的升华，使小说第一部分结尾颇具宗教气息，使小说成为一个"启示性的故事"。① 因为这似乎同时在暗示小说第二部分将讲述埃里克如何走出"物时间"，意识到那些生活在自己所代表的资本体系之外的人所承担的痛苦，最终获得精神安宁，而这些都是通过小说中一再出现的身体意象表现出来的。

确切地讲，小说的第二大部分是以埃里克对自己身体施加痛苦开始。他与女保镖肯德拉·海斯在宾馆发生性关系时，埃里克让她用电击枪射击自己，"电击我。我说的是真的。拔枪射击……把我电个不省人事。快，动手。扳动开关。瞄准开火。我想把这支枪有的电压都用上。快。射击。马上"（114—115）。关于这一点，拉塞尔·斯科特·瓦伦蒂娜（Russell Scott Valentina）认为，这只是埃里克幼稚冲动的表现，"他只是在满足片刻的欲望，或者说得更准确些，是满足冲动。他想到就做。其中并无道德上的妨碍，只是出于身体考虑"。② 不过，朱迪斯·巴特勒（Judith But-

---

① Elizabeth K. Rosen, *Apocalyptic Transformation*: *Apocalypse and the Postmodern Imagination*, Plymouth: Lexington, 2008, p. 168.

② Russell Scott Valentino, "From Virtue to Virtual: DeLillo's *Cosmopolis* and the Corruption of the Absent Body", in *Modern Fiction Studies*, Vol. 53, No. 1, 2007, pp. 147 – 148.

ler）提出让身体承受疼痛不仅仅是一种生理感受，而是具有重要的伦理意义。她认为，"说生命可能遭到损伤，或者说生命可能失去、遭到摧毁或者被系统性地遗弃至死亡强调的不仅是生命的有限性（人终究难逃一死），而且是生命的柔脆性（为了维持生命，生命需要各种社会和经济条件）。柔脆性暗示人是社会性的存在，也就是说，一个人的生命在某种程度上总是掌握在他人的手中。表明我们同时暴露给我们认识的和不认识的人；依靠我们认识的或几乎不认识的或者根本不认识的人"。[1] 认识生命的风险将使我们走出个人主体划定的认识框架，增加自己对他人的责任感和感恩心。埃里克往自己身上施加痛苦让他走出了以往自命不凡的认知范式，去体认他人痛苦。实际上，如果结合埃里克接下来在餐馆里与艾丽斯说的话，读者也许更能清楚地揣摩到埃里克这样做的心理动机。他告诉艾丽斯自己数十亿元的财产已化为乌有，但他表示这些都不重要，重要的是"去认识发生在我身边的事情，去理解他人的处境，去理解他人的感受"（121）。因此，埃里克自虐似的行为就有了两种解释：第一，他有意识地去体验那些身处全球化边缘的人们所经历的痛苦；第二，他心怀愧疚，有意识地惩罚自己。埃里克这种赎罪意识首先可以通过他对"帕克帝国"的放弃看得出来。原本他还有机会重振起来，因为艾丽斯提出愿意把自己的资金拿出来帮助他，但他却把艾丽斯账上的6.35亿美元投入到他知道已经崩溃的股市，让其在片刻之间化为乌有。与此同时，他还亲手枪杀了象征全球资本主义守护神的保镖托沃尔[2]，准备主动面对死亡的威胁。托沃尔外表坚硬，"头似乎可以卸下来进行维修"（11），是一位完全被资本主义技术伦理同化的人物形象。他全身武装，尽职地保护着埃里克。破产之后的埃里克利用托沃尔身上的声控手枪把他杀死，暗示他要亲手摧毁以

---

[1]　Judith Butler, *Frames of War: When Is Life Grievable?*, London·New York: Verso, 2009, pp. 13-14. 关于巴特勒的思想，第六章将进行更加深入的介绍。

[2]　埃里克枪杀托沃尔这一幕发生在他们就要到达安东尼·阿杜巴图的理发店之际。这一事件的发生有点突兀，因为事件发生之前，并没有迹象表明埃里克要这么做，所以，当托沃尔说出口令启动自己刚交到埃里克手中的手枪时，只是以为埃里克出于好奇，丝毫没有戒备埃里克已把枪口瞄向了自己，以致他在枪声中倒下的那一刻，眼中还闪着表示无法相信眼前事实的目光。但是，埃里克与托沃尔之间的关系从小说一开始就因为埃里克执意要到童年成长处理发而变得紧张，因为不仅这一天会有交通管制，而且托沃尔接到情报说，有人将对埃里克暗下毒手，所以有意劝阻他前行。另外，从实际表现来看，托沃尔恪守职责，所以尽管埃里克有意为他负责的安保工作带来困难，他还是做到了让埃里克安全无虞，这一点尤其在他与反全球化人群对峙，力保埃里克平安无事的过程中可以看出。总体而言，托沃尔在小说中扮演了"帕克帝国"忠实的保卫者的角色。所以，此刻良心已有所发现的埃里克枪杀托沃尔的举动，既可理解为他对"帕克帝国"的进一步摧毁，又可理解为他为寻找另一个伦理自我清除障碍。

工具性技术伦理为内核的全球资本主义。最后，他将在凶手贝诺·列维的房间里完成自己的人生旅程。那里将成为他赎罪意识的见证地，因为正是一种对他者痛苦做出回应的能力让他走进那个房间。

与《塞拉斯·拉帕姆的发迹》中的男主人公拉帕姆相似，埃里克精神上的升华与他财富的持续败落同步进行。在他一步步地摧毁自己的帝国时，他也开始真正去关注他身边的人，关注一直被他的"物时间"排除在外的"他者"。他首先关注的是保镖丹科。尽管丹科已经为他服务了好几年，埃里克开始以为他是新来的，后来是从肯德拉·海斯那里才知道他的名字，以及他曾经参过军的经历。在丹科陪他到戏院时，埃里克第一次正面看着他。他看到的是一个"前额与脸颊都有伤疤"的身体，"一个饱经风霜、千锤百炼的身体"（125）。总之，这个身体就像那个锡教徒司机一样，是一个打有历史印迹、承受过痛苦与疼痛的身体。类似的身体他还在自己的司机处看到。同样，这也是他第一次认真地看自己的司机易卜拉欣·哈马杜："他脸稍长。他的一只眼睛，左眼，陷在眼睑之下，很难看到。只有隐藏在一角的虹膜下边缘能看到。显然，这人有历史。"（157）在这里，无论是保镖丹科还是司机易卜拉欣·哈马杜，他们曾经承受过的痛苦都是通过他们脸上的伤疤表现出来的，这一点与列维纳斯把"大他者"与"脸"联系在一起有异曲同工之妙："他者呈现自己的方式，超出我心中关于他者的想法（指'小他者'），我们这里称其为脸。"① 同自焚男子一样，他们的他性都在埃里克自己代表的那个体系之外。他们的"身体时间"成为一种无声的要求，唤醒了深藏在埃里克内心深处那股"神秘的生命力"，激起他的自责与同情心，当然，还有对这些人的尊重。当他终于走进童年时自己常来的理发店时，他没有忘记问理发师安东尼·阿杜巴图是否愿意让自己的司机进来吃些点心。碰巧的是，安东尼与易卜拉欣两人过去都在纽约开过出租，两人见面倒也不认生，边吃边聊起过去开出租的经历。与此同时，埃里克总忍不住朝易卜拉欣的左脸看去，因为他深深地被他那只受伤的眼所吸引，因为他觉得"那只眼有某种自在性，有自己的人格，给这人一种另外的特征，另一个令人不安的自我"（165）。埃里克看到的当然是潜藏在易卜拉欣身上那个他无法同化的自我，但埃里克之所以要费尽周折地来到自己童年时光顾的理发店，不也是要寻找另一个自我吗？在这里，他可以听安东尼重复地讲过去的事情，讲关于他父亲的事情，讲关于他第一次到理发店理发的情

---

① Emmanuel Levinas, *Totality and Infinity: An Essay on Exteriority*, p. 50.

景。他听着安东尼与易卜拉欣聊着他们各自的故事,开始感觉睡意矇眬,"他开始松弛下来,越来越困,感到黑暗深处有一个问题若隐若现。还有什么比入睡更容易的事情吗?"(165)与小说开篇那个想尽办法也难以入睡的埃里克不同,此时的埃里克虽然身处陌室,但感觉身心放松。现在他不用再受困于"物时间"了,安东尼的理发店给了他一种有机的"循环时间"。从某种意义上说,他重新回到了自己的家。醒来后的埃里克并没有像大多数人那样问自己睡了多久,而是把自己受到威胁的事告诉了他们俩,因为"他信任他们。信任别人的感觉真好!在这个特别的地方把这件事讲出来感觉是对的。在这里,过去的时间还在空气中,弥漫在物品上,洋溢在脸上。在这里,他感到安全"(166)。原来那个刚愎自用的埃里克已经随着刚才的睡眠消失了,代之而来的是一个人性复苏的埃里克,一个重新相信和尊重别人的埃里克。难怪厄普代克认为,小说在安东尼的理发店为读者找到一个"可以寄托信仰的场所"。① 这个场所拥有时间的重量和人与人之间的温情。但是,埃里克的精神升华并没有给他带来足够的安宁,不等头发理完,他就迫不及待地要离开。不同于安东尼,易卜拉欣马上明白埃里克急着要离开的原因,他知道埃里克心中纠缠着一个让他难以释怀的"幽灵",一个埃里克难以同化的他者。

　　这个"幽灵"就是后面要杀死他的贝诺·列维。实际上,这个"幽灵"早在他刚行驶到第五大道时就出现了。当财务总监简·梅尔曼下车离开时,他看见 ATM 机旁有一位衣衫褴褛的男子,"这人有点儿熟悉。既不是因为他的黄卡叽布野战夹克,也不是因为他不整洁的头发。也许是他无精打采的样子"(54)。说他是"幽灵",并非指他也是反全球化抗议者针对的对象。相反,他同抗议者一样,是资本主义体系的受害者。他原先是一位社区大学的副教授,后来出于发财的目的,进入"帕克资本"做了一名小职员,但因为跟不上技术更新的步伐被解雇,好不容易组建起来的家庭也随之破碎。如今,他孤身一人躲在破旧的阁楼里过着潦倒的生活。他决定谋杀埃里克进行报复,成为纠缠埃里克内心的"幽灵"。另外,似乎为了凸显贝诺·列维与埃里克之间的对立性,小说分别在叙事技巧与贝诺·列维身份的处理上做了巧妙安排。

　　如果重新思考德里罗以"2000 年 4 月的一天"作为小说叙述时间的原因,现在读者不难明白其中具有的主题用意:一方面,这为塑造埃

---

① John Updike, *Due Considerations*: *Essays and Criticism*, New York: Knopf, 2007, p. 269.

里克这个人物形象提供了时代背景，他的盲目自信有其历史背景原因；另一方面，这个时间点由于具有转折意义，似乎从一开始就暗示"帕克资本"这个庞大帝国的崩溃。关于后一点，其实读者在还没阅读第一章的第二部分时就已经知道了。因为小说在叙述埃里克这一天的活动中，插入了两小部分后来枪杀埃里克的凶手贝诺·列维的忏悔。如果说"2000 年 4 月的一天"置小说的叙述时间于一个宏大的历史背景之下，小说还通过叙述技巧设置了另一种并行相悖的叙述时间。从微观层面讲，小说是以埃里克要去理发为线索，记录他这一路上所发生的光怪陆离的事情。根据这一点，叙述时间是从早到晚这一顺序时间。但由于埃里克选择的理发地点是他童年成长的地方，这就让小说的叙述有了一种倒序的维度。而使这种倒序维度显得尤其突出的是，小说在叙述过程中所插入的由贝诺·列维写的忏悔。这两部分分别以"晚上"与"清晨"为标题，出现在第一章与第三章后面。所以，读者不仅很早就知道埃里克将被杀死，而且这两部分从"晚上"到"清晨"的时间顺序恰好与小说主体的叙述时间顺序形成了鲜明对比。这样，小说中埃里克的故事与贝诺·列维的故事就构成了一种"叙述"与"反叙述"的关系。除通过微观的叙述时间来突出埃里克与贝诺·列维的相对性之外，小说同样像刻画埃里克那样，对贝诺·列维进行了提喻处理。在他的日记中，贝诺·列维告诉我们他"容易染上全球性疾病"（152）。他说自己在网上染上了一种"文化恐慌"（56），这种病会在他尽力控制不生气时发作；同样是从网上染来的疾病，有来自加勒比族人的"susto（无灵魂）"（152）。他有时还会"行为不安，异常混乱"，而"这种症状在海地与东非用当地人的话来说叫精神错乱爆发。如今这个世界，什么都可共享。还有什么痛苦不能共有呢？"（60）因此，贝诺·列维在小说中成为一个所有被全球化资本挤到边缘的人群或文化的代言人。他对自己遭遇的叙述是一种以"单言形式"为特征的"集体型叙述"①，表达了那些经受全球资本之苦的人的共同声音。说他是"幽灵"，不仅还原了《共产党宣言》中该词的褒义含义，而且强调了他作为资本体系"大他者"的身份。

　　明白了贝诺·列维在小说中的象征意义，也许我们就能尝试着解释埃里克为什么最后主动走进他的房间。关于死亡，人们通常会有两种解

---

① ［美］苏珊·S. 兰瑟：《虚构的权威——女性作家与叙述声音》，黄必康译，北京大学出版社 2002 年版，第 22—23 页。

释：要么认为死亡即是终结，要么认为死亡是一种新生。但区别于其他哲学家，列维纳斯不是从死亡的角度来思考生命，而是"将死亡与生命的观点一起考虑"①，思考死亡可能包含的他性力量，并提出了另外一种关于死亡的解释。他认为，死亡含有一种"人际的秩序"，因为"在畏惧死亡时，我并不是面对虚无，而是面对一种反对我的力量，就像谋杀，而不是死去的某个时刻，总与死亡的本质紧密相连。死亡的临近就像是与'大他者'发生联系的一种形态"②。列维纳斯在这里把死亡的发生过程看成是自我与一个独立于自我之外的力量的关系，最终是"我"的意志被这个"大他者"所征服。死亡既不是走向寂灭也不是命运轮回，而是走向"无限"的一种可能。本书认为，列维纳斯对死亡的讨论非常适合阐释埃里克对死亡的接受。③ 贝诺·列维对埃里克进行谋杀的计划，可以看成两种不同体系发生碰撞。并且，随着埃里克对"去认识发生在我身边的事情，去理解他人的处境，去理解他人的感受"这种意识的加强，他逐渐成为自己原先所代表体系的叛逆者。事实上，就在与贝诺·列维会面之前，小说还特别地安排了埃里克扎身人堆和想烧毁自己的轿车这两个细节，为埃里克走进贝诺·列维的房间做了铺垫。埃里克在途中偶遇一次电影拍摄场景。他发现数百名群众演员根据摄制组的要求，赤身裸体地趴在街道上装死。埃里克褪去衣服，躺进了人堆。很快，他发现自己"想在这些人之中，赤身裸体的，这些人中有人纹身，有人肛门带毛，有人发出体味。他想让自己处于人堆中间，在那些青筋毕露、满身红斑的老人之中，靠近那些头上有包的侏儒"（176）。如果说埃里克当初在白色轿车中几乎与外界隔绝的话，如今他以肉体相触的形式在真实的人类世界中找到归属感。值得注意的是，埃里克此时特别留意那些边缘化的身体，那些曾经可能遭受歧视和痛苦的身体。而这样的身体过去从来没有在埃里克脑海中出现过。马克·奥斯廷认为，

---

① 汪堂家：《对海德格尔和列维纳斯的死亡概念的比较分析》，载杨大春主编《列维纳斯的世纪或他者的命运》，中国人民大学出版社 2005 年版，第 276 页。

② Emmanuel Levinas, *Totality and Infinity: An Essay on Exteriority*, p. 234.

③ 笔者在撰写该文时，发现国外有评论者集中用列维纳斯的理论尝试阐释该小说。不过，该评论者认为，埃里克近乎自杀性的死亡是海德格尔式的对"真实自我"的把握，而没有注意到死亡此时可能具有的"大他者"的力量。请参见 Aaron Chandler, " 'An Unsettling, Alternative Self': Benno Levin, Emmanuel Levinas, and Don DeLillo's *Cosmopolis*", *Critique: Studies in Contemporary Literature*, No. 3, 2009, pp. 241 – 260。

埃里克此时正在经历一种"净化仪式"。① 对埃里克来说，这个过程是一种死亡与新生的仪式。从人堆中爬起的埃里克找回了自己作为人类普通一员的真实之感，从而为他最后想摧毁那辆象征"帕克帝国"的豪华汽车的想法打下了情感基础。当易卜拉欣要把他那辆车开进地下车库时，他有"找罐汽油，放火烧掉这辆汽车"（180）念头，只是碍于易卜拉欣在场，只好作罢。因此，埃里克从贝诺·列维那里接受近乎自杀性的死亡，一方面表示他要彻底摧毁自己建立的帝国，另一方面也有向"大他者"赎罪的意义。

在贝诺·列维的房间里，他再一次想起了脸上有疤痕的丹科、少个指头的印度锡教徒司机、受过折磨的易卜拉欣，以及时代广场上自焚的男子。不等列维开枪，他先用从安东尼那里带来的枪在自己手掌上打了一个洞。此时，他甚至想起了被自己枪杀的托沃尔以及"这些年来出现的其他人，尽管已记不太清，也忘记了他们的名字"。而且，"他感到一种巨大的悔恨意识。这种意识叫愧疚，游遍了全身"（196）。这种愧疚当然是出于自己以前对他人的漠然。很快，他就感到钻心的疼痛。彻骨的疼痛让他切身体会到自焚男子、易卜拉欣、贝诺·列维等人历经的痛苦。德里达曾认为，"能够承受痛苦不再是一种权利。它是一种没有权利的可能性，一种不可能的可能性"。② 对于此时一无所有的埃里克来说，这种"不可能的可能性"就是他"通过自己的疼痛了解了自己，这种感觉无法用语言表达清楚"（207）。通过向他者赎罪，埃里克反而把自我推向了无穷的可能性。就在他静候列维扣动扳机时，清晨已经在房外蔓延开来。

埃里克的死从而变成了一种超越，蕴含了德里罗本人对全球化正义性进行的深入思考。关于全球化伦理，彼得·辛格（Peter Singer）曾说过："如何防止全球化组织变成危险的暴政机构或者自以为是的官僚集团，而使之有效地对那些受它们影响的人们的生活做出回应，是我们仍然需要学习的事情。"③ 从以上分析可以看出，德里罗在该小说中通过"帕克资本"的溃败对全球化如何健康发展表明了自己的态度，构建了一种同情

---

① Mark Osteen, "The Currency of DeLillo's *Cosmopolis*", *Studies in Contemporary Literature*, Vol. 55, 2014, p. 298.

② Jacques Derrida, "The Animal That Therefore I Am（More to Follow）", trans. David Wills, *Critical Inquiry*, Vol. 28, No. 2, 2002, p. 207.

③ Peter Singer, *One World: The Ethics of Globalization*, New Haven & London: Yale University Press, 2002, p. 199.

他者、为他者负责的全球化伦理,以抗拒新自由主义语境下帝国自我的虚无。他通过描写埃里克的故事,既看到了经济全球化中跨国集团的狂妄自大,又寓言似的证明其终将自食恶果的下场,而要避免更可怕的后果,埃里克的赎罪之举也许有其借鉴之处。可以说,"9·11"事件的发生使德里罗的这一构想超出了其文本意义。①

_____

① 正如前文所述,德里罗否定了《国际大都市》与"9·11"事件的联系。但是,包括约瑟夫·康特、亚当·瑟什威尔(Adam Thurschwell)等批评家都认识到这次恐怖袭击对阐述该小说的意义。例如,亚当·瑟什威尔就认为,"无论作者创作时是否想到'9·11'事件,《国际大都市》读起来就像关于西方全球资本主义机器走向自我灭亡的寓言,而它所描写的由那些被全球化排挤在外的人所施行的暴力,近乎寓意了'9·11'事件恐怖分子部署的暴力行动将具有的象征意义,这一点颇让人不安"。

# 第六章  美国例外论的破灭：德里罗后
# "9·11"小说中的共存伦理

正如第五章所示，当 2001 年 9 月 11 日美国纽约世界贸易大厦双子塔楼遭受恐怖袭击之时，德里罗正在家中伏案撰写小说《国际大都市》。但事发后不久，他设法来到了袭击现场，目睹了废墟上哀鸿一片的惨景，并撰写散文《在未来的废墟中："9·11"事件之后对恐怖和丧失的思考》作为纪念。不过，恐怖袭击这件事如梦魇一样萦绕在他心头，最终在2007 年出版了被批评家称为"'9·11'定义之作"① 的《坠落的人》。小说主人公基思是世界贸易中心的一名员工，侥幸从恐怖袭击逃生之后，回到了妻子丽昂和儿子贾斯廷身边。实际上，基思与丽昂在这之前就已经分手，但丽昂不计前嫌地把神情恍惚的基思重新接纳进自己的公寓。从叙事主线讲，《坠落的人》是一部以呈现人们对"9·11"事件如何反应为目的的小说。与此同时，小说采用镶嵌式的结构，在书中穿插了对恐怖分子哈马德成长历程的叙述。就社会语境而言，在《坠落的人》发表之际，美国政府发动的反恐战争已经进入了第六个年头，是美国以伊拉克藏有大规模杀伤性武器和其暗中与恐怖分子勾结为由，对伊拉克实施军事打击的第四年。虽然德里罗到笔者落笔之日尚未发表正面描写美国反恐前线的著作，但是，在他 2012 年出版的中篇小说《欧米伽点》中的主人公理查德·埃尔斯特却是一位曾经出入五角大楼、参与策划伊拉克战争的高级顾问。

这部英文精装版总共 117 页②的小说以电影制作人吉姆·芬利为第

---

① 在《坠落的人》中文译本中，"'9·11'定义之作"作为宣传语的形式出现在该书封面。根据该书扉页援引的评语，该表述来源于《哈佛书评》。参见［美］唐·德里罗《坠落的人》，严忠志译，译林出版社 2011 年版。后文出自该著作的引文，将随文在括号内标出引文出处页码，不再另行作注。

② 该书中文版本的页数总共为 123 页。笔者手中的版本是该小说 2010 年的精装版。Don De-Lillo, *Point Omega*, New York：Scribner, 2010.

一人称叙述者，讲述他应隐居在圣迭戈以东沙漠中的理查德·埃尔斯特之邀，到后者居住的小屋进行短暂拜访的经历。吉姆·芬利此行的目的是再次说服理查德·埃尔斯特同意参加他拍摄的一部电影（在去沙漠之前，吉姆·芬利在纽约见到查德·埃尔斯特时谈过他的拍摄计划）。这部电影只由理查德·埃尔斯特单独参演，让他对着镜头讲述自己过去在政府工作，参与讨论伊拉克战争的那段经历。理查德·埃尔斯特原本是一位大学教授，因为一篇专门论述英语单词"rendition"（改编）含义演变的学术论文得到战略部门的欣赏，引起有关要人的注意，被邀请去参加一个秘密会议，加入政府军事智囊团，接受政府的邀请到五角大楼工作了两年多时间，为小布什政府打击伊拉克出谋划策。"用他的话来说，他去那里，任务是进行概念化思考，用他的话来说，是将总体思维和原则运用到具体事务上去，如部队调遣和反游击策略等"（19）。如今，已是73岁高龄的他离开繁华的都市，来到沙漠深处过起了隐居生活，并让吉姆·芬利到沙漠中找自己。他把吉姆·芬利叫来，不知是真的对他的电影感兴趣，还只是为了找一个人来听他诉说自己目前的生活理念，因为吉姆·芬利到来之后，几乎所有时间都是在陪理查德·埃尔斯特聊天、吃饭、喝酒中度过。与城市中那种按分钟、按小时计算的"傻瓜的时间、下等的时间"（47）不同，在沙漠中体会到的时间是一种"深度时间、以时代计的时间"（77）。理查德还不止一次地引用法国哲学家德日进神父的"欧米伽点"理论来支持自己的观点。① 理查德认为，在这个沙漠小屋，意识已经超脱了时空限制，正向欧米伽点靠近。吉姆·芬利在小屋中的生活感受似乎印证了这一点。在这里，吉姆·芬利觉得已经没有上下午的概念，手机与笔记本电脑都已搁置一边，当初来这里的目的变得不重要。理查德·埃尔斯特的女儿杰茜的到来也没有让这种生活节奏产生变化。让故事产生转折性变化的是有一天理查德·埃尔斯特与吉姆·芬利从外购物回来时，发现杰茜竟然失踪了。小说的最后一章主要用在描述寻找杰茜的过程与理查德·埃尔斯特的悲痛之上。

尽管兰斯·奥尔森（Lance Olsen）在为《欧米伽点》撰写书评时提到，"如果说《坠落的人》是关于'9·11'事件袭击本身，《欧米伽

---

① 德日进神父把欧米伽点看成是宇宙万物进化的终极目的地。他认为，随着"意识"进化过程越来越复杂，万物将相互关联，最后汇聚于欧米伽点。在他看来，欧米伽点"就是基督，复活后的基督"。相关研究参见徐卫翔《求索于理性与信仰之间——德日进的进化论》，《同济大学学报》（社会科学版）2008年第3期。

点》则是关于后面的军事行动——更重要的是——它是关于深层次的生存回应"①，但是，国内外鲜有学者把《坠落的人》和《欧米伽点》放在一起研究。可是，当我们从两本小说讲述的历史事件的关联度方面讲时，笔者以为可以把这两本小说共同视为德里罗撰写的后"9·11"小说。《坠落的人》在以基思处理个人精神创伤过程为显性叙事线索的同时，潜藏了"9·11"事件从具体历史事件被建构成美国文化创伤的过程；而《欧米伽点》则以理查德·埃尔斯特痛失爱女，隐喻了美国政府在"9·11"事件之后采取报复政策造成难以承受的生命之痛。这一点也为我们理解德里罗把道格拉斯·戈登的录像作品《24 小时惊魂记》（24 Hour Psycho）放入《欧米伽点》中提供了新的视角。《欧米伽点》中理查德·埃尔斯特参与策划伊拉克战争的经历，则加深了我们对隐藏在《坠落的人》中的美国政府在"9·11"事件之后所实施的生命政治的理解。并且，两部小说拓展了《国际大都市》对霸权主义的批评，把批判的目光从经济转向了政治。通过描写生命体验脆弱的一面，德里罗寄寓了人类需要共生共处的共存伦理。

## 第一节  "9·11"：从个体创伤到美国文化创伤

在《在未来的废墟中："9·11"事件之后对恐怖和丧失的思考》一文中，德里罗专门辟出第四节讲述了他的外甥马克一家当天经历恐怖袭击的体验与过程。马克的家离世界贸易中心只有两个街区。事发之时，他与妻子凯伦带着双胞胎女儿在家。当袭击发生时，他们先是不敢相信，继而陷入逃生的恐慌之中。他们在电话中呼救，在死亡的恐惧之中挣扎。幸运的是，营救人员及时赶到，把他们安全转移到了安全地带。在那里不仅有不断涌进的逃难者，而且有可口的食物和热情能干的员工。很快，惶恐的人们开始平静下来，感到了饥饿，开始排起长队点自己想吃的食物，大家"又回到了自然状态"。② 在这一节叙述中，读者感受到了灾难之后人与人之间的温情和社区的力量。不过，这种乐观

---

① Lance Olsen, "DeLillo's 24 – hour Psycho: *Point Omega* by Don DeLillo", March 1, 2010, http://quarterly conversation. com/delillos – 24 – hour – psycho – point – omega – by – don – delillo.

② Don DeLillo, "In the Ruins of the Future: Reflections on Terror and Loss in the Shadow of September", *Harper's*, Dec. 2001, p. 37.

的基调在德里罗的后 "9·11" 小说中却难觅踪迹。尤其是在直面袭击事件的《坠落的人》中，始终弥漫在字里行间的是遭受恐怖袭击之后的忧郁。这种忧郁既凝滞在袭击事件的直接体验者心里，也影响着他们的亲人，又渗透进美国文化之中。围绕 "9·11" 事件留下的精神创伤，德里罗的后 "9·11" 小说沿着两条线索进行展开：一条叙述了幸存者的个体精神创伤；另一条则书写了 "9·11" 事件被建构为美国文化创伤的过程。

与马克夫妇不同，基思是从双子塔楼走出来的幸存者。小说开篇以他对现实空间的感知呈现了恐怖袭击的末世景象："街道不复存在，已然变成了一个世界、一个时空，散落在尘土遮天蔽日，近乎黑夜"（3）。街道上到处是惊慌失措、忙于逃命的人群，双子塔楼坍塌不仅发出巨大的轰鸣声，而且使街道升腾起滚滚浓烟。附近公园里打太极的人们就像凝固的雕像，始终端着一个固定的手势，望着眼前的景象。基思神情麻木地向北走，"试图告诉自己，他还活着，但是，这个念头模糊不清，让他捉摸不定"（6）。他上了一辆停在路边的小货车，也许是出于对安全和稳定感的渴求，他下意识地选择来到前妻丽昂的公寓，尽管他们的婚姻早就已经结束。基思重新回到丽昂身边这件事，似乎为读者展现了创伤性事件重塑传统家庭价值的积极作用，以及家庭对创伤幸存者的疗伤作用。确实，丽昂内心渴望把基思从恐怖袭击中逃生之后选择来到她的公寓，看成是他对家庭念念不忘的爱与责任，是为了儿子贾斯廷的成长，是潜意识之中受爱的驱使。所以，丽昂理所当然地认为，自己应该与基恩同床共枕，而不是让他蜗居沙发。开始时，一切似乎都在朝弥合的方向发展。丽昂不仅陪基思一起去医院看医生，而且为自己与基思重新生活在一起向母亲妮娜辩护。基思同样表现出要承担起作为一名丈夫与父亲的责任的努力，有了到健身房进行系统锻炼的计划。健身房中正在锻炼的年轻人让他感受到了生命的活力和亲和力。他觉得自己在下班之后如果到这里来可以 "释放体能，考验自己的身体，将自己引向内心，增加自己的力量、雄性、敏捷性、清醒度。他需要一种具有平衡作用的约束，一种受到控制的行为、自愿的行为，它将使他不会带着对每个人的愤愤不满，摇摇晃晃地走进家门"（155）。这是一种积极改变现状、渴望生命力的意愿，是一位一家之主意欲表现沉着和稳健的理性表达。家庭成员的默契与温情成为恐怖袭击之后大家渴求和致力营造的目的。而且，小说以一个戏剧性的场景使这种期望几乎要成为一种可能。有一次，去学校接儿子贾斯廷回家时，基思突发奇想，与儿子商量去迎接下班步行回家的丽昂。但贾斯廷不太愿意，因为根本无法判断丽昂会出现在哪条大道上。基思凭直觉带着儿子往西走，在途经过的每一个路口驻足察看。正当沮丧的贾斯廷抱怨说丽昂或许已经到家了的时候，他们在一个十字路口看到了正要穿过街心的丽昂，而丽昂此时也看见了他们，"看见他们朝她跑过来。他们神情欢快，没有任何掩饰，穿过常见的不知姓名的人群"（183—184）。此情此景似乎说明了家庭成员之间心有灵犀一点通似的相互感应能力，是家庭凝聚力的升华。

可是，《坠落的人》在叙述中并没有升华这段破镜重圆的情感，因为回到日常生活中的基思始终无法忘记自己从双子塔楼中逃出的现实，真正让他感到自在和有归属感是在与自己有相同经历的人交往和相处的时候。卡伊·埃里克森（Kai Erikson）在对创伤体验者进行归类分析时认为，有着类似创伤经历的人群之间往往比较容易能够产生认同感：

> 对一些幸存者来说，这种差异感至少能够成为一种召唤、一种身份，把具有相似特征的人聚集起来。无论在哪里，遭受创伤的人们心怀戒心、有种麻木、滞缓感。这意味着与他人交往总是很艰难，需要付出重大代价。因此，此处讲的并不是那种聚在一起相互交流就轻易培养起来的同伴之谊。但是，相互经历的创伤体验就像人们共同使用的语言和共同的背景一样，可以成为一种社区之源。其中有一种精神上的亲情、一种身份感，即使有时爱的情感已经死亡、关爱的能力已经麻木。①

这种现象绝非只是理论上的推测。肖珊娜·费尔曼（Shoshana Felman）在整理大屠杀幸存者证言时，遇见一位饱经苦难的妇女。这位妇女在大屠杀期间失去了自己的父母、弟弟、弟媳和自己的孩子等，家中唯一的幸存者就是她的丈夫。而她的丈夫也是失踪多年，直到纳粹灭亡之后才奇迹般地找到。当他们团聚时，彼此之间已经非常生疏，但他们之所以继续生活在一起，是因为她认为他们都是大屠杀的幸存者，他是唯一能够理解她是什么样的人。②

---

① Kai Erikson, "Notes on Trauma and Community", in Cathy Caruth, ed., *Trauma: Explorations in Memory*, Baltimore and London: John Hopkins University Press, 1995, p. 186.

② Shoshana Felman, "Education and Crisis, or the Vicissitudes of Teaching", in Cathy Caruth, ed., *Trauma: Explorations in Memory*, Baltimore and London: John Hopkins University Press, 1995, p. 46.

　　对于《坠落的人》中的基思来说，他的身份认同感本质上不是来源于回归家庭，而是产生于与一位名叫弗洛伦斯·吉文斯的女性交往之中。在逃生途中，基思无意中夹带出一个公文包。后来，他在公文包中找到了失主弗洛伦斯·吉文斯的名字，并根据此信息查到了对方的电话号码，然后约定把包送到弗洛伦斯的公寓。基思原本打算放下公文包就走，但弗洛伦斯把他拦了下来。弗洛伦斯告诉他自从回到公寓之后，她基本上就没出过房门。她开始非常缓慢地描述飞机撞击大楼时她正在电脑前忙碌的情景，描述她看见的浓烟和坍塌的天花板："她希望告诉他一切。他觉得，这是显而易见的。也许，她已经忘记了，他当时也在现场，在双子塔楼里；也许，正是因为这个原因，他是她需要倾诉的对象。他知道，她没有向人讲过她的经历，没有以如此紧张的方式，向任何人讲过。"（58）弗洛伦斯之所以如此详细地描述她的经历，除交流的渴望之外，还在于她相信能在基思身上找到认同与信任。的确，基思在她的描述过程中，开始回忆起当初从楼道中挤在人群之中逃生的情景，甚至想起了弗洛伦斯描述中遗漏的一些细节。基思越听越投入，而当弗洛伦斯"开始重复整个过程，他准备再听一遍。他专心倾听，注意到细节，试图在人群中发现自己"（62）。弗洛伦斯的重复性诉说是她复现创伤的症候，又是她处理创伤释放情绪的行为，而基思在倾听中似乎找到了自己目前心境的根源。弗洛伦斯与基思很快由心灵的默契走向了肉身的融合。虽然基思对自己背叛丽昂的信任感到内疚，但他还是禁不住一次一次地前往弗洛伦斯的住处。当他每一次去往弗洛伦斯的公寓时，"浮现在脑海里的并不仅仅是她在房间里等待的情形或者位于走廊尽头的卧室。他们互相获得性爱的愉悦，然而这并不是让他回到那里去的原因。吸引他的是在盘旋而下、没有时间限制的持久飘荡过程中共同了解的东西。他最近的感悟的生活真谛是，应该严肃和负责地对待生活，而不是笨拙地攫取。即使这些幽会与此相互矛盾，他也会重返那里的"（147）。在与弗洛伦斯相处的时间，他能够交流无法与丽昂言说的经历。存在于他与弗洛伦斯之间的共同语言使他仿佛找到了生活的意义，尽管这种意义来源于他对过往一次又一次的重复性回忆。

　　不过，尽管弗洛伦斯为了能与基思在一起，放弃与公司一道搬离纽约的机会，但是基思做出了终结这场关系的决定。基思忽然中断弗洛伦斯的交往似乎缘于他无法克服对丽昂的愧疚之情，因为他设想过丽昂在了解到自己与弗洛伦斯交往之后可能做出的各种反应。现实的情况是，他并没有向丽昂坦白这段情事，与弗洛伦斯分手也没有让他与丽昂更加亲密。相反，他最终选择到沙漠深处的赌场参加扑克锦标赛，再一次逐渐疏离家庭。在此，我们仍然需要从基思的创伤体验寻找原因。虽然基思和弗洛伦斯都直接历经了恐怖袭击，从世界贸易中心大楼中侥幸逃生，但是，与弗洛伦斯不同，基思的创伤遭遇要更加具体，因为在这场袭击中他失去了两位好友。好友鲁姆齐的死亡情景尤其让他难以忘记。即使在医院处理伤口时，医生给他注射了含有抑制记忆成分的药剂之后，他仍然"看见鲁姆齐坐在窗户旁边的椅子上。这意味着，他的记忆没有被抑制，或者说，那药品这时尚未产生效果，一个梦境，一个清醒的形象；无论是什么原因，鲁姆齐在浓烟之中，周围的一切正在坠落"（23）。他心中似乎因当初没能把鲁姆齐救下而无法释怀，不断地想起鲁姆齐生活中的点滴细节，甚至想起有人曾经建议鲁姆齐把名字改为拉姆齐的逸事，因为那人说"如果他出生时叫拉姆齐，这一切就不会出现"（162）。需要注意的是，鲁姆齐的另外一个身份是基思的牌友。在恐怖袭击之后，基思公寓里唯一让他觉得留恋的是室内的牌桌。在离开丽昂和儿子的日子里，每周三晚上与牌友在家打牌既是他消磨时光，又是他工作之余放松休息的活动。他们在打牌过程中逐渐形成各种规则。"为了传统和自我约束"（103），他们限制某些游戏花样，他们从中寻找到一种稳定的结构。另外，他们限制打牌过程中食用食品和酒等。他们非常喜欢基思讲的一个故事："在德国的科隆，有四个好朋友，在一起玩了四五十年的牌友，他们死后以生前玩牌时从不变化的座次下葬，两个人的墓碑对着另外两个人的，每个牌友都在自己的老位置上。"（105—106）因此，基思对鲁姆齐的记忆除心理上无法整合鲁姆齐在恐怖袭击中丧生给他留下的心灵创伤之外，同时还有对稳固秩序和结构的留恋及渴望。打牌虽然有输有赢，但他始终觉得一切都在掌控之内，任何结局通过理性分析都能够理解和推测，而这却是他目前最缺乏和最需要的。所以，当他在电视上看到直播扑克赛的赛况时，他的兴趣迅速被激发，并来到位于沙漠深处的赌场，参加扑克锦标赛。在那里，时间的概念越来越淡化，他回家的次数也在不断地减少："除渐隐的空间之外，牌局之外没有任何东西。"（206）与《身体艺术家》中依靠艺术创作而升华精神创伤的劳伦不同，游荡在沙漠深处的基思妄图通过复现恐怖袭击之前的生活来重获对生活逻辑的掌控，其结果只能是越来越滑向自己的内心深处，生活前进的步伐戛然而止。同众多从双子塔楼逃生出来的人一样，噩梦般的经历成为阻碍他重新翻开新生活的重荷："这就是'9·11'事件之后的日子；几年已经过去，成千上万的人仍被梦魇困扰；被困的人、被压的肢体、瘫痪的梦、气喘吁吁的人、窒息的梦、无助的梦。"（251—252）对他们来说，生活没有了动力，只剩下一团永远无法释怀的郁结。

当挣扎在创伤的忧郁中的基思再次远离家庭时，丽昂并没有强烈的失落感。事实上，丽昂当初重新接纳基思时，更多的是缘于心中的同情，本能地把"脸上和衣服上血迹斑斑"（9）的基思带往医院。而当与基思开始一起生活时，丽昂表现出想把自己与作为恐怖袭击幸存者的基思区分开来的本能：

> 在他们第一次做爱之后，在初露的晨曦中，他进了浴室；后来，她起床，穿衣，准备早上的事情，但是，她随后赤身裸体地靠在穿衣镜子上，转过脸来，两手举起，大致与头部一样高。她将身体贴在镜子玻璃上，两眼紧闭，待了很长时间，靠着冰凉的表面，濒临崩溃，沉溺于这种感受之中。后来，她穿上内裤，套上罩衫，动手系上鞋带；这时，他从浴室出来，脸颊刮得清清爽爽，看见了她的脸庞、双手、乳房和大腿在镜子上留下的带着雾气的痕迹。（114）

此处丽昂看似怪异的行为让我们想起了法国理论家拉康的镜像理论。拉康认为，与母体疏离的儿童有强烈的缺失感，为了克服这种缺失感，他把对自我的认知指向了镜像，从而产生了自我完整性的想象："即镜中的图像就是它的全部存在的总和，就是它的'自我'，更加强化了这个错认而产生了'（主格的）我'。用拉康的话说，这个错认产生了主体的'盔甲'，'自我'总是在某个水平上的一个幻想，一个对于外部图像的认同，而不是关于分离的整体的身体的内部感觉。"[1] 当丽昂赤身裸体地扑向镜中的影像时，她就像一位渴望能够拥抱一个完整统一自我的婴儿。但正如基思在镜面上看到的只是一团带有身体意象的痕迹所暗示，不仅基思与丽昂的交流在接下来的日子里将主要停留在肉体的层面，而且丽昂的渴望只是一厢情愿的幻影。小说不无幽怨地提示，"这是袭击发生之后的日子。如今，一切事情都以这种之后加以衡量"（148）。德里罗对"9·11"事件的思考没有停留在幸存者的精神

---

[1] 汪震：《实在界、想象界和象征界——解读拉康关于个人主体发生的"三维世界"学说》，《广西师范大学》2009年第3期。

体验上，而是延伸到这次袭击对美国文化肌理的影响层面。在创伤中欲罢不能的基思就像一个隐喻，像徘徊在美国日常生活之中的幽灵，"9·11"事件影响着每一个像丽昂这样看似毫发无损的美国民众。正如小说中不断穿插着诸如"在飞机撞楼十天之后"（36）、"在飞机撞楼十五天之后"（74）、"飞机撞楼之后两个星期"（139）、"在飞机撞楼三十六天之后"（184）等时间提示语所表明，恐怖袭击事件的阴影笼罩着美国社会生活的方方面面。实际上，正如尼尔·斯梅尔塞（Neil J. Smelser）所言，"9·11"事件恐怖袭击已经被建构成为美国人"真正的文化创伤"。①

　　在《文化创伤：一种社会理论》一文中，美国社会学家杰夫瑞·亚历山大（Jeffery C. Alexander）指出，"文化创伤的发生缘于一个集体成员感觉他们都遭受了一件可怕的事件。该事件在他们的集体意识上留下了不可磨灭的印迹，永远地留在他们的记忆中，从根本上不可逆转地改变了他们未来的身份"。② 文化创伤关系着社会成员的集体身份认同，但这并不意味着所有社会成员都在实践中经历了某一具体的创伤事件。这一点使文化创伤理论区别于传统的创伤理论研究。杰夫瑞·亚历山大认为，传统的创伤研究都着眼于创伤事件本身，根据事件破坏性的强弱来判断当事人是否为创伤事件的受害者。受精神分析的影响，学界普遍接受的创伤研究把创伤体验看成是当事人无法整合游离于无意识之中或超越已有认知能力范围的创伤事件的结果。上文对基思和弗洛伦斯两人经历的精神创伤的分析采用的就是这种思考模式，具有比较明显的个体性特点。与之不同，文化创伤具有建构性和集体性两个特点。只要某集体成员在认知系统上认同某一灾难性事件已经对他们的生活构成不可更改的影响，即使是像外星人入侵地球这样的假设都有可能成为构成文化创伤的事件。因此，文化创伤更加强调创伤性事件的传播和建构过程，在特定的社会语境下，依靠各种表征系统对社会成员进行思想上的"规训"，进而让他们想象性地认同创伤事件对他们生存构成的结构性力量。为了生动展示文化创伤，杰夫瑞·亚历山大把文化创伤的建构类比成具有述行功能的话语行为。其中，创伤意义的阐释者是话语行为的实施者，创伤意义的接受者则是话语行为的听众，而在某一特定社会语境实

---

① Neil J. Smelser, "September 11, 2001, as Cultural Trauma", in Jeffery C. Alexander et al., eds., *Cultural Trauma and Collective Identity*, Berkeley: University of California Press, 2004, p. 265.

② Jeffery C. Alexander, *Trauma: A Social Theory*, Cambridge: Polity Press, 2012, p. 6.

施的对创伤性事件进行各种符号表征则是不断生产意义的话语行为。为了把某一创伤性事件建构成文化创伤，杰夫瑞·亚历山大认为，创伤的集体性表征必须注意四个维度：首先要表现"痛苦的性质"，指的是究竟发生了什么；其次是指"受害者的性质，哪些人承受了创伤性痛苦的影响"；再次要表现的是"创伤受害者与更大范围人群是什么关系"，强调个体性创伤的集体维度；最后则要明确"责任的归属问题"，明确谁是作恶者。①

在德里罗的后"9·11"小说中，"9·11"恐怖袭击事件不仅对基思这样的事件经历者构成了难以平抚的创伤，而且被表征为以本·拉登为首的极端分子对美国文化和社会进行的攻击。参与该意义建构的有媒体、艺术家和知识分子，而像丽昂、贾斯廷等并没有亲身经历过袭击事件的普通民众是该意义的接受者。几乎就在恐怖袭击发生的同时，美国各大新闻媒体就通过网络和电视向美国民众和世界报道了这一事件。"CNN 自美国遭袭后对事件进行了超过 48 小时直播和超过一周的取消一切原定节目和广告的马拉松式全天连续报道。CNBC 这一经济信息频道也停止节目多日，换播 MSNBC 新闻节目，并不时向观众预告'MSN-BC 连续报道，绝无间断，请继续收看'。FOX 新闻频道随时插入的预告则与 MSNBC 如出一辙。这是自 20 世纪 60 年代 NBC 对肯尼迪遇刺、CNN 90 年代对海湾战争和对进入新千年进行过的 24 小时新闻报道以来，美国电视新闻发展里程中又一'地标式'建树。"② 各大媒体采取现场直播、幸存者访谈等各种方式，让媒体观众和听众产生身临其境的现场感。所以，在《坠落的人》中，尽管只详细描述了基思和弗洛伦斯两位当事人的心理创伤，但其他人物对事故的细节毫无陌生感。丽昂告诉母亲妮娜说自己"亲眼看见双子塔楼倒下"，妮娜则强调说，"先是一幢，后来是另一幢"（12）。现代媒体以其逼真的影像和音响效果使真实与虚拟的界限越来越模糊，使观者的感受越来越认同于眼前的图景。不仅如此，E. 安·卡普兰经过分析认为，媒体传播的灾难性事件具有让观众遭受"间接性创伤"（vicarious trauma）③ 的力量。观众产生

① Jeffery C. Alexander, Trauma: A Social Theory, Cambridge: Polity Press, 2012, pp. 17 – 19. 在拙著《文化场域中的美国文学创伤表征研究》（2017）的"导言"部分，笔者对文化创伤的概念进行过详细介绍。

② 白进军：《美国电视媒体眼中的"9·11"事件》，《中国广播电视学刊》2001 年第 12 期。

③ E. Ann Kaplan, Trauma Culture: The Politics of Terror and Loss in Media and Literature, New Brunswick, New Jersey, and London: Rutgers University Press, 2005, p. 2.

感同身受的震撼感，出现恐惧、幻觉、复现等创伤性症状。这种间接性创伤通过丽昂总是难以遏制反复观看当天飞机撞击大楼的录像的冲动体现出来："每当她看见那些飞机的录像，她都会把一个指头移向遥控器的电源按钮。然后，她会看下去。第二架飞机从湛蓝剔透的天空中钻出来，这就是那一段叫人刻骨铭心的连续镜头，它仿佛进入了她的皮肤。那一转瞬即逝的冲刺携带着生命和历史，携带着他们的生命和她的生命，冲向遥远的地方，远远超越了双子塔楼。"（145）在此，丽昂产生了强烈的移情反应，把自己想象成身处双子塔楼中的一员，自己的生命似乎驻足在那一瞬间。不过，在《坠落的人》中承受间接性创伤的远不止丽昂一人。为了表现媒体对人们意识的渗透性影响，小说还凸显了贾斯廷在恐怖袭击之后的变化。虽然丽昂庆幸基思从废墟中回到家中时贾斯廷正和母亲在一起，但她很快察觉到贾斯廷一些异常言行。小说第一大部分的标题"比尔·洛顿"实际上就与贾斯廷有关。贾斯廷喜欢和邻居家的姐弟俩一起关在房内使用望远镜瞭望天空，"比尔·洛顿"被姐弟俩的母亲认为是他们交流的暗语。事实上，他们在用望远镜在天空寻找飞机，而"比尔·洛顿"只不过是儿童口中的"本·拉登"。丽昂觉得，"在这个孩子的小小错误说法中，可能有某种重要意义"（79）。新闻媒体对"9·11"事件的报道甚至已经对儿童的语言产生了同化作用，但与此同时，由于不习惯"本·拉登"这个词的发音以及儿童语言习得的特点，他们在发音上产生了偏差。围绕着这个名字，贾斯廷和姐弟俩根据对新闻报道片言碎语的理解虚构出了此人的形象："比尔·洛顿长着长长的胡子。他穿着长袍……他会开飞机，能够讲十三种语言，除对他的妻子之外，和其他人都不讲英语。其他本事？他有本事给我们吃的东西下毒，不过仅仅是某些东西。他们正在弄那份清单。"（80）很明显，这份构想出来的清单让他们对未来充满恐惧。而且，他们心理上还坚持着双子塔楼"被撞了，但是没有倒"（78）的幻想，因此担任起了"守卫"天空的任务。小说以儿童在恐怖袭击之后的反应表明"没有人能够免受媒体的影响，也无人能够逃避。贾斯廷认为，双子塔楼没有倒塌的构想再次证明时间在他们心中已经静止"。①在媒体的推波助澜下，"9·11"恐怖袭击已经不再只是当时正在双子塔楼中工作的少数人的创伤性遭遇，而是成为全体美国公民的创伤

---

① Linda S. Kauffman，"World Trauma Center"，*American Literary History*，Vol. 21，No. 3，Fall 2009，p. 655.

体验。

　　除媒体使"9·11"创伤事件集体化之外，行为艺术家戴维·雅尼阿克在纽约街头反复模仿恐怖袭击那天有人从双子塔楼跳下的情景使该事件进一步公众化。正如前面几章所述，艺术家是德里罗小说中经常出现的人物形象。但安·朗谬尔（Anne Longmuir）敏锐地指出："在诸如《琼斯大街》（1973）、《毛二》（1991）、《地下世界》（1997）和《身体艺术家》等发表在《坠落的人》之前的小说中，德里罗笔下的艺术家和审美表达总是与企业资本主义、宗教本质主义、压制性政治体制和恐怖主义等集体性的文化叙述相对立。然而，'9·11'之后德里罗是否继续相信艺术和艺术家的政治可能性，现在很难像以往那样做出清晰的判断。"①《坠落的人》中，戴维·雅尼阿克的表演缺少超越现实的功能，因为他唯一的目的是向公众复现从大楼坠落的形象。丽昂有一次准备乘坐地铁回家时，与许多人一起目睹了戴维·雅尼阿克从高架轨道的维修平台上往下跳的情景："跃下或坠落。他先是一个翻身，身体僵直，两腿朝天，脑袋向下……他的身体固定在安全带上，飞速落下产生的摇摆让他倒立在空中，距离人行道二十英尺。摇摆，空中产生的某种冲击和弹跳，绳子收缩回弹，身体终于静止不动，胳膊搭在两侧，一条腿的膝部弯曲。"（181—182）戴维·雅尼阿克的身影几乎遍布纽约的每一个角落，他在中央公园、布鲁克林、卡内基音乐厅、皇后区大桥、布朗克斯区的教堂钟楼上等地点的每次表演都会引起观众惊恐的呼叫声。在论及戴维·雅尼阿克表演的叙事功能时，有论者说，"通过不断地将这个场景仪式化，艺术家试图提醒那些已经遗忘'9·11'内涵的纽约市民，悲剧的核心不是'废墟上不倒的星条旗'这些意识形态浓厚的新闻符号，而是个体生命面对死亡时的恐怖与悲怆"。② 该观点的一个显著特点是仍然强调戴维·雅尼阿克的表演在表现个体创伤感受的作用。但是，如果从文化创伤建构的角度讲，戴维·雅尼阿克在公共空间的表演使更多的人遭受了间接性创伤，从而给美国民众的集体意识打下了无法抹去的创伤烙印。

　　戴维·雅尼阿克的表演并非出于德里罗的想象，而是缘于一张2001年9月12日发表在《纽约时报》的照片启发。这张照片由一名叫

---

① Anne Longmuir, "'This was the World Now': Falling Man and the Role of the Artist after 9/11", *Modern Language Studies*, Vol. 41, No. 1, Summer 2011, p. 43.

② 但汉松：《"9·11"小说的两种叙事维度——以〈坠落的人〉和〈转吧，这伟大的世界〉为例》，《当代外国文学》2011年第2期。

理查德·德罗的摄影师在 2011 年 9 月 11 日上午 9 点 41 分拍摄，表现的是被困在双子塔楼中的人们由于绝望而从窗口跳下的情景。这张照片对观众产生强烈的视角冲击，被认为是"对死者的侮辱和对生者构成难以忍受的野蛮冲击"①，因此，各大报刊很快就停止发表和转载该张照片。从创伤理论的视角讲，公众对照片的抵制体现的是一种逃避和企图遗忘该事件的心理。另外，该照片借助互联网仍然迅速地在世界范围内传播，见证当天的创伤，使时间似乎永远凝固在那一刻。这件事进一步说明了知识分子在参与公共事件的引领作用。实际上，在《坠落的人》中，身为图书编辑的丽昂在承受着间接性创伤的同时，她也在把"9·11"恐怖袭击建构成为美国民众的集体创伤过程中发挥着自己的引导作用。丽昂受一位心理医生委托，主持了一个故事小组，以讲故事和写作文的形式帮助几位处于痴呆症初期的老人改善心理状态。在踌躇和犹豫一段时间之后，他们终于答应写 9 月 11 日那天自己都在做什么。有人写到了飞机，有人写到了双子塔楼中的熟人。但丽昂发现，"没有人在作文中提到那些恐怖分子。而且，在阅读之后的交流中，也没有提到那些恐怖分子。她给他们提示。十九个人来这里，想要杀死我们，你们肯定有什么想说的话，有什么想要表达的感觉"（68）。丽昂引导他们不要忘记这次创伤事件的制造者，希望他们在书写中发泄报复的欲望。

　　有一天，基思回到自己的单身公寓查看信件时，发现有两三封信件拼错了他的名字，他习惯性地拿起笔进行更正："在其他大多数情况下，他首先更正他的姓氏 Nuedecker（诺伊德克尔）中的第一个字母，然后拆开信封。"（33）写信人的错误或者是由于他们的粗心，或者是因为并不太熟悉这个姓氏的书写方式，可是基思意识中却认为名字与个体身份不可分离。克里斯蒂安·维尔斯路易斯（Kristiann Versluys）提醒说，基思的姓与德语有关，其中"诺伊"（"neu"）在德语中是"新"（"new"）的意思，因此基思的名字"具有作为美国人原型的作用，成为亨利·詹姆斯在《美国人》中刻画的主人公克里斯托弗·纽曼（Christopher Newman）的继承人（是德国人出身而不是英国人）"。② 在克里斯蒂安·维尔斯路易斯看来，"9·11"恐怖袭击给美国人造成的创伤可以与纳粹期间给犹太人造成的创伤相提并论。《坠落的人》通过

---

① Susie Linfield, "Jumpers: Why the most haunting images of 2001 were hardly ever seen", Aug. 27, 2011, http://nymag.com/news/9 – 11/10th – anniversary/jumpers/.
② Kristiann Versluys, *Out of Blue: September 11 and the Novel*, New York: Columbia University Press, 2009, p. 191.

描写不同年龄阶段人群对"9·11"事件的反应，旨在表明除了从双子塔楼侥幸逃生的幸存者，几乎每一位美国公民都是该事件的受害者。"9·11"事件已经从一件灾难性历史事件变成美国的文化创伤。小说中，丽昂发现周围有许多人想逃离纽约，便想起了一首与京都有关的日本俳句。不过，显现在她脑海里的诗句里的城市突然由原来的"京都"变成了"纽约"："即便身在纽约——我也渴望纽约。"（35）"9·11"事件改变了美国人已有的身份认知，原有的美好和富足已经随着双子塔楼的倒塌而轰然落幕。就像《欧米伽点》中理查德·埃尔斯特观看道格拉斯·戈登的《24小时惊魂记》（24 Hour Psycho）时感到"宇宙在挛缩"① 一样，时间变得迟缓与凝滞，让人沉郁不安。

## 第二节　美国例外论中的生命政治

当在讨论"9·11"事件对美国文化的影响时，除了从共时层面讨论该事件如何演变成美国的国家创伤，我们还需要从历时层面思考恐怖袭击对美国民族意识的影响，思考恐怖袭击行为对美国文化具有的象征意义。詹姆斯·格兰兹（James Glanz）和埃里克·利普顿（Eric Lipton）2003年在《天空之城：世界贸易中心的建造与崩塌》一书中指出，"世界贸易中心在9月11日被推毁时，最首要的悲剧是，除两架被劫持的飞机上的147人之外，将近有2400被困双子塔楼中的人丧生。但甚至当整个国家开始为这些生命哀悼时，人们明显地也在为另一种事物哀悼，即塔楼本身"。② 当年，由洛克菲勒家族主导的双子塔楼建设几乎成为一项国家工程，弗吉尼亚、加利福尼亚等各大东西部城市的钢铁厂都在为它的建设提供所需要的钢材。不过，从20世纪五六十年代的酝酿设计开始，到1966年塔楼破土动工，再到1973年建造完成，人们对双子塔这座摩天大楼的建设异议不断。这其中既有政治、经济上的隐忧，又有自然因素的考虑。但是，双子塔楼的设计者和建造者以"早期太空时代的技术乐观主义"③ 力排众议，将这座纽约史上最高的建筑拔

---

① ［美］唐·德里罗：《欧米伽点》，张冲译，译林出版社2013年版，第50页。后文出自该著作的引文，将随文在括号内标引引文出处页码，不再另行作注。

② James Glanz and Eric Lipton, *City in the Sky: The Rise and Fall of the World Trade Center*, New York: Time Books, 2003, p. 5.

③ Ibid.

地而起。这座高达 400 多米、共 110 层的双子塔楼"采用钢架结构，楼群的外围有密置的钢柱，墙面由铝板和玻璃组成，有'世界之窗'之称。大楼有 84 万平方米的办公面积，可容纳 5 万名工作人员，同时可容纳 2 万人就餐。其楼层分组给世界各国多个厂商……一切机器设备均由电脑控制，被誉为'现代技术精华的汇集'，是早期的智能型大厦"。① 双子塔楼的建设一开始就与现代技术、金融资本和全球化视野相连，与位于纽约自由岛上的自由女神像相呼应，成为纽约的地标。其实，从 1889 年第一座被认为是摩天大楼的建筑落户纽约以来，在双子塔楼之前，已经有克莱斯勒大厦、帝国大厦等多幢摩天大楼。有研究者发现，当时的美国人除了对这些建筑因高度而产生不安全感，内心同时存在着熟悉感，因为这些高耸入云的摩天大楼让人想起了中世纪城市中的哥特式教堂。第一次世界大战之前，最高的摩天大楼伍尔沃思大厦就被人称为"商业大教堂"。在上帝退场之后，摩天大楼象征的"世俗权力已经统治了城市，这些统治者身披教堂的长袍"。② 潜意识之中的这种宗教情结使人们再次重温 17 世纪初清教徒在北美这块新大陆上再造伊甸园的激情。当摩天大楼顶端的灯光照亮时，就像温斯洛普所憧憬的"山巅之城"上的灯塔已经点燃，划破夜空，指引着远方的人。因此，当我们理解双子塔楼的崩塌给美国文化留下的创伤时，我们需要从根植于美国民族心理的"例外论"思想理解双子塔楼的象征意义。

美国例外论思想的发轫可以追溯至 1620 年从英国漂洋过海至北美大陆的"五月花号"轮船。在这艘轮船上，有一部分人是为避免宗教迫害的清教徒。当轮船历尽风雨在马萨诸塞州港口靠岸时，为了生存和理想，他们在船上签订了一份名为《五月花号公约》的契约，以上帝的名义宣誓："自愿结为一民众自治团体。为了使上述目的能得到更好的实施、维护和发展，将来不时依此而制定颁布的被认为是这个殖民地全体人民都最适合、最方便的法律、法规、条令、宪章和公职，我们都保证遵守和服从。"③《五月花号公约》虽然不到 300 个词，但却体现了自由、平等、契约和法治的思想，被认为"是美国精神的重要起源"。④

---

① 金磊：《别了，美国世界贸易中心——美国世贸中心轰然倒下的思考》，《建筑创作》2001 年第 4 期。
② Thomas A. P. Van Leeuwen, "Sacred Skyscrapers and Profane Cathedrals", *AA Files*, No. 8, 1985, p. 41.
③ 转引自许爱军《〈五月花号公约〉和美国精神》，《国际关系学院学报》2012 年第 1 期。
④ 同上。

来到新大陆的清教徒们怀揣梦想，吃苦耐劳，具有很强的使命感。他们视自己为上帝的选民，来到这块富饶而又神秘的荒野之地接受考验，重建失落的伊甸园。对这种选民思想呼应最为强烈的是温斯诺普1630年在"阿贝拉"轮船上发表的题名为《基督博爱之模范》的演讲。为了鼓励轮船上的清教徒们团结起来，战胜生活中的困难，温斯诺普告诉他们："我们将发现以色列的上帝就在我们中间，我们十人就有能力抵御上千个敌人。他将使我们受到赞誉和荣耀。人们在讨论未来的种植园时，就会说，'愿上帝让它变得和新英格兰一样'。因为我们认为，我们将成为山巅之城。所有人的眼前都将注视我们。"① 清教徒的选民思想成为美国精神的文化源泉，滋养了美国例外论思想，从根本上使一代代美国人在认知上有意识地把自己与其他民族和国家的人民区别开来。

除清教思想文化的影响之外，1893年，威斯康星大学弗雷德里克·杰克逊·特纳教授在美国史学协会上宣读的一篇题名为《边疆在美国历史上的重要性》的论文，让我们从地理环境上思考塑造美国例外论思想的另一因素。特纳提出，"美国社会发展一直与不断在边疆开拓有关。永久性的新生、美国生活的流动性、向西拓展带来的新机遇以及与朴素的原始社会的持续接触为塑造美国品质提供了主导性力量。这个国家历史上真正的视点不是大西洋海岸，而是'大西部'"。② 这片广袤的土地孕育了美国式的自由与平等，为具有冒险精神的个人主义提供了练武场。特纳的观点有意识地从地缘上撇清美国与欧洲在文化上的关系，彰显美国的特点。实际上，早在特纳之前就有许多名家学者就美国人的特征进行过深入思考。最早有意识地就这个问题进行认真回答的是法裔美国人克里夫古尔（Michel - Guillaume Jean de Crèvecoeur）。他在1782年发表的《什么是美国人？》一文中强调了美国人与人之间的平等性，摆脱了欧洲等级制度和阶级意识的羁绊与束缚，因此他认为，美国人是"新人"："什么是美国人，这个新人？他或者是欧洲人，或者是欧洲人的后裔；你无法在其他国家找到这种混合性的血缘关系。我可以随时向你指出这样一个人，他的祖父是英国人，他的祖母是荷兰人，他的母亲是法国人，而他自己的四个儿子分别娶了四个来自不同国家的妻子。这就是美国人，抛却了以往所有的偏见和生活方式，在新的生活方式中形

① John Winthrop, *The Journal of John Winthrop*, 1630 - 1649, Cambridge：Harvard University Press, 1996, p. 10.

② Frederick Jackson Turner, "The Significance of the Frontier in American History", http：//www. honorshumanities. umd. edu/205％20Readings. pdf.

成新的想法，服从新的政府，拥有新的地位。"① 值得注意的是，克里夫古尔同样看到了向西部开拓是美国特征的一部分，提出了"美国人是向西挺进的朝圣者，随身携带着早在东部时就已经开始发展的艺术、科学、活力和勤奋"② 的观点。从思想来源上讲，特纳的边疆观点呼应和深化了克里夫古尔的观点。

　　有趣的是，当特纳 1893 年提出西部边疆对美国国民特征塑造的重要作用时，美国政府早在 1890 年就宣布，由于已经没有无人踏足过的区域，美国的边疆线已经不存在了。特纳的分析因此兼具反思和静态性的特点，把对美国特性的研究看成是固态化的总结。历史学家大卫·波特（David M. Potter）在肯定特纳的研究成就的同时，对特纳把西进运动看成是塑造美国特性的唯一物质因素和动力提出了质疑。在《富足的人们：经济富裕与美国性格》一书中，大卫·波特认为，特纳的错误在于"没有意识到远不只存在一种边疆。还存在工业边疆、技术边疆和机械边疆，这些边疆为其他的自然资源打开了新的路径，富饶程度不逊于农耕土地"。③ 大卫·波特把边疆的观念进行了泛化，认为只要能为美国个人冒险精神提供自由舞台的领域都可以看成是塑造美国精神的边疆。这对于理解 19 世纪以来美国社会迅速朝工业化和商业化道路发展在培育和加强美国例外论思想方面具有重要的启示作用。

　　因此，作为全球资本主义的总部，双子塔楼不仅仅是一座金融中心，而是凝聚了美国建造"山巅之城"的梦想，是为个人创造财富和实现理解提供用武之地的新边疆。与自由女神像一样，它是自由、民主、平等与个人主义的象征，是实现美国梦的舞台。当我们从文化意义上分析双子塔楼的崩塌对美国民族心理造成的影响时，不难理解其中的巨大创伤性。根据美国奎尼比亚克大学在 2006 年做的调查，多数美国人认为，"9·11"事件的伤害要大于日本偷袭珍珠港事件："56% 的人认为，相对于珍珠港事件来说，'9·11'恐怖袭击更为重大，有 33% 的人持相反观点。年龄在 65 岁以上的人中，有 42% 认为，'9·11'恐

① Michel – Guillaume Jean de Crèvecoeur, "What Is an American?", http：//americainclass. org/sou rces/making revolution/independence /text6/crevecoeuramerican. pdf.

② Ibid. .

③ Arnon Gutfeld, *American Exceptionalism*：*The Effects of Plenty on the American Experience*, Brighton：Sussex Academic Press, 2002, P. 35.

怖袭击是比珍珠港更重大的历史事件，持截然相反观点的人占39%。"①但与珍珠港事件之后美国政府做出的战备应对类似，"9·11"事件发生之后，小布什政府迅速得到参议院和众议院的支持，获得动用武力的授权，并于2001年10月7日与英军联手对阿富汗塔利班组织和极端分子正式实施军事打击。同年10月26日，小布什政府通过国会签发了《美国爱国者法案》。该法案从加强国内监控和保卫国土安全等各方面扩大权力部门的管辖范围，极力为反恐扫清障碍。在论及例外论对美国政治制度的影响时，阿尔农·古特费尔德（Arnon Gutfeld）提醒我们注意美国历史发展中的暴力因素。无论是黑奴解放，还是开疆拓土，美国几乎所有辉煌篇章都与政治暴力有关。这种暴力尤其体现在抑制和消除那些被认为与美国主流意识形态不相容的观点和行为上："对极端的'非美国'思想和那些有悖于大众意见的意识形态采取极端措施进行暴力压制是美国经验中一个主要和持续的主题。"② 因此，与美国例外论紧密相连的不仅有"选民"思想和边疆假设，而且还有不可分割的政治暴力。这一点从根本上解释了为什么民意持续走低的小布什政府能够在"9·11"事件之后迅速赢得民众与媒体的同情和支持，其推行的各项反恐政策畅通无阻。所以，尽管让·鲍德里亚分析说，恐怖主义在全球的蔓延"与霸权体制相伴相随，似乎是后者的影子"③，但无论是《坠落的人》中的妮娜，还是《欧米伽点》中的理查德·埃尔斯特，都没有以"9·11"恐怖袭击作为反省美国例外论的契机，而是默认和赞同小布什政府的军事政策。

在《坠落的人》中，妮娜在与她的情人马丁讨论"9·11"事件时，表达了自己强烈的不平情绪。她说，不同于那些企图通过读诗来舒缓心灵创伤和痛苦的人，她自己只读报纸，报纸上与"9·11"事件相关的报道让她"非常愤怒，都快疯了"（44）。马丁是一位德国艺术品投资人，生活漂泊不定，总是穿梭在世界各大城市。但恐怖袭击之后，他立刻从欧洲来到妮娜身边，对她进行安抚。马丁建议她为了避免被愤怒的情绪击垮，可以从另外一个角度思考和理解恐怖袭击事件。除了思

---

① 中新网，"美国人认为'9·11'事件是比袭击珍珠港更重大的历史事件"，2006年8月30日，http://news.xinhuanet.com/mil/2006-08/30/content_5027727.htm，2016年9月30日。

② Arnon Gutfeld, *American Exceptionalism: The Effects of Plenty on the American Experience*, Brighton: Sussex Academic Press, 2002, p.52.

③ Jean Baudrillard, *The Spirit of Terrorism and Other Essays*, trans. Chris Turner, London and New York: Verso, 2003, p.10.

考这件事本身，还需要关注与这件事有关的人："思考它，让它告诉你什么东西。理解它，让你自己可以面对它。"（44）马丁认为，恐怖事件的发生有其政治、经济和历史的根源，恐怖分子之所以袭击美国，那是因为他们想让世界知道，"一个干涉别国内政、出兵占领别国领土的大国"（49）同样并不是坚不可摧的。然而，妮娜却难以接受马丁让她冷静下来思考的建议，因为她坚持认为，恐怖袭击只是一群宗教狂热分子出于盲目的信任进行滥杀无辜的行为，其他国家的贫穷和落后与美国无关。由于难以接受马丁认为需要从美国自身寻找恐怖袭击的根源，妮娜与马丁产生了剧烈的争执，最终不欢而散。在妮娜生命最后的两年半中，他们很少交流，妮娜还把马丁曾经赠予她的所有艺术品逐一归还。丽昂最后一次见到马丁是在母亲妮娜的追思会上。在追思会之后共进午餐时，马丁再次发表了批评美国的意见。这一次他是专门针对美国以反恐为由，先后发动阿富汗战争和伊拉克战争的行为进行质疑："就这个国家草率地使用力量而言，我可以这样说，就它给世界带来的危险而言，美国正在变为行为不当的国家。"（208）当时有一位图书馆馆长在座，他先是沉默，但在起身离开时辩护说："不论发生了什么样的事情，我们依然是美国，而你们依然是欧洲。你们看我们拍摄的电影，阅读我们出版的图书，欣赏我们创作的音乐，使用我们所有的语言。你们怎么能够不考虑我们的事情呢？你们一直观察我们，倾听我们。问一问你自己吧。如果没有美国，将会出现什么样的情形？"（210）同已经去世的妮娜一样，这位图书馆馆长始终坚信美国在世界的中心地位和运用武力打击异己以维护美国国家利益的合法性与正当性。

相比之下，《欧米伽点》中的理查德·埃尔斯特以更加直接的方式赞同和参与美国政府发动战争、以暴力形式打击和报复恐怖分子的行为。虽然理查德·埃尔斯特似乎因为还没做好独自面对镜头的准备，吉姆·芬利想通过影像记录他在五角大楼工作情况的计划一直没有得到实施，但他还是向后者讲起了自己对战争的态度："我是要一场战争，伟大的力量需要发挥作用。我们让人揍惨了。我们得重新掌握未来。这是意志的力量，纯粹是内脏的需要。我们不能让别人来规划我们的世界和我们的大脑。他们所有的一切都是陈腐的已死的专制主义传统。我们却拥有活生生的历史，我觉得我乐于生活在其中。"（32）从上述引文可以看出，理查德·埃尔斯特持有强烈的例外论思想，视美国为世界的中心和领导者，无法容忍任何外在的挑衅。在他心中，美国是民主和自由的象征，承载着人类的希望，而与美国意识形态相左的国家都是落后与腐朽的象征。因此，他甚至认为，美国为入侵伊拉克而编造对方拥有大规模杀伤性武器和支持恐怖分子的谎言也无可非议："谎言是必需的。国家不得不说谎。在战争中和为战争做准备时，没有一个谎言是不可辩护的。"（30）理查德·埃尔斯特在政治立场上高度认同政府的决策，甚至不惜黑白颠倒地为政府滥用武力辩护。

从意识形态上讲，美国主导的反恐战争延续了"冷战"思维，仍然是《地下世界》中所凸显的"我们—他们"的关系模式。美国以国土安全为借口，任意践踏国际法案，根据自身利益对他国实施制裁、封锁与打击，以违反国际法的方式处置和关押战俘，在国内则采取各种监控手段和利用舆论宣传，制造假想中的敌人。乔吉奥·阿甘本（Giorgio Agamben）从生命政治的角度指出，小布什政府以反恐为由颁布的《美国爱国者法案》由于授权司法部门只要 7 天之内做出释放或指控的决定，就可以拘留任何涉嫌威胁美国国家安全的人，因此，"从根本上抹除了个体的法律地位，进而制造了法律上无法命名和无法归类的人。在阿富汗抓获的塔利班分子不仅无法享有《日内瓦公约》规定的战俘应该有的地位，甚至被剥夺了依据美国法律因犯罪受指控的权利。他们既不是囚犯，也不是被指控的人，而只是'被拘禁者'，他们事实上只是被纯粹管制的对象，是被羁押的对象，而这种羁押在时间上和性质上都是不确定的，因为完全不受法律和司法监督约束"。① 美国在国际舞台上实施具有双重标准的生命政治，一方面对他国的人权状况指手画脚；另一方面却以追踪是否美国化为依据任意侵犯人们的隐私，抑制多元文化，甚至对具有异域文化背景身份的公民的人身安全构成威胁。

在《坠落的人》中，由于编辑过与恐怖主义相关的著作，丽昂有一天接到当地法院的通知，邀请她作为陪审团中的一员参与"审判一名涉嫌协助恐怖主义活动的律师。她完成了一份长达 45 页的问卷，选项要求判断真实的陈述、半真半假的陈述以及蓄意的谎言"（237）。该案件只是"9·11"事件之后众多类似案件的冰山一角，因为在《美国爱国者法案》颁布之后，美国普通公民的言行自由权就受到严密监视与监听。人们的隐私权在美国历史上受到前所未有的挑战，司法部门甚至可以因为捕风捉影的证据而把相关人员确定为嫌疑人进行逮捕或审讯。不过，在美国这个多元文化并存的社会，受"9·11"事件冲击最大的还

---

① Giogio Agamben, *State of Exception*, trans. Kevin Attell, Chicago and London: The University of Chicago Press, 2005, p. 3.

是穆斯林群体。在恐怖袭击之后，"美国主流媒体充斥着大量的有关负面报道，其中不乏对伊斯兰文化和穆斯林形象的严重误读与情感化的臆想，甚至于将伊斯兰教与原教旨主义恐怖势力挂钩，勾勒出一个封闭蒙昧、反现代甚至被恐怖主义阴霾笼罩的遮蔽的伊斯兰"。① 这些主流媒体占据了舆论的制高点，导致了美国百姓对伊斯兰文化和穆斯林形象的误识与仇恨。丽昂参与陪审的被告律师就是因为认识一名与恐怖主义活动有关联的穆斯林神职人员而受到牵连。丽昂之所以投入大量精力编辑与恐怖主义相关的文稿和书籍，是出于想理解恐怖主义发生缘由的目的。可惜的是，除编辑的书目之外，她对恐怖主义的了解大多来自媒体。她收看电视、阅读报纸，认知视野也被当时与政府意识形态保持高度一致的媒体所规训。她对与伊斯兰文化相关的事物表现得非常敏感。就在恐怖袭击发生之后不久，她收到一张朋友从罗马寄回来的明信片。明信片的正面印有雪莱著作《伊斯兰的起义》首版封面的图样。她对该书名带来的联想意义极为敏感，"一张印有这本书封面的明信片此时此刻来到这里，这纯属巧合，或者说，这事情并不是巧合那么简单"（8）。另外，她开始变得对二楼一邻居家播放的音乐非常关注。她为房间主人反复播放一张 CD 光盘上的音乐感到愤怒。她觉得虽然房间主人埃莱娜可能是希腊人，但是，"那音乐却不是希腊的。她听到的音乐属于另外一个传统，中东的、北非的、贝都因人的歌曲，也许是苏非舞曲，伊斯兰教传统中的音乐"（72）。她甚至半夜惊醒，感到有一种莫名的威胁向自己逼近。终于有一天她按捺不住心头的怒火，敲开了对方的房门。尽管她家住在四楼，丽昂还是以音乐声音太大与埃莱娜发生争执，并动手狠狠地攻击毫无防备的埃莱娜。受主流媒体的煽动，丽昂对伊斯兰文化产生了莫名其妙的恐惧，强烈的敌视情绪使她失去了理智。在美国当时的舆论环境下，埃莱娜选择忍气吞声，而丽昂也没有为此付出法律上的代价。同样，对埃莱娜抱有仇恨的是基思。有一次，与丽昂下楼经过埃莱娜的房间时，他忍不住狠狠地踹了房门一脚，释放积累在怨恨情绪。基思唯一的遗憾是，自己年龄太大无法参军，否则他"可以杀人而不受惩罚，然后回家一起过日子"（233—234）。基思的遗憾从一个侧面反映了美国主导的反恐战争已经演变成赤裸裸的暴力宣泄。

　　《欧米伽点》中的理查德·埃尔斯特之所以得到美国战略部门的赏

---

① 林玲：《"9·11"事件后美国穆斯林族群政治文化生态考察》，《中国穆斯林》2010 年第 6 期。

识正是由于他从理论上为美军施展暴力提供了指导。让他一举成名的那篇论文以英文单词"rendition"为主题。他从该词的词根和衍变谈起，派生出"加强型审问技术"（35）的含义，并探究了该词"几个当下释义：阐释、翻译、表演。他写道，在这四面高墙之内的某个隐秘的处所，正在上演着一出戏剧，是人类记忆中最古老的那种形式，一些演员全身赤裸，身缚枷锁，双目蒙蔽，另一些演员则拿着造成恐怖的道具，他们就是改编者，没有姓名，蒙着面具，身披黑袍。他写着，接着而来的是一出复仇剧，反映了大众的意愿，隐约阐释着整个民族的需求，我们的民族"（36）。理查德·埃尔斯特的论文几乎成为美军在关塔那摩监狱和阿布格莱布监狱虐待战俘及囚犯的蓝本。美军绕过国际法则，使这些监狱成为现代的集中营，采取各种非人道手段污辱、逼供和拷打囚犯。朱迪斯·巴特勒在《战争的框架》中提出，发动战争的人往往把"人口分成值得为之悲伤的生命和不值得为之悲伤的生命。不值得为之悲伤的生命是一个无法哀悼的生命，因为这个生命从来没有生存过，也就是说，根本无法被称为生命"。① 在美国政府眼中，这些囚犯是被魔鬼控制的异教徒，是法外之地的牲畜，无尊严和人格可言，所以剥夺他们的生命无须担负任何愧疚和刑责。

　　但当发生在关塔那摩监狱和阿布格莱布监狱中的虐囚丑闻及照片终于不为美国意志所阻拦而开始向世人传播公布时，世人对美国在反恐战争中以保护生命之名而践踏生命尊严的生命政治越来越保持警惕心理，反对和批评的声音在全球此起彼伏，对美国打着反恐之名，实则推行全球霸权的目的越来越反感。甚至因为现实利益对美国"9·11"事件大打同情和支持牌的欧盟也在 2004 年 9 月颁布了《欧洲人类安全理念》，"强调以人类安全为重，反对战争，反对美国实施'先发制人'战略"。② 而德里罗在《在未来的废墟》中主张作家应该创作与主流意识形态相左的"反叙事"。在这篇散文的末尾，他回忆起一个月前自己在曼哈顿坚尼街散步时遇见一位穆斯林跪在祈祷毯上面朝麦加祷告的情景。他惊叹纽约的包容性，但他同时想起每年一度麦加朝圣的情景，那里"信仰抹除了与地位、收入和国籍相关的所有痕迹"。他不由发出"真主万能！上帝伟大！"的感叹。在"9·11"事件之后，重提此次偶

① Judith Butler, *Frames of Wars: When is Life Grievable?* London and New York: Verso, 2009, p. 38.

② 沈雅梅：《析美欧在反恐中的人权分歧》，《国际问题研究》2005 年第 3 期。

遇，既有感慨，又有期待。只有一个人类和睦共存的地球，才是未来的希望。

## 第三节　柔脆生命与共存伦理的建构

从上文分析中已经看出，在德里罗的后"9·11"小说中，对美国主流意识形态明确表现出"反叙事"意志的人物不是美国人，而是德国人马丁。他坚持从历史与政治经济的原因来思考恐怖主义的根源，认为是西方国家对全球霸权觊觎和世界资源的掠夺才导致暴力的产生。他预言美国的反恐战争正在把它自身变成危险的代名词，预言美国"正在慢慢失去中心地位。它变为它自身的臭狗屎中心。这就是它占据的唯一中心"（209）。其实，马丁不仅仅是一位艺术品投资商，他的身份背景远比想象中复杂。早在母亲妮娜还健在时，丽昂曾就马丁的身份专门询问过她。马丁真实的姓名叫恩斯特·赫钦格，"是60年代末一个集体组织的成员。一号公社。游行示威，反对德国政府，法西斯主义政府。那是他们对它的看法。起初，他们掷鸡蛋。后来，他们扔炸弹。在那以后，……他在意大利待了一段时间，那里出现动乱，那里红色旅活动频繁"（158）。"一号公社"（Kommune One）是1967年在联邦德国时期成立的小众激进左翼组织，他们对保守的家庭生活和联邦德国政府发起挑战。他们反对越南战争，1967年4月因制造针对到联邦德国访问的美国副总统休伯特·汉弗莱的"布丁暗杀"而声名鹊起。① 后来，由于该组织主要成员沉溺于毒品等原因，"一号公社"于1969年解散。美国对左翼思潮并不陌生，伊莱·扎瑞斯基认为，与奴隶制、工业体系危机和金融危机相对应，"美国历史上也存在三个左翼：废奴主义者、人民阵线（20世纪30年代由社会主义者、自由民主党和工会活动家组成的反法西斯同盟）和六七十年代的新左翼"。② 在德里罗的小说中，左翼思想最具有代表性的人物是《天秤星座》中的奥斯瓦尔德。小说描述了奥斯瓦尔德对美国权力机制的失望，在左翼思想的影响上，离开美国逃往苏联，并最终走上刺杀约翰·F.肯尼迪的道路。有论者分析说，

---

① Sandra Kraft, "Contention in the Courtroom: The Legal Dimension of the 1960s Protests in the German and US Student Movements", *Journal of Contemporary History*, No. 4, 2015, p. 808.

② 彭萍萍编译：《美国左翼的过去、现在和未来》，《当代世界与社会主义》2015年第4期。

德里罗详尽叙述奥斯瓦尔德成长之路的目的是"反思了美国社会左翼分子的心理形成机制，客观而敏锐地提出奥斯瓦尔德这样的处于社会边缘、处于文化与政治他者境地的群体，任凭自己的奋斗，实现不了自己的美国梦，美国宪章与独立宣言里许诺的生命、自由和追求幸福的权利永远是遥不可及的梦"。① 也就是说，例外论思想使美国的内政外交政策日益暴露出狭隘的一面。无论是第二次世界大战结束以后美国保守政治力量上升造成的政治迫害与阶级分化，还是"冷战"结束后美国所构建的不合理的国际秩序对发展中国家在政治、经济和文化的欺压，都为恐怖主义的滋生提供了土壤。从这一点上讲，马丁认为，发动"9·11"袭击的人"与60年代和70年代的激进人士有共同之处"（159）并非完全没有道理。德里罗之所以把马丁的真实姓名恩斯特·赫钦格作为《坠落的人》第二大部分的标题，正是为了促使读者反思恐怖主义发生的根源，为读者通过美国强大的表面，洞察其柔脆的一面。

在马丁柏林的公寓里，他还曾经给妮娜看过"一张通缉布告。70年代初期的德国恐怖主义者。十九个名字，十九张面孔"（159）。由于德里罗在2002年发表过短篇小说《巴德尔—迈因霍夫》，读者自然会把这张通缉布告与联邦德国政府在1972年对左翼组织"巴德尔—迈因霍夫组织"的成员安德烈亚斯·巴德尔（Andreas Baader）、乌尔丽克·迈因霍夫（Ulrike Meinhof）和古德伦·安司林（Gudrun Ensslin）等实施逮捕这件历史事件联系在一起。"巴德尔—迈因霍夫组织"开始时采取温和的手段反对新纳粹主义、反对集权政府、反对核扩散以及反对越战。但由于遭到政府的残酷镇压，他们便决定以牙还牙，采取抢劫、绑架和暗杀等暴力手段。在遭到逮捕之后，该组织成员被关押在达姆海姆监狱。由于司法部门迟迟不提起诉讼，他们便发起绝食以示抗议。在该组织核心成员相继死去之后，尽管过程疑点重重，政府把他们的死归因于自杀。② 不过，民众的疑虑并没有消除，相继出现一些与该事件相关的调查报告和文艺作品。德里罗在《巴德尔—迈因霍夫》中描写的故事正是以德国画家格哈德·里希特（Gerhard Richter）取自该事件的系列作品《1977年10月18日》在纽约现代艺术博物馆展出为背景。女

---

① 张加生：《从德里罗"9·11"小说看美国社会心理创伤》，《当代外国文学》2012年第3期。

② Sandra Kraft, "Contention in the Courtroom: The Legal Dimension of the 1960s Protests in the German and US Student Movements", *Journal of Contemporary History*, Vol. 50, No. 4, 2015, pp. 805 – 832.

主人公在回答男主人公关于画中人究竟发生了什么事的问题时说，"他们自杀了。或者是政府杀死了他们"。① 该回答暗示了安德烈亚斯·巴德尔等人迷雾重重的死亡之因。琳达·考夫曼（Linda S. Kauffman）分析说，德里罗在"9·11"事件之后这个语境中让世人关注"巴德尔—迈因霍夫组织"成员的死亡是为了警示美国政府针对恐怖分子可能实施的政治暴力："在《坠落的人》和《巴德尔—迈因霍夫》中，虽然没有明确表示美国政府像德国一样采取了类似的镇压政策，但不难发现两者的相似性。在1968年5月的学生抗议活动之后，联邦德国政府通过了《紧急条例》，允许警察逮捕同情此类活动的人，并阻止他们就业。到1976年，将近有50万人的名字出现在政府激进同情者的名单上。这是自纳粹以来，德国政府在战后以国家安全之名收集公民信息最多的一次。而该举动与《美国爱国者法案》的相似性是如此诡异，如此影响深远"。② 同联邦德国政府所实施的《紧急条例》一样，《美国爱国者法案》无视法律的限制，对被美国视为异己的人们采取的是一种以暴制暴的恐怖手段。但有一点可以肯定的是，《美国爱国者法案》的实施并没有根除恐怖暴力事件在美国的发生，大多数民众内心的恐惧依然如故。随着2007年以来"维基解密"事件的持续发酵以及2013年斯诺登事件的发生，该法案对公民自由和法律体系的破坏吸引了全世界关注的目光，而美国军队在秘密监狱中对战俘的侮辱和伤害引致越来越多的谴责，使惯了打人权牌的美国政府在国际舞台上颜面扫地。与此同时，反恐战争消耗了美国大量的财力和人力。到2010年，美国政府为战争支付的开支多达"7500亿美元。除此之外，约有4500名美国人和超过10万名伊拉克人丧生，至少2000万伊拉克人流离失所"（14）。③ 强权政策既无法安宁自己，又给他人带来无尽的痛苦。

朱迪斯·巴特勒在《战争的框架》一书中促使我们去反思美国发动反恐战争的认知框架。巴特勒从一幅画与画框的关系出发，认为画框在划定边界的同时，也把该画的缺点暴露在人们眼前，因为"框架无法准确决定我们所见所想、所识所思。一些超出框架的事物烦扰我们对现实

---

① Don DeLillo, *The Angel Esmeralda*: *Nine Stories*, New York: Scribner, 2011, p. 106.

② Linda S. Kauffman, "The Wake of Terror: Don DeLillo's 'In the Ruins of the Future', 'Baader-Meinhof', and *Falling Man*", *Modern Fiction Studies*, No. 2, 2008, pp. 362-363.

③ Zygmunt Bauman, *This is Not a Diary*, Cambridge: Policy Press, 2012, p. 14.

的认知。换句话说，有一些与我们对事物已有的理解不相符的事物发生了"。① 尤其当对一个事物的认知框架被置于一个新的语境中时，框架的自我解构性就越发明显。以关塔那摩监狱虐囚照片为例。当时负责拍摄照片的人，以及在镜头前淡定自如的施暴者，或许都不觉得自己正在参与和实施一种有悖人伦的暴行，因为在他们的认知视野中，这些囚犯是邪恶的异教徒，是人类世界的公敌。可是，当这些照片在互联网上传播时，引来的却是震惊、愤怒与谴责。巴特勒说，虽然这些反应无法让囚犯走出监狱，也无法使正在进行的战争停下来，"但是却为人们不再视战争为日常之事提供了条件，为使更多人感到恐惧和愤怒提供了条件，从而为支持和呼唤正义以及结束暴力提供了条件"。② 实际上，美国政府为了国家利益，在反恐战争中，不仅对给他人造成的痛苦熟视无睹，而且对战争给本国人民造成的伤害也遮遮掩掩。2003 年 3 月，卡塔尔"半岛"电视台播出了美国士兵死伤与沦为俘虏的录像带。五角大楼为了不激起民众的反战情绪，"要求美国电视新闻网在这些战死和被俘的美国士兵家人被通知前不要播放这一录像带"。③ 因此，延续了冷战思维模式的反恐战争并不能给世界带来和平。巴特勒提出，应该从人类生命共有的柔脆性出发，构建一种有利世界共同发展的共存伦理。在《柔脆生命、脆弱性和共存伦理》一文中，巴特勒把自己提出的"柔脆生命"这个概念溯源至列维纳斯关于主体对他者的吁请必须做出回应的伦理思想中。正如在"前言"部分提到，"自我"在列维纳斯的论述中是作为"宾格的主体"存在的。巴特勒由此出发，对列维纳斯的观点进行总结发挥，引申出自己关于柔脆生命的认识："伦理关系并不是我拥有或运用的品质；它先于个体的自我意识。我们不是作为分离的个体敬重这种伦理关系。我已经与你绑定在一起，这就是我成为自我的含义，以我无法预测或控制的方式接受你。很明显，这也是我容易受到伤害的条件。如此一来，我的责任和我的易受伤性绑定在一起。换句话说，你可能对我构成惊吓和威胁，但是我对你的责任永不改变。"④ 但是，巴特勒意识到，列维纳斯学说所遵循的犹太—基督教传统以及他

① Judith Butler, *Frames of Wars: When is Life Grievable?* London and New York: Verso, 2009, p. 9.

② Ibid., p. 11.

③ 陈冠兰：《媒体自由与职业新闻的困境——"9·11"后美国新闻法治与职业道德规范的变化》，《南京政治学院学报》2005 年第 S1 期。

④ Judith Butler, "Precarious Life, Vulnerability, and the Ethics of Cohabitation", *Journal of Speculative Philosophy*, Vol. 26, No. 2, 2012, pp. 141 – 142.

对以色列国家主义的支持对将他的理论构建成一种全球伦理的努力构成了阻碍。巴特勒认为，这个遗憾可以从汉娜·阿伦特那里寻找理论资源进行补充。阿伦特在《艾希曼在耶路撒冷》中提出，艾希曼和他的同党之所以犯下种族灭绝的暴行，是因为他们"没有意识到地球人口的多元性是社会和政治生活不可更改的条件"。人可以选择自己的生活方式，却无法选择与谁共同生活在这个地球上。当纳粹做出这个选择时，其实已经否定了自己作为社会和政治人的身份，把自己看成是独立于社会之外的个体。阿伦特认为，既然他们决定不与他人共存于这个世界，所以，人类判处他们死刑也合乎逻辑。人如果要存在这个世界上，是以无权选择与谁在地球上共存为前提的。在巴特勒看来，"无权选择与谁在地球上共存（unchosen cohabitation）这个概念不仅表示地球人口无法逆转的多元性或混杂性以及保护这种多元性的义务，而且表示致力于维护共存在这个地球上的平等权利，也就是说，承诺对平等性的维护"。① 阿伦特对个人自由限度的论述是对自我与他者之间一种伦理关系的建构，这种伦理关系与列维纳斯的伦理哲学相类似，是不以个体意志为转移的。因此，巴特勒把两人的思想嫁接在一起，提出构建"以平等为特点，使生命的柔脆性最小化"② 的共存伦理。

　　虽然没有学理证据表明德里罗与巴特勒之间有过思想上的碰撞，但巴特勒关于重新审视美国反恐战争认知框架的呼吁与德里罗主张"反叙事"书写有不谋而合之处。即使在《坠落的人》这部被评论者认为"拒绝提供任何有意义的补偿"③ 的小说中，读者不难发现批判和超越美国主流意识形态框架限制的努力。这种努力首先体现在了丽昂身上。在小说中，丽昂是唯一认真聆听过马丁关于需要反思恐怖事件建议的人。她一方面受制于主流意识形态的蛊惑，另一方面则在理智的召唤下发现其中的谬误。一方面她从新闻媒体了解到穆斯林群体无论是思维方式，还是说话方式和饮食习惯都是一样的，另一方面她内心清楚"这不是真的"（73），而当她以音乐声音太大为理由对埃莱娜进行人身攻击时，她"心里也明白，自己在犯傻"（129）。所以，当丽昂带着儿子贾斯廷后来出现在反战游行队伍中时，读者并不感到奇怪，她要让儿子学

---

① Judith Butler, "Precarious Life, Vulnerability, and the Ethics of Cohabitation", *Journal of Speculative Philosophy*, Vol. 26, No. 2, 2012, p. 143.

② Ibid., p. 150.

③ John Carlos Rowe, "Global Horizons in *Falling Man*", in Stacey Olster, ed., *Don DeLillo: Mao II, Underworld, Falling Man*, London and New York: Continuum, 2011, p. 118.

会如何表达异见，感受反对错误统治的方式。不过，当她置身于反战游行队伍中时，丽昂"有一种分离感、距离感"（195）。她对周围的嘈杂和混乱感到不适应。最让她感到难以认同的是，她觉得自己参加的反战游行有一种浮华的景观性。无论是纸质的花车和棺材，还是周围兜售饮料的小贩、站在红色安全网前和骑在马背上的警察，都让丽昂觉得"眼前的一切全是舞蹈设计，转眼之间就将全被撕碎"（198）。真正让她产生触动的是贾斯廷手上一张用阿拉伯语写的传单。传单上写着对穆罕默德的颂扬以及与伊斯兰教斋月相关的内容，丽昂在教贾斯廷发音朗读上面的阿拉伯语时，想起了二十年前自己到开罗进行毕业旅游的经历。当时她与朋友走散了，被围裹在参加伊斯兰教斋月的人群之中。在感到强烈的无助感的同时，她从周围人对她的笑容和反应看到了别人对她的身份认知："她享有特权，超脱，自我专注，白色皮肤。这一切都写在她脸上：受过教育，无知，吓坏了。她感觉到固定模式包含的所有痛苦的真实。"（201）丽昂有一种强烈的被他者化的感受，一个被人既疏离又嘲笑的他者。此时，她在与贾斯廷一起朗读那张阿拉伯语传单的同时，想起了那次经历，心中产生无法克制的不安感。这种不安感缘于她意识到自己长期以来何尝不是在固定模式中理解伊斯兰文化。她想起了一位老人的面孔，后者当时递给她一块糖，并把斋月的名称告诉了她。阿拉伯语传单唤醒了丽昂对自我的反思，老人的面孔让她重新思考对话和共存的可能。

　　但是，丽昂并没有像办公室里的其他三位同事那样，通过阅读英语版《古兰经》来理解伊斯兰教问题，因为她对经书的第一句"不可怀疑这本经书"（253）持有疑虑和距离感。与他们不同，丽昂选择走进教堂。但是，读者不能把丽昂选择走进教堂简单地解读为她对基督教的皈依，向宗教寻求精神的超越和灵魂的慰藉。为了解释这一点，我们需要理解德里罗小说中的后世俗主义思想。这种思想"以开放和宽容的姿态帮助人们开启形式各异的渠道以迎回久已丢失的精神性，同时让精神性在生根于俗世的前提下呈现多重形态，从而让人们重获人生价值与意义的清晰定位，遏制以绝对控制、消除差异为执念的极端主义"。① 在丽昂主持的故事小组中，一个困扰他们精神世界的问题是：上帝为什么会允许恐怖袭击事件在美国发生，甚至有人公开表示以袭击发生之后自

① 沈谢天：《德里罗小说的后世俗主义批评》，《湖南科技大学学报》（社会科学版）2016 年第 3 期。

己已经不再相信上帝。这种幻灭缘于他们内心深处选民思想的失落。相比较而言,一直怀疑上帝是否存在的丽昂在这方面的幻灭感并不那么强烈。现代科学的教育让她相信宗教只是用来奴役人类心灵的工具。如今,历经母亲去世和基思再次离开家庭等情感波折的丽昂之所以走进教堂并不是因为对宗教产生顿悟似的拥戴和对选民思想的执着,而是缓解心灵孤独的精神需求。因为她在教堂里"感受到的不是某种神灵的东西,仅仅是一种对他人的感觉。他人使我们更密切。教会使我们更密切"(255)。她认识到,世界的美丽不是上帝的显灵,而是存在于人与人之间的热度。正是重获与他人共存的伦理意识,丽昂获得了继续生活下去的勇气,她要"以撞楼飞机——划过蓝天的银色——出现前一天的方式生活下去"(258)。

显然,德里罗在肯定丽昂从共存伦理中寻求生活勇气的同时,对她试图回到恐怖袭击之前的生活状态表示了疑虑,因为小说并没有以丽昂的乐观收尾,而是回到了飞机撞击双子塔楼的瞬间。不过,读者此时不仅获知了基思逃生的过程,而且看到了机舱中操纵飞机撞向塔楼的哈马德。在恐怖袭击之后,美国民众之所以对布什政府一呼百应的重要原因在于他们对穆斯林的不了解。正如故事小组成员安娜所言:"你无法接近那些人,甚至在报纸上也见不到他们的照片。你无法看见他们的面孔,可是,这意味着什么呢?意味着你无法说出他们的名字。我天生就喜欢叫别人的名字。我知道称呼那些人吗?"(68)这种隔膜感加剧了彼此之间的敌意与仇恨。难能可贵的是,在《坠落的人》中,德里罗延续了他在《毛二》中对恐怖组织成员人性化的处理。如果说《毛二》中通过布瑞塔揭开恐怖分子头目拉希德部下男孩脸上的面罩,把"脸"还给被极端思想蛊惑的恐怖组织成员,《坠落的人》中则采取《地下世界》和《国际大都市》的形式结构,在故事的主要部分之间穿插副情节的章节,分别以"在马里恩斯特拉斯街上""在诺克米斯"和"在哈德逊走廊"三小节讲述了哈马德加入圣战组织之后的疑虑。"在马里恩斯特拉斯街上"讲述了哈马德接受极端思想洗脑的过程。在阿米尔的组织下,他们阅读《古兰经》、培养相同的生活习惯以及谴责犹太人和美国人。但哈马德内心难以接受他们为了激起对犹太人和美国人的仇恨所寻求的各色理由,他"不知道,这是否滑稽,是正确的还是愚蠢的"(84)。他感到孤独,更加想念以前自己与女朋友莱拉在一起生活的日子;"在诺克米斯"中,在阿富汗接受训练之后的哈马德与其他圣战成员潜伏在佛罗里达州的诺克米斯,为发动攻击做准备。不过,哈马德仍然心存疑虑，反复思考"是否一个人必须以牺牲自己为代价，去完成世间的某件事情"（189）这个问题。遗憾的是，哈马德最终还是走上成为恐怖分子的道路，与同伴劫持飞机撞向双子塔楼。保罗·彼特罗维克因此认为，哈马德已经完全被阿米尔等人洗脑，"不再允许任何个人的逃避或抵抗"。① 尽管如此，德里罗在这部分仍然通过呈现哈马德因搏斗而引起的身体上的疼痛来凸显他的人性，这种疼痛感在飞机撞上大楼时尤其强烈。身体的柔脆性让他意识到剥夺他人生命的残酷性，对他人的攻击同时意味着给自己的社会生命判处死刑。

在"以幽灵般相随的伊拉克战争为中心"② 的《欧米伽点》中，象征着美国强权政治的理查德·埃尔斯特则因为女儿杰茜的忽然消失而迅速被悲痛击垮，原本"不会允许别人哪怕以最温和的方式向他提出改进意见的"（23）理查德·埃尔斯特变成一个虚弱不堪的老人。在多日搜寻未果之后，吉姆·芬利决定把理查德·埃尔斯特带回纽约。在路上，吉姆·芬利再次想起理查德·埃尔斯特过去关于欧米伽点的种种论述，但如今，"欧米伽点已细成了一道刀锋插进身体。就在那里的什么地方，不知道是不是那里，人类所有的宏论都聚缩进了一个小小的悲伤，进入了一个身体"（103—104）。杰茜的消失让理查德不得不重新承受现实时间的压力。德里罗曾表示，在这部小说中，自己"并不想把所有事情都阐述充分，而想把重心多放在暗示之上"。③ 或许，小说通过这个多少有点出乎意料的结局想说明，在欧米伽点到来之前，人的意识始终与现实时间联系在一起，任何人为的躲避或一厢情愿的超脱都有可能只是空中楼阁。从某种程度上讲，杰茜的离奇失踪与《白噪音》中明克的枪声、《毛二》中布瑞特冒险揭开恐怖组织成员面罩的举动、《地下世界》中反战人士的抗议、《身体艺术家》中塔特尔先生的来去、《国际大都市》中自焚男子的呻吟等情节相呼应，具有积极的"言说"意义，因为她的失踪使理查德在沙漠中的诸多"所说"变得苍白无力，迫使他从自我陶醉中醒过来。更重要的是，如果结合理查德·埃尔斯特曾参与筹划伊拉克战争的经历，寓意在杰茜失踪之中的伦理意蕴更加明显。

---

① Paul Petrovic, "Children, Terrorists, and Cultural Resistance in Don DeLillo's *Falling Man*", *Critique: Studies in Contemporary Fiction*, Vol. 5, 2014, p. 608.

② Martin Paul Eve, "'Too many goddamn echoes': Historicizing the Iraq War in Don DeLillo's *Point Omega*", *Journal of American Studies*, Vol. 49, No. 3, August 2015, pp 590 – 591.

③ Alexandra Alter, "What Don DeLillo's Books Tell Him", The Wall Street Journal, Vol. 30 (Jan. 2010), http: // online. wsj. com/article/SB100014240527487040943045750296735269488334. html.

她的失踪让理查德·埃尔斯特亲身体会到伊拉克战争中人们丧亲失友时感受到的切肤之痛，而在这之前，那些人都是他以之为"食"的"小他者"。大卫·科沃特则从地缘政治的角度指出，德里罗通过杰茜的失踪不仅意在表征理查德·埃尔斯特的精神危机，而且"细思了美国帝国走向欧米伽点的前景"。① 一个以吞食他者为目的的文明最终只能以没落收场。

杰茜这个人物形象和《身体艺术家》中的塔特尔先生一样神秘，隐喻了一种无法同化的他性力量。需要提及的是，她是书中唯——一个与在艺术馆观看《24 小时惊魂记》（24 Hour Psycho）的"无名氏"进行交流的人。与其他无法忍受《24 小时惊魂记》极度缓慢的播放节奏的游客不同，"无名氏"对这部采用每秒两帧的频率改编希奇科克的《惊魂记》的作品达到了痴迷的程度。有评论者指出，《24 小时惊魂记》的这种改编方式倡导了"德里罗在'无名'中所描写的自我反思性，观看者观看到的远不止电影本身"。② 在书中，"无名氏"感到遗憾的是，观看《惊魂记》的观众"都记得那杀手的名字，诺曼·贝茨，可谁也不记得被害人的名字"（6）。如今《24 小时惊魂记》以缓慢的速度消解了其娱乐性，呈现出审美的深度。如果说这部小说"对美国后'9·11'时代人类生存境遇的关注与思考，使德里罗的空间政治哲学达到了新的高度"③，德里罗以"无名人"观看《24 小时惊魂记》的感受改变人们观看暴力影片的方式，把目光投向暴力的受害者。但并不是所有人都有这个耐心，所以，"无名人"的存在几乎被人忽视。因此，当杰茜主动与他说话、询问屏幕上的内容时，他感到"站在身边的这个女人不知怎么的正在改变所有关于隔离的规则"（111—112）。人与人之间的隔膜因为杰茜的言说而疏解。"无名人"感到了彼此的信任，所以，当杰茜离开艺术馆时，他追了出去，要了她的电话号码。后来，吉姆·芬利因杰茜的失踪打电话给杰茜的母亲时了解到，杰茜从艺术馆回来后经常会接到一位名叫丹尼斯的男孩的电话，这位"无名人"终于不再是游离于屏幕前的影子，名字还原了他作为人类一员的尊严。

在送理查德·埃尔斯特回纽约途中，吉姆·芬利再一次想起自己要

---

① David Cowart, "The Lady Vanishes: Don DeLillo's *Point Omega*", *Contemporary Literature*, Vol. 53, No. 2, 2012, p. 32.

② Mark Osteen, "Extraordinary Rendition: DeLillo's Point Omega and Hitchcock's Psycho", *CLUES*, Vol. 31, No. 1, Spring 2013, p. 107.

③ 史岩林：《〈指向终点〉：论唐·德里罗的空间政治》，《外国文学》2011 年第 4 期。

拍摄的电影。此时，他脑海中的镜头是"人与墙、脸与眼，但不是又一个会说话的脑袋。在电影中，脸就是灵魂"（104）。他把脸与灵魂等同起来的想法呼应了《坠落的人》中妮娜告诉女儿丽昂"人的脸就是人的生命"（253）所蕴含的生命伦理。可惜的是，受美国例外论的影响，妮娜和理查德·埃尔斯特看到的只是镜像中自己的脸，而没有去关注被遮挡在镜框背后无数同样具有尊严、渴望平等生存权利的"脸"。丽昂对他人的关注以及杰茜的"言说"为超越美国例外论的框架提供了启示，为美国在后"9·11"时代处理例外论破灭之后的创伤、构建新的政治秩序指明了路径。

# 结　语

　　论及美国当代小说家与现实的关系，与德里罗生活在同一时代的菲利普·罗斯（Philip Roth，1933—　）早在20世纪60年代就说过："生活在20世纪中叶的美国作家为了尽力理解、描述美国现实，以及使之大部分可信，真是忙得不可开交。现实使人茫然、使人厌烦、使人愤怒，甚至使人贫乏的想象力陷入某种尴尬的境遇。实际情况不断地嘲弄我们的才华，现实中几乎每天都有让任何小说家都感到妒忌的人物产生。"① 当我们在近半个世纪之后重新回味这段话时，它对描述当前美国作家面临的挑战似乎并没有失去有效性。但与菲利普·罗斯不同，德里罗并非通过描写父辈与子女、兄弟或夫妻之间的紧张关系来体现"严格的传统道德规范（这些道德期望很难达到）与我们目前的生活现状不相称"②，他所描述的情况更为纷繁复杂。作为一位自第一部小说出版起就展现出"惊人洞察力"③ 的作家，德里罗致力于把视角放在为读者展现当代美国文化与社会全景上，并以此为背景来详尽叙述后工业时代消费与影像文化或工具理性对人类生存境遇造成的困境，考察人们在传统道德与信仰失落之后的生存境遇。在《白噪音》中，他揭示了一个充满风险的后工业社会，人们在这种社会形态中由于种种的不确定性而对自我存在满怀焦虑；在《毛二》中，他从一位作家的切身体会出发，更具体地关注到了消费主义文化对作家身份的压力；在《地下世界》中，他为我们揭示了不为官方承认的"地下历史"，让读者看到了核技术的恐怖面孔。进入21世纪之后，他的视野变得更加具有包容性。他既在《身体艺术家》中描写了较为个人化的创伤体验，又在《国际大都市》中思考了全球资本主义的正义性问题；而在《坠落的人》和

---

① Philip Roth, *Reading Myself and Others*, London: Jonathan Cape, 1975, p. 120.
② Harold Bloom, *Philip Roth*: *Modern Critical Views*, New York: Chelsea House, 1986, p. 2. 括号中的补充说明为原文所有。
③ Joyce Carol Oates, *Uncensored*: *Views &*［*Re*］*views*, New York: Harper, 2006, p. 340.

《欧米伽点》这两部后"9·11"小说中，读者看到了他对全球共存伦理的思考和诗性书写。

有评论者把德里罗视为美国当代文坛的巴尔扎克，因为德里罗的小说"以令人眼花缭乱的笔触，去描摹当代世界的文化冲动和政治事件，以大量的信息和特殊的叙述语境，将美国社会的复杂性、将整个美国社会的全息图像'复印'了出来"。① 确实，虽然在写作风格上迥异于19世纪的巴尔扎克，但德里罗始终以呈现文化风貌和时代精神为写作的目标。不过，他所呈现的社会风貌并不是机械地复制出来的表面现象，而是经过犀利剖析和细心洞察的结果。与关注人际关系异化和金钱拜物教的巴尔扎克不同，德里罗面对的是后工业时代因技术发展、消费主义膨胀和全球化等现象给人们心理造成的困惑与惶恐。从叙述基调讲，德里罗秉承了美国文学对现实持批判态度的情感。德里罗直言说大家现在处于一个充满风险的时期，他的作品所关注的现实就是"生活在一个危险的时代"。② 后工业时代不仅有环境污染对人类身心健康带来的危险，而且有金融秩序失控造成的家破人亡。在他的小说中，读者读到了媒介文化对个体身份认同构成的威胁、种族之间的隔阂、"冷战"危机和恐怖主义袭击等人类文明制造的痛处。对于现代美国来说，"山巅之城"的希冀已经变成早期清教徒一厢情愿的修辞口号，海明威、菲茨杰拉尔德和福克纳等20世纪20年代作家所见证的"喧嚣与骚动"不但没有随着一个时代的结束而终结，而是在21世纪演变和发展为不断加强的现实。在德里罗的小说中，暴力已经成为日常生活的一部分，但却鲜有海明威式的硬汉。作为一名"美国当代社会的解剖者和批评者"③，德里罗清醒地认识到，与《地下世界》中纽约市郊庞大的垃圾处理场相比，菲茨杰拉尔德在《了不起的盖茨比》中描写的"灰烬的山谷"无疑相形见绌。与《了不起的盖茨比》不同的是，《地下世界》并没有把希望寄托在去西部寻觅想象中的花园，因为现实中的西部在后工业时代与城市一样，无法逃脱工业垃圾的侵袭。而且，由于"冷战"思维的强化，西部已经成为美国藏匿核试验场地的集散之地。

① 邱华栋：《唐·德里罗："另一种类型的巴尔扎克"》，《西湖》2011年第4期。
② Kevin Nance, "Living in Dangerous Times: Don DeLillo, Winner of the Carl Sandburg Literary Award Discousses His Craft and Influences", Chicago Tribune, 12 Oct. 2012, http://articles. chicagotribune. com/2012 - 10 - 12/features/ ct - prj - 1014 - don - delillo - 20121012_ 1_ mao - ii - angel esmeralda - printers - row.
③ 范小玫：《德里罗："复印"美国当代生活的后现代派作家》，《外国文学》2003年第4期。

　　但是，德里罗的高明之处不在于他采取了各种写作技巧去展现形形色色的现实世界，而在于他积极探索走出困境、解决问题的办法，以抗拒隐藏在失重世界背后的虚无。早在1982年接受汤姆·勒克莱尔的采访时，德里罗曾谈及《微暗的火》《维吉尔之死》《火山之下》及《喧嚣与骚动》等几部自己印象深刻的小说，认为尽管这些作品有时直接以死亡为主题，但仍有一股"生命动力"蕴含其中。[1] 德里罗自己创作的小说何尝又不是如此？就我们已着重分析过的《白噪音》《毛二》《地下世界》《身体艺术家》《国际大都市》《坠落的人》及《欧米伽点》这七部小说而言，它们都以不同的叙事方式触及死亡主题，但读者从字里行间中读到的始终是种"有关生存的语言"。[2] 当然，不同读者对这种生命动力的来源会有不同的理解。但经过以几上各章的细读，我们现在可以肯定地说，这种生命动力的来源之一在于德里罗作品对他性力量的尊重与重视。他既不倡导以某种教条式的道德规范来约束人们的行为，又不主张回归传统的宗教信仰，而是在尊重他性中寻找出路。通过汲取列维纳斯、伊里加雷、本哈毕及巴特勒等人的理论资源，我们看到了德里罗对人类伦理主体性的信心，看到了德里罗对外在性力量超越某一同一性思想的肯定。他通过描写书中人物发现伦理主体性的过程，对后现代文化中的个体存在责任、作家的人文关怀、技术的有效性、精神创伤的和解、全球化的正义性和全球共存伦理等宏观性问题表述了自己的看法。

　　虽然后工业社会文化逻辑确实让像比尔·葛雷、雷伊·罗布尔斯等人难以适从，成为后现代消费文化的牺牲品。然而，杰克、卡伦、布瑞特、马特、劳伦、埃里克、丽昂等人却能最终超越生活中的种种噪声，找回生命中的"和平"。他们之所以能走出存在的痛苦或迷茫在于他们没有失去自身的道德能力，尽管这种伦理自我或许需要他们几经反思、挣扎才能找回。不难发现，对同一性的解构构成了德里罗小说中一股坚韧的生命力。在不同的小说中，德里罗以不同形态呈现了这股解构力量。其中，既有《白噪音》中明克的枪声、《毛二》中布瑞特冒险揭开恐怖组织成员面罩的举动，还有《地下世界》中反战人士的抗议、《身体艺术家》中神秘的塔特尔先生、《国际大都市》中自焚男子的呻吟、《坠落的人》中马丁的提醒和《欧米伽点》中杰茜的失踪。这些看似不经意的言行举止和插曲

---

① Tom LeClair, "An Interview with Don DeLillo (1982)", in Thomas DePietro, ed., *Conversations with Don DeLillo*, Jackson: UP of Mississippi, 2005, p. 10.

② John A. McClure, *Partial Faiths: Postsecular Fiction in the Age of Pynchon and Morrison*, Athens & London: University of Georgia Press, 2007, p. 63.

具有积极的"言说"意义，挑战了局限于"整体性"的自我。在与他者相遇中，德里罗笔下主人公的他性自我得以复苏，而对他者的同情或帮助，甚至忏悔反过来帮助他们在混乱中找回心灵的宁静。他的小说一个重要意义就在于让读者认识到，无论是对自在的个体来说，还是对某种占据主导地位的意识形态而言，他者的作用不仅仅是"为我所食""为我所居"。相反，他者具有一种帮助自我超越现行思维框架的建构功能，是一股积极的外在力量。在德里罗小说中，他者拥有多副"面孔"：有可能是一位陌生人，是大自然，是外在于意识形态之外的艺术家，也有可能是一位还没来得及了解的亲人等。在与他者相遇中，在对他者的痛苦与遭遇做出积极回应的过程中，自我得以从迷局中逃脱。通过对他者力量的展现，德里罗寄托了走向"和平"的希望。与之相对，任何故步自封的个人或体制终究难以承受生命之重。德里罗小说告诉我们，生存的伦理在于找回他性自我，而写作的伦理既不是自我的宣泄，也不是语言的嬉戏，而是私人空间与社会空间的互动，以实现作家干预现实的使命。德里罗还告诉我们，技术的伦理性在于如何发挥技术造福人类与使世界和谐的功能，而不是一意孤行地推行压制性的技术合理性思维。至于许多人都有可能经受的创伤体验，德里罗同样表达了自己的看法，认为处理创伤的过程其实是种伦理行为，创伤的伦理在于生者勇于承担对他人、对社会的责任与义务。读者还可从阅读德里罗的小说中意识到，全球资本主义往往会催生经济霸权，这是一种以掠夺他人财富为特征的新帝国主义。如果对这种不公正性不加以控制，全球资本家将不可避免地走向自我毁灭的道路。全球资本主义的伦理性正在于积极面对这种机制给他人造成的痛苦与灾难，还人们一个公正、公平的世界。同样，例外论的权力政治难以维系世界和平的秩序，需要从狭隘的认知困境中走出，倡导与他人共存的伦理。

因此，尽管德里罗写作于传统宗教信仰日渐没落的后工业时代，但正如埃里克·莫特拉姆分析说，德里罗小说中对某种"宏大理论及其能动者与践行者的需要仍然存在"。[①] 虽然说在"反对用单一的、固定不变的逻辑、公式和原则以及普适的规律来说明和统治世界，主张变革和创新，强调开放性和多元性，承认并容忍差异"[②] 的后现代文化语境中再谈"宏大理论"似乎有点天真，但是，正如鲍曼提醒我们的，"在自我与他者共

---

① Eric Mortram, "The Real Needs of Man: Don DeLillo's Novels", in Graham Clarke, ed., *The New American Writing: Essays on American Literature Since* 1970, London: Vision, 1990, p. 97.

② 陈世丹：《论后现代主义小说之存在》，《外国文学》2005 年第 4 期。

处之前，自我是为他者的，这是自我的第一事实"①，德里罗在小说中表现出来的对"宏大理论"的渴望某种程度上指的就是要求视他性自我为自我行事的第一法则，而这一点其实与提倡多元性、差异性的后现代文化思潮并不矛盾。有论者就明确指出，促成后现代文化思潮的解构主义在精神要义上继续与发展了列维纳斯的思想，本质上就是一种他者伦理学。德里达"要解构的是形而上学方式展开的话语的自我起源与建构……要求更真实诚恳地面对他者，解构的伦理性就是对他者的无限给予、对追随者的整全性的尊重和肯定"。② 就本书研究的着眼点而言，在种种宏大叙事都历经"合法化危机"③ 的后现代文化语境中，德里罗通过肯定他者对现实存在的超越性力量构建了新的伦理意识。这种打破整体性思维、尊重与承认他者力量的伦理意识为走向无限可能性的自我存在与社会文明指明了方向。

《毛二》中的罗奇·詹尼在纽约体育馆参加女儿卡伦的集体婚礼时，脑海中忽然闪现出这样一个疑问："老上帝离开这个世界之后，仍然存留人们心中的信仰该怎么处理？"④ 这个问题多少概括了德里罗对现代社会中人类生存境况的思考。就本书所论述的七部小说而言，德里罗以一位小说家的敏感性对消费文化中的自我存在、影像社会中的作家责任、技术合理化带来的负面影响、创伤体验中当事人的选择、资本主义全球化的掳夺性和人类生命的柔脆性等问题进行了思考。德里罗意识到，人们将在对他人与对周围环境肩负起责任的过程中为那些存留在心中的信仰找到落脚之处。这种伦理主体性的再发现将帮助他们超越消费主义、技术迷恋以及当今文明其他阴暗面所带来的噪声，重建对生活的信心，走向一种积极的文明。毕竟，正如《琼斯大街》中奥佩尔对过分沉溺于自我的布基警告时所说的那样，"走向虚无是邪恶的"（Evil is the Movement toward Void）⑤，而德里罗通过小说创作在后现代文化语境中所建构的伦理意识则成为抗拒这股虚无情绪的有力武器。当我们掩卷反思时将会发现，这种以肯定他性力量为核心的伦理意识并不局限于用以理解一位美国当代作家的作品，这种伦理意识的意义也不仅仅局限于书斋中学者的高谈阔论，它正推开紧闭的门窗，加入到外面喧嚣的世界之中，随时烦扰你我。

---

① Zygmunt Bauman, *Postmodern Ethics*, Oxford and Cambridge, MA：Blackwell, 1993, p. 13.
② 陈晓明：《德里达的底线》，北京大学出版社 2009 年版，第 336 页。
③ 此术语缘于德国哲学家尤尔根·哈贝马斯的同名著作。
④ Don DeLillo, *Mao II*, New York：Viking, 1991, p. 7.
⑤ Don DeLillo, *Great Jones Street*, New York：Penguin, p. 150.

# 参考文献

## 一 英文部分

Aaron Chandler, "'An Unsettling, Alternative Self': Benno Levin, Emmanuel Levinas, and Don DeLillo's *Cosmopolis*", *Critique: Studies in Contemporary Literature*, No. 3, 2009.

Adam Thurschwell, "Writing and Terror: Don DeLillo on the Task of Literature after 9/11", *Law & Literature*, Vol. 19, No. 2, 2007.

Alain – Philippe Durand and Naomi Mandel eds. , *Novels of the Contemporary Extreme*, New York: Continuum, 2006.

Alan Nadel, *Containment Culture: American Narrative, Postmodernism, and the Atomic Age*, Durham: Duke University Press, 1995.

Alexandra Alter, "What Don DeLillo's Books Tell Him", *The Wall Street Journal*, Vol. 30 (Jan. 2010), http://online. wsj. com/article/SB10001 424052748704094304575029 6 73526948334. html.

Alvin Toffler, *Future Shock*, New York: Random, 1970.

Amy Hungerford, "Don DeLillo's Latin Mass", *Contemporary Literature*, Vol. 47, No. 3, 2006.

Andrew Arato and Eike Gebhardt, eds. , *The Essential Frankfurt School Reader*, New York: Continuum, 1985.

Anne Longmuir, "Performing the Body in Don DeLillo's *The Body Artist*", *Modern Fiction Studies*, Vol. 53, No. 3, 2007.

Anne Longmuir, "'This was the World Now': *Falling Man* and the Role of the Artist after 9/11", *Modern Language Studies*, Vol. 41, No. 1, Summer 2011.

Anne Whitehead, *Trauma Fiction*, Edinburgh: Edinburgh University Press, 2004.

Anthony Kubiak, "Spelling it Out: Narrative Typologies of Terror", *Studies in the Novel*, Vol. 36, No. 3, 2004.

Arnold Weinstein, *Nobody's Home: Speech, Self, and Place in American Fiction from Hawthorne to DeLillo*, New York: Oxford University Press, 1993.

Arnon Gutfeld, *American Exceptionalism: The Effects of Plenty on the American Experience*, Brighton: Sussex Academic Press, 2002.

Brian J. McDonald, "'Nothing you Can Believe is not Coming True': Don DeLillo's *Underworld* and the End of the Cold War Gothic", *Gothic Studies*, Vol. 10, No. 2, 2008.

Brian McHale, *Postmodernist Fiction*, New York and London: Methuen, 1987.

Brian McHale, *Constructing Postmodernism*, London and New York: Routledge, 1992.

Bruce Bawer, *Diminishing Fictions: Essays on the Modern American Novel and Its Critics*, Saint Paul: Graywolf, 1988.

Cathryn Vasseleu, "The Face Before the Mirror – Stage", *Hypatia*, Vol. 6, No. 3, 1991.

Cathy Caruth, ed., *Trauma: Explorations in Memory*, Baltimore and London: John Hopkins University Press, 1995.

Cathy Caruth, *Unclaimed Experience: Trauma, Narrative, and History*, Baltimore: John Hopkins University Press, 1996.

Charles Taylor, *Sources of the Self: The Making of the Modern Identity*, Cambridge and New York: Cambridge University Press, 1989.

Charles Taylor, *The Ethics of Authenticity*, Cambridge, MA and London: Harvard University Press, 1991.

Cheryll Glotfelty and Harold Fromm, eds., *The Ecocriticism Reader: Landmarks in Literary Ecology*, Athens and London: University of Georgia Press, 1996.

Christina S. Scott, *Don DeLillo: An Annotated Primary and Secondary Bibliography*, 1971 – 2002, Ph. D. Dissertation, Northern Illinois University, 2004.

Christopher Donovan, *Postmodern Counternarratives: Irony and Audience in the Novels of Paul Auster, Don DeLillo, Charles Johnson, and Tim O'Brien*,

New York & London: Routledge, 2005.

Christopher Lasch, *The Culture of Narcissism: American Life in an Age of Diminishing Expectations*, New York and London: Norton, 1979.

Cornel Bonca, "Being, Time, and Death in DeLillo's *The Body Artist*", *Pacific Coast Philology*, Vol. 37, 2002.

Cornel Bonca, "Don DeLillo's *White Noise*: The Natural Language of the Species", *College Literature*, Vol. 23, No. 2, 1996.

Curtis A. Yehnert, " 'Like Some Endless Sky Walking Inside': Subjectivity in Don DeLillo", *Critique: Studies in Contemporary Fiction*, Vol. 42, No. 4, 2001.

Daniel Bell, *The Cultural Contradictions of Capitalism*, New York: Basic, 1976.

David Cowart, *Don DeLillo: The Physics of Language*, Athens and London: University of Georgia Press, 2002.

David Cowart, "Mogul Mojo", *American Book Review*, Vol. 24, No. 5, 2003.

David Cowart, "The Lady Vanishes: Don DeLillo's *Point Omega*", *Contemporary Literature*, Vol. 53, No. 2, 2012.

David Harvey, *The Condition of Postmodernity: An Enquiry into the Origins of Cultural Change*, Oxford and Cambridge: Blackwell, 1991.

David Lodge, ed. , *Modern Criticism and Theory: A Reader*, New York: Longman, 2000.

David Noon, "The Triumph of Death: National Security and Imperial Erasures in Don DeLillo's *Underworld*", *Canadian Review of American Studies*, Vol. 37, No. 1, 2007.

David M. Potter, *People of Plenty: Economic Abundance and the American Character*, Chicago and London: The University of Chicago Press, 1954.

David Ross Fryer, *The Intervention of the Other: Ethical Subjectivity in Levinas and Lacan*, New York: Other Press, 2004.

*Diagnostic and Statistical Manual of Mental Disorders*, 3rd ed. , Washington, D. C. : American Psychiatric Assn, 1980.

Dominick LaCapra, "Trauma, Absence, Loss", *Critical Inquiry*, Vol. 25, No. 4, 1999.

Dominick LaCapra, *Representing the Holocaust: History, Theory, Trauma,*

Ithaca and London: Cornell University Press, 1994.

Dominick LaCapra, *Writing History*, *Writing Trauma*, Baltimore and London: Johns Hopkins University Press, 2001.

Don DeLillo, *Great Jones Street*, New York: Penguin, 1973.

Don DeLillo, *Mao II*, New York: Viking, 1991.

Don DeLillo and Paul Auster, "Salman Rushdie Defense Pamphlet", 31 Aug. 1996, http://www. perival. com/delillo/rushdie_ defense. html.

Don DeLillo, "The Power of History", *The New York Times*, 7 Sept. 1997, http://www. nytimes. com/library/books/ 090797article3. html.

Don DeLillo, *Underworld*, New York: Scribner, 1997.

Don DeLillo, *The Body Artist*, New York: Scribner, 2001.

Don DeLillo, "In the Ruins of the Future: Reflections on Terror and Loss in the Shadow of September", *Harper's*, Dec. 2001.

Don DeLillo, *Cosmopolis*, New York: Scribner, 2003.

Don DeLillo, *Point Omega*, New York: Scribner, 2010.

Don DeLillo, *The Angel Esmeralda: Nine Stories*, New York: Scribner, 2011.

Don DeLillo, *Zero K*, New York: Scribner, 2016.

Douglas Keesey, *Don DeLillo*, New York: Twayne, 1993.

E. Ann Kaplan, *Trauma Culture: The Politics of Terror and Loss in Media and Literature*, New Brunswick, New Jersey, and London: Rutgers University Press, 2005.

Elise A. Martucci, *The Environmental Unconscious in the Fiction of Don DeLillo*, New York & London: Routledge, 2007.

Elizabeth DeLoughrey, "Radiation Ecologies and the Wars of Light", *Modern Fiction Studies*, Vol. 55, No. 3, 2009.

Elizabeth K. Rosen, *Apocalyptic Transformation: Apocalypse and the Postmodern Imagination*, Plymouth: Lexington, 2008.

Ellen Pifer, *Demon or Doll: Images of the Child in Contemporary Writing and Culture*, Charlottesville and London: University Press of Virginia, 2000.

Emily Sun, Eyal Peretz, and Ulrich Baer, eds. , *The Claims of Literature: A Shoshana Felman Reader*, New York: Fordham University Press, 2007.

Emmanuel Levinas, *Collected Philosophical Papers*, trans. Alphonso Lingis, Dordrecht: Maritus Nijhoff, 1987.

Emmanuel Levinas, *Of God Who Comes to Mind*, trans. Bettina Bergo, California: Stanford University Press, 1998.

Emmanuel Levinas, *Otherwise Than Being*; *Or Beyond Essence*, trans. Alphonso Lingis, Pittsburgh: Duquesne University Press, 2006.

Emmanuel Levinas, *Totality and Infinity*: *An Essay on Exteriority*, trans. Alphonso Lingis, Pittsburgh: Duquesne University Press, 1969.

Emory Elliott, ed. , *The Columbia History of the American Novel*, Beijing: Foreign Language Teaching and Research Press, 2005.

Ernest Becker, *The Denial of Death*, New York: Free Press, 1973.

Ernest Mandel, *Late Capitalism*, trans. Joris De Bres, London: Thetford, 1978.

Frank Lentricchia, ed. , *Introducing Don DeLillo*, Durham: Duke University Press, 1991.

Frank Lentricchia, ed. , *New Essays on White Noise*, Cambridge: Cambridge University Press, 1991.

Frederick Jackson Turner, "The Significance of the Frontier in American History", http: //www. honorshumanities. umd. edu/205%20Readings. pdf.

Fredric Jameson, *Postmodernismor the Cultural Logic of Late Capitalism*, Durham: Duke University Press, 1991.

Giogio Agamben, *State of Exception*, trans. Kevin Attell, Chicago and London: The University of Chicago Press, 2005.

Glen A. Love, "Ecocriticism and Science: Toward Consilience?", *New Literary History*, Vol. 30, No. 3, 1999.

Glen Scott Allen, "Raids on the Conscious: Pynchon's Legacy of Paranoia and the Terrorism of Uncertainty in Don DeLillo's *Ratner's Star*", *Postmodern Culture*, Vol. 4, No. 2 (1994), http: //pmc. iath. virginia. edu/ text – only/issue. 194/allen. 194.

Graham Clarke, ed. , *The New American Writing*: *Essays on American Literature Since* 1970, London: Vision, 1990.

Hans Bertens, and Joseph Natoli, eds. , *Postmodernism*: *The Key Figures*, Malden and Oxford: Blackwell, 2002.

Harold Bloom, *Philip Roth*: *Bloom's Modern Critical Views*, New York: Chelsea House, 1986.

Harold Bloom, ed. , *Don DeLillo*: *Bloom's Modern Critical Views*, Broomall:

Chelsea House, 2003.

Harold Bloom, ed. , *Don DeLillo's White Noise: Bloom's Modern Critical Interpretations*, Broomall: Chelsea House, 2003.

Herbert Marcuse, *One Dimensional Man: Studies in the Ideology of Advanced Industrial Society*, London: Routledge, 1964.

Herbert Marcuse, *Eros and Civilization: A Philosophical Inquiry into Freud*, Boston: Beacon, 1966.

Herbert Marcuse, *Negations: Essays in Critical Theory*, trans. Jeremy J. Shapiro. May Fly Books, 2009.

Ian Watt, *The Rise of Novel*, California: University of California Press, 2001.

Jacques Lacan, *The Four Fundamental Concepts of Psycho - analysis*, trans. Alan Sheridan, New York: Penguin, 1979.

Jacques Derrida, *Writing and Difference*, trans. Alan Bass, London and New York: Routledge, 2001.

Jacques Derrida, "The Animal That Therefore I Am (More to Follow)", trans. David Wills, *Critical Inquiry*, Vol. 28, No. 2, 2002.

James Annesley, *Fictions of Globalization: Consumption, the Market and the Contemporary American Novel*, New York: Continuum, 2006.

James Annesley, "Market Corrections: Jonathan Franzen and the 'Novel of Globalization'", *Journal of Modern Literature*, Vol. 29, No. 2, 2006.

James Bone, "Great American Novel? Terrifically Outdated", 14 May 2003, http://entertainment. timesonline. co. uk/tol/arts _ and _ entertainment/books/article 1131777. ece.

James Glanz and Eric Lipton, *City in the Sky: The Rise and Fall of the World Trade Center*, New York: Time Books, 2003.

James Strachey, ed. , *The Standard Edition of the Complete Psychological Works of Sigmund Freud*, Vol. 14, London: Hogarth, 1955.

James Strachey, ed. , *The Standard Edition of the Complete Psychological Works of Sigmund Freud*, Vol. 18, London: Hogarth, 1955.

Jane Adamson, Richard Freadman, and David Parker, eds. , *Renegotiating Ethics in Literature, Philosophy, and Theory*, New York: Cambridge University Press, 1998.

Jay Prosser, ed. , *American Fiction of the 1990s: Reflections of History and Culture*, London and New York: Routledge, 2008.

Jean Baudrillard, *America*, trans. Chris Turner. London & New York: Verso, 1992.

Jean Baudrillard, *Symbolic Exchange and Death*, trans. Iain Hamilton Grant, London, Thousand Oaks, New Delhi: SAGE, 1993.

Jean Baudrillard, *The Consumer Society: Myths and Structures*, trans. Chris Turner, London, Thousand Oaks, New Delhi: SAGE, 1998.

Jean Baudrillard, *Selected Writings*, 2$^{nd}$ ed. , California: Stanford University Press, 2001.

Jean Baudrillard, *The Spirit of Terrorism and Other Essays*, trans. Chris Turner, London and New York: Verso, 2003.

Jean – François Lyotard, *The Postmodern Condition: A Report on Knowledge*, trans. Geoff Bennington, and Brian Massumi, Minneapolis: University of Minnesota Press, 1984.

Jeanne Hamming, "Wallowing in the 'Great Dark Lake of Male Rage:' The Masculine Ecology of Deon DeLillo's *White Noise*", *Journal of Ecocriticism*, Vol. 1, No. 1, 2009.

Jean – Paul Sartre, *Existentialism is a Humanism*, trans. Carol Macomber, New Haven: Yale University Press, 2007.

Jeffery C. Alexander et al. eds. , *Cultural Trauma and Collective Identity*, Berkeley: University of California Press, 2004.

Jeffery C. Alexander, *Trauma: A Social Theory*, Cambridge: Polity Press, 2012.

Jennifer Terry and Melodie Calvert, *Processed Lives: Gender and Technology in Everyday Life*, London: Routledge, 1997.

Jeremy Green, "Disaster Footage: Spectacles of Violence in DeLillo's Fiction", *Modern Fiction Studies*, Vol. 45, No. 3, 1999.

Jerry A. Varsava, "The 'Saturated Self': Don DeLillo on the Problem of Rogue Capitalism", *Contemporary Literature*, Vol. 46, No. 1, 2005.

Jesse Kavadlo, "Recycling Authority: Don DeLillo's Waste Management", *Critique: Studies in Contemporary Literature*, Vol. 42, No. 4, 2001.

Jesse Kavadlo, *Don DeLillo: Balance at the Edge of Belief*, Frankfurt: Peter Lang, 2004.

Joe Moran, "Don DeLillo and the Myth of the Author—Recluse", *Journal of American Studies*, Vol. 34, No. 1, 2000.

Johann P. Arnason and David Roberts, *Elias Canetti's Counter – image of Society: Crowds, Power, Transformation*, Rochester: Camden, 2004.

John A. McClure, *Partial Faiths: Postsecular Fiction in the Age of Pynchon and Morrison*, Athens & London: University of Georgia Press, 2007.

John Barth, *The Friday Book: Essays and Other Nonfiction*, New York: Putnam's, 1984.

John Carlos Rowe, "*Mao II* and the War on Terrorism", *The South Atlantic Quarterly*, Vol. 103, No. 1, 2004.

John N. Duvall, "Baseball as Aesthetic Ideology: Cold War History, Race, and Delillo's 'Pafko at the Wall'", *Modern Fiction Studies*, Vol. 41, No. 2, 1995.

John N. Duvall, "Introduction: From Valparaiso to Jerusalem: DeLillo and the Moment of Canonization", *Modern Fiction Studies*, Vol. 45, No. 3, 1999.

John N. Duvall, *Don DeLillo's Underworld: A Reader's Guide*, New York and London: Continuum, 2002.

John N. Duvall, ed. , *The Cambridge Companion to Don DeLillo*, Cambridge: Cambridge University Press, 2008.

John Updike, *Due Considerations: Essays and Criticism*, New York: Knopf, 2007.

John Winthrop, *The Journal of John Winthrop*, 1630 – 1649, Cambridge: Harvard University Press, 1996.

Joseph Dewey, *Beyond Grief and Nothing: A Reading of Don DeLillo*, South Carolina: University of South Carolina Press, 2006.

Joseph Dewey, Steven G. Kellman, and Irving Malin, eds. , *UnderWords: Perspectives on Don DeLillo's Underworld*, Newark: University of Delaware Press, 2002.

Joseph M. Conte, "Intimate Performance", *American Book Review*, Vol. 22, September – October 2001.

Joseph M. Conte, "The Details Are Kept a Secret", *Modernism/modernity*, Vol. 11, No. 2, 2004.

Joseph S. Walker, "A Kink in the System: Terrorism and the Comic Mystery Novel", *Studies in the Novel*, Vol. 36, No. 3, 2004.

Joseph Tabbi, Postmodern Sublime: Technology and American Writing from

Mailer to Cyberpunk, Ithaca: Cornell University Press, 1995.

Joy D. Osofsy and Kyle D. Pruett, eds. , *Young Children and Trauma: Intervention and Treatment*, New York: Guiltford, 2007.

Joyce Carol Oates, *Uncensored: Views & [Re] views*, New York: Harper, 2006.

Judith Butler, *Frames of War: When Is Life Grievable?* London · New York: Verso, 2009.

Judith Butler, "Precarious Life, Vulnerability, and the Ethics of Cohabitation", *Journal of Speculative Philosophy*, Vol. 26, No. 2, 2012.

Julian Wolfreys, ed. , *Introducing Criticism at the 21st Century*, Edinburgh: Edinburgh University Press, 2002.

Jürgen Habermas, "Modernity: An Unfinished Project", in Thomas Docherty ed. , *Postmodernism: A Reader*, New York: Columbia University Press, 1993.

Karen Weeks, "Consuming and Dying: Meaning and the Marketplace in Don DeLillo's *White Noise*", *Literature Interpretation Theory*, Vol. 18, No. 4, 2007.

Katalin Orbán, *Ethical Diversions: The Post – Holocaust Narratives of Pynchon, Abish, DeLillo, and Spiegelman*, New York & London: Routledge, 2005.

Kenneth Gergen, *The Saturated Self: Dilemmas of Identity in Contemporary Life*, New York: Basic Books, 1991.

Kenneth Millard, *Contemporary American Fiction: An Introduction to American Fiction Since 1970*, Beijing: Foreign Language Teaching and Research Press, 2006.

Kevin J. Cunningham, *Edgar Hoover: Controversial FBI Director*, Minmeapolis: Compass Point, 2006.

Kristiann Versluys, *Out of Blue: September 11 and the Novel*, New York: Columbia University Press, 2009.

Lance Olsen, "DeLillo's 24 – hour Psycho: *Point Omega* by Don DeLillo", March 1, 2010, http: //quarterlyconversation. com/delillos – 24 – hour – psycho – point – omega – by – don – delillo.

Laura Barrett, " 'Here, But Also There': Subjectivity and Postmodern Space in *Mao II*", *Modern Fiction Studies*, Vol. 45, No. 3, 1999.

Laura Barrett, "'How the dead speak to the living': Intertextuality and the Postmodern Sublime in *White Noise*", *Journal of Modern Literature*, Vol. 25, No. 2, 2001 – 2002.

Laura Di Prete, "Don DeLillo's *The Body Artist*: Performing the Body, Narrating Trauma", *Contemporary Literature*, Vol. 46, No. 3, 2005.

Leonard Wilcox, "Baudrillard, DeLillo's *White Noise*, and the End of Heroic Narrative", *Contemporary Literature*, Vol. 32, No. 2, 1991.

Leonard Wilcox, "Don DeLillo's *Underworld* and the Return of the Real", *Contemporary Literature*, Vol. 43, No. 1, 2003.

Louis Althusser, *Lenin and Philosophy, and Other Essays*, trans. Ben Brewster, London: New Left, 1971.

Lidia Yuknavitch, *Allegories of Violence: Tracing the Writing of War in Late Twentieth – century Fiction*, New York: Routledge, 2001.

Linda S. Kauffman, "The Wake of Terror: Don DeLillo's 'In the Ruins of the Future' 'Baader—Meinhof' and Falling Man", *Modern Fiction Studies*, No. 2, 2008.

Linda S. Kauffman, "World Trauma Center", *American Literary History*, Vol. 21, No. 3, Fall 2009.

Lou F. Caton, "Romanticism and the Postmodern Novel: Three Scenes from Don DeLillo's *White Noise*", *English Language Notes*, Vol. 35, No. 1, 1997.

Luce Irigaray, *The Irigaray Reader*, Oxford and Cambridge: Blackwell, 1991.

Luce Irigaray, *An Ethics of Sexual Difference*, trans. Carolyn Burke and Gillian C. Gill, London and New York: Continuum, 2004.

Margaret Scanlan, "Writers Among the Terrorists: Don DeLillo's *Mao II* and the Rushdie Affair", *Modern Fiction Studies*, Vol. 40, No. 2, 1994.

Marian Eide, *Ethical Joyce*, New York: Cambridge University Press, 2002.

Mark Binelli, "Intensity of a Plot", Guernica (July 2007), http://www.guernicamag.com/interviews/373/intensity_of_a_plot/.

Mark Conroy, "From Tombstone to Tabloid: Authority Figured in *White Noise*", *Critique: Studies in Contemporary Fiction*, Vol. 35, No. 2, 1994.

Mark Conroy, *Muse in the Machine: American Fiction and Mass Publicity*, Columbus: Ohio State University Press, 2004.

Mark Currie, *About Time: Narrative, Fiction and the Philosophy of Time*, Edinburgh: Edinburgh University Press, 2007.

Mark Feeney, "Pictures of Bill Gray", *Commonweal*, Vol. 118, No. 14, 1991.

Marc Schuster, *Don Delillo, Jean Baudrillard, and the Consumer Conundrum*, Youngstown: Cambria Press, 2008.

Mark Osteen, ed. , *White Noise: Text and Criticism*, New York: Penguin, 1998.

Mark Osteen, "Becoming Incorporated: Spectacular Authorship and DeLillo's *Mao II*", *Modern Fiction Studies*, Vol. 45, No. 3, 1999.

Mark Osteen, "Echo Chamber: Undertaking *The Body Artist*", *Studies in the Novel*, Vol. 37, No. 1, 2005.

Mark Osteen, " 'DeLillo's Evolution': Rev. of *Beyond Grief and Nothing: A Reading of Don DeLillo* by Joseph Dewey", *Twentieth - Century Literature*, Vol. 53, No. 4, 2007.

Mark Osteen, "Extraordinary Rendition: DeLillo's *Point Omega* and Hitchcock's *Psycho*", *CLUES*, Vol. 31, No. 1, Spring 2013.

Mark Osteen, "The Currency of DeLillo's *Cosmopolis*", *Studies in Contemporary Literature*, Vol. 55, 2014.

Mark Osteen, *American Magic and Dread: Don DeLillo's Dialogue with Culture*, Philadelphia: University of Pennsylvania Press, 2000.

Martin Amis, "Survivors of the Cold War", *The New York Times* (Oct. 1997), http: //www. nytimes. com/books/97/10/05/reviews/971005. 05amisdt. html.

Martin Paul Eve, " 'Too many Goddamn Echoes': Historicizing the Iraq War in Don DeLillo's *Point Omega*", *Journal of American Studies*, Vol. 49, No. 3, August 2015.

Maurice Blanchot, *The Gaze of Orpheus and Other Literary Essays*, trans. Lydia Davis, New York: Station Hill, 1981.

Maurice Blanchot, *The Writing of the Disaster*, trans. Ann Smock, Lincoln and London: University of Nebraska Press, 1995.

Max Horkheimer and Theodor W. Adorno, *Dialectic of Enlightenment: Philosophical Fragments*, trans. Edmund Jephcott, California: Stanford University Press, 2002.

Max Weber, *The Protestant Ethics and the Spirit of Capitalism*, trans. Talcott Parsons, Beijing: China Social Sciences Publishing House, 1999.

Michael Egan, *Barry Commoner and the Science of Survival: the Remaking of American Environmentalism*, Cambridge: Massachusetts Institute of Technology Press, 2007.

Michael P. Branch, Rochelle Johnson, Daniel Patterson and Scott Slovic, eds. , *Reading the Earth: New Directions in the Study of Literature and the Environment*, Moscow and Idaho: University of Idaho Press, 1998.

Michel Foucault, *Language, Counter – memory, Practice: Selected Essays and Interviews*, trans. Donald F. Bouchard, and Sherry Simon, Oxford: Basil Blackwell, 1977.

Michel Foucault, *Politics, Philosophy, Culture: Interviews and Other Writings*, 1977 – 1984, trans. Alan Sheridan et al. , New York and London: Routledge, 1990.

Michel Foucault, *Aesthetics, Method, and Epistemology*, trans. Robert Hurley et al. , New York: New Press, 1998.

Michel – Guillaume Jean de Crèvecoeur, "What Is an American?", http: // americainclass. org/sources/makingrevolution/independence/text6/Creveco euramerican. pdf.

Michiko Kakutani, "Headed Toward a Crash, of Sorts, in a Stretch Limo", 24 Mar. 2003, http: //query. nytimes. com/gstfullpage. html? res = 940 CE7D61730F937A 157 50C 0A9659C8B63.

Milan Kundera, *The Art of the Novel*, trans. Linda Asher, New York: Grove, 1986.

Molly Wallace, " 'Venerated Emblems': DeLillo's *Underworld* and the History – Commodity", *Critique: Studies in Contemporary Fiction*, Vol. 42, No. 4, 2001.

Kevin Nance, "Living in Dangerous Times: Don DeLillo, Winner of the Carl Sandburg Literary Award Discusses His Craft and Influences", Chicago Tribune, 12 Oct. 2012, http: //articles. chicagotribune. com/2012 – 10 – 12/features/ct – prj – 1014 – don – delillo – 20121012 _ 1 _ mao – ii – angel esmeralda – printers – row.

Nicholas Dawidoff, *Baseball: A Literary Anthology*, New York: Library of America, 2002.

Paul Boyer, *By the Bomb's Early Light: American Thought and Culture at the Dawn of the Atomic Age*, New York: Pantheon, 1985.

Paul Civello, *American Literary, Naturalism and Its Twentieth - century Transformation: Frank, Norris, Ernest Hemingway, Don DeLillo*, Athens and London: University of Georgia Press, 1994.

Paul Maltby, *The Visionary Moment: A Postmodern Critique*, Albany: State University of New York Press, 2002.

Paul Petrovic, "Children, Terrorists, and Cultural Resistance in Don DeLillo's *Falling Man*", *Critique: Studies in Contemporary Fiction*, Vol. 5, 2014.

Paula Bryant, "Discussing the Untellable: Don DeLillo's *The Names*", *Critique: Studies in Contemporary Fiction*, Vol. 29, No. 1, 1987.

Paulk Sait - Amour, "Bombing and the Symptom: Traumatic Earliness and the Nuclear Uncanny", *Diacritics*, Vol. 30, No. 4, 2000.

Peter Baker, "The Terrorist as Interpreter: Mao II in Postmodern Context", Postmodern Culture, Vol. 4, No. 2 (1994), http://pmc.iath.virginia.edu/text - only /issue. 194 /baker. 194.

Peter Boxall, *Don DeLillo: The Possibility of Fiction*, New York: Routledge, 2006.

Peter Singer, *One World: The Ethics of Globalization*, New Haven & London: Yale University Press, 2002.

Peter Wolfe, "Review of Cosmopolis", *Prairie Schooner*, Vol. 78, No. 3, 2004.

Philip Nel, "'A Small Incisive Shock': Modern Forms, Postmodern Politics, and the Role of the Avant Garde in *Underworld*", *Modern Fiction Studies*, Vol. 45, No. 3, 1999.

Philip Nel, "Don DeLillo's Return to Form: The Modernist Poetics of *The Body Artist*", *Contemporary Literature*, Vol. 43, No. 4, 2002.

Philip Roth, *Reading Myself and Others*, London: Jonathan Cape, 1975.

Pierre Bourdieu, *Language and Symbolic Power*, trans. Gino Raymond, and Matthew Adamson, Cambridge: Polity, 1991.

Ralph Waldo Emerson, *Selected Writings of Ralph Waldo Emerson*, New York: Penguin, 1965.

Randall Law, *Terrorism: A History*, Cambridge: Polity, 2009.

Randy Laist, "The Concept of Disappearance in Don DeLillo's *Cosmopolis*", Critique: Studies in Contemporary Fiction, Vol. 51, No. 3, 2010.

Randy Laist, *Technology and Postmodern Subjectivity in Don DeLillo's Novels*, New York: Peter Lang, 2010.

Richard Hardack, "Two's a Crowd: *Mao II*, Coke II, and The Politics of Terrorism in Don DeLillo", *Studies in the Novel*, Vol. 36, No. 3, 2004.

Richard Kerridge, and Neil Sammells, eds., *Writing the Environment: Ecocriticism and Literature*, London & New York: Zed, 1998.

Richard Williams, "Everything under the Bomb", http://www. guardian. co. uk/books/ 1998/jan/10 /fiction. don delillo.

Rob Nixon, "Slow Violence, Gender, and the Environmentalism", *Journal of Commonwealth and Postcolonial Studies*, Vols 13. 2 – 14. 1, 2006 – 2007.

Robert Chodat, *Worldly Acts and Sentient Things: The Persistence of Agency From Stein to DeLillo*, Ithaca and London: Cornell University Press, 2008.

Robert E. Innis, ed., *Semiotics: An Introductory Anthology*, Bloomington: Indiana University Press, 1985.

Robert Eaglestone, *Ethical Criticism: Reading after Levinas*, Edinburgh: Edinburgh University Press, 1997.

Robert Sheppard, "Poetics and Ethics: the Saying and the Said in the Linguistically Innovative Poetry of Tom Raworth", *Critical Survey*, Vol. 14, No. 2, 2002.

Roberta Culbertson, "Embodied Memory, Transcendence, and Telling: Recounting Trauma, Re – establishing the Self", *New Literary History*, Vol. 26, No. 1, 1995.

Roland Barthes, *Image Music Text*, trans. Stephen Heath, London: Fontana, 1977.

Ronald Granofsky, *The Trauma Novel: Contemporary Symbolic Depictions of Collective Disaster*, New York: Peter Lang, 1995.

Rüdiger Heinze, *Ethics of Literary Forms in Contemporary American Literature*, London: Global Book Marketing, 2005.

Russell Scott Valentino, "From Virtue to Virtual: DeLillo's *Cosmopolis* and the Corruption of the Absent Body", *Modern Fiction Studies*, Vol. 53,

No. 1, 2007.

Ruth Helyer, "'Refuse Heaped Many Stories High': DeLillo, Dirt and Disorder", *Modern Fiction Studies*, Vol. 45, No. 4, 1999.

Ryan Simmons, "What is a Terrorist? Contemporary Authorship, the Unbomber, and *Mao II*", *Modern Fiction Studies*, Vol. 45, No. 3, 1999.

Sandra Kraft, "Contention in the Courtroom: The Legal Dimension of the 1960s Protests in the German and US Student Movements", *Journal of Contemporary History*, No. 4, 2015.

Seán Burke, *The Ethics of Writing: Authorship and Legacy in Plato and Nietzsche*, Edinburgh: Edinburgh University Press, 2008.

Seyla Benhabib, "The Generalized and the Concrete Other: The Kohlberg – Gilligan Controversy and Feminist Theory", *Praxis International*, Vol. 5, No. 4, 1986.

Sigmund Freud, *The Interpretation of Dreams*, trans. A. A. Brill, New York: Modern Library, 1950.

Silvia Caporale Bizzini, "Can the Intellectual still Speak? The Example of Don DeLillo's *Mao II*", *Critical Quarterly*, Vol. 37, No. 2, 1995.

Simon Critchley, and Robert Bernasconi, eds., *The Cambridge Companion to Levinas*, Cambridge: Cambridge University Press, 2002.

Simon Critchley, *Ethics, Politics, Subjectivity: Essays on Derrida, Levinas, and Contemporary French Thought*, London: Verso, 1999.

Slavoj Žižek, "Welcome to the Desert of the Real!", *The South Atlantic Quarterly*, Vol. 101, No. 2, 2002.

Stacey Olster, ed., *Don DeLillo: Mao II, Underworld, Falling Man*, London and New York: Continuum, 2011.

Stephanie S. Halldorson, *The Hero in Contemporary American Fiction The Works of Saul Bellow and Don DeLillo*, New York: Palgrave Macmillan, 2007.

Stephen Amidon, "Tasting the Breeze", New Statesman, No. 5(Feb. 2001), http://www.newstatesman.com/200102050047.

Stephen J. Whitfield, *The Culture of the Cold War*, 2nd ed., Baltimore: Johns Hopkins University Press, 1996.

Steven Connor, *Postmodernist Culture: An Introduction to Theories of the Contemporary*, 2nd ed., Oxford and Malden: Blackwell, 1997.

Susan Sontag, *On Photography*, New York: Penguin, 1979.

Susan Sontag, *A Susan Sontag Reader*, New York: Vintage, 1983.

Susie Linfield, "Jumpers: Why the most haunting images of 2001 were hardly ever seen", Aug 27, 2011, http://nymag. com/news/9 - 11/10th - anniversary/jumpers/.

Terry Eagleton, *The Illusions of Postmodernism*, Oxford and Malden: Blackwell, 1996.

Terry Eagleton, *After Theory*, New York: Basic, 2003.

Thomas A. P. Van Leeuwen, "Sacred Skyscrapers and Profane Cathedrals", *AA Files*, No. 8, 1985.

Thomas DePietro, ed., *Conversations with Don DeLillo*, Jackson: University Press of Mississippi, 2005.

Tina Chanter, ed., *Feminist Interpretations of Emmanuel Levinas*, Pennsylvania: Pennsylvania State University Press, 2001.

Todd McGowan, "The Obsolescence of Mystery and the Accumulation of Waste in Don DeLillo's Waste", *Critique: Studies in Contemporary Fiction*, Vol. 46, No. 2, 2005.

Tom LeClair, *In the Loop: Don DeLillo and the Systems Novel*, Urbana: University of Illinois Press, 1987.

Tony Tanner, *The American Mystery: American Literature from Emerson to DeLillo*, Cambridge: Cambridge University Press, 2000.

Tyler Kessel, "A Question of Hospitality in DeLillo's *The Body Artist*", *Critique: Studies in Contemporary Fiction*, Vol. 49, No. 2, 2008.

Tzvetan Todorov, *The Fantastic: A Structural Approach to a Literary Genre*, trans. Richard Howard, New York: Cornell University Press, 1975.

Ulrich Beck, Risk Society: *Towards a New Modernity*, trans. Mark Ritter, London, Newbury Park, New Delhi: SAGE, 1992.

Valerie L. Kuletz, *The Tainted Desert: Environmental and Social Ruin in American West*, New York: Routledge, 1998.

Vlatka Velcic, "Reshaping Ideologies: Leftists as Terrorists/Terrorists as Leftists in DeLillo's Novels", *Studies in the Novel*, Vol. 36, No. 3, 2004.

Walt Whitman, *Leaves of Grass and Selected Prose*, New York: Holt, 1949.

Walter Benjamin, *Illuminations*, trans. Harry Zohn, New York: Schocken, 1969.

William James, *The Principles of Psychology*, Mineola: Dover, 1950.

Zygmunt Bauman, *Postmodern Ethics*, Oxford and Cambridge：Blackwell，1993.

Zygmunt Bauman, *This is Not a Diary*, Cambridge：Policy Press，2012.

## 二　中文部分

［美］阿里夫·德里克：《后革命氛围》，王宁等译，中国社会科学出版社1999年版。

［英］奥斯卡·王尔德：《道连·葛雷的画像》，荣如德译，上海译文出版社2011年版。

白进军：《美国电视媒体眼中的"9·11"事件》，《中国广播电视学刊》2001年第12期。

［法］彼埃尔·布尔迪厄：《文化资本与社会炼金术——布尔迪厄访谈录》，包亚明译，上海人民出版社1997年版。

陈冠兰：《媒体自由与职业新闻的困境——"9·11"后美国新闻法治与职业道德规范的变化》，《南京政治学院学报》2005年第S1期。

陈红、成祖堰：《〈白噪音〉的叙事策略与文体风格》，《当代外国文学评论》2009年第3期。

陈慧莲：《二十一世纪美国德里罗研究新走势》，《外国文学动态研究》2015年第5期。

陈俊松：《让小说永葆生命力：唐·德里罗访谈录》（英文），《外国文学研究》2010年第1期。

陈瑞红：《论王尔德的审美性伦理观》，《外国文学评论》2006年第4期。

陈世丹：《论后现代主义小说之存在》，《外国文学》2005年第4期。

陈世丹：《美国后现代小说艺术论》，辽宁大学出版社2005年版。

陈世丹：《美国后现代主义小说详解》（英文版），南开大学出版社2010年版。

陈世丹：《美国后现代主义小说详解》（中文版），南开大学出版社2010年版。

陈晓明：《德里达的底线》，北京大学出版社2009年版。

陈永国：《德勒兹思想要略》，《外国文学》2004年第4期。

［美］大卫·哈维：《新帝国主义》，初立忠、沈晓雷译，社会科学文献出版社2009年版。

但汉松：《"9·11"小说的两种叙事维度——以〈坠落的人〉和〈转吧，这伟大的世界〉为例》，《当代外国文学》2011年第2期。

董鼎山：《遁世作家笔下的底层社会——介绍唐·狄里洛新作》，《博览群书》1998 年第 4 期。

范小玫：《德里罗："复印"美国当代生活的后现代派作家》，《外国文学》2003 年第 4 期。

范小玫：《新历史主义视角下的唐·德里罗小说研究》，厦门大学出版社2014 年版。

方成：《后现代小说中自然主义的传承与塑型：唐·德里罗的〈白色噪音〉》，《当代外国文学》2003 年第 4 期。

［美］G. 尼科尔森：《安迪·沃霍尔——永不结束的 15 分钟》，吴菊芳等译，大连理工大学出版社 2008 年版。

［美］亨利·纳什·史密斯：《处女地——作为象征和神话的美国西部》，薛蕃康、费翰辛译，上海外语教育出版社 1991 年版。

［美］惠特曼：《草叶集》，赵萝蕤译，上海译文出版社 1991 年版。

侯毅凌：《消费焦虑：当代美国消费社会及其在厄普代克、德里罗和埃利斯小说中的再现》，博士学位论文，北京外国语大学，2008 年。

江怡主编：《走向新世纪的西方哲学》，中国社会科学出版社 1998 年版。

姜小卫：《从〈地下世界〉到〈坠落者〉：德里罗的后期创作》，《外国文学动态》2009 年第 6 期。

姜小卫：《后现代历史想象的主体：〈天秤星座〉》，《华南师范大学学报》（社会科学版）2010 年第 3 期。

姜小卫：《后现代主体的退隐与重构：德里罗小说研究》，博士学位论文，北京师范大学，2007 年。

金磊：《别了，美国世界贸易中心——美国世贸中心轰然倒下的思考》，《建筑创作》2001 年第 4 期。

金莉：《生态女权主义》，《外国文学》2004 年第 5 期。

李公昭：《名字与命名中的暴力倾向：德里罗的〈名字〉》，《解放军外国语学院学报》2003 年第 2 期。

李淑言：《唐·德里罗的〈白噪音〉与美国后现代主义文学》，载吴冰、郭棲庆《美国全国图书奖获奖小说评论集》，外语教学与研究出版社2001 年版。

李向平：《"息我以死"与"向死而在"——庄子和海德格尔的死亡哲学》，《社会科学家》1989 年第 1 期。

林玲：《"9·11"事件后美国穆斯林族群政治文化生态考察》，《中国穆斯林》2010 年第 6 期。

林庆新：《创伤叙事与"不及物写作"》，《国外文学》2008 年第 4 期。

刘风山：《〈白噪音〉中的消费文化与宗教生死观》，载郭继德《美国文学研究》（第四辑），山东大学出版社 2008 年版。

刘小枫：《沉重的肉身》，华夏出版社 2007 年版。

刘小枫：《现代性社会理论绪论》，上海三联书店 1998 年版。

［法］罗兰·巴尔特：《写作的零度》，李幼蒸译，中国人民大学出版社 2008 年版。

刘永谋：《论技治主义：以凡勃伦为例》，《哲学研究》2012 年第 3 期。

［德］马丁·海德格尔：《存在与时间》，陈嘉映、王庆节译，生活·读书·新知三联书店 1987 年版。

马海良：《言语行为理论》，《国外理论动态》2006 年第 12 期。

马群英：《"谁会先死?"——〈白噪音〉中杰克夫妇死亡恐惧心理分析》，《集美大学学报》（哲学社会科学版）2009 年第 2 期。

［美］米米·谢勒尔、［英］约翰·厄里：《城市与汽车》，载汪民安、陈永国、马海良《城市文化读本》，北京大学出版社 2008 年版。

彭萍萍编译：《美国左翼的过去、现在和未来》，《当代世界与社会主义》2015 年第 4 期。

邱华栋：《唐·德里罗："另一种类型的巴尔扎克"》，《西湖》2011 年第 4 期。

尚必武：《"结构让我得到快感"：论〈欧米伽点〉与电影》，《解放军外国语学院学报》2014 年第 6 期。

沈谢天：《德里罗小说的后世俗主义批评》，《湖南科技大学学报》（社会科学版）2016 年第 3 期。

沈谢天：《后世俗主义：后现代哲学中孕生的新式信仰——以唐·德里罗小说〈球门区〉为中心》，《解放军外国语学院学报》2016 年第 3 期。

沈雅梅：《析美欧在反恐中的人权分歧》，《国际问题研究》2005 年第 3 期。

盛宁：《人文困惑与反思——西方后现代主义思潮批判》，生活·读书·新知三联书店 1999 年版。

史岩林：《〈指向终点〉：论唐·德里罗的空间政治》，《外国文学》2011 年第 4 期。

［美］苏珊·S. 兰瑟：《虚构的权威——女性作家与叙述声音》，黄必康译，北京大学出版社 2002 年版。

［美］唐·德里罗：《天秤星座》，韩忠华译，译林出版社 1996 年版。

［美］唐·德里罗：《名字》，李公昭译，译林出版社 2002 年版。

［美］唐·德里罗：《白噪音》，朱叶译，译林出版社 2002 年版。

［美］唐·德里罗：《第三次世界大战中的人情味》，杨仁敬译，《外国文学》2003 年第 4 期。

［美］唐·德里罗：《象牙杂技艺人》，杨仁敬译，《外国文学》2003 年第 4 期。

［美］唐·德里罗：《作家通过语言构建自我——美国后现代派作家唐·德里罗谈小说创作》，杨仁敬译，《外国文学》2003 年第 4 期。

［美］唐·德里罗：《坠落的人》，严忠志译，译林出版社 2011 年版。

［美］唐·德里罗：《欧米伽点》，张冲译，译林出版社 2013 年版。

童明：《暗恐/非家幻觉》，《外国文学》2011 年第 4 期。

汪行福：《空间哲学与空间政治——福柯异托邦理论的阐释与批判》，《天津社会科学》2009 年第 3 期。

汪堂家：《对海德格尔和列维纳斯的死亡概念的比较分析》，载杨大春《列维纳斯的世纪或他者的命运》，中国人民大学出版社 2005 年版。

汪堂家：《汪堂家讲德里达》，北京大学出版社 2008 年版。

汪震：《实在界、想象界和象征界——解读拉康关于个人主体发生的"三维世界"学说》，《广西师范大学学报》2009 年第 3 期。

王守仁、童庆生：《回忆、理解、想象、知识——论美国后现代现实主义小说》，《外国文学评论》2007 年第 1 期。

王守仁主撰：《新编美国文学史》（第四卷），上海外语教育出版社 2002 年版。

王予霞：《恐怖主义诗学的文化内涵——从德里罗等人的小说谈起》，《译林》2007 年第 2 期。

［美］韦恩·布斯：《小说修辞学》，华明等译，北京大学出版社 1987 年版。

吴昌雄：《论现代主义与浪漫主义的渊源》，《外国文学研究》1993 年第 4 期。

［美］休伯特·察普夫：《创造性物质与创造性心灵：文化生态学与文学创作》，胡英译，《江苏大学学报》（社会科学版）2016 年第 4 期。

徐卫翔：《求索于理性与信仰之间——德日进的进化论》，《同济大学学报》（社会科学版）2008 年第 3 期。

许爱军：《〈五月花号公约〉和美国精神》，《国际关系学院学报》2012 年第 1 期。

杨大春：《语言、身体、他者：当代法国哲学的三大主题》，生活·读书·新知三联书店 2007 年版。

杨仁敬：《20 世纪美国文学史》，青岛出版社 2000 年版。

杨仁敬：《用语言重构作为人类一员的"自我"——评唐·德里罗的短篇小说》，《外国文学》2003 年第 4 期。

杨仁敬等：《美国后现代派小说论》，青岛出版社 2004 年版。

伊德：《技术现象学》，载吴国盛《技术哲学经典读本》，上海交通大学出版社 2008 年版。

［德］尤尔根·哈贝马斯：《合法化危机》，刘北成、曹卫东译，上海人民出版社 2000 年版。

［英］詹姆斯·乔伊斯：《一个青年艺术家的画像》，黄雨石译，外国文学出版社 1983 年版。

张加生：《从德里罗"9·11"小说看美国社会心理创伤》，《当代外国文学》2012 年第 3 期。

张剑：《消费主义批判的生态之维——基于马克思主义视角的一种解读》，《南京社会科学》2010 年第 4 期。

张瑞红：《唐·德里罗小说中的媒介文化研究》，民族大学出版社 2015 年版。

张世耘：《爱默生的原子个人主义与公共之善》，《外国文学》2006 年第 1 期。

张小元：《视觉传播中的审美化暴力》，《当代文坛》2006 年第 4 期。

张怡：《布尔迪厄：实践的文化理论与除魅》，《外国文学》2003 年第 1 期。

张在新：《笛福小说〈罗克珊娜〉对性别代码的解域》，《外国文学评论》1997 年第 4 期。

赵彦芳：《审美与伦理：从前现代到后现代》，《扬州大学学报》2010 年第 5 期。

赵一凡：《从胡塞尔到德里达：西方文论讲稿》，生活·读书·新知三联书店 2007 年版。

支宇：《类像》，《外国文学》2005 年第 5 期。

中新网：《美国人认为"9·11"是比袭击珍珠港更重大的历史事件》，2006 年 8 月，http：//news. xinhuanet. com/mil/2006－08/30 /content_50 27727. htm。

周敏：《冷战时期的美国"地下"世界——德里罗〈地下世界〉的文化解读》，《外国文学》2009 年第 2 期。

周敏：《"我为自己写作"——唐·德里罗访谈录》，《外国文学》2016 年第 2 期。

周宪：《审美现代性的三个矛盾命题》，《外国文学评论》2002 年第 3 期。

朱刚：《"此在"还是"我在此"？——随海德格尔与列维纳斯一道思考"人之为人"》，《湖北大学学报》（哲学社会科学版）2010 年第 2 期。

朱刚：《伦理学作为第一哲学如何可能？——试析列维纳斯的伦理思想及其对存在暴力的批判》，《南京大学学报》2006 年第 6 期。

朱刚：《一种可能的责任"无端学"——与列维纳斯一道思考为他人的责任的"起源"》，《中山大学学报》（社会科学版）2010 年第 1 期。

朱梅：《〈地下世界〉与后冷战时代美国的生态非正义性》，《外国文学评论》2010 年第 1 期。

朱荣华：《文化场域中的美国文学创伤表征研究》，江苏凤凰科学技术出版社 2017 年版。

朱新福：《〈白噪音〉中的生态意识》，《外国文学研究》2005 年第 5 期。

朱新福：《美国生态文学研究》，博士学位论文，苏州大学，2005 年。

朱叶：《美国后现代社会的"死亡之书"——评唐·德里罗的小说〈白噪音〉》，《当代外国文学》2002 年第 4 期。

# 文中主要批评家姓名中外文对照表<sup>①</sup>

## A

阿甘本·乔吉奥　Agamben，Giorgio

阿伦，丹尼尔　Aaron，Daniel

阿米登，斯蒂芬　Amidon，Stephen

艾德，玛丽安　Eide，Marian

艾伦，格伦·斯科特　Allen，Glen Scott

埃里克森，卡伊　Erikson，Kai

埃文斯，大卫　Evans，David H.

安斯利，詹姆斯　Annesley，James

安司林，古德伦　Ensslin，Gudrun

奥尔森，兰斯　Olsen，Lance

## B

巴德尔，安德烈亚斯　Baader，Andreas

巴思，约翰　Bath，John

巴赫金，米哈伊尔　Bakhtin，Mikhail

鲍德里亚，让　Baudrillard，Jean

鲍尔，布鲁斯　Bawer，Bruce

鲍曼，齐格蒙特　Bauman，Zygmunt

贝尔，丹尼尔　Bell，Daniel

贝克，彼得　Baker，Peter

贝克，乌尔里希　Beck，Ulrich

贝克尔，欧内斯特　Becker，Ernest

本哈毕，赛拉　Benhabib，Seyla

本雅明，瓦尔特　Benjamin，Walter

比齐尼，西尔维亚·卡波拉莱　Bizzini，Silvia Caporale

伯克，肖恩　Burke，Seán

博耶，保罗　Boyer，Paul

博恩，詹姆斯　Bone，James

布尔迪厄，彼埃尔　Bourdieu，Pierre

布朗肖，莫里斯　Blanchot，Maurice

布鲁姆，哈罗德　Bloom，Harold

---

① 本列表中的中文译名所采用汉字大多数根据两本字典获得：一是由新华通讯社译名资料组编的《英语姓名译名手册》（第二次修订本），由商务印书馆 1989 年出版（这本字典主要是用来处理英语国家人的姓名）；二是新华社译名室编的《世界人名翻译大辞典》，由中国对外翻译出版公司 1993 年出版（这本字典主要是用来处理非英语国家人的姓名）。另外，有些译名直接取自其中文版本的汉字。例如，尽管 Pierre Bourdieu 在国内学界基本被译为"彼埃尔·布迪厄"，但考虑到本书引用的中文著作把这个名字译为"彼埃尔·布尔迪厄"，笔者在行文中则采用了这个名字，以免在列举参考文献时产生误解；还有个别译名汉字的选用遵从国内学界认可度，采用了学者通用的汉字，而不是字典上的汉字。例如，"（Harold）Bloom"这个名字字典上标注的汉字是"（哈罗德）布卢姆"，但根据笔者观察，国内学者大多采用了"（哈罗德）布鲁姆"，所以本书也采用了"布鲁姆"；最后一种情况是，有些名字的汉译在以上两本字典中都没有找到，笔者则结合网络字典"爱词霸"（http：//www. ici-ba. com/）的提示，进行音译处理。例如，"Seyla Benhabib"被笔者音译为"赛拉·本哈毕"。

劳布，多利　Laub，Dori

莱斯特，兰迪　Laist，Landy

兰兹曼，克劳德　Lanzmann，Claude

列维纳斯，伊曼纽尔　Emmanuel Levinas

利奥塔德，让—弗良索瓦　Lyotard，Jean – François

利夫顿，罗伯特·杰　Lifton，Robert Jay

利普顿，埃里克　Lipton，Eric

里希特，格哈德　Richter，Gerhard

罗，约翰·卡洛斯　Rowe，John Carlos

罗森，伊丽莎白　Rosen Elizabeth K.

勒克莱尔，汤姆　LeClair，Tom

洛夫，格伦　Love，Glen A.

罗斯，菲利普　Roth，Philip

伦特利恰，弗兰克　Frank Lentricchia

## M

马尔库塞，赫柏特　Marcuse，Herbert

马尔图奇，埃莉斯　Martucci，Elise

麦克黑尔，布赖恩　McHale，Brian

迈因霍夫，乌尔丽克　Meinhof，Ulrike

曼德尔，欧内斯特　Mandel，Ernest

梅克瑟尔，斯蒂芬　Mexal，Stephen J.

米勒德，肯尼恩　Millard，Kenneth

莫尔特比，保罗　Maltby，Paul

莫斯，玛丽亚　Moss，Maria

莫特拉姆，埃里克　Mortram，Eric

## N

纳德尔，艾伦　Nadel，Alan

奈特，彼得　Knight，Peter

内尔，菲利普　Nel，Philip

尼克松，罗布　Nixon，Rob

## O

奥尔班，卡塔林　Orbán，Katalin

奥斯廷，马克　Osteen，Mark

## P

帕里什，蒂莫西　Parrish，Timothy

帕萨罗，文斯　Passaro，Vince

普雷特，劳拉·迪　Prete，Laura Di

波特，大卫　Potter，David M.

## Q

钱德勒，阿伦　Chandler，Aaron

奇韦洛，保罗　Civello Paul

## S

桑塔格，苏珊　Sontag，Susan

瑟什威尔，亚当　Thurschwell，Adam

斯坎伦，玛格丽特　Scanlan，Margaret

斯科特，克里斯蒂娜　Scott，Christina

斯梅尔塞，尼尔　Smelser，Neil J.

斯托金格，迈克尔　Stockinger，Michael

舒斯特，马克　Schuster，Mark

## T

泰勒，查尔斯　Taylor，Charles

坦纳，托尼　Tanner，Tony

特里，珍妮弗　Terry，Jennifer

托多罗夫，茨维坦　Todorov，Tzvetan

托夫勒，阿尔文　Toffler，Alvin

## W

瓦伦蒂娜，拉塞尔·斯科特　Valentina，Russel Scott

瓦特，伊恩　Watt，Ian

韦尔西克，乌拉特卡　Velcic，Vlatka

威尔科克斯，伦纳德　Wilcox，Leonard

维尔斯路易斯，克里斯蒂安　Versluys，Kristiann

沃克，约瑟夫　Walker，Joseph S.

沃马克，肯尼斯　Womack，Kenneth

伍德，洛娜　Wood, Lorna

**X**

西蒙斯，瑞安　Simmons, Ryan
辛格，彼德　Singer, Peter

**Y**

亚历山大，杰夫瑞　　Alexander,

Jeffery C.
伊格尔顿，特里　Eagleton, Terry
伊里加雷，吕斯　Irigaray, Luce

# 后　记

感谢全国哲学社会科学规划领导小组的肯定，批准本书为 2014 年度国家社科基金后期资助项目。

感谢五位匿名通讯评审专家在本项目立项时提出的意见。他们的真知灼见对本书进行修改完善起到了重要作用，极大地提升了本书的研究质量。

感谢对本书的构思和研究过程提供指导和建设性批评意见的老师。由于本书基于我在北京外国语大学攻读学位的博士论文，我的导师郭棲庆教授对本书的完成起到了不可或缺的作用。北京外国语大学金莉教授、马海良教授，清华大学陈永国教授、中国人民大学陈世丹教授以及首都师范大学李晋教授对该成果研究思路的指点和批评让我不止一次地感受到了柳暗花明的惊喜。美国纽约州立大学布法罗分校的 Joseph M. Conte 教授不仅帮助我分析研究视角的合理性，而且提供了相关研究资料。

感谢《外国文学评论》《外国文学动态》（现名《外国文学动态研究》）《理论月刊》《当代外语研究》《浙江工商大学学报》《重庆理工大学学报》及《解放军外国语学院学报》等学术期刊发表了本研究在完成过程中形成的部分成果。其中，论文《〈地下世界〉中的技术伦理》和《难以同化的"他者"——论〈国际大都市〉中的"物时间"和"身体时间"》先后发表在《外国文学评论》2011 年第 1 期和 2012 年第 1 期；《唐·德里罗获 2009 年共同财富杰出服务奖》发表在《外国文学动态》2010 年第 1 期；《消费文化、技术崇高化与恐怖主义：唐·德里罗小说中的三大主题》发表在《理论月刊》2011 年第 6 期；《唐·德里罗小说中的技术与主体性》发表在《当代外语研究》2013 年第 4 期；《唐·德里罗小说中的技术与全球资本主义》发表在《浙江工商大学学报》2015 年第 4 期；《唐·德里罗小说中的技术暴力与责任伦理》发表在《重庆理工大学学报》2015 年第 3 期；《论唐·德里罗小说〈毛二〉中的写作伦理》发表在《解放军外国语学院学报》2017 年第 3 期。如今，以上学术成果的内容以不同形式整合到了本书之中。

感谢中国社会科学出版社对本书的支持。本书的顺利出版离不开相关工作人员的耐心和辛勤付出。

感谢我所在工作单位江苏师范大学给予的帮助和鼓励。张文德教授、邹惠玲教授、张生珍教授和潘震教授等学者对本书的完成给予了关心和支持。江苏师范大学外国语学院的硕士研究生课堂为本书的完成提供了源源不断的灵感。

感谢我的家人。因为他们，我的生命和研究工作才显得如此诗意盎然。

朱荣华

2017 年 10 月